Joachim Nettelbeck

Nettelbeck
Lebenserinnerungen

Die abenteuerliche Lebensgeschichte
eines aufrechten Deutschen

SEVERUS

Nettelbeck, Joachim: Nettelbeck Lebenserinnerungen
Hamburg, SEVERUS Verlag 2013
Nachdruck der Originalausgabe von 1941

ISBN: 978-3-86347-351-8

Druck: SEVERUS Verlag, Hamburg, 2013

Der SEVERUS Verlag ist ein Imprint der Diplomica
Verlag GmbH.

**Bibliografische Information der Deutschen
Nationalbibliothek:**
Die Deutsche Nationalbibliothek verzeichnet diese
Publikation in der Deutschen Nationalbibliografie;
detaillierte bibliografische Daten sind im Internet über
http://dnb.d-nb.de abrufbar.

Joachim Nettelbeck

Die abenteuerliche Lebensgeschichte

eines aufrechten Deutschen

von ihm selbst aufgezeichnet

Am 20. September 1738 ward ich zu Kolberg geboren und bekam dann den Taufnamen Joachim. Mein Vater, Johann David Nettelbeck, war hier Brauer und Branntweinbrenner und stand bei der Bürgerschaft in besonderer Liebe und Anhänglichkeit. Dies Glück ist mir von ihm übererbt. Noch jetzt in meinem Alter genieße ich es bei meinen lieben Mitbürgern. Meine Mutter war aus des Schiffer Blanken Geschlecht. Auch meine beiden Paten, die Kaufleute Lorenz Runge und Grünberg muß ich hier dankbar erwähnen, weil so mancher ihrer väterlich gemeinten Vorstellungen und was sie mir sonst Gutes taten, bei mir einen Eindruck gemacht, der mich durch mein ganzes Leben begleitet hat.

Sobald ich habe lallen können, stand mein Sinn darauf, ein Schiffer zu werden. Dies mag wohl daher kommen, daß mir dergleichen oftmals vorgeplaudert wurde. Aus jedem Holzspan, aus jedem Stückchen Baumrinde, das mir in die Hand fiel, schnitzelte ich kleine Schiffchen, rüstete sie mit Segeln von Federn oder Papier aus und ließ sie in Rinnsteinen, auf Teichen oder gar auf der Persante schwimmen.

Meines Vaters Bruder war Schiffer. Meine größte Freude hatte ich, wenn er mit seinem Schiffe hier im Hafen lag. Dann hatte ich zu Hause keine Ruhe, man mußte mich zur Münde lassen. O, welch ein vergnügtes Leben, wenn ich auf dem Schiffe war und bei den arbeitenden Schiffsleuten herumspringen durfte!

Nicht viel geringer war meine Liebe und Freude am Gartenbau. Mein Großvater war ein besonderer Gartenfreund. Er nahm mich ständig in seinen Garten mit, gab mir auch ein kleines Fleckchen Land zum Eigentum und ließ mich sehen und lernen, was zur Gartenarbeit gehörte. Hier legte ich Obstkerne; ich verpflanzte, ich pfropfte und okulierte; ich begoß und pflegte meine Gewächse. Meine Kernstämmchen wuchsen heran; und sieben von diesen selbstgezogenen Bäumen sind erst während der letzten französischen Belagerung umgehauen worden. Da ich jetzt der Besitzer des nämlichen Gartens bin, tat mir das besonders leid.

Als ich so etwa fünf oder sechs Jahre alt war, gab es hier bei uns und im Lande weit umher eine so schrecklich knappe und teure Zeit, daß viele Menschen vor Hunger starben. Der Scheffel Roggen galt den damals beinahe für unerschwinglich gehaltenen Preis von einem Taler acht Groschen. Von landeinwärts her kamen viele arme Leute nach Kolberg, die ihre kleinen hungrigen Würmer auf Schiebkarren mit sich brachten und Korn von hier holen wollten. Man erwartete nämlich in unserem Hafen Getreideschiffe, die der grausamen Not steuern sollten. Alle Straßen bei uns lagen voll von diesen unglücklichen ausgehungerten Menschen. Meine Großmutter ließ täglich mehrere Körbe voll Grünkohl in unserem Garten pflücken und kochte einen Kessel voll nach dem anderen für unsere verschmachtenden Gäste. Mir ward das gern übernommene Ehrenamt zuteil, ihnen diese Speise in kleinen Schüsselchen zuzutragen. Da rissen mir denn Alte und Junge die Näpfe begierig aus der Hand oder auch wohl untereinander selbst vom Munde weg. Ich kann nicht aussprechen, welch einen furchtbaren Eindruck diese Szenen auf meine kindliche Seele machten.

6

Endlich langte ein Schiff mit Roggen auf der Reede an, dem sich tausend sehnsüchtige Augen und Herzen entgegenrichteten. Aber, o Jammer! Beim Einlaufen in den Hafen stieß es gegen ein Steinwehr des Hafendammes und nahm so beträchtlichen Schaden, daß es nur hundert Schritte weiter, der Münder Vogtei gegenüber, auf Grund sank. Sollte die kostbare Ladung nicht ganz verloren sein, so mußten schleunigst Anstalten getroffen werden, das verunglückte Fahrzeug wieder über Wasser zu bringen. Dazu wurden denn zwei Schiffe benutzt, die gerade im Hafen lagen und wovon das eine von meines Vaters Bruder geführt wurde. So konnte ich denn auch dieses Emporwinden aus nächster Nähe besehen. Mitunter ward ich auch wohl als unnütz und hinderlich beiseite geschoben. Um so besser habe ich all diese einzelnen Umstände im Gedächtnis behalten.

Ging nun auch das Wiederflottmachen des Schiffes glücklich vonstatten, so war doch das Korn durchnäßt und zum Vermahlen unbrauchbar. Die Hoffnung all der darauf vertrösteten Menschen war vereitelt. Die Kolberger Bürger kauften den beschädigten Roggen um ein Viertel des geltenden Marktpreises; und da mein Vater damals königlicher Kornmesser im Orte war, so ging auf diese Weise die ganze geborgene Ladung durch seine Hände. Jeder suchte mit seinem Kauf so gut als möglich zurecht zu kommen und ihn aufs schnellste zu trocknen. Alle Straßen waren daher mit Laken und Schürzen bedeckt, auf welchen das Getreide der Luft und der Sonne ausgesetzt wurde. Kurze Zeit darauf erschien ein zweites großes Kornschiff, und nun ward es endlich möglich, die fremde Armut zu befriedigen.

Im nächstfolgenden Jahre erhielt Kolberg durch des großen Friedrichs vorsorgende Güte ein Geschenk, das damals hierzulande noch völlig unbekannt war. Ein großer Frachtwagen voll Kartoffeln nämlich langte auf dem Markte an. Durch Trommelschlag erging in der Stadt und in den Vorstädten die Bekanntmachung, daß sich jeder Gartenbesitzer zu einer bestimmten Stunde vor dem Rathause einfinden sollte, da des Königs Majestät ihm eine besondere Wohltat zugedacht habe. Man ermißt leicht, wie alles in eine stürmische Bewegung geriet, und das um so mehr, je weniger man wußte, was es mit diesem Geschenk zu bedeuten habe.

Die Herren vom Rat zeigten nunmehr der versammelten Menge die neue Frucht vor, die hier noch nie ein menschliches Auge erblickt hatte. Dabei ward eine umständliche Anweisung verlesen, wie diese Kartoffeln gepflanzt und bewirtschaftet werden sollten. Besser wäre es freilich gewesen, wenn man eine solche Instruktion geschrieben oder gedruckt gleich mit verteilt hätte, denn in dem Getümmel achteten die wenigsten auf jene Vorlesung. Dagegen nahmen die guten Leute die hochgepriesenen Knollen verwundert in die Hände, rochen, schmeckten und leckten daran. Kopfschüttelnd bot sie ein Nach= bar dem andern. Man brach sie auseinander und warf sie den anwesenden Hunden vor, die daran schnupperten und sie dann liegen ließen. Nun war ihnen das Urteil gesprochen. „Die Dinger", hieß es, „riechen nicht und schmecken nicht, nicht einmal die Hunde mögen sie fressen. Was wäre uns damit geholfen?" – Ganz allgemein glaubte man, daß sie zu Bäumen heranwüchsen, von welchen man zu seiner Zeit ähn= liche Früchte herabschüttle. Alles dies ward auf dem Markte, dicht vor meiner Eltern Tür, verhandelt; es gab auch mir genug zu denken und zu verwundern und hat sich darum auch bis aufs Jota in meinem Gedächtnis erhalten.

Inzwischen ward des Königs Wille vollzogen und seine

Segensgabe unter die anwesenden Garteneigentümer nach Verhältnis ihrer Besitzungen ausgeteilt, jedoch so, daß auch die Geringeren nicht unter einigen Metzen ausgingen. Kaum jemand hatte die erteilte Anweisung zu ihrem Anbau recht begriffen. Wer sie also nicht geradezu enttäuscht auf den Kehrichthaufen warf, ging doch bei der Auspflanzung so verkehrt als möglich zu Werke. Einige steckten sie hie und da einzeln in die Erde, ohne sich weiter um sie zu kümmern; andere – und darunter war auch meine liebe Großmutter – glaubten das Ding noch klüger anzugreifen, wenn sie diese Kartoffeln beisammen auf einen Haufen schütteten und mit etwas Erde bedeckten. Da wuchsen sie nun zu einem dichten Filz ineinander. Noch oft sehe ich in meinem Garten nachdenklich die Stelle an, wo die gute Frau solchergestalt hierin ihr erstes Lehrgeld gab.

Nun mochten aber wohl die Herren vom Rat gar bald in Erfahrung gebracht haben, daß es unter den Empfängern viele lose Verächter gegeben, die ihren Schatz nicht einmal der Erde anvertraut hatten. Darum ward in den Sommermonaten durch den Ratsdiener und Feldwächter eine allgemeine strenge Kartoffelbesichtigung veranstaltet und den Widerspenstigen eine kleine Geldbuße auferlegt. Das gab wiederum ein großes Geschrei und diente nicht gerade dazu, der neuen Frucht unter den Bestraften Freunde zu gewinnen.

Das Jahr nachher erneuerte der König seine wohltätige Spende durch eine ähnliche Ladung. Allein diesmal verfuhr man dabei höheren Orts zweckmäßiger. Es wurde zugleich ein Landreuter mitgeschickt, der als ein geborener Schwabe des Kartoffelbaues kundig war. Er war den Leuten bei der Auspflanzung behilflich und besorgte ihre weitere Pflege. So kam also diese neue Frucht zuerst ins Land und hat durch immer vermehrten Anbau seitdem kräftig dazu beigetragen, daß nie wieder eine Hungersnot so allgemein und drückend bei uns hat um sich greifen können. Dennoch erinnere ich mich gar wohl, daß ich erst volle vierzig Jahre später, also 1785 etwa, bei Stargard zu meiner angenehmen Verwunderung die ersten Kartoffeln im freien Felde ausgesetzt gefunden habe.

Ich mochte etwa in meinem achten Lebensjahre sein, als Pate Lorenz Runge mir neben anderen Weihnachtsgeschenken auch eine Anweisung zur Steuermannskunst in holländischer Sprache verehrte. Dies Buch regte meine Phantasie so sehr an, daß ich Tag und Nacht darin studierte, bis mein Vater ein Einsehen hatte und für mich bei einem hiesigen Schiffer, namens Neymann, zwei Unterrichtstage wöchentlich in jener edlen Kunst ausmachte. Dagegen blieben die anderen vier Tage noch zum Schreiben und Rechnen bei meinem Lehrer Schütz bestimmt. Ein Jahr später aber ward die Steuermannskunst die Hauptsache und alles andere in die Neben- und Privatstunden verwiesen.

Mein Eifer für diese Sache ging so weit, daß ich im Winter, wenn des Nachts klarer Himmel war, oftmals bei strenger Kälte heimlich auf den Wall und die „Hohe Katze" ging und mit meinen Instrumenten die Entfernung der mir bekannten Sterne vom Horizont oder vom Zenit maß, um danach die Polhöhe zu berechnen. Meine Eltern glaubten natürlich, daß ich im warmen Bette steckte. Wenn ich dann des Morgens verfroren nach Hause kam, wunderte sich alles über mich und erklärte mich für einen überstudierten Narren. Schlimmer aber war es, daß man mich nun des Abends sorgfältiger bewachte und mich nicht aus dem Hause ließ. Dennoch suchte und fand ich oftmals Gelegenheit, bei Nacht wieder auf meine

Sternwarte zu kommen, was mir aber manche schwere Ohrfeige von meinem Vater einbrachte.

Gleicher Lohn ward mir auch sonst noch für ähnlichen Eifer. Zu oft hatte ich gehört, daß ein Seemann vor allen Dingen gut klettern lernen müsse, um die Masten bei Tag und bei Nacht besteigen zu können. Ich war also sehr begierig, mich darin beizeiten zu üben. Hierzu fand ich eine erwünschte Gelegenheit durch die nähere Bekanntschaft mit dem Sohn des damaligen Glöckners. Er war in meinen Jahren und wollte auch Schiffer werden. Mit David kletterte ich außerhalb der Schulzeit in das Sparrenwerk und die Balkenverbindungen der großen Kirche bis hoch unter das kupferne Dach hinauf. Hier stiegen und krochen wir überall herum. Oftmals verirrten wir uns in der gewaltigen Verzimmerung dieses großen Gebäudes so sehr, daß einer vom andern nicht wußte. Kamen wir dann wieder zusammen, so konnten wir uns nicht genug erzählen, wo wir gewesen waren und was wir gesehen hatten. Bis in die Spitze des Turmes krochen wir in dem inwendigen Holzverbande hinauf – so hoch, bis wir uns in dem engen Raume nicht weiter rühren konnten.

Bald aber wagten wir mehr. Es genügte uns nicht, bloß innerhalb der Kirche von Balken zu Balken zu schwingen. So kletterten wir denn auf das kupferne Dach. Wir stiegen durch die Glockenluken auf das Gerüst und von dort auf den First des kupfernen Kirchendaches. Im Reitsitz rutschten wir längshin vom Turm bis an den Giebel und auf gleiche Weise wieder zurück. Hundert und noch mehr Zuschauer gafften drunten zu unserer großen Freude nach uns beiden jungen Waghälsen in die Höhe. Auch mein Vater hatte sich das Kunststück mit angesehen. So konnte es nicht fehlen, daß mich bei meiner Heimkunft für diese Heldentat eine derbe Tracht Schläge erwartete.

Aber die Lust dazu war mir dennoch nicht ausgetrieben worden. Ich wartete ab, bis mein Vater verreiste. Und an einem schönen Sommertage konnte ich nicht drum hin, meinen lieben Turm wieder zu besuchen. Einen Schulkameraden, mit dem ich gerade spielte, beredete ich, den Ritt auf dem Kirchendache mitzumachen. Ich stieg zuerst aus der Luke auf das Gerüst und von da auf den First des Daches. Mein Kamerad, David Spärke, kam mir zuversichtlich nach, da er mich so flink und sicher hantieren sah.

Allein, kaum war er mir sechs oder acht Fuß nachgeritten, so überfiel ihn plötzlich Angst. Er begann erbärmlich zu schreien, klammerte sich an den kupfernen Reifen fest und konnte nicht vor-, nicht rückwärts kommen. Ich kehrte mich nach ihm um und kam dicht zu ihm heran. So saßen wir nun beide, sahen uns betrübt ins Gesicht und wußten nicht, wo aus noch ein. Er wagte es nicht, sich umzudrehen, und ich konnte nicht an ihm vorbeikommen. Dabei hörte er nicht auf, in seiner Seelenangst aus vollem Halse zu schreien. Auf der Straße gab es einen Zusammenlauf. Doch bald auch Hilfe. Der alte Glöckner kam mit seinem Sohn und mehreren anderen auf den Turm. Sie zogen meinen Freund David mit Leinen rücklings nach dem Gerüst und dann vollends in die Luke hinein. Ich folgte wie ein armer Sünder zitternd und bebend nach.

Am nächsten Tage kam mein Vater nach Hause, und da gab es denn, wie zu erwarten war, rechtschaffene, aber verdiente Prügel. Damit jedoch nicht genug, meinte auch mein Lehrer, es müsse hier der übrigen Schulkameradschaft wegen noch ein anderweitiges Beispiel zu Nutz und Lehre statuiert werden. Er bat sich bei meinem Vater aus, gleichfalls noch

12

Gericht über mich halten zu dürfen. Das ward ihm gern bewilligt. Meine Strafe bestand in einem dreitägigen Quartier im dunklen Karzer auf dem Schulhofe. Hier ward ich nachmittags eingesperrt, sobald die Schulzeit abgelaufen war, und immer erst morgens, wo die Schule wieder anging, herausgelassen. Nur mittags durfte ich nach Hause gehen, um zu essen. Aber schon in der nächsten Stunde mußte ich mich auf meiner Schulbank einfinden und um vier Uhr meine traurige Wanderung in die Finsternis wieder antreten.

Nächst der Unbequemlichkeit einer einzigen Mahlzeit bei einem weiß Gott gesegneten Appetit war's meine größte Qual und Not, daß ich die Scham und Schande nicht bemeistern konnte, von den anderen Schulbuben über mein Abenteuer noch ausgelacht zu werden. Niemand hatte Mitleid mit meinem Unstern, ausgenommen ein einziges gutherziges Mädchen. Dörtchen, die älteste Tochter des Kaufmanns Seeland, steckte mir den letzten Abend mit Tränen in den Augen ihre Semmel zu. Sie konnte es aber nicht so heimlich abtun, daß es nicht von den anderen gesehen und verraten worden wäre. Die Semmel ward mir vom Lehrer wieder abgenommen und konfisziert. Ich weinte – sie weinte; Herr Schütz selbst konnte sich dessen nicht erwehren. Ich bekam die Semmel zurück, aber bloß, wie er hinzusetzte, um das gute Kind zu beruhigen. Ich habe später, im Jahre 1782, also nach vierunddreißig Jahren, die Freude gehabt, das nämliche Dörtchen Seeland in Memel wieder zu treffen. Ihre Eltern waren in ihrem Wohlstande zurückgekommen, den sie damals durch eine Auswanderung nach Rußland zu verbessern hofften. Ich hatte jene Semmel noch nicht vergessen, und es hat mir wohlgetan, diese gute Tat einigermaßen vergelten zu können.

＊　　＊　　＊

13

Endlich, als ich etwa elf Jahre alt sein mochte, sollte es zu meiner unsäglichen Freude Ernst mit meinem künftigen Berufe werden. Meines Vaters Bruder nahm mich auf sein Schiff „Susanna" als Kajütenwächter.

Meine erste Ausfahrt ging nach Amsterdam. Hier sah ich nun eine Menge großer Schiffe auf dem Y vor Anker liegen, die nach Ost- und Westindien gehen sollten. Täglich ward auf diesen Schiffen mit Trommeln, Pauken und Trompeten musiziert oder mit Kanonen geschossen. Das machte mir allmählich das Herz groß. Ich dachte: Wer doch auch auf so einem Schiffe fahren könnte! Und das ging mir um so mehr im Kopfe herum, als damals, wie ich oft gehört hatte, all unsere Schiffsleute den Glauben hatten: Wer nicht von Holland aus auf dergleichen Schiffen gefahren wäre, könne auch für keinen rechtschaffenen Seemann gelten. Gerade das aber machte ja mein ganzes Sinnen und Denken aus! – Hierzu will ich noch sagen, daß jener Glaube auf einem guten Grunde beruhte. Man findet wirklich bei keiner Nation eine größere Ordnung auf Schiffen, die solche bedeutenden Fahrten in fremde Weltteile machen, als bei den Holländern.

Wovon mir das Herz voll war, ging mir auch alle Augenblicke der Mund über. Ich gestand meinem Oheim, wie gern ich die Reise an Bord eines solchen ansehnlichen Ostindienfahrers mitmachen würde. Er gab mir immer die einzige darauf passende Antwort: Daß ich nicht klug im Kopfe sein müßte. Endlich aber ward dieser Hang in mir zu mächtig, als daß ich ihm länger widerstehen konnte. Eines Nachts, zwei Tage vor unserer Abreise, schlüpfte ich heimlich in unsere Jolle. Ganz wie ich ging und stand und ohne etwas von meinen Kleidungsstücken mit mir zu nehmen. Man sollte nämlich nicht glauben, daß ich desertiert, sondern daß ich ertrunken sei. So wollte ich

14

verhindern, daß mir auf den anderen Schiffen nachgespürt würde. Unter diesen hatte ich mir eins aufs Korn genommen, von welchem mir bekannt geworden war, daß es am nächsten Morgen nach Ostindien unter Segel gehen sollte. Es fuhr auch am nächsten Morgen ab. Aber nicht nach Ostindien. Es war zum Sklavenhandel an der Küste von Guinea bestimmt.

Still und vorsichtig kam ich mit meiner Jolle an der Seite dieses Schiffes an. Niemand bemerkte mich. Ich stieg auch ungesehen an Bord, nachdem ich mein kleines Fahrzeug mit dem Fuß zurückgestoßen und es treibend seinem Schicksal überlassen hatte. Bald aber versammelte sich die ganze Schiffsbesatzung verwundert um mich. Wie ich später erfuhr, waren es vierundachtzig Mann. Jeder wollte wissen, woher ich käme? Wer ich wäre? Und was ich wollte? Statt aller Antwort – was hätte ich auch sagen können? – fing ich erbärmlich zu weinen an.

Der Kapitän war in der Nacht nicht an Bord. Man brachte mich also zu den Steuerleuten, welche das Kreuzverhör mit mir erneuerten. Auch hier hatte ich nichts als Tränen und Schluchzen zur Antwort. „Aha, Bursche!" legte sich endlich einer aufs Raten. „Ich merke schon! Du bist von einem Schiff weggelaufen und denkst, wir sollen dich mitnehmen!" – Das war aus meinem Herzen gesprochen. Ich stammelte also ein Ja, konnte mich aber nicht entschließen, noch mehr zu beichten. Mittlerweile hatte man etwas Mitleid mit mir bekommen. Man gab mir ein Glas Wein, ein Butterbrot und Käse. Später wies man mir eine Schlafstelle an und sagte mir, daß morgen früh der Kapitän an Bord kommen werde. Vielleicht nehme er mich mit. So lag ich nun die ganze Nacht schlaflos und überdachte, was ich sagen und verschweigen wollte.

Am anderen Morgen bei Tagesanbruch fand sich der Lotse

ein. Der Anker ward aufgewunden, und man machte sich segelfertig. Ich half dabei, so gut ich konnte. Endlich kam auch der Kapitän. Ich ward ihm vorgeführt, und auch seine erste Frage war natürlich: Was ich auf seinem Schiffe wollte? Ich fühlte mich nun schon ein wenig sicherer und gab ihm über mein Wie und Woher ziemlich ehrlichen Bescheid. Etwas log ich allerdings dazu. Und diese Lüge hat mir nachmals oft bitter leid getan, denn mein Oheim war gegen mich die Güte selbst und so, als wäre ich sein eigen Kind. – Ich sagte, mein Oheim habe mich auf der Reise häufig ohne Grund geschlagen, und das sei auch gestern wieder geschehen. Darum wäre ich heimlich weggegangen. Ich bat flehentlich, der Kapitän möge mich annehmen. Ich würde mich gut aufführen.

Da ich nun einmal so weit gegangen war, durfte ich auch die richtige Antwort auf die weitere Frage nach meines Oheims Namen und Schiff nicht schuldig bleiben. „Gut!", sagte der Kapitän. „Ich werde mit dem Manne darüber sprechen." Das war nun gar nicht nach meinem Sinn. Ich hub von neuem an zu weinen; schrie, ich würde über Bord springen und mich ersäufen, und trieb es so arg und kläglich – mir ward aber auch gar nicht wohl ums Herz! –, daß nach und nach das Mitleid bei meinem Richter zu überwiegen schien. Er ging mit seinen Steuerleuten in die Kajüte, um die Sache zu besprechen. Ich lag indes, von Furcht und Hoffnung hin und her geworfen, wie auf der Folter. Die Schande, vielleicht zu meinem Oheim zurückgebracht zu werden, schien mir unerträglich.

Endlich rief man mich in die Kajüte. „Ich habe mirs überlegt", hub der Kapitän an, „du magst bleiben. Du sollst Steuermannsjunge sein und monatlich sechs Gulden Gage haben; auch will ich für deine Kleidungsstücke sorgen. Doch höre, sobald wir mit dem Schiffe nach Texel kommen, schreibst

16

du an deines Vaters Bruder und erklärst ihm den ganzen
Zusammenhang. Den Brief will ich selbst lesen und auch für
eine sichere Bestellung sorgen."

Man kann sich denken, wie freudig ich einschlug und was
für ein Stein mir vom Herzen fiel!

Jetzt gingen wir auch unter Segel. Als ich meines Oheims
Schiff in der Ferne liegen sah, tat es mir doch sehr leid, es so
töricht getrieben zu haben. Gleichzeitig aber war mir klar, daß
ich nicht mehr zurück konnte, wollte ich nicht vor Scham vergehen. Ich nahm mich also zusammen. Und als wir in Texel
ankamen, schrieb ich meinen Abschiedsbrief. Der Kapitän, der
ihn las, billigte ihn, und unser Steuermann sollte ihn zum
Postboot besorgen.

Wie ich später erfuhr, ist dieser Brief jedoch nicht an meinen
Oheim gelangt. Entweder war er schon von Amsterdam ab-
gefahren, oder der Brief ist unterwegs verloren gegangen.
Mein Tod schien also gewiß; man glaubte, ich sei in der Nacht
aus der Jolle gefallen, die man am nächsten Morgen zwischen
anderen Schiffen treibend gefunden hatte.

Nachdem wir in Texel Wasser, Proviant und alles, was der
Sklavenhandel erfordert, an Bord genommen hatten, gingen
wir in See. Mein Kapitän hieß Gruben und das Schiff
„Afrika". Alle von der Besatzung waren mir gut und geneigt.
Ich selbst war vergnügt und spürte weiter kein Heimweh. Wir
hatten zwei Neger von der Küste von Guinea als Matrosen
an Bord. Diese gab mir mein Steuermann zu Lehrern der
dortigen Landessprache. Ich darf wohl sagen, daß sie in mir
einen gelehrigen Schüler fanden. Meine Lust, verbunden mit
der Leichtigkeit, womit man sich im jugendlichen Alter fremde
Sprachtöne einprägt, brachten mich binnen kurzem zu der Fer-
tigkeit, daß ich nachher an der Küste meinem Steuermann

als Dolmetscher dienen konnte. Und das war es eben, was er gewollt hatte.

Unsere Fahrt verlief glücklich und ohne besondere Zwischenfälle. In der sechsten Woche erblickten wir St. Antonio, eine von den Inseln des Vorgebirges Capo verde. Und drei Wochen später hatten wir unser Reiseziel erreicht. Wir gingen an der Pfefferküste bei Cap Mesurado vor Anker, um uns mit frischem Wasser und Brennholz zu versorgen. Dies war auch die erste Station, von wo aus unser Handel betrieben werden sollte.

Später fuhren wir weiter östlich nach Kap Palmas. Und hier erst begann der Verkehr lebendiger zu werden. Die Schaluppe wurde mit Handelswaren beladen und mit Lebensmitteln versehen, die für zwölf Mann Besatzung sechs Wochen reichen sollten. Dazu wurde das Schiffchen mit sechs kleinen Drehbassen, die ein Pfund Eisen schossen, ausgerüstet. Mein Steuermann befehligte das Boot; ich aber, sein kleiner Dolmetscher, blieb ihm immer zur Seite und ward ihm beim Handel vielfach nützlich. Wir machten mit diesem Fahrzeug drei Reisen längs der Küste. Wir entfernten uns bis zu fünfzig Meilen vom Schiffe und waren gewöhnlich drei Wochen abwesend. Nach und nach kauften wir hierbei vierundzwanzig Sklaven – Männer und Frauen –, eine Anzahl Elefantenzähne und etwas Goldstaub zusammen. Bei dem letzten Abstecher wurde auch der für Europa bestimmte Briefsack auf dem holländischen Hauptkastell St. George de la Mina von uns abgegeben.

Unser Schiff fanden wir bei unserer Heimkehr etwas ostwärts nach der Reede von Laque la How vorgerückt. Acht unserer Gefährten waren in der Zwischenzeit infolge des ungesunden Klimas gestorben. Der Kapitän hatte anderthalb Hundert Schwarze beiderlei Geschlechts gekauft und einen guten Handel mit Elfenbein und Goldstaub gemacht. Für alle

18

diese Artikel gilt Kap Lagos als Hauptstation. Landeinwärts ist nämlich ein viele Meilen langer und breiter See, auf welchem die Sklaven von den Menschenhändlern (Kaffizieren) aus dem Innern in Kanots herbeigeschafft werden.

Gerade in dieser Gegend war auch Kapitän Gruben bei den hier ansässigen reichen Sklavenhändlern seit Jahr und Tag wohl bekannt und gern gelitten. Dennoch war es ihm schon auf seiner vorigen Reise hierher nicht gelungen, sich zum Vorteil der holländischen Regierung an diesem wohlgelegenen Platze unvermerkt fester einzunisten. Er hatte mit den reichen Negern verabredet, ein hölzernes, nach europäischer Art gebautes Haus zerlegt mitzubringen und dort aufzurichten. Darin sollten zehn bis zwanzig Weiße wohnen können, und durch dort aufgestellte Kanonen sollte es geschützt werden. Als es aber fertig aufgebaut worden war, kam dies den guten Leutchen doch ein wenig bedenklich vor. Sie bezahlten dem Kapitän lieber das Häuschen, das so ziemlich einer kleinen Festung glich, mit reichlich Goldstaub. Als ich dort war, wurde es schon von einem reichen Kaffizier bewohnt.

Nachdem wir von hier noch eine Bootsreise mit ebenso gutem Erfolg gemacht hatten, gingen wir nach vier bis fünf Wochen mit dem Schiffe weiter nach Axim, dem ersten holländischen Kastell an dieser Küste. Hier hatte der Schaluppenhandel ein Ende. Wir steuerten an Cabo tres Puntas vorbei nach Accada, Boutrou, Saconda, Chama, St. Georg de la Mina und nach Moure. Ueberall wurden Einkäufe gemacht. Endlich hatten wir unsere volle Ladung beisammen; das waren vierhundertzwanzig Neger jeden Geschlechts und Alters.

Nunmehr ging die Reise von der afrikanischen Küste nach Surinam, quer über den Atlantischen Ozean, wo unsere Schwarzen verkauft werden sollten. Nach neun bis zehn Wochen, in denen wir weder Land noch Strand sahen, erreichten wir glücklich unseren Bestimmungsort und tauschten unsere unselige Fracht gegen eine Ladung Kaffee und Zucker. Sodann traten wir die Rückreise nach Holland an. Wir brauchten wiederum acht bis neun Wochen, bis wir endlich wohlbehalten im Hafen von Amsterdam die Anker fallen ließen. Es war im Juni 1751. Die ganze Reise hatte einundzwanzig Monate gedauert. Elf Leute unserer Mannschaft waren während dieser Zeit gestorben.

In Amsterdam war es mein erstes, nach Kolberg an meine Eltern zu schreiben und ihnen Bericht von meiner abenteuerlichen Reise zu erstatten. Man kann sich ihr freudiges Erstaunen beim Empfang dieser Nachricht denken. Ich war tot und war wiedergefunden! Ihre Empfindungen drückten sich in den Briefen aus, die ich unverzüglich von dort erhielt. Segen und Fluch wurden mir versprochen. Ich Unglückskind wäre ja noch nicht einmal eingesegnet! Augenblicklich sollte ich mich aufmachen und nach Hause kommen.

Zufällig traf ich in Amsterdam einen Landsmann, den Schiffer Christian Damitz. Auf seinem Schiffe fuhr ich nach Kolberg zurück. Von meinem Empfange daheim aber will ich besser schweigen.

Ich blieb nun in meiner Vaterstadt und nahm auch am Schulunterricht teil, bis ich das vierzehnte Lebensjahr erreicht hatte und konfirmiert wurde. Dann aber war mit mir kein Halten; ich wollte und mußte wieder auf die See. So übergab mich mein Vater Ostern 1752 dem Schiffer Michel Damitz, der soeben von Kolberg nach Memel und von da nach Liverpool abgehen wollte und in den mein Vater ein besonderes Vertrauen setzte. Beide Fahrten verliefen glücklich. Wir gingen weiter nach Dünkirchen, wo wir eine Ladung Tabak

20

einnahmen; dann über Norwegen nach Danzig. So kam ich kurz nach Neujahr zu Lande nach Kolberg zurück. Ich war um neunzehn Taler Löhnung reicher und glaubte Wunder, was ich in diesen neun Monaten verdient hätte. Jetzt bringen es unsere Matrosen wohl auf fünfzehn und mehr Taler monatlich. So ändern sich die Zeiten.

* * *

In den beiden nächsten Jahren fuhr ich auf mehr als einem Kolbergschen Schiffe und unter verschiedenen Kapitänen auf der Ost- und Nordsee umher. War bald in Dänemark und Schweden, bald in England und Schottland oder in Holland und Frankreich zu finden. Auf all diesen Reisen ist nichts vorgefallen, was hier erwähnt zu werden verdiente. Sturm und gut Wetter und was so dazu gehört, sind für einen Seemann etwas Alltägliches. Es ist nicht meine Art, davon viel Aufhebens zu machen.

Aber dieses einförmige Leben paßte mir nicht länger. Der alte Hang zum Abenteuern erwachte. Kein Wunder, daß ich, sobald sich die Gelegenheit bot, der Versuchung zu einer großen Reise nicht widerstehen konnte. In Amsterdam traf ich Kapitän Joachim Blank, einen alten, lieben Kolberger Landsmann und Verwandten, dessen Schiff „Christina" nach Surinam gehen sollte. Ohne weitere Erlaubnis von Hause verdang ich mich flugs und freudig bei ihm als Konstabler. Als auf der Hinfahrt jedoch unser Steuermann über Bord fiel und unglücklicherweise dabei ertrank, rückte ich zum Unter-Steuermann auf.

Daß ich mich hier auf eine ausführliche Beschreibung der Kolonie Surinam einlasse, wird wohl nicht von mir erwartet werden. Man weiß, daß sie ihren Namen von dem Flusse

Surinam hat, an dem auch dritthalb Meilen aufwärts die Hauptstadt Paramaribo gelegen ist. An seiner Mündung ist der Fluß wohl zwei Meilen breit und bleibt bis gegen sechzig Meilen landeinwärts auch bei der niedrigsten Ebbe für kleinere Fahrzeuge schiffbar. Auch der mit dem Surinam verbundene Fluß Comandewyne kann bis gegen fünfzig Meilen aufwärts befahren werden. Mit beiden Gewässern steht noch eine Menge toter Arme in Verbindung, und an allen Ufern drängen sich die Zucker- und Kaffeeplantagen. Alles übrige Land aber wird von fast undurchdringlichen Wäldern bedeckt. Und dadurch ist diese Kolonie eine der ungesundesten in der Welt. Wenn eine Schiffsmannschaft von vierzig Leuten in den vier Monaten, welche man hier gewöhnlich verweilt, nur acht bis zehn Tote zählt, so wird dies für ein außerordentliches Glück gehalten.

Diese große Sterblichkeit hat aber zum Teil auch wohl ihren Grund in den anstrengenden Arbeiten, wozu die Schiffsmann-schaften nach hiesigem Brauch angehalten werden. Sie müssen sowohl den Transport der mitgebrachten Ladung an europäi-schen Gütern nach den einzelnen Plantagen besorgen, als auch die Rückfracht von diesen Plantagen an Kolonialwaren. Man bedient sich dazu einer Art von Fahrzeugen, die man Punten nennt. Sie sind wie Prahme gebaut und tragen ein zugespitz-tes, mit Schilf gedecktes Wetterdach. So sehen sie beinahe aus wie ein auf dem Wasser schwimmendes deutsches Bauern-haus. Zwei solcher Punten werden jedem Schiffe beigegeben. Mir als Unter-Steuermann kam es zu, mit Hilfe von vier Matrosen die Fahrten auf den Strömen damit zu machen. Diese Reisen dauern oft vierzehn Tage und noch länger.

Bei unserer Ankunft gab es auf dem Schiffe ein kleines Abenteuer, das unseren Schiffer eine Zeitlang in nicht geringe Sorge setzte, endlich aber doch einen ziemlich lustigen Ausgang nahm. Unter der Ladung, die wir in Amsterdam eingenommen hatten, befand sich nämlich auch eine Kiste von etwa drei Fuß im Geviert. Der Kapitän hatte über dieses Stück zwar das richtige Konnossement in Händen, doch beim Löschen in Paramaribo konnte die Kiste selbst an Bord nicht wieder aufgefunden werden. Sie war an einen dort wohnenden Juden adressiert. Er fragte wiederholt danach, aber trotz allem Suchen wurde sie nicht entdeckt. Diese Verlegenheit schlau benutzend, brachte der Hebräer seine Klage bei dem holländischen Kolonierichter an und reichte zugleich ein langes Verzeichnis der Sachen ein, die in der Kiste enthalten gewesen. Goldene und silberne Taschenuhren, Geschmeide und andere Kostbarkeiten, insgesamt beinah für viertausend Gulden waren. Der Prozeß ging seinen Gang. Der Jude brachte seine Beweise so bündig vor, daß der endlich erfolgte rechtskräftige Beschluß meinen Kapitän zur völligen Schadloshaltung binnen vierzehn Tagen verurteilte. Es blieb ihm überlassen, sich wiederum an seine Leute zu halten.

Ganz unerwartet aber fand sich nunmehr die verwünschte Kiste im hinteren untersten Schiffsraum wieder auf. Sie war dort versehentlich hoch mit Brennholz überpackt worden. Glücklicherweise hatte das Siegel an der Kiste, das auch auf dem Konnossement abgedruckt war, keinen Schaden gelitten. Schon beim Herausholen der Kiste merkten wir, daß darin nimmermehr Sachen von der angegebenen Art sein konnten. Dies wurde dem Kolonierichter mitgeteilt. Er kam selbst an Bord und überzeugte sich von der Richtigkeit des Konnossements und der Unversehrtheit des Siegels. Da der Jude ein armer Teufel war, dem sich mit einer Geldstrafe nichts anhaben ließ, sollte er, wie es in aller Welt Brauch ist, für den versuchten Betrug mit seiner Haut zahlen.

23

Zuvörderst ward ihm gemeldet, daß sein Eigentum wieder zum Vorschein gekommen sei und von ihm alsogleich an Bord in Empfang genommen werden könne. Sein Erschrecken über diese Nachricht war drollig genug. Er traute dem Frieden nicht und verlangte, man möchte ihm die Kiste in Gottes Namen nur an Land und in sein Haus schaffen. Da er sich beharrlich weigerte, an Bord zu kommen, ließ ihn der Kolonierichter durch zwei Neger mit Gewalt und gebunden holen. Hier mußte er die Kiste als die seinige und als vollkommen unverletzt anerkennen, dann aber auch öffnen. Ein gar bunter Inhalt kam zum Vorschein! Der ganze Trödel bestand aus Redouten-Anzügen und fratzenhaften Gesichtslarven. Der unglückliche Eigentümer ward auf des Richters Geheiß über seine Kiste gelegt und von ein paar Matrosen mit Tauenden so unbarmherzig zugedeckt, daß ihm wahrscheinlich alle ähnlichen Spekulationen für lange Zeit vergangen sein werden.

Surinam hätte man damals eher eine deutsche als eine holländische Kolonie nennen können. Auf den Plantagen wie in Paramaribo traf man unter hundert Weißen immer ungefähr neunundneunzig an, die aus allen Gegenden Deutschlands hierher gefunden hatten. Von diesen lernte ich auch zwei Brüder Kniffel kennen, die, aus Belgard in Pommern gebürtig, also meine nächsten Landsleute waren. Sie hatten sich in früherer Zeit als einfache holländische Soldaten hierher verirrt, aber Glück, Fleiß und Rechtlichkeit hatten sie seither zu Millionären gemacht, und sie genossen hier ein wohlverdientes Ansehen. Am Comandewyne besaßen sie zwei Kaffeeplantagen. Die eine hieß Friedrichsburg, und eine andere dicht daneben, welche von ihnen selbst angelegt worden war, hatten sie ihrer Vaterstadt zu Ehren Belgard genannt. In Paramaribo war eine Reihe von Häusern ihr Eigentum. Sie bildeten eine vier-

24

hundert Schritte lange Straße, die nach ihnen den Namen Kniffels-Loge führte. Ebendaselbst hatten sie eine lutherische Kirche gebaut und zu ihrer Erhaltung für ewige Zeiten die Einkünfte der Plantage Belgard bestimmt.

Diese Brüder standen schon seit längerer Zeit mit meinem Kapitän Blank als einem Kolberger und Landsmann in besonders freundschaftlichem Verkehr. Er allein versorgte sie und ihre Plantagen mit allem, was sie aus Europa bedurften; auch führte er alle ihre Erzeugnisse nach Holland zurück. So geschah es auch auf der gegenwärtigen Reise. Kapitän Blank schickte mich oft mit Aufträgen an sie, und ich wurde ihnen auf diese Weise bekannt und lieb. Schon die vielfältigen Beweise von Güte, die ich von ihnen beiden erfuhr, würden mich veranlaßt haben, ihrer hier zu gedenken. Doch auch der Verfolg meiner Lebensgeschichte gibt mir wiederholt Gelegenheit, auf ihren Namen zurückzukommen.

Unsere Heimfahrt nach Amsterdam, die sechs Wochen währte, verlief glücklich. Wir waren vierzehn Monate abwesend gewesen. Unser Schiff bedurfte einer völlig neuen Verzimmerung, die sich bis in den November 1755 zu verzögern drohte. Da mir dies zu lange dauerte, ging ich in einen anderen Dienst unter Kapitän Wendrop über. Sein Schiff war nach Curaçao bestimmt. Auf der Rückreise ergänzten wir bei St. Eustaz unsere Ladung, und nach neun Monaten warfen wir wiederum vor Amsterdam wohlbehalten die Anker.

Hier warteten Briefe auf mich von meinen Eltern. Diese Briefe enthielten soviel Drohungen und gerechte Vorwürfe, daß ich mich wiederum wohl als der verlorene Sohn reuig auf den Weg nach Hause machen mußte. Einigen Trost fand ich darin, daß ich mit einem Schiff fahren sollte, das meines Vaters Bruder führte.

So reiste ich denn als Passagier nach Danzig und traf es da eben recht, daß zwölf junge und schmucke, seefahrende Leute gesucht wurden, mit denen die sogenannte Herren-Borse aufs stattlichste bemannt werden sollte. Es war nämlich zu der Zeit der König August von Polen in der Stadt anwesend. Auf der Reede lag eine zahlreiche Flotte von russischen Kriegsschiffen vor Anker, der er einen Besuch abzustatten gedachte. Zu dieser Lustfahrt, die Weichsel hinunter, sollte nun jene Staatsjacht dienen. Zufällig wählte man mich, um die Mannschaft vollzählig zu machen. Das Außerordentliche bei der Sache und auch der Dukaten, der dabei für jeden Mann abfallen sollte, machten mir Lust, diesen Ehrendienst zu verrichten.

Das dauerte aber nur solange, bis wir zum Schifferältesten Karsten kamen, wo wir zu der Feierlichkeit mit einer Art Uniform aufgeputzt werden sollten. Sie war mit blanken Schilden und vielen roten, grünen und blauen Bändern verbrämt. Zuletzt hielt man mir, so ausstaffiert, einen Spiegel vor. Ich erschrak, als ich sah, was man für einen Narren aus mir gemacht hatte. Noch schlimmer aber schien es mir, daß ich einen anderen als meines eigenen Königs Namenszug im Schilde an meiner Stirn tragen sollte. Das Herz im Leibe wollte mir zerspringen. Mir war, als mutete man mir zu, meinen großen Friedrich zu verleugnen. Gerne hätte ich mir alles wieder vom Leibe gerissen und den Handel aufgesagt. Doch ich war nun einmal unter den Wölfen und mußte mit ihnen heulen! Ich gelobte mir indes, diesen Makel wieder gut zu machen. Ich wollte den versprochenen Dukaten dem ersten preußischen Soldaten zuwerfen, der mir begegnen würde. Ein alter Husar wurde das Glückskind; er mag sich nicht schlecht gewundert haben, daß ein achtzehnjähriges Bürschchen wie ich mit Gold um sich warf.

* * *

Im Monat August traf ich in Kolberg ein. Meines Oheims Schiff fand ich bereits in der Ausrüstung. Wir fuhren auf die Rügenwalder Reede, wo wir unsere Ladung Holz einnahmen. Mit mir fuhr mein jüngerer, sechzehnjähriger Bruder als Kajütenwärter. Auch hatte mein Oheim seinen eigenen vierzehnjährigen Sohn mitgenommen. Alles in allem befanden sich dreizehn Menschen an Bord. Gleich der Anfang der Fahrt versprach wenig Gutes. Wir wurden durch Sturm und widrige Winde dergestalt aufgehalten, daß wir erst Ausgang Oktober im Sunde anlangten.

Hier ging mein Oheim mit mir und noch drei anderen Matrosen in der Segelschaluppe nach Helsingör an Land, wo seine Geschäfte ihn so lange aufhielten, daß wir erst abends um neun Uhr auf den Rückweg kamen. Die See ging hoch. Unser Fahrzeug, das mit Wasser- und Bierfässern sowie anderen Provisionen schwer geladen war, hielt wenig Bord. Zudem stand uns ein steifer Südwind entgegen, der uns zum Kreuzen nötigte. Eben machten wir einen Schlag dicht hinter dem dänischen Wachtschiffe vorbei, als ein harter Stoßwind so plötzlich aufstieg und so ungestüm in unsere Segel fiel, daß die Schaluppe Wasser schöpfte, umschlug und im Hui den Kiel nach oben kehrte.

Wir wurden samt und sonders herausgespült. Ich griff nach einem Ruderholz und war so glücklich, mich über Wasser zu halten. Wo die andern abblieben, sah ich nicht. Indes war unser Unglück von dem dänischen Kriegsschiff bemerkt worden. Sogleich auch setzten sie ein Fahrzeug aus, das uns Hilfe bringen sollte. Allein es war stockfinster und von uns Verunglückten keine Seele aufzufinden. Nur die Schaluppe kam ihnen in den Wurf und ward geborgen. Freilich war die ganze Ladung davongeschwommen.

Unter uns Umhertreibenden war ich wohl der erste, der sich glücklich aus diesem bösen Handel zog. Ich trieb gegen ein vor Anker liegendes Schiff und hielt mich so lange am Ankertau fest, bis die Leute mich zu sich an Bord ziehen konnten. Mein guter Oheim ward durch den harten Sturm und die schnelle Strömung beinahe eine Viertelmeile weit bis unterhalb des dänischen Kastells abgetrieben. Er hatte sich an einer starken Segelstange notdürftig festgeklammert und brauchte wohl eine Stunde, bis er schwimmend das Land erreichte. Zwei Matrosen wurden durch eine Lotsenjolle gerettet. Einer aber blieb leider verloren.

Erst am Morgen fanden wir vier Geborgenen uns in Helsingör wieder zusammen. Unsere Schaluppe ward uns von dem Wachtschiffe zurückgegeben. Wir ersetzten unsre verunglückte Ladung durch neue Vorräte, versahen uns mit frischen Rudern und kehrten sodann nach unserm Schiffe zurück. Sobald Wind und Wetter wieder günstiger geworden waren, setzten wir unsere Fahrt trotz der späten und bösen Jahreszeit fort.

Am 2. Dezember warf uns ein gewaltiger Nordsturm auf die flämischen Bänke, deren Gefährlichkeit wir nur zugut kannten. Bald auch bekamen wir mehrere heftige Grundstöße, die unser Steuerruder beschädigten und es unbrauchbar machten. Um nicht augenblicklich auf den Strand zu geraten, blieb nichts übrig, als uns auf der Stelle vor zwei Anker zu legen. Es war zehn Uhr vormittags. Das Land war eine kleine halbe Meile entfernt, und unser Ankerplatz auf vier Faden Tiefe mitten in der schäumenden Brandung. Unsere Segel, die wir nicht mehr fest machen konnten, flatterten im Winde. Welle für Welle stürzte über das Verdeck hinweg. Wir standen in einem fort unter Wasser und mußten uns am Mast festhalten. Wir befanden uns an der flandrischen Küste und eine Strandung war

28

kaum zu vermeiden. Hier war also österreichisches Gebiet. Wir waren preußische Untertanen, und Preußen mit Österreich seit kurzem im Kriege begriffen. Unsere Lage war daher noch unerfreulicher. Mein Oheim verbot uns für jenen Fall, auf irgendeine Weise zu verraten, daß wir von Rügenwalde kämen und ein preußisches Schiff hätten. Wir sollten vielmehr übereinstimmend aussagen: Schiff und Ladung sei schwedisches Eigentum, komme von Greifswald und sei nach Lissabon bestimmt. Sobald es der Sturm zulasse, so setzte er hinzu, wolle er hinabsteigen, um die preußische Flagge und seine Schiffspapiere zu vernichten, und die schon bereitgehaltenen schwedischen Dokumente aus der Kajüte holen.

Er entschloß sich wirklich zu diesem gewagten Versuch. Doch beim Niedersteigen traf ihn ein unglücklicher Schlag des peitschenden Segels so gewaltsam, daß es ihm unmöglich wurde, sich länger zu halten. Er stürzte mit dem Rücken auf den Rand des auf dem Verdeck stehenden Bootes, von da mit dem Kopf gegen die scharfe Ecke eines Böllers und endlich auf das Deck, welches die Sturzwellen immerfort so hoch, als die Seitenborde ragten, mit Wasser überschwemmt hielten. So sahen wir ihn in diesem Wasser hin und her gespült werden. Ein gräßlicher Anblick. Mit noch zwei Matrosen wagte ich mich hinab. Wir zogen ihn mit Mühe auf das Kajütendeck, wo nicht jede Woge eine Ueberschwemmung verursachte. Der Schlag des Segels hatte das linke Auge getroffen; es hing nur noch an einer schwachen Sehne weit aus dem Kopfe. Das Blut drang aus Mund, Nase und Ohren zugleich. Aus der hohlen Brust stöhnte ein dumpfes Röcheln. Er war vollkommen ohne Bewußtsein. Ratlos schob ich ihm das hängende Auge in den Kopf zurück und band ihm ein Halstuch darüber. Neben ihm lag ich mit seinem Sohn und einem Matrosen. Wir hielten uns fest umklammert, um uns gegen die Gewalt der Sturzseen zu halten. Bis gegen fünf Uhr abends lagen wir dort. Dann rissen unsere Ankertaue, und wir wurden bei halber Flut unaufhaltsam gegen den Strand getrieben.

Endlich stieß das Schiff auf Grund. Aber erst als die Ebbe eintrat, saß es völlig fest. Nun brachen sich die rollenden Wogen mit solcher Macht gegen das Schiff, daß jede einzelne darüber wegschlug und Schaum und Gischt die volle Höhe des Mastes emporgewirbelt wurden. Allmählich krachte der Schiffsleib in allen Fugen. Wir sahen die Stücken davon unter unseren Füßen eins nach dem andern davontreiben. Als sich die Ebbe aber immer weiter zurückzog, ließ auch die zertrümmernde Gewalt der Wogen nach, die uns sonst unausbleiblich in den Abgrund gerissen hätte. Das Verdeck ward vom Wasser frei, und wir konnten wieder an eine Rettung denken.

Es war Mondschein. Am Lande erblickten wir eine Menge Menschen. Da wir aber zuweit vom Ufer entfernt waren, konnten sie uns nicht helfen. Wir banden leere Wasserfässer an Taue und warfen sie über Bord. Wir hofften, daß sie ans Ufer treiben würden. Allein die Strömungen der Ebbe rissen sie in entgegengesetzter Richtung mit fort. Jetzt fiel uns unser Pudel ein, den wir auf dem Schiffe hatten. Wir wollten ihm ein Tau um den Leib binden, mit dem er dann an Land schwimmen sollte. Es geschah. Doch das arme Tier wollte dem Schiff nicht von der Seite. Wenn es auch durch eine Sturzwelle eine Strecke fortgerissen wurde, so kam es doch alsbald wieder zurückgeschwommen und winselte, daß wir es wieder an Bord nähmen. Wir schlugen mit Stangen und Tauen nach ihm. Vergebens! Endlich erbarmte uns das treue Geschöpf, und wir fischten es wieder auf.

So kam die Mitternacht heran. Die Ebbezeit mußte ab-

30

gelaufen sein. Jetzt befanden wir uns also dem Strande am nächsten. Nach unserer Schätzung waren wir zwei- oder drei- hundert Schritte vom Ufer entfernt. Es wurde höchste Zeit, alles aufzubieten, um wo möglich lebend an Land zu kommen, bevor die Flut wieder stieg. Deren Gewalt konnte das Schiff ohnehin nicht mehr widerstehen, ohne gänzlich in Trümmer zu gehen. Es mußte gewagt werden! Sowie nun eine Sturzwelle nach der andern sich zu uns heranwälzte, so sprangen wir der Reihe nach über Bord und wurden sogleich mit der Brandung gegen das Ufer getrieben. Die dort stehenden Menschen fingen uns auf und brachten uns aufs Trockne.

Ich, mein Bruder und der Sohn meines Oheims – wir waren die letzten. Wir lagen neben dem Verunglückten auf dem Kajütendeck und konnten uns nicht entschließen, den teuren Mann zu verlassen. Wir schrien und wußten nicht, was wir mit ihm beginnen sollten. Vom Strande her ward uns durch ein Sprachrohr unaufhörlich zugeschrien: „Springt über Bord! Springt über Bord! Wächst das Wasser mit der Flut wieder an, so seid ihr verloren! Springt! Springt!"

Angefeuert und gleichzeitig geängstigt durch dies Rufen zogen wir endlich unsern Leidenden, dessen Bewußtsein völlig ge- schwunden war, hart an den Bord des Schiffes, warteten auf eine besonders kräftige Sturzwelle und ließen ihn damit zum Ufer treiben. Zu unserer unaussprechlichen Freude sahen wir, wie er im Fluge dem Lande zugeführt wurde. Dort fingen ihn die guten Leute auf, ehe er von der See wieder zurückgespült werden konnte. Dann sprang mein Bruder ins Wasser, danach der Sohn meines Oheims. Als letzter warf ich mich wohlgemut in die rollenden Wogen; und schon in der nächsten Minute um- fingen mich hilfreiche Arme, die mich den Strand hinauf ins Trockne trugen.

*　　*　　*

Die Mehrzahl unsrer menschenfreundlichen Retter waren österreichische Soldaten. Seit ihre Kaiserin Maria Theresia sich auch mit England im Kriege befand, standen sie hier zur Deckung der Küste postiert und hatten alle zweitausend Schritte ein Wachthaus am Strande. In ein solches Gebäude ward nun auch unser armer Oheim von uns und den Soldaten getragen. Man deckte ihn mit allem, was sich an trockenen Kleidungs= stücken vorfand, sorgfältig zu, um ihn wieder zu erwärmen.

So mochte er etwa eine Stunde gelegen haben, als er zum erstenmal nach seinem Unglück den Mund öffnete. „O Gott! Ist mir noch zu helfen?" stöhnte er. – Das war Musik in meinen Ohren. Mit freudiger Hast erwiderte ich ihm: „Ja, ja, lieber Vatersbruder! Gott kann – Gott wird Euch noch wieder helfen. Wir sind am Land." – „So bringt mich denn zu einem Doktor!" war seine kaum verständliche Antwort. Ich konnte ihn trösten. Es war bereits nach einem Arzt geschickt.

Sofort nach unsrer Landung war nämlich auch an die nächste Garnison in Veurne, welches dreiviertel Meilen entfernt lag, Meldung gemacht und um ärztliche Hilfe gebeten worden. Von den Soldaten erfuhren wir, daß wir uns hier drei Meilen von Nieuport und zwei Meilen von Dünkirchen befänden. Wir waren also auf österreichischem Boden, aber die französische Grenze lag nur eine Viertelmeile entfernt. Ueber unser Woher und Wohin befragt, erklärten wir der früheren Verabredung eingedenk, daß wir Schwedisch=Pommern aus Greifswald seien, die eine Ladung Balken nach Lissabon hätten bringen wollen.

Am dritten Dezember früh morgens kam ein Fuhrwerk mit Stroh gefüllt und einer Leinwanddecke versehen. Es war an= gewiesen, unsern armen Oheim in das Lazarett in Nieuport zu schaffen. Dieser Ort schien mir gefährlich, wenn man unsre wahre Herkunft entdeckte. Dagegen meinte ich, in Dünkirchen

vielleicht befferen Rat in unferm Elend fchaffen zu können. Ich
war ja vor ein paar Jahren bereits in Dünkirchen gewefen und
kannte den Ort einigermaßen. Ich beredete alfo unfern Wagen=
führer, den Kranken lieber nach der franzöfifchen Grenzftadt zu
bringen. Hierzu fand er fich auch bereit, zumal er eine Meile
am Wege erfparte.

Nachmittags – es war an einem Sonntage – kamen wir in
Dünkirchen an. Ich ließ den Fuhrmann vor einem Wirtshaus
halten, welches das Schild »Zum roten Löwen« führte. Hier
hatte ich bei meinen früheren Befuchen zuweilen ein Glas Bier
getrunken; ich rechnete mich alfo gewiffermaßen zu den Bekann=
ten des Haufes. Trotzdem wurde ich mit meiner unerwünfchten
Begleitung abgewiefen. Man fchickte mich nach dem Klofter=
Hofpital, wo der rechte Ort für Kranke und Gebrechliche fei.
Als wir dort angelangt waren und meinen Onkel vom Wagen
gehoben hatten, nahmen ihn gleich mehrere katholifche Ordens=
geiftliche in Empfang. Sie legten ihn zuvörderft auf einen
langen, breiten Tifch, wo er bis auf die nackte Haut entkleidet
wurde.

Darauf fand fich eine Anzahl von Doktoren und Chirurgen
ein, welche nun zu einer genaueren Unterfuchung feiner Ver=
letzung fchritten. Zuerft löften fie das Tuch, welches ich dem
Armen gleich nach feinem unglücklichen Falle um das Auge ge=
bunden hatte. Jetzt war diefes mit dem geronnenen Blute an
dem Verbande feft getrocknet und wurde mit ihm aus dem Kopfe
gezogen. Da es nur noch an einem dünnen Nervenftrang in der
Augenhöhle hing, fo war es rettungslos verloren. Man fchnitt
es daher ab.

Bei der weiteren Unterfuchung ergab fich, daß das linke Bein
oberhalb des Knies im dicken Fleifche gebrochen war. Am be=
denklichften war jedoch die Zerfchmetterung eines Rückenwirbels

dicht unterm Kreuz. Offenbar verursachte diese Verletzung dem armen Manne die empfindlichsten Schmerzen. Während man ihn behandelte und die Gliedmaßen hin und her reckte und dehnte, hörte er nicht auf zu winseln und zu ächzen. Uns drei Jungen, die wir Zeugen von dem allen waren, schnitt jeder Klageton tief ins Herz. Wir heulten und lamentierten mit dem Oheim um die Wette. Schließlich sah man sich genötigt, uns aus dem Gemache zu weisen.

Nachdem der Kranke endlich geschient und verbunden worden war, legte man ihn auf ein Feldbett, welches man in die Mitte des Zimmers gestellt hatte. Eine Nonne saß neben ihm und flößte ihm von Zeit zu Zeit einen Löffel Rotwein ein, den sie auf einem Kohlenbecken zu ihrer Seite erwärmte. Am Kopf= ende des Bettes standen wir armen Verlassenen und weinten bitterliche Tränen. Gegen Abend sagte uns ein Pater, daß wir nicht die Nacht über im Kloster bleiben könnten. Wir müßten uns nach einer andern Herberge umsehen. Diese fanden wir denn auch in dem oben erwähnten Wirtshause. Wir brachten eine schlaflose, trübselige Nacht zu und wußten nicht, wo Trost und Hilfe zu finden.

Kaum graute der Morgen, als wir uns auch schon wieder auf den Weg nach dem Kloster machten. Wir fanden unsern armen Leidenden unter dauerndem Gestöhn und Seufzen in dem näm= lichen Zustand wie gestern vor. Da ich herausbekommen hatte, daß heute Posttag sei, ließ ich mir im Gasthofe Papier und das übrige Zubehör geben und brachte den Rest des Tages damit zu, an unsern Schiffsreeder, Herrn Becker, und an meine Eltern nach Kolberg von unserm erlittenen Unglück zu schreiben. Die Briefe wurden versiegelt. Am nächsten Morgen standen wir wiederum, von Herzen betrübt, am Bett unseres Kranken. Wir konnten aber keine merkliche Besserung an ihm feststellen. Ich

34

beugte mich indes dicht an sein Ohr. „Lieber Vatersbruder",
fragte ich ihn, „sollen wir nach Kolberg schreiben?" – Er hatte
mich verstanden, denn er schüttelte mit dem Kopfe, als ob er
Nein sagen wollte. Ein schwacher Hoffnungsstrahl! Doch er
erfüllte mich mit Mut. Vielleicht konnte doch noch alles wieder
gut werden. Ich glaubte darum auch, daß ich die Briefe un=
bedenklich abgehen lassen dürfte, und eilte mit meinen Gefährten
nach dem Postkontor.

Als wir nach dreiviertel Stunden etwa wieder in das Kloster
und das Krankenzimmer kamen, fanden wir zu unsrer höchsten
Bestürzung und mit einem Schmerz, der sich mit nichts ver=
gleichen läßt, nur unsers guten Oheims Leiche vor. Sie ward
auch alsbald aus dem Bette genommen und auf den nämlichen
Tisch wie vorhin gelegt. Man entkleidete sie abermals, und die
Aerzte untersuchten sie wiederholt. Jetzt bestätigten sich die zu=
vor bemerkten Verletzungen noch deutlicher. Sobald uns die
Doktoren verlassen hatten, traten einige Pfaffen hinzu und
fragten mich, zu welchem Glauben sich unser Schiffskapitän be=
kannt habe. Ich armer Narr antwortete unbedenklich: „Ei, zum
Lutherschen!"

Sowie dies unglückliche Geständnis über meine Lippen ge=
kommen, war es, als wäre ein Blitz ins Kloster geschlagen.
Alles geriet in Bewegung. Sie sprachen eifrig untereinander.
Niemand wollte den Seligen berühren, und doch mußten die
Ketzergebeine aus dem geweihten Bezirk geschafft werden, ehe
die Sonne unterging. Man steckte uns endlich eine beschriebene
Karte in die Hand. Sie war an einen Tischler gerichtet, der
wohl die Särge für das Hospital lieferte. Denn, als wir uns
endlich durchgefragt hatten, fanden wir bei ihm einen reichlichen
Vorrat davon. Wir sollten uns einen Sarg nach der Größe
unserer Leiche aussuchen. Unsre Wahl fiel auf den längsten,

weil unſer Oheim von anſehnlicher Statur geweſen war. Mit dieſem Sarge wanderten wir nach dem Kloſter zurück.

Hier trieb man uns mit barſchem Ernſt an, den Leichnam unverzüglich einzuſargen und ihn aus dem Gemache auf die Straße unter einen uns dazu angewieſenen Schuppen zu bringen. Unſer Schmerz kannte keine Grenzen. Wir taten, wie uns befohlen worden war. Man reichte uns Hammer und Nägel, um den Deckel zuzuſchlagen. Dann begannen wir, den Sarg mit den uns ſo teuren Ueberreſten eine kurze Strecke auf den Flur fortzuziehen und zu ſchieben. Hier aber lähmte der ungeheure Schmerz plötzlich alle unſre Kräfte. Wir fühlten uns unfähig, die geliebte Laſt auch nur einen Schritt weiter zu bringen. Ich fiel vor dem einen Pater auf die Knie und bat ihn um Gottes willen, man möge ſich unſer erbarmen.

Es gab eine kurze Beſprechung unter den Anweſenden. Ein Aufwärter ward fortgeſchickt, und binnen einer Viertelſtunde erſchienen vier Männer mit einer Trage, jeder mit einem Spaten verſehen. Sie packten die Leiche an, und ſo ging der Zug zum Tore hinaus etwa zweitauſend Schritte weit und gerade auf eine Kirche zu. Wir meinten, der Leichenzug eile dem Kirchhof zu. Doch weit gefehlt! Es ging an dem Gotteshauſe vorbei und wohl noch tauſend Schritte weiter auf ein freies Feld. Da die Träger ihre Laſt wohl zwanzig Mal niedergeſetzt hatten, um friſchen Atem zu ſchöpfen, begann es bereits dunkel zu werden, bevor wir die Grabſtätte erreichten.

Es war ein Fleck am Wege, der nichts hatte, was einem Totenacker ähnlich ſah. Hier ſollten wir nun ein Grab graben. Da es aber den Kerlen damit zu lange währte, nahmen ſie uns die Spaten verdrießlich aus den Händen, ſchaufelten ſelber und ſchimpften uns Ketzer. Wir hingegen gaben ihnen alle möglichen guten Worte; und ſobald das Grab auch nur ſo tief ge-

36

graben war, daß der Sargdeckel unter die Erde kommen konnte, senkten wir die Leiche mit Weinen und Wehklagen hinein und warfen Erde darüber. Dann nahmen wir unter tausend heißen Tränen Abschied und wanderten bekümmert zum „Roten Löwen" zurück, um nach einer ängstlich durchseufzten Nacht gleich am nächsten Morgen wieder das Grab des lieben Oheims aufzusuchen.

Fürwahr, wer eine menschliche Seele hat, wird unser Elend mit uns fühlen! Da saßen wir drei Jungen in größter Leibes- und Seelennot — in einem fremden Lande, auf freiem Felde und neben dem frischen Grabhügel unseres geliebten Vaters und Führers! Von jedermann als eine arge Ketzerbrut gemieden und ausgestoßen, ohne einen Pfennig Geld, nichts im Leibe und wenig auf ihm. Betteln konnten und wollten wir nicht. Lieber hätten wir hier auf diesem Grab des geliebten Hingeschiedenen gleichfalls verschmachten mögen. Er allein war in diesen trostlosen Augenblicken unser Gedanke und unsre Zuflucht.

Später berieten wir, was wir in dieser unsrer gänzlichen Verlassenheit anzufangen hätten. Wir beschlossen, am nächsten Morgen zu unserm Schiff und unsern Kameraden zurückzukehren. Wo diese blieben, wollten auch wir bleiben und ihr Schicksal mit ihnen teilen. Unser einziger und letzter Notanker war des verstorbenen Oheims Taschenuhr. Wir hatten sie an uns genommen und gedachten sie loszuschlagen, wenn es nötig wäre. Ob dies schon im „Roten Löwen" geschehen mußte, wohin wir nun zunächst zurückkehrten, sollten wir alsbald erfahren. Gesättigt und durch einigen Schlaf erquickt, kam denn auch am Morgen darauf die Sprache auf unsre bisherige Zeche. Doch der gute Wirt, den unser trauriges Schicksal erbarmt hatte, war mit unserm Dank und einem herzlichen Gott lohn's! zufrieden. Wir

wanderten wieder den Strand entlang, um unsere zurückgelasse=
nen Unglücksgefährten aufzusuchen.

Doch wir waren kaum eine Meile gegangen, als wir unsern
Schiffskoch Roloff trafen. Er berichtete uns: Die österreichi=
schen Strandwächter hätten unsre preußische Flagge von dem
zertrümmerten Schiffe am Ufer aufgefischt. Die Mannschaft sei
hierauf nochmals in ein scharfes Verhör genommen worden und
habe sich endlich zu ihrer wahren Landsmannschaft bekennen
müssen. Von Stund an habe man sie als Kriegsgefangene be=
handelt. Man habe sie gezwungen, die Trümmer des Schiffes
und der Ladung in angestrengter Arbeit bergen zu helfen. Da=
bei seien sie streng bewacht worden. Niemand habe sich ohne
militärische Begleitung auch nur bis zwischen die nächsten Sand=
dünen entfernen dürfen. Ihm selbst sei es dennoch in der letzten
Nacht geglückt, seinen Aufsehern zu entwischen. Er gedenke nun=
mehr nach Dünkirchen zu gehen, wo er in Sicherheit zu sein
hoffe. Uns aber rate er wohlmeinend, auf der Stelle mit ihm
umzukehren.

Auch uns schien dieser Vorschlag in der Tat der beste zu
sein. Wieder kam mir der Kaufmann in Dünkirchen in den
Sinn, an welchen Schiffer Damitz vor vier Jahren seine La=
dung Tabak abgeliefert hatte, als er mit mir von Liverpool
kam. Sein Haus war mir noch erinnerlich, doch sein Name
nicht. Indes beschloß ich, geradeswegs zu ihm zu gehen, ihm
unsre Not zu klagen und ihn um Rat und Beistand zu bitten.
Daneben fiel mir ein, daß unser Schiff in Amsterdam gegen
Seeschaden und Türkengefahr versichert gewesen war und daß
der Kommissionär, der dies Assekuranz=Geschäft besorgt hatte,
den Namen Emanuel de Kinder führte. Ich konnte demnach
den Dünkircher Kaufmann bitten, an diesen Agenten in Am=
sterdam zu schreiben und ihn in unserm Namen um einen Vor=

schuß von einhundert Gulden für Rechnung des Herrn Becker oder meines Vaters zu ersuchen. Damit konnte man dann schon hoffen, unsre Heimat wieder zu erreichen.

All dieses ging auch nach Wunsch in Erfüllung. Der Kaufmann war gern bereit, uns in der vorgeschlagenen Weise zu dienen. Binnen acht Tagen ging auch eine Antwort von Emanuel de Kinder an ihn ein. Er schrieb, wenn wir des Nettelbecks Kinder wären, möge man uns die hundert Gulden oder, falls wir es verlangten, auch das Zwiefache auf sein Konto vorschießen.

Ich war ein so guter Wirt, daß ich mich mit der Hälfte des angebotenen Darlehens begnügte. Ich tat das um so lieber, da uns der Dünkircher belehrte: Es sei auf diesem Platze der Brauch, daß Seefahrer, die an der dortigen Küste ihr Schiff verlören, einen Sou (etwa vier Pfennige unsres Geldes) für eine jede Meile bis nach ihrer Heimat als Reisegeld empfingen. Zugleich erbot er sich, jemand von seinen Leuten mit uns nach dem Stadthause zu schicken, um uns diesen Zehrpfennig auswirken zu helfen. Den Herren dort, denen wir Kolberg als unsre Vaterstadt nannten, war dieser Ort ein ganz unbekanntes Ding. Kolberg ist ja erst später durch die wiederholten Belagerungen in der Welt bekannt geworden. Ich bat mir deshalb eine Seekarte aus und wies auf ihr die Lage dieses Handelshafens nach. Man forderte mich aber zugleich auf, auch die Entfernung von Dünkirchen bis Kolberg auszumessen. Sie betrug über See gegen hundertneunzig Meilen. Ebensoviele Sous wurden also jedem von uns dreien auf der Stelle ausgezahlt.

Mit Reisegeld waren wir nun notdürftig ausgerüstet. Welchen Weg aber sollten wir einschlagen, um wieder zu den Unsrigen zu gelangen? Es war Winter, und die See so gut als gesperrt. Zu Lande hätten wir uns durch die österreichischen Niederlande wagen müssen, wo wir als Preußen Gefahr liefen, gleich an der Grenze in Nieuport, Ostende oder wo es sonst sei, angehalten zu werden. Bald aber bot sich uns eine günstige Gelegenheit, weiter zu kommen. Die Dünkircher Kaper hatte nämlich einen englischen Kutter als Prise aufgebracht und ihn an einen Schiffer aus Bremen namens Heindrick Harmanns verkauft. Harmanns ließ das Schiff sofort mit losen Tabakstengeln laden und wollte damit nach Hamburg gehen. Die gesamte Schiffsmannschaft bestand außer ihm selbst nur aus zwei Matrosen. Wir drei waren ihm als Passagiere um so willkommener, da wir uns erboten, gegen Kost die Wache mit zu halten.

*   *   *

Vier Tage vor Weihnachten gingen wir in See. Es begann hart zu frieren, und das ganze Fahrzeug sah zuletzt wie ein großer Eisklumpen aus. Da wir nur wenig auf dem Leibe hatten, wurden uns unsere Wachen herzlich sauer. Uns fror jämmerlich. Wir krochen daher, so oft die Wachzeit zu Ende war, tief zwischen die Tabakstengel. Wir kamen aber gewöhnlich ebenso erfroren wieder heraus, als wir hineingekrochen waren. Unsere Schiffsleute verfuhren auch sehr unbarmherzig mit uns. Sie nahmen uns nicht in die Schlafkojen auf, wiewohl das, während sie sich selbst auf Wache befanden, sehr gut hätte geschehen können. Ebensowenig ließen sie uns zu unserer Erwärmung das geringste von ihren Kleidungsstücken. Selbst das kärgliche Essen, das wir erhielten, wurde uns nur widerwillig und mit Brummen vorgesetzt.

So kamen wir vor die Mündung der Elbe. Da wir hier aber alles mit Eis bedeckt fanden, beschloß unser Kapitän, wieder umzukehren und an der holländischen Küste einen Nothafen zu suchen. Vor der Insel Schelling fand sich auch ein Lotse zu uns an Bord, der uns schon zu später Abendzeit, zwischen die Bänke ins Vorwasser brachte. Da uns indes der Wind entgegenstand und wir nicht weiter hineinkommen konnten, warfen wir Anker. Der Lotse ging wieder an Land und versprach, zu uns zurückzukehren, sobald der Wind sich umsetzte. Aus den Aeußerungen unseres Schiffers ging hervor, wie erwünscht es ihm sei, gerade an diesem Punkte an Land gekommen zu sein. Sein Vater fahre als Beurtschiffer von Bremen nach Harlingen, und eben jetzt müsse die Reihe an ihm sein. Er hoffte deshalb, ihn in Harlingen zu treffen, von wo wir nur zwei bis drei Meilen entfernt waren.

Es war der 1. Januar des Jahres 1757. Abends um zehn Uhr setzte sich der Wind in Nordwesten. Er wuchs zu einem fliegenden Sturm an, und unser Schiff wurde vom Anker getrieben. Ehe wir uns dessen versahen, saß es auf einer Bank fest. Die Sturzwogen rollten unaufhörlich über das Fahrzeug hinweg und schäumten bis hoch an die Masten. Das Schiff war scharf im Kiel gebaut. So oft daher eine Welle sich verlief, fiel es so tief auf die Seite, daß die Masten beinahe das Wasser berührten. Gleichwohl wurden wir dank Gottes Barmherzigkeit nicht vom Bord gespült. Diese gefährliche Lage dauerte wohl vier bis fünf Minuten, bis endlich eine besonders hohe und mächtige Welle uns hob und mit sich über die Bank schleuderte.

So gelangten wir zwar für einen Augenblick wieder in fahrbares Wasser, doch wenig später jagte der Sturm unser Fahrzeug vollends auf den Strand. Der Schiffer mit seinen beiden Leuten befand sich zufällig auf dem niedriger liegenden Hinterteile des Schiffes, während wir drei Passagiere uns vorne in der Höhe befanden und den Fockmast umklammert hielten, um nicht von den spülenden Wogen mit fortgerissen zu werden. Die Angst, in die sich auch etwas Hoffnung mischte, machte uns mäuschenstill. Jene aber schrien und wimmerten, ohne daß wir ihnen helfen oder sie zu uns emporklimmen konnten.

Die Nacht war ziemlich dunkel; auf dem Lande lag Schnee, und rings um uns her schäumte die Brandung. Da aus diesem Grunde alles weiß war, ließ es sich nicht unterscheiden, wie nahe oder wie fern wir dem trockenen Ufer sein mochten. Ich nahm nun einen Augenblick wahr, wo das Verdeck nach vorne frei vom Wasser war, und kroch an dem langen Bugspriet hinan, das nach dem Strande hin gerichtet stand. Da sah ich nun deutlich, daß jedesmal, wenn die See zurücktrat, das Ufer kaum eine Schiffslänge von uns entfernt war.

Jetzt schien mir eine Rettung möglich. Ich kletterte behutsam zu meinen Gefährten zurück und teilte ihnen meine glückliche Entdeckung mit. Sobald die nächste Welle weit genug zurück sei, wollte ich mich schnell an einem Tau hinablassen. Wenn ich festen Boden unter mir fühlte, sollten sie meinem Beispiel getrost folgen. Auch dem Schiffer und seinen beiden Leuten schrie ich zu, sich auf diesem Wege zu retten. Allein das Sturm- und Wellengebrause war zu mächtig, als daß ich hätte verstanden werden können.

Unser Wagestück gelang. Wir kamen glücklich an Land und fielen alle drei auf unsre Knie, um dem göttlichen Erretter unsern Dank darzubringen. Durchnäßt bis auf die Haut und erstarrt vor Frost wanderten wir dann auf eine Feuerbake zu, die hier auf dem Schelling zum Besten der Seefahrenden unterhalten wird und deren Licht wir etwa zweitausend Schritte vor uns flimmern sahen.

Wir gelangten auch wohlbehalten an den Feuerturm. Wir stießen die Türe auf und standen vor einer Wendeltreppe, die wir hinanstiegen. Droben im Wachstübchen fanden wir einen

Mann auf der Pritsche ausgestreckt. Als er uns eintreten sah, fiel ihm vor Schreck die Pfeife aus dem Munde.

Auf den Bericht von unsrer unglücklichen Strandung erklärte er, daß er verpflichtet sei, dies Ereignis sofort im nächsten Dorf anzuzeigen. Es läge kaum einige tausend Schritte entfernt. Er lud uns ein, ihn dorthin zu begleiten. Wir armen erstarrten Burschen kamen aber nicht so schnell vorwärts wie er. Als wir daher im Dorfe anlangten, hörten wir schon eine Glocke läuten. Damit wurde allem Mannsvolk das Zeichen gegeben, unser gestrandetes Schiff zu suchen und zu bergen.

Wir wurden indes in ein Haus geführt und über unser Unglück ausgefragt. Die guten Leute brachten aber zugleich auch trockene Kleider herbei, Speisen, Warmbier und sogar Glühwein, um uns zu erquicken. Sie weinten um die Wette mit uns – wir vor Freude, sie aus Mitleid. Und nicht eher verließen sie uns, als bis sie uns in einem warmen Bette zur Ruhe gebracht hatten.

Wie wir am nächsten Morgen erfuhren, hatte die Dorfmannschaft erst bei Tagesanbruch längs dem Ufer die treibenden Trümmer von unserem Schiffe gesichtet, aber weder einen lebendigen Menschen noch eine Leiche gefunden. Wir allein waren also leider nur gerettet.

Des Eises wegen kamen wir erst Mitte Januar von der Insel wieder fort. Ein Schiff, das Fracht nach Schelling gebracht hatte, nahm uns bis Harlingen mit. Hier nahmen wir sofort unser kleines Bündel unter den Arm und wollten längs dem Kai zum nächsten Tore hinausziehen. Zufällig schlenderten wir an einem Fahrzeug vorüber, welches, wie mehrere andere, im Eise eingefroren war. Ein kleiner alter Mann stand darauf. Er rief uns an und fragte nach Woher und Wohin. Wir gaben ihm als ehrliche Pommern in aller Unbefangenheit Antwort, erzählten auch von unserm Unglück und nannten dabei den Namen des Schiffers, der mitsamt seinem Fahrzeug ein Raub der Wogen geworden war.

Kaum hatte ich die Worte „Heindrick Harmanns" über die Lippen gebracht, als der alte Mann die Hände über dem Kopfe zusammenschlug und schrie: „Barmherziger Gott! Mein Sohn! Mein Sohn!" Zugleich sank er auf seine Knie und jammerte unablässig: „Mein Sohn! O, mein Sohn!" Uns schnitt der Anblick ins Herz. Wir weinten mit ihm.

Als wir alle uns endlich dann ein wenig gefaßt hatten, drang er in uns, ihm in seine Kajüte zu folgen. Hier mußten wir ihm den ganzen Verlauf des Unglücks noch einmal erzählen. Er ließ uns den ganzen Tag nicht von seiner Seite. Und gegen Abend, als wir nun endlich weiter marschieren wollten, hub er an: „Liebe Jungen, heute könnt und sollt ihr nicht mehr von dannen. Ich will euch in ein gutes Haus bringen, wo ihr euch die Nacht über erholen könnt. Und morgen früh hol ich euch ab und gehe eine Strecke Weges mit euch. Ihr seid jung und unerfahren und braucht Anweisung und guten Rat, wie ihr eure Reise weiter anzustellen habt. Kommt denn, in Gottes Namen!"

Unser Führer schien in der Herberge, zu welcher er uns geleitete, gar wohl bekannt. Er erzählte seines Sohnes und unser Unglück. Auch wir mußten erzählen, und so verstrich der Abend, bis der Wirt, an Stelle seiner abwesenden Ehegenossin, uns in ein recht artiges Zimmer hinaufleuchtete und uns dreien ein großes, mit Betten hoch aufgestopftes Nachtlager anwies. Sodann wünschte er uns eine freundliche Ruhe, die uns auch wirklich not tat. Wir krochen wohlgemut und behaglich unter die Decke.

Leider aber hatten wir diesmal unsre Rechnung – zwar

44

nicht ohne den Wirt, aber doch ohne die Wirtin gemacht! Kaum war uns so ein süßes halbes Stündchen zwischen Schlaf und Wachen verlaufen, da kam es unter Zank und Gepolter die Treppe hinauf gestürmt. Unsre Zimmertür ward ungestüm aufgerissen, und eine gellende Stimme gebot uns, sofort das warme Nest zu räumen und ihr sauberes Bettzeug nicht zu beschmutzen. Da half kein Widerreden. Wir sprangen auf, ließen die Ohren hängen und duckten uns in einem Winkel zusammen, bis die Betten, die der Dame so ans Herz gewachsen waren, mit einem Strohsack, einer Matratze und einer Art Pferdedecke getauscht worden waren. Das war ein böser Wechsel!

Unserm ehrlichen Vater Harmanns, der in seiner Kajüte geschlafen hatte, erzählten wir am Morgen unser nächtliches Abenteuer. Er nahm sich den Affront, welcher seinen Schützlingen widerfahren war, mehr zu Herzen, als wir erwarteten. Trotz unsern Vorstellungen las er der Wirtin einen derben Text. Er sagte ihr und ihrem Hause, wo er so viele Jahre verkehrt hatte, alle Gemeinschaft auf und wollte jede Christenseele warnen, einen Fuß über diese unwirtliche Schwelle zu setzen. Wir hatten genug zu tun, den lieben alten Mann zu beschwichtigen. Er ließ es sich nicht nehmen, uns noch zu guter Letzt durch ein vollständiges Frühstück satt zu machen, ja auch all unsre Taschen mit Brot, Käse, gekochtem Fleisch und, was er sonst wußte und hatte, vollzustopfen.

Das getan ergriff er seinen Stab und wanderte mit uns zum Tore hinaus, obwohl wir ihn baten, umzukehren und seine Kräfte zu schonen. Er hörte nicht auf, uns eifrig wegen unseres besseren Fortkommens zu beraten. Während dieser Besprechungen verlief ein Stündchen nach dem andern. Es ward Mittag und wir befanden uns in Franecker. Hier zog er mit uns in ein Wirtshaus. Er ließ auftragen, als ob wir uns für drei Tage sattessen sollten, und konnte sich endlich nur schwer entschließen, sich von uns zu verabschieden. Dabei drückte er uns noch zwei holländische Dukaten in die Hände. Wir aber schieden mit Tränen der Dankbarkeit von diesem Ehrenmanne. Gegen Abend gelangten wir wohlbehalten nach Leuwaarden, wo wir übernachteten.

Die nächste Tagereise brachte uns spät in der Dunkelheit nach Dockum. Aber es wollte uns nicht gelingen, hier eine Herberge zu finden. Ueberall, wo wir anklopften, beleuchtete man uns sorgfältig von allen Seiten und zog dann die Türe vor unserer Nase ins Schloß mit einem frostigen: „Geht weiter mit Gott!" – Es war eine kalte, stürmische Nacht. Wir irrten umher, bis wir endlich bei einem Hinterhause an einen Stall gerieten, wo ein Knecht noch den Dünger auskehrte. Vergebens klagten wir auch dem unser Leid und baten ihn, uns die Nacht in seinem warmen Stall aufzunehmen. Er fürchtete jedoch die Scheltworte seines Herrn, und uns blieb zuletzt nichts übrig, als uns hinter einer Scheune gleich am Tore, wo es etwas Ueberwind gab, zusammenzukauern und uns recht herzlich satt zu weinen. Hatten wir eine Weile gesessen, so sprangen wir wieder auf und rannten auf dem Platze hin und her, um nicht vor Frost zu erstarren. Es ward uns aber wahrlich je länger je übler zumute.

Das währte so fort bis nach Mitternacht, wo wir Räder rasseln und ein Posthorn blasen hörten. Eine Kutsche hielt am Tore. Wir kamen hinter unsrer Scheune hervor, um zu sehen, was es gäbe. Bis die Torflügel und das Gatter sich öffneten, standen wir bei dem Wagen, als der Schlag von innen aufgemacht wurde und ein lautes „Wer da" gerufen wurde. Wir fanden keine Ursache, aus uns und unserer Drangsal ein Hehl zu machen. Zudem legte unser Zähneklappern genugsames Zeugnis ab, daß wir die Wahrheit redeten.

Es fand sich nun, daß ein einzelner Mann im Wagen saß. Unser trübseliger Zustand ging ihm zu Herzen. Als er nach vielen andern Fragen endlich noch erfahren hatte, daß unser Weg zunächst auf Gröningen ginge, überraschte er uns mit der willkommenen Einladung, zu ihm in die Kutsche zu steigen und ihn bis zu dem genannten Orte zu begleiten. Es versteht sich wohl, daß wir armen erfrorenen Schlucker uns das nicht zweimal sagen ließen. Der Wagen rollte mit uns fort. Die ganze Nacht hindurch mußten wir unserm Wohltäter alle unsere Schicksale erzählen. Bei Tagesanbruch waren wir in Gröningen. Der Mann im Wagen fuhr seines Weges weiter, hatte uns zuvor aber noch mit drei holländischen Gulden beschenkt.

Nachdem wir unsern Brotbedarf erneuert hatten, wollten wir weiterwandern, wurden aber an einem Gittertore von einem barschen Kerle angerufen, der von uns sechs Stüber Zollgeld forderte. Unser Protestieren, daß wir arme schiffbrüchige Leute seien, die man ja wohl verschonen werde, half nichts. Wir wurden in die Stube des Zollhauses gezerrt und sollten zahlen. Nun wäre die Summe wohl zu erschwingen gewesen. Meine Kameraden winkten mir auch zu, nur in Gottes Namen den Beutel zu ziehen. Allein dieser saß samt unserm kleinen Reichtum so tief in meinen Beinkleidern, daß ich Bedenken hatte, ihn vor diesen Zeugen zum Vorschein zu bringen. Darüber saßen wir hier wohl eine gute halbe Stunde lang gleichsam wie im Arrest, bis uns ein Postbote erlöste, der hier Briefe abzugeben hatte. Er ließ sich die Angelegenheit von beiden Parteien umständlich vortragen und schlug sich, wie billig, auf unsre Seite. Dabei ging es denn nicht ohne nachdrückliche Rügen für den unbarmherzigen Zöllner ab. Dieser aber bestand auf seinem Zollreglement und seinen sechs Stübern. Endlich zog unser eifriger Sachwalter den eignen Beutel und warf dem Zöllner das Wegegeld hin. Darauf forderte er uns triumphierend auf, in Gottes Namen unseres Weges zu gehen.

Da meine beiden Begleiter, der angestrengten Märsche ungewohnt, fußkrank wurden und kaum noch vorwärts kamen, sahen wir uns gezwungen, ein Fuhrwerk zu nehmen. Wir fuhren von Dorf zu Dorf, bis wir ins Oldenburgische kamen. Von hier aus fuhren wir mit der Post nach Lübeck. Dies schnellere und bequemere Fortkommen griff aber so gewaltig in unsre Reisekasse, daß uns endlich doch der letzte Groschen aus den Händen zerrann.

Was blieb zu tun? Ich wandte mich in Lübeck an einen Kaufmann Sengbusch, der mir von Kolberg her dem Namen nach bekannt war, und ersuchte ihn, uns auf unsre teuer gehaltene Taschenuhr zwanzig Taler vorzustrecken. Hierzu war der gute Mann auch bereit. Wir konnten nunmehr mit der Post nach Stettin weiterfahren und fanden dort eine Gelegenheit, nach Kolberg zu kommen. Mitte März langten wir in der Heimat an und wurden von den Unsrigen mit einer Freude empfangen, als wären wir vom Tode auferstanden.

*   *   *

Fünf Tage war ich im lieben Vaterhause gewesen, als ein neuer Unglücksstern über mir aufging. Da hieß es: Die Unteroffiziere von unserm Bataillon, welches damals seine Winterquartiere in Torgau hatte, wären in unsrer Gegend, um frische Rekruten in diesem, ihrem Kanton auszuheben. In jener Zeit eine Schreckensnachricht für alle Eltern und alles junge Volk, das eine Flinte schleppen konnte und nicht mochte.

48

Diese entschiedene Abneigung des Bürgers gegen den Soldatenstand, die man damals überall fand, hatte aber auch ihre genugsame Rechtfertigung in der heillosen und unmenschlichen Art, womit die jungen Leute beim Exerzieren von den dazu angestellten Unteroffizieren behandelt wurden. Vor den Fenstern ihrer Eltern, auf öffentlichem Markte wurden sie von diesen rohen Menschen bei solchen Uebungen mit Schieben, Stoßen und Prügeln aufs grausamste mißhandelt. Oft nur, um ihre neue Autorität fühlen zu lassen, oft aber auch wohl in der eigennützigen Absicht, von den Angehörigen Gaben und Geschenke zu erpressen. Es war ein kläglicher Anblick, wenn die Mütter, die bei solchen Auftritten in Haufen daneben standen, schrien und baten, um dann von den Barbaren rauh und unsanft abgeführt zu werden. Irgendwelche Klagen bei den Obern wurden abgewiesen. Sie dachten wie ihre Untergebenen und sahen mit kalter Geringschätzung auf alles herab, was nicht den blauen Rock ihres Königs trug.

Ich selbst hielt mich schon meiner kleinen Statur wegen nicht tauglich zu einem regelrechten Soldaten. Darum dachte ich auch nie daran, meinem großen Friedrich, so sehr ich ihn auch verehrte, in Reih' und Glied und mit dem Schießprügel auf der Schulter zu dienen. Man kann sich also meinen Schreck denken, als ein gutmeinender Freund aus dem eingetroffenen Werber-Korps meinem Vater insgeheim anvertraute: Sämtliche Burschen der Stadt von vierzehn Jahren und darüber wären bereits notiert; um elf Uhr würden die Tore geschlossen, die Brauchbarsten unter den Jungleuten aufgegriffen und gleich am nächsten Morgen nach Sachsen transportiert.

Jetzt war es neun Uhr morgens. Ich durfte also nicht säumen. Ich sollte vorerst nach der Münde flüchten und mich dort verbergen. Bald hörte ich, daß das Ordonnanz-Haus bereits voll neuer Rekruten stecke. Mein Vater ließ mir sagen, daß auch bei ihm nach mir gesucht worden sei. Ich möge mich daher ungesäumt aufmachen und zwei Meilen weiter am Strande entlang im Dorfe Bornhagen bei einem mir namhaft gemachten Bauer eine einstweilige Zuflucht suchen. Doch dieser gute Rat kam leider zu spät; mein Aufenthalt war schon verraten!

Gleich am Nachmittag zeigten sich die Werber überall auf der Münde und umringten das Haus, in dem ich steckte. Ich hatte nur soviel Zeit, mich auf den stockfinsteren Boden zu flüchten. In meiner Angst zog ich ein großes Fischernetz, das dort hing, über mir zusammen, so daß ich ein wenig verdeckt lag. Kaum war dies geschehen, so rührte sich auch etwas auf der Leiter, die unter das Dach führte. Es war ein Unteroffizier. Er zog sein Seitengewehr und tastete damit die Winkel ab. So ging er auch rund um mich, ohne mich unter dem aufgetürmten Netz zu ahnen. Ich hatte Gelegenheit, sein Tun einigermaßen zu beobachten. Ich darf wohl sagen, daß mir dabei unheimlich zumute war. Aber er fand mich nicht, und auch unten im Hause ward ich standhaft verleugnet.

Nun war aber auch hier meines Bleibens nicht länger! Kaum graute der Abend, so machte ich mich zu meinem Bauer auf den Weg. Man hatte mir einen tüchtigen Schiffshauer (eine Art Haumesser) zu meiner Sicherheit mitgegeben. Ich sollte mich damit weniger meiner Verfolger erwehren als der Wölfe, da ich ja das Stadtholz passieren mußte. Es war auch ein wahres Wolfswetter, mit Sturm und Schneegestöber. Gott weiß, wie blutsauer mir dieser Weg geworden. Unzählige Male brach das Eis unter mir ein oder ich versank im Schnee, daß ich vollauf zu tun hatte, immer wieder auf die Beine zu kommen. Endlich am Morgen erreichte ich meine Freistatt. Ich hielt mich dort zehn oder zwölf Tage auf. Da ich immer im

Zimmer bleiben mußte und keine Nachrichten von Hause hatte, däuchte mir die Zeit wie eine halbe Ewigkeit. Endlich hatte ich keine Ruhe mehr. Ich machte mich eines Abends wieder auf, um in meinem alten Quartier auf der Münde nachzufragen, ob ich mich mit einiger Sicherheit wohl wieder zeigen dürfte.

Hier lauteten indes die Nachrichten so wenig tröstlich, daß ich mich weiter verbergen mußte. Doch wollte ich nicht gern von der Münde weichen, weil die Schiffahrt bald wieder losging, und dann war ich hier zur Stelle und konnte womöglich mit irgendeinem absegelnden Schiff entkommen. Da sich aber noch mehrere meiner jungen Kameraden mit ähnlichen Plänen trugen, so waren wir bereits nach einigen Tagen verraten worden. Eine neue Jagd ward auf uns begonnen. Mitten in der Nacht weckte mich ein leises Klopfen an den Fensterladen des Kämmerchens, wo ich schlief. Die bekannte Stimme einer getreuen Frauensperson rief mir zu: „Joachim, auf! Aus den Federn! Die Soldaten sind wieder auf der Münde! Den und den und den (die sie mir bei Namen nannte) haben sie schon beim Flügel gekriegt. Mach, daß du davon kommst!"

Man glaubt mirs wohl, daß ich flugs und mit beiden Füßen zugleich aus dem Bette sprang. In der Bestürzung griff ich nach den ersten besten Kleidern, die auf den Stühlen lagen und die ich für die meinigen hielt. So stahl ich mich im Hemde alsobald auf die Straße hinaus. Dort schüttelte ich meinen Fund auseinander, um mir davon etwas über den Leib zu werfen, und bemerkte nun erst mit Schrecken, daß mir nichts als Frauenkleider in die Hände gefallen waren. Da mir nichts anderes übrig blieb, warf ich mir einen roten Friesrock über die Schultern und war im Begriff, mich mit dem Reste noch besser auszustaffieren, als ich in meinem Anputzen häßlich gestört wurde.

Es waren die Herren Soldaten. Sie bogen kaum zehn Schritte vor mir um eine Ecke. Ich suchte mein Heil in der Flucht. Aber eben dadurch verriet ich mich und hatte meine Widersacher auf den Fersen. Mein Lauf ging gerades Weges nach einem im Hafen liegenden Schiffe, an dessen Bord sie mir nicht so hurtig nachfolgen konnten. Zu meinem Glück lag an der anderen Seite des Schiffes ein Boot befestigt. Ich sprang hinein; es war sogar ein Ruder darin. Ich löste das Tau, stieß ab und entkam meinen Verfolgern in eben dem Augenblick, als auch sie das Schiffsverdeck erreicht hatten.

Jenseits, in der Maykuhle, ging ich an Land. Ich überlegte nun etwas ruhiger, was weiter zu tun sei. Vor allen Dingen mußte ich etwas auf den Leib kriegen. Ich war ja so gut wie nackt, und es war eine bitterlich kalte Märznacht. Also wanderte ich getrost zu der nächstgelegenen Holzwärterei Grünhausen. Ich klopfte den Bewohner heraus, gab mich zu erkennen und bat um Aufnahme. Seine abschlägige Antwort befremdete mich nicht. Es war derzeiten streng verboten, Flüchtlinge meiner Art aufzunehmen. Man sollte sie vielmehr sofort anhalten und aus= liefern. Ich beschränkte demnach meine Bitten auf irgendeine Kopfbedeckung und ein Paar Strümpfe. Der ehrliche Kerl reichte mir seine Schlafmütze und ein Paar hölzerne Pantoffeln. Dann riet er mir noch, mich eiligst zu entfernen. Es sei auch bei ihm nichts weniger als sicher, da er gleichfalls einen Sohn im Hause habe, dem, obwohl er krank und elend sei, von den Soldaten nachgetrachtet werde.

So aufs abenteuerlichste ausstaffiert, begab ich mich nach der Maykuhle zurück, um eine anderweitige Zuflucht aufzu= suchen. Es stand dort, wie ich wußte, ein alter Schiffsrumpf hoch am Strande, der im Sommer als Bierausschank benutzt wurde. An diesem kletterte ich hinan, stieg oben durch das

Rauchfangloch und duckte mich da vor der Kälte in einem Winkel zusammen. Mit dem ersten Dämmerungsstrahl lugte ich von meiner Hochwarte überall umher. Da nach der Münde hin alles ruhig schien, so wagte ich mich hervor. Ich suchte mein verlassenes Boot wieder auf und ruderte vorsichtig zu einem Schiffe heran, das nach Königsberg gehörte und von Schiffer Heinrich Geertz geführt wurde. Dieser gute Mann nahm mich willig auf und hielt mich länger als vierzehn Tage bei sich verborgen.

Dennoch konnte ich hier nicht ewig bleiben. Es war mir daher eine erwünschte Nachricht, daß ein Kolberger Schiffer, dessen Schiff dicht neben uns vor Anker lag, am nächsten Morgen mit Ballast nach Danzig auszugehen gedenke. Zu diesem Schiff führte mich mein Freund Geertz um Mitternacht. Meine ganze Reiseausrüstung bestand in einem Bündel mit Hemden und anderen kleinen Notwendigkeiten, welches mir meine Mutter heimlich geschickt hatte.

Auf dem Schiffe war alles stille. Niemand hatte mich wahrgenommen. Ich öffnete die vordere Kabelgatsluke und rutschte hinunter. Dann machte ich die Luke hinter mir zu und versuchte durch die tausend Gegenstände, die sich mir hindernd in den Weg stellten, tiefer in den Raum hinabzukommen. Es glückte mir auch, aber zu gleicher Zeit hörte ich hinter dem Ballast etwas rascheln und flüstern, das mir unheimlich vorkam. Gleichwohl kroch ich noch weiter heran und unterschied bald menschliche Stimmen. Je länger ich darauf horchte, um so bekannter kamen sie mir vor. Kurz, es gab hier eine ganz unvermutete Erkennungsszene zwischen mir und elf anderen Seekameraden, welche gleiche Not und gleiche Hoffnung hier zusammengebracht hatte.

Für den Augenblick hielten wir uns zwar geborgen, aber wir

hatten nun zu erwarten, daß das Schiff nach uns Flüchtlingen visitiert wurde. Inzwischen brach der Tag an und an Bord ward es lebendig. Wir hörten, wie man Anstalten machte, in See zu gehen. Ein wenig später spürten wir mit steigender Freude das Schiff in Bewegung. Dann merkten wir das Anschlagen der Brandung an die Seitenborde und hörten endlich auch den Abgang des Lotsen, der uns zum Hafen hinaus begleitet hatte. Da auch der Wind gut sein mußte, so glaubten wir uns nach Verlauf von noch einer Stunde weit genug von Kolberg, um uns wieder ans Tageslicht wagen zu dürfen. Wir setzten also die Leiter an, schoben die große Luke auf und betraten wohlgemut das Verdeck.

Das Erstaunen des Schiffers über unsern unerwarteten Anblick kannte keine Grenzen. Er erwog seine schwere Verantwortlichkeit und tobte wie besessen. „Könnt ich nur gegen den Wind ankommen", rief er, „ich brächt euch alle auf der Stelle nach Kolberg zurück und machte rein Schiff. Aber ich weiß darum wohl, wohin ich euch abzuliefern habe." Zugleich verbot er seinen Leuten aufs strengste, sich um uns zu kümmern und uns Essen oder Trinken zu reichen.

Zwar ward es mit diesem Befehl nicht so genau genommen, unsere Freunde steckten uns immerfort etwas von ihren Portionen zu; allein, da wir volle acht Tage auf See blieben, so litten wir gleichwohl grausam Hunger und Durst. Wir waren daher von Herzen froh, als endlich die Anker im Danziger Fahrwasser fielen. Hier sagte der Schiffer in unserer Gegenwart (also wohl nicht ohne geheime Absicht) zu seiner Mannschaft: Er gehe jetzt an Land und nach Danzig zum Preußischen Residenten, um uns Deserteure zu melden und an ihn auszuliefern. Bis dahin sollten sie uns an Bord festhalten und mit Leib und Leben für uns einstehen. Vergeblich wandten sie ein:

Die Partie stehe zu ungleich, da sie nur fünf Mann, wir aber zwölf wären. „Was kümmerts mich?" war seine Antwort. „Und wenn es auch Mord und Totschlag gibt, so laßt sie nicht laufen!"

Das hieß nun wohl deutlich genug: Immerhin, laßt sie laufen! Kaum hatte er auch nur den Rücken gewandt, so machten wir uns zum Abzuge fertig. Zum Schein gab es zwischen uns und dem Schiffsvolk ein unbedeutendes und unblutiges Handgemenge. Darauf gingen wir unseres Weges. Wir ließen uns sofort über die Weichsel setzen und schlugen längs dem Seestrande die Richtung nach Königsberg ein.

* * *

Es traf sich sehr gelegen, daß an diesem lebendigen Handelsplatze bei eben wieder eröffneter Schiffahrt Mangel an unterrichteten Seemännern war, die als Steuerleute gebraucht werden konnten. Es währte daher kaum zwei, drei Tage, und wir waren auch schon samt und sonders und meist in jener Eigenschaft mit Vorteil untergebracht. Ich selbst fand einen Platz als Steuermann auf einer kleinen Jacht von fünfzig Lasten und fünf Mann Besatzung. Mein Schiffer hieß Berend Jantzen. Sein Schiff war mit einer Ladung Hanf nach Irwin in West-Schottland bestimmt, sollte aber, um die französische Kaper zu vermeiden, oben herum durch die Nordsee und die Orkaden steuern.

Wir gingen unter Segel. Doch schon im Sunde hatten wir Unglück. Das eiserne Band eines Wasserfasses schlug beim Zerspringen dem Schiffer von hinten gegen die Wade und schleuderte dadurch das Bein so heftig gegen eine scharfe Holzecke, daß wir ihn in die Kajüte tragen mußten. Er hatte durch diesen Schaden mehrere Monate lang das Bett zu hüten. Da

auch einer unserer Matrosen, an welchem sich bald ein veneri=
sches Uebel offenbarte, nicht auf Deck zu brauchen war und
unser Schiffsjunge (eigentlich ein verdorbener Tischlergeselle)
bei dem geringsten Sturmwetter mit Seekrankheit zu tun hatte,
mußten ich und der zweite Matrose das Schiff allein führen.
Ich gestehe, daß mir bei der Sache nicht ganz wohl war.

Die Schiffahrt zwischen Schottland, der Insel Lewis und
den übrigen zahlreichen Hebriden gehört in der Tat zu den ge=
fährlichsten. Nicht nur das enge Fahrwasser zwischen den Inseln
und den vielen Klippen macht sie so schwierig, sondern auch
hauptsächlich die starken Strömungen, die das Wasser überall
brandend aufschäumen lassen. Es sieht aus, als ob alles rings
umher dicht mit Klippen besät wäre. Noch schlimmer aber ist
es, daß die holländischen Seekarten, deren wir uns damals
allein bedienen konnten, hier durchaus unzuverlässig sind und
jeden Augenblick irre führen. Auch ich verlor den Kurs. So
darf man sich denn nicht wundern, daß ich hier bald nicht mehr
aus und ein wußte.

In dieser Bedrängnis kam uns ein englisches Schiff zu Ge=
sicht, von welchem ich richtigen Bescheid zu erlangen hoffte. Ich
richtete also die Segel nach jeder Seite hin und steckte zugleich
die preußische Flagge auf. Sie ist bekanntlich weiß und führt
in der Mitte den schwarzen Adler. Aber auch die französische
Flagge ist von weißer Farbe. Da sich nun bei dem mäßigen
Winde unsere Flagge zu wenig entfaltete, um den Adler an=
statt der Lilien erkennen zu lassen, so ward ich von dem Eng=
länder für einen französischen Kaper angesehen. Er setzte soviel
Segel auf, als sein Schiff nur tragen konnte, um mir zu ent=
gehen. Ich tat dasselbe, um Jagd auf ihn zu machen. So ver=
ursachten wir uns beiderseits Not und Mühe, bis am Nach=

mittag der Wind völlig erstarb, als ich nur noch eine kleine Viertelmeile von dem Flüchtling entfernt war.

Ich setzte nunmehr die Jolle aus und ließ mich von dem Matrosen und dem Schiffsjungen zu dem anderen Schiff rudern. Als Vorwand meines Besuches sollte die kleine Notlüge dienen, daß unser Trinkwasser ausgegangen sei. Wir kamen dem Schiffe auch glücklich zur Seite. Zu unserer Verwunderung fanden wir alles zum Gefechte bereit.

Meine Bitte um frisches Wasser schien unverdächtig. In der Zeit, da das Wasser gezapft und in mein Faß gefüllt wurde, fragte ich ganz unbefangen nach dem Namen dieses und jenes Landes, das uns eben vor Gesicht lag. Ich erfuhr dann auch, daß dort hinaus Kap Cantrie, hierwärts aber die Insel Lamlach läge. Zu meiner großen Beruhigung war ich nun wieder orientiert, ohne mir die Blöße gegeben zu haben, meine Unwissenheit einzugestehen.

Irwin, unser Bestimmungsort, liegt im Grunde einer tiefen, runden Bucht. Als wir ihre Höhe erreichten, blies ein Sturm aus Nordwest gerade darauf zu. Da sie mir durchaus unbekannt war und, soviel ich wußte, schlechten Ankergrund hatte, wäre es verwegen gewesen, sich bei diesem Winde und Wetter hinein zu wagen. Ich steuerte also gegen die Insel Arron, um dort vielleicht einen Lotsen zu finden. Doch zwei Tage kreuzte ich vergebens umher. Infolge meiner weißen Flagge floh alles auf der See vor mir und vom Lande wagte sich niemand zu mir heran. Ich wurde eben für einen Franzosen gehalten. Zuletzt näherte ich mich dem Strome von Port-Glasgow. Und hier gelang es mir denn, einen Lotsen zu finden, der mich nach Irwin brachte.

Nachdem auch unser Schiffer wieder auf die Beine gekommen war, gingen wir von hier mit Ballast und unter neutraler

Flagge nach der Insel Noirmoutiers an der westlichen Küste Frankreichs. Dort nahmen wir eine Ladung Seesalz ein und machten uns dann nach Königsberg auf den Heimweg. Leider gerieten wir im Kanal in der Nähe von Dover nach und nach mit sieben englischen Kapern zusammen. Alle diese Schnapphähne – Kerle mit wahren Galgengesichtern – stiegen zu uns an Bord und nahmen alles, was sie brauchen konnten. Kessel und Pfannen, Tauwerk und Segel, Seekarten und Kompaß mußten mit ihnen wandern. Was der eine uns ließ, das nahm der andere. Ja, endlich zogen sie uns sogar die Kleider vom Leibe.

Wir hatten, gegenüber von Dover, beilegen müssen, als mir bei dem letzten unerwünschten Besuche dieser Art ein besonders zudringlicher Taugenichts die langen Schifferhosen von den Beinen streifte. Das hätte ich verschmerzen können, aber bei der Gelegenheit fiel ihm auch ein Notpfennig von etwa dreizehn Rubeln in die Augen. Ich hatte sie ins Hemd genäht, da ich sie dort für sicher hielt. Kaum aber hörte er das Klappern des Silbers, als er gierig zugriff und mir den Hemdzipfel mit seinem Schiffsmesser vom Leibe hieb. Darauf zählte er seine Beute und trieb die britische Großmut so weit, mir davon einen Rubel zurückzugeben.

Ich aber war über diese Behandlung dermaßen erbittert, daß ich augenblicklich das Ruder aufholte, die Segel abbraßte und, da der Wind südlich stand, nach dem Lande zuhielt. „Was soll das bedeuten? Wo hinaus?" fragten die Kerle, die dicht bei mir standen. – „Wo hinaus?" antwortete ich, von Wut überwältigt. „Geraden Wegs nach Dover, wo ihr Schelmengezüchte noch heut am lichten Galgen baumeln sollt!" – Flugs kam auf diese Drohung das ganze Pack aus den unteren Schiffsräumen, wohin sie sich zum Raube begeben hatten. Im dichten Kreise stellten sie sich um mich. Soviel Hände, soviel Pistolen wurden mir auch an den Kopf gehalten. Ihre Messer saßen an meiner Brust. Doch schoß oder stach niemand. Sie rissen mich an den Haaren aufs Deck nieder. Einige hielten mich an Kopf und Füßen fest, andere schlugen mit den flachen Klingen auf mich drein, daß mir Hören und Sehen verging. Endlich hatten sie sich ausgetobt. Es gab noch ein paar Fußtritte. Und einer, der mir nun auch die Stiefel von den Füßen zog, schlug mir zum Abschluß damit noch um die Ohren. Dann zog er sie sich an und ging mit seinen feinen Gesellen an Bord ihres Kaperschiffes zurück.

Mein Zustand war so jämmerlich, daß man mich für halbtot in meine Koje trug. Nicht genug, daß ich das Schiff nicht mehr führen konnte, kam auch noch in der nächsten Nacht ein mächtiger Sturm auf. Die übrige Mannschaft fühlte sich zu schwach, die Segel einzunehmen. Demzufolge brach auch bald der große Mast und ging mit seiner ganzen Takelage über Bord. Nun trieb das Wrack auf der See und hätte wahrscheinlich auch seinen Untergang gefunden, wenn nicht tags darauf eine holländische Fischer-Schute in unsere Nähe gekommen und bereit gewesen wäre, unser Schiff nach dem Texel und von dort nach Medemblyk zu schleppen. Hier fand sich Gelegenheit, es wieder zu vermasten und in segelfertigen Stand zu setzen.

Als es zugerüstet war, fühlte ich mich noch zu krank und elend, um wieder mit an Bord zu gehen. Ich mußte also in Medemblyk zurückbleiben und begab mich dort zu einem Kompaßmacher, dem ich seine Kunst gründlich ablernte. Dies ist mir später von großem Nutzen gewesen. Zugleich schrieb ich in meine Heimat, und bald forderte mich mein Vater auch auf, ungesäumt nach Kolberg zurückzukommen. Die Gefahr, zum Soldaten ausgehoben zu werden, sei jetzt nicht zu fürchten. Er wisse sich als Bürger=Adjutant dem Festungskommandanten von Heyden besonders geneigt, und es gebe mehr als eine Weise, dem Vaterlande rechtschaffen zu dienen. Überdem stehe der Festung wahrscheinlich binnen kurzem eine Belagerung durch die Russen bevor. Es sei also das beste, ich käme nach Hause, um mit meinen Eltern zu leben und zu sterben. Folge ich aber nicht, so möchte ich fernerhin nimmer wagen, mich seinen Sohn zu nennen. Kurz, neben dem glühenden Patriotismus, der sein Herz beseelte, ließ er mich die Besorgnis spüren, daß ich meiner alten Abenteuerlust hier in Holland abermals folgen und mit leichtem Sinn in die weite Welt gehen möchte.

Es blieb mir also nichts anderes übrig, als mich unverzüglich zu Schiff nach Hamburg zu begeben.

Drei oder vier Wochen darauf begann die erste von dem russischen General Palmbach geleitete Belagerung meiner Va=terstadt. Schon von alten Zeiten her sind die Kolberger durch ihren Bürgereid verpflichtet, zur Verteidigung der Festung Leib und Leben, Gut und Blut daranzusetzen. Sie taten auch bei dieser Gelegenheit als brave Preußen ihre Schuldigkeit. Meines Vaters Posten forderte vor allen Dingen, daß er in dieser Zeit stets an der Seite des Kommandanten sein mußte. Und wo er war, da war auch ich, um ihm als flinker und rühri=ger junger Mensch zur Hand zu gehen. Der alte wackere Hey=den sah meinen guten Willen. Das gewann mir sein Wohl=gefallen in dem Maße, daß ich beständig in seiner Nähe sein mußte. Ich konnte so für seinen zweiten Bürgeradjutanten gelten, und ich mußte oftmals auf den Wällen seine Befehle nach entfernten Posten überbringen. Dies war eine gute Schule für mich; ich lernte, was unter solchen Umständen zum Festungs=dienste gehört. Diese Lektion ist mir noch im späten Alter treff=lich zugute gekommen!

Obgleich diese Belagerung ernstlich genug gemeint und mit überlegener Kraft begonnen, blieb sie dennoch durch die Entschlossenheit unseres Anführers und seine geschickten Gegenmaßnahmen fruchtlos. Die Russen mußten, nachdem sie eine Menge Pulver unnütz verschossen hatten, nach einigen Wochen wieder abziehen. Sobald aber Kolberg wieder frei geworden, war dort meines Bleibens nicht länger. Ich machte eine Fahrt nach Amsterdam und traf hier meinen alten wertgehaltenen Kapitän Joachim Blank, den ich vor drei Jahren ungern verlassen hatte. Kapitän Blank hatte gerade eine neue Reise nach Surinam vor. Es bedurfte keines langen Zuredens, um auf seinem Schiffe meine alte Stelle als Steuermann anzunehmen.

          *   *   *

Bei anhaltend günstigem Wetter erreichten wir binnen kurzem die östlichen Passat-Winde und legten die gesamte Fahrt vom Texel bis in den Fluß von Surinam – eine Strecke von zweitausendzweihundert Meilen – in der ungewöhnlich kurzen Zeit von achtundzwanzig Tagen zurück.

Meine Tätigkeit an diesem unserem Bestimmungsort war die gleiche, wie die, von der ich schon früher erzählt habe. Ich befuhr beide Ströme in der Kolonie, versah die Plantagen mit den Waren unserer Ladung und brachte von dort Zucker und Kaffee zurück. Ich machte dadurch die Bekanntschaft einer Menge von Plantagen-Direktoren, die großenteils meine näheren oder entfernteren Landsleute waren und mir sämtlich viel Liebe und Güte erwiesen. Ihrer unbegrenzten Gastfreundlichkeit danke ich die vergnügtesten Tage meines Lebens.

Auf unserer Heimfahrt nach Amsterdam hatten wir einen der vermögendsten Plantagenbesitzer als Passagier an Bord. Die Sehnsucht nach dem vaterländischen Himmel trieb ihn nach

Europa zurück. Er hieß Polack und war ein geborener Wiener. In seiner Jugend als einfacher Soldat nach Surinam geraten, hatten ihn hier Glück und Tätigkeit zu einem reichen Manne gemacht. Eine der größten Kaffeeplantagen, der „Maas-Strom" genannt und am Commendewyne gelegen, war sein Eigentum. Er hatte diese Plantage unlängst seinem Schwester-sohn als Geschenk übergeben, den er aus Europa zu sich ge-rufen hatte. Es war ein rührender Anblick, als ich ihn von dort in unsere Schaluppe an Bord abholte. Alle Sklaven der Pflanzung, wohl an die vierhundert Männer, Weiber und Kinder, hatten sich versammelt, um ihrem alten gütigen Herrn Lebewohl zu sagen. Sie fielen rings um ihn nieder, weinten, umfaßten seine Füße und Hände und umklammerten seinen Leib, als wollten und könnten sie ihn nimmer von sich lassen. Dürfte man voraussetzen, daß das Schicksal allen Negersklaven in den Kolonien einen so menschlich denkenden Gebieter zuteilte, so würde das laute Gezeter über die himmelschreiende Ungerech-tigkeit des Sklavenhandels viel von seinem Nachdruck ver-lieren. –

Am 1. Dezember 1759 erreichten wir wieder Amsterdam. Unsere Fahrt hatte diesmal ein rundes Jahr gewährt. Von unserer Bemannung, die vierundvierzig Köpfe betrug, hatten wir neun Menschen durch den Tod verloren.

Untätigkeit und träge Muße waren mir unleidlich. Ich enga-gierte mich daher sofort wieder als Unter-Steuermann auf das Schiff „De goede Verwachting" unter Kapitän Siewert. Das Schiff lag schon im Texel und war nach St. Eustaz bestimmt. Anfang 1760 wurden die Anker gelichtet. Die späte Jahreszeit ließ eine schwere, stürmische Fahrt in der Nordsee und im Kanal erwarten. Diese Befürchtung wurde nur zu schnell zur Wahr-heit: wir büßten nicht nur mehrere Segel, sondern auch Stangen

und Rahen ein, und fünf Matrosen samt dem Schiffszimmer-
mann wurden über Bord gespült, ohne daß wir sie zu retten
vermochten. So kamen wir äußerst beschädigt in St. Eustaz an,
bewirkten aber binnen vier Wochen unsere Ausbesserung und
Rückladung.

Wir mochten kaum die Hälfte unseres Weges nach Holland
zurückgelegt haben, als wir von einem englischen Kriegsschiffe
gekapert wurden. Bis auf vier Mann wurden wir an Bord
dieses Schiffes genommen und im Mai nach Portsmouth gebracht. In dem Prozeß, den man gegen uns anstrengte, fand
man es für gut, in unserer Fracht französisches Eigentum zu
wittern. Schiff und Ladung wurden also beschlagnahmt, die
Mannschaft aber mit der Gage von einem Monat abgefunden.

Da es unter diesen Umständen sehr schwer war, England zu
verlassen, blieb nichts übrig, als Dienste auf einem englischen
Schiffe zu nehmen. So kam ich Anfang Juli unter Kapitän
Keppel nach Danzig. Ich schrieb sofort an meine Eltern nach
Kolberg und schilderte ihnen meine Lage. Dies hatte die mich
sehr überraschende Folge, daß meine gute Mutter persönlich mit
der Post nach Danzig kam. Sie steckte sich hinter den preußischen
Residenten, und dieser brachte es mit leichter Mühe zu Wege,
daß ich als preußischer, also Untertan einer befreundeten Macht,
von dem englischen Schiffe entlassen wurde. Gleich darauf fuhr
ich mit meiner gütigen Befreierin nach unserer Vaterstadt.

Kaum fünf oder sechs Wochen hatte ich im väterlichen Hause
zu meiner Erholung zugebracht, als Kolberg zum zweiten Male
belagert wurde. Da die Russen diesmal zu Lande und zu
Wasser operierten, so war auch der Hafen gesperrt, und ich saß
also wieder in der Kaltschale. Indes tat ich meinen Dienst wie
vor zwei Jahren. Diesmal ging es allerdings um vieles heftiger
her. Glücklicherweise dauerte unser Notstand nur etwa drei

Wochen. Dann wurde die Festung durch den braven General Werner wie durch ein Wunder entsetzt.

*   *   *

Während der Zeit des siebenjährigen Krieges blieb den preußischen Schiffen und Seeleuten, wollten sie ihrem Erwerb nachgehen, kaum etwas anderes übrig, als unter der neutralen Danziger Flagge zu fahren. Auf einem solchen Schiffe ging ich dann auch im Oktober in See. Es war nach Amsterdam bestimmt und wurde von Carl Christian, einem in Pillau ansässigen Schiffer, geführt. Ich hatte mich als Steuermann verdungen.

In dieser vorgerückten Jahreszeit fehlte es nicht an häufigem Sturm und Unwetter, womit wir besonders in der Nordsee viel zu schaffen hatten. Wir bekamen ein Leck, das binnen kurzem sehr bedenklich wurde. Da nämlich die Ratten die inwendige Fütterung des Schiffsbodens durchgefressen hatten, war das Getreide, welches unsere Ladung ausmachte, in den unteren Kielraum geraten und verstopfte unsere Pumpen. Der Sturm ward immer heftiger; wir fühlten uns dem Sinken nahe. In dieser Notlage blieb uns nichts übrig, als das Schiff vor dem Winde laufen zu lassen, die Luken zu öffnen und von unserer Ladung soviel wie möglich über Bord zu schaffen. Noch immer konnten wir keinen Hafen sehen. Mit Einbruch der Nacht gerieten wir in die Schären an der südlichsten Spitze von Norwegen. Wir kamen zwar mit Mühe mit siebzig bis achtzig Klafter vor Anker, konnten aber nicht verhindern, daß das Hinterteil des Schiffes auf eine Klippe stieß. Durch die Gewalt dieses Stoßes zerbrach das Ruder samt dem Hintersteven. Das Wasser im Raume stieg mit jeder Viertelstunde höher. Wir brachten eine Nacht voll entseßlicher Angst zu und sahen den gewissen Tod vor Augen.

Endlich zeigte sich uns im dämmernden Tageslicht eine Durch= fahrt zwischen den Schären, die wir augenblicklich benußten. Ein wenig später fanden wir auch einen Lotsen, der uns in den Hafen von Kleven nahe bei Mandal führte. Froh des gerette= ten Lebens besserten wir hier unser hart beschädigtes Schiff aus. Wir konnten aber erst im März 1761 und mit stark verminder= ter Ladung in See gehen. Im April erreichten wir denn unseren Bestimmungsort, löschten unser Getreide und segelten einige Wochen später mit Ballast nach der Insel Noirmoutiers weiter. Hier nahmen wir eine Ladung Seesalz als Rückfracht nach Königsberg ein.

Einige Tage später befanden wir uns morgens vor Quessant. Ich war eben mit meiner Wache fertig. Der Kapitän kam aufs Deck, um mich abzulösen. Ich bedeutete ihm: „Dort haben wir Quessant. Wir dürfen nicht südlicher steuern als Südsüdwest, wenn wir nicht hier in der Bucht zwischen die Klippen geraten wollen.“ — Ich glaubte mich zu dieser Aeußerung befugt, weil ich ohnehin auf dem Schiffe meist alles allein zu leiten hatte. Mit des Kapitäns Steuerkunst war es nämlich herzlich schlecht bestellt. Er hatte zwar einige Reisen nach Ostindien gemacht, aber nur als Zimmermann. Seine Anstellung als Schiffer hatte er lediglich der Gunst der Verwandten seiner Frau zu danken, die in Königsberg Reeder waren. Zudem wurden von seinen früheren Fahrten allerlei seltsame Dinge erzählt, die sein Un= geschick für einen solchen Posten sattsam bewiesen.

Während ich in meine Koje zur Ruhe ging, nahm der Kapi= tän sein Werkzeug und zimmerte an dem Boot herum. Ehe mir aber noch die Augen recht zufielen, ging er zu dem Matrosen am Steuer und fragte: „Was steuert Ihr?“ — „Südsüdwest,

Herr!" war die Antwort. – „Ei, warum nicht gar! Steuert Südsüdost!" befahl der Schiffer. Ich erschrak und dachte darüber nach, was ihn zu dieser Widersinnigkeit veranlassen könnte. Kaum zehn Minuten später kam er nochmals und gebot dem Mann am Ruder, vollends gegen Südost zu steuern. Sogleich sprang ich auf und überzeugte mich, ob dieser wirklich den anbefohlenen Kurs hielt. Dann rief ich dem Kapitän zu: „Um Gotteswillen! Mit dem Südost-Kurs sind wir ja gleich im Unglück! Wir müssen wieder südwestlich steuern."

Er tat, als hörte er mich nicht. Ich rannte zu dem Matrosen und donnerte auf ihn ein: „Steuert Südwest!" – Als der Schiffer dies hörte, warf er seine Zimmeraxt beiseite und gebot seinerseits: „Steuert Südost!" – Ich riß dem Kerl die Ruderpinne aus der Hand, um so meinen Willen zu erzwingen. Jetzt nahm mir der Kapitän die Pinne mit Gewalt und erklärte wütend, daß es bei Südost verbleiben solle.

Ich ging nun in den Roof und rief der Mannschaft zu: Der Schiffer wolle uns mit seinem Eigensinn ins Unglück bringen; wir führen mit diesem Kurs dem Verderben in den offenen Rachen. „Gleich hin nach vorne und ausgeschaut nach Klippen und Brandung!"

In der Tat, kaum war eine halbe Stunde verlaufen, da schrien die Leute: „Ho da! Klippenbrandung vor uns!" – Jetzt hielt es mich nicht länger. Ich griff wie ein Sturm ins Ruder, holte es hart an die Backbordseite und erblickte mit Herzbeben rings umher ein Labyrinth von Klippen weiß aufschäumen.

Auch der Kapitän sah, was vorging. Bleich und zitternd schlich er nach der Kajüte. Ich wendete das Schiff mit Hilfe der übrigen. Da der Wind günstig in die Segel stand, hatte ich das kaum erhoffte Glück, mich mit Kreuzen und Lavieren end-

lich wieder aus dem Untergang drohenden Gedränge herauszu=
finden. Unseren Schiffer sah ich erst zur Essenszeit wieder, da
er mich wie gewöhnlich zu Tische rufen ließ. Kaum trat ich in
die Kajüte, so fiel er mir um den Hals. Er gestand, er sei ganz
von Sinnen gewesen, und bat mich, alles Geschehene zu ver=
gessen. Er gab mir die heilige Zusicherung, mir künftig ganz
meinen Willen lassen zu wollen. Ich schärfte ihm jedoch ein
wenig das Gewissen, indem ich ihm sagte, wie nahe es daran
gewesen war, daß wir alle durch seine Schuld Kinder des Todes
geworden. Er erkannte das, gab gute Worte, und damit war
die Sache abgetan.

Auf der Heimreise hatten wir den Kanal bereits wieder pas=
siert und bei Nacht die Leuchtfeuer bei Dover deutlich erkannt.
Wir liefen mit einem zum Sturm anwachsenden Westsüdwest=
winde um die Wette. Weiter in die Nordsee hinein, wo sie
mehr Breite gewann, fanden wir gewaltige Wogen, die unserem
tief mit Salz geladenen Schiffe durch öfteres Ueberstürzen sehr
beschwerlich fielen. Eben war meine letzte Nachtwache von zwölf
bis vier Uhr zu Ende. Ich ging demnach zum Kapitän in die
Kajüte, um ihm zu sagen, daß seine Wache begänne.

Müde suchte ich meine Lagerstätte auf, ohne jedoch einschlafen
zu können. Ich hörte den Kapitän aufs Deck kommen und wie=
der in die Kajüte zurückkehren, wobei er Morgen= und Buß=
lieder zu singen begann. Das deuchte mir bei ihm sehr ver=
wunderlich. Während der ganzen Reise – außer beim Schiffs=
gebet – hatte er nie ein geistliches Buch in die Hände genom=
men, noch eine Gesangsnote angestimmt.

Eine Stunde später trat er an mein Bett, um mich zu fragen,
ob ich schliefe. – „Kann man es wohl bei Eurer seltsamen
Musik?" war meine Antwort. Nun sagte er mir: Es ginge nicht
anders, wir müßten die Segel reffen und gegen den Wind

drehen. Er bat mich, ich sollte mich in die Kleider werfen und mit meinen Leuten auf dem Platze sein. Er selbst wolle mit seinem Wachvolk den Besanmast einnehmen. Flugs sprang ich aus den Federn, machte Lärm und brachte meine Mannschaft auf die Beine. Aber noch steckte ich selbst erst halb in einem Stiefel, als der Mann am Ruder ein helles Geschrei anhob. Ich stürzte auf Deck. „Kerl bist du toll?" brüllte ich. „Was ficht dich an?" – „Mein Gott! Mein Gott! Da vorne muß ein Unglück passiert sein. Sie lamentieren alle ganz kläglich durcheinander."

In drei Sprüngen war ich vorne am Bug. „Was ist's? Was fehlt euch? Sprecht!" – „Ach, daß Gott erbarme! Der Schiffer ist über Bord!" – „Nun denn, nicht lange besonnen! Frisch, daß wir ihm helfen!" – Sogleich griff ich nach allem Tauwerk, das mir zunächst zur Hand kam, und ließ die Enden über Bord laufen, damit sich der Unglückliche vielleicht daran halten möchte. Das gleiche tat ich hinten auf dem Kajütendeck. Ich wußte ja nicht, auf welcher Seite ich ihn eigentlich zu suchen hatte, da das Schiff eine fliegende Fahrt lief. Endlich sah ich ihn hinten im Kielwasser in die Höhe tauchen. In einer Entfernung von zehn oder zwanzig Klaftern hinter dem Schiff schwamm er. Daß er ein fertiger Schwimmer sei, der in Ostindien wohl Strecken von mehr als einer Viertelmeile zurückgelegt habe, hatte er mir oftmals erzählt und auch wohl hinzugesetzt: er glaube gar nicht, daß er ersaufen könne.

Sobald ich seiner ansichtig wurde, holte ich das Ruder nach der Steuerbordseite, um das Schiff an den Wind zu legen und dadurch möglichst aufzuhalten. Da es ohnehin der tiefen Ladung wegen nur wenig Bord hielt, legte es sich in dieser Stellung so übermäßig auf die Seite, daß sogar die Kajütentür unter Wasser geriet. Es stürzte wie in eine Schleuse in die Kajüte.

Wenige Minuten in dieser Lage und wir sanken auf der Stelle. Ich mußte das Ruder wieder nach der anderen Seite holen, um das Schiff in die Höhe zu bringen, bevor es seinen Schwerpunkt verlor.

Wohl brach mir das Herz, wenn ich an den armen Kapitän dachte. So oft die Woge ihn emporhob, erblickten wir ihn mit dem stürmenden Elemente kämpfend. Es gab aber kein Mittel mehr, uns in seiner Nähe zu halten. Das Schiff schoß vom Winde gejagt gleich einem Pfeile durch die Fluten. Der Unglückliche war nicht zu retten, selbst wenn wir unser eigenes Leben hätten preisgeben wollen.

Der Sturm hielt noch immer an, ohne jedoch härter zu werden. Ich wagte es daher, das Schiff vor dem Winde laufen zu lassen, bis sich mit dem nächsten Tage das Wetter allmählich wieder besserte. Nun lag mir eine andere Sorge schwer auf dem Herzen. Mit der Führung des Schiffes übernahm ich auch die Verantwortung für den Nachlaß unseres unglücklichen Kapitäns. Unser ganzer Vorrat an Brot, Grütze, Erbsen und an anderen Lebensmitteln war in der Kajüte aufbewahrt. Der Koch und der Kochsmaat holten sich täglich und stündlich das Nötige heraus. Zugleich aber lagen hier auch des Schiffers Habseligkeiten umher. Ich wußte, daß es ihm an Geld und Geldeswert nicht gefehlt hatte. Noch mehr: Er hatte mir einmal einen bedeutenden Vorrat von Kostbarkeiten an Gold und Silber gezeigt, die er im Auftrage seiner Königsberger Freunde in Amsterdam gekauft hatte. Auch dieses mußte in der Kajüte sein, ich vermutete in seinem Kasten.

Um mich dieserwegen auf jede Weise zu sichern, ließ ich gleich am anderen Tage das ganze Schiffsvolk bis auf den Matrosen, der das Steuer versah, in die Kajüte kommen. In ihrer Gegenwart machte ich ein Verzeichnis von sämtlicher Habe unseres

verstorbenen Schiffers. Wir packten dies alles in Kisten und
Säcke, die wir versiegelten. Das dazu gebrauchte Petschaft
aber ward von mir vor ihrer aller Augen in die See geworfen.

Wir hatten alle und jede Behältnisse geöffnet, fanden aber
zu meinem Erstaunen weder Gelder oder Wertsachen, noch jene
vorerwähnten goldenen und silbernen Galanteriewaren. Endlich dachten wir, daß der verunglückte Eigentümer diese Sachen
wohl hier und da versteckt hatte, um sie vor den gierigen Blicken
und langen Fingern der Kaper-Mannschaften zu sichern. Allein
wie sorgfältig wir auch jeden Winkel der Kajüte durchsuchten,
es ließ sich nicht die mindeste Spur des Verlorenen entdecken.

Drei Tage danach war ich im Sunde und zwei Tage später
in Pillau. Eine Menge neugieriger Menschen war am Bollwerk
versammelt. Unter diesen Zuschauern bemerkte ich mit weh-
mütiger Empfindung unseres verunglückten Schiffers Frau, die
ihre Kinderchen zur Seite hatte und eifrig nach uns aussah.
Kaum trat ich an Land und fiel ihr in die Augen, so rief sie in
sichtbarer Angst: „Gott im Himmel! Wo ist mein Mann?" –
Alles, was zugegen war, fragte: „Wo ist Schiffer Karl Christian?" – „Krank! Krank!" war meine zwar vorbereitete, aber
durch Ton und Gebärde nur schlecht beglaubigte Antwort. Ich
machte mich los und eilte zum reformierten Pfarrer, dem Beicht-
vater der armen Frau. Ihm teilte ich den ganzen traurigen Vorfall mit und bat ihn, ihr die Todesnachricht auf gute Weise bei-
zubringen und sie zu trösten.

Das geschah denn auch auf der Stelle. Ich selbst ging am
nächsten Morgen zu der unglücklichen Witwe. Ich konnte wohl
hoffen, daß sie sich inzwischen ein wenig gefaßt hatte. Ich sagte
ihr, daß ich mit dem Schiffe unverweilt nach Königsberg gehen
müßte und daß ich ihr heute noch ihres verstorbenen Mannes
Sachen und Gerätschaften vom Schiffe ins Haus schicken würde.

70

Zugleich mußte ich ihr leider auch gestehen, daß wir seine Bar-
schaft und eine Menge anderer Sachen von Wert unter seinem
Nachlaß unbegreiflicherweise nicht aufgefunden hätten.

Nach diesem betrübenden Abschiede langte ich mit dem Schiffe
in Königsberg an und meldete mich bei den Reedern. Ich und
sämtliches Schiffsvolk wurden sofort zu einer eidlichen Erklärung
über alle Einzelheiten des dem Schiffe widerfahrenen Unglücks
aufgefordert. Wir alle, besonders aber ich, mußten uns auf
gleiche Weise von jedem Verdachte einer Veruntreuung seines
Eigentums reinigen. Diese gerichtliche Prozedur vermochte aber
nicht meine Unschuld vor den Augen der Welt und den giftigen
Lästerzungen zu rechtfertigen. Ich mußte mir hinter meinem
Rücken Dinge nachsagen lassen, an die meine Seele nie gedacht
hatte. Ich galt wohl überall für den Dieb, der die Witwe und
die armen Waisen bestohlen hatte. Oftmals wurde auch in
meinem Beisein mit spitzigen Worten auf dergleichen gedeutet.
Wie oft und wie schmerzlich bitter hab ich's Gott geklagt und
darüber im Stillen meine Tränen geweint!

Dieser unselige Verdacht hatte nun auch zur Folge, daß ich
die Führung des Schiffes an den Schiffer Christian Kummerow übergeben mußte. Ja, mein ganzer Lebensweg schien hierdurch eine andere Richtung nehmen zu wollen. Als Bräutigam
einer Tochter des Segelmachers Johann Meller in Königsberg
war ich damals mit großen Aussichten und Plänen ausgefahren.
Jetzt kam die Heirat zwar wirklich zustande, aber ich ließ die
Flügel mächtig hängen. Ich wurde von einem kleinen Bording-
Reeder beschäftigt, und meine Reisen begrenzte der spannen-
lange Raum zwischen Königsberg, Pillau und Elbing.

*   *   *

Mein freier, immer ins Weite gerichteter Sinn war eines
solchen Austernlebens bald müde. Aber auch die damalige Zeit

und die Umstände waren wenig dazu gemacht, diese Unlust durch anderweitige Vorteile zu vertreiben. Mein Bordingskahn war ein altes Fahrzeug. Es gehörte meinem Schwiegervater, und ich hatte ihm die Hälfte des taxierten Wertes von zweitausend preußischen Gulden bar darauf angezahlt. Es währte aber nicht lange, so ward ich gleich vielen anderen Schiffern von den Russen gezwungen, Proviant und Militäreffekten von Pillau nach Elbing und Stuthof zu transportieren. An eine Bezahlung hierfür war nicht zu denken. Um so reichlicher gab es hier üble Behandlung und allerlei Verdrießlichkeiten zu verdauen, die mir die Galle ins Blut jagten. Ich entschloß mich daher, der Pauke ein Loch zu machen.

Ich lag gerade auf dem frischen Haff bei Stuthof vor Anker. Meine Ladung war gelöscht, und ich sollte nach Pillau gehen. Ein russischer Soldat war mir an Bord zur Aufsicht bestellt. Er sollte mich nicht aus den Augen lassen. Es war aber leicht ein Vorwand gefunden, ihn ans Land zu locken und dort bei der Flasche so angelegentlichst zu beschäftigen, daß ich mich auf mein Fahrzeug zurückschleichen konnte. Ich lichtete die Anker und segelte davon. Der arme Kerl vermißte mich indes nur allzubald. Er lief mir wohl eine halbe Meile am Strande nach, schrie und beschwor mich bei allen seinen Heiligen, ihn wieder an Bord zu nehmen. Dazu hatte ich nun freilich keine Ohren. Ich spannte vielmehr noch ein Segel auf und kam ihm so bald aus dem Gesicht. Auf dem Pregel bei Fischhof legte ich an. Hier wimmelte es von Schiffen, welche Bordings brauchten, um ihnen einen Teil ihrer Fracht nachzuführen.

Ich fand auch hier sogleich eine gute Fracht, die nach Pillau bestimmt war. Zu meiner Sicherheit machte ich jedoch mit dem Schiffer aus, daß ich jenem Orte nicht näher als über den Grund des Fahrwassers zu kommen brauche. Er sollte dort dann

72

die Güter an Bord nehmen und mein Schiff durch seine Leute sogleich aufs Haff zurückbugsieren helfen. Dies Spiel gedachte ich noch öfter zu wiederholen, ohne den Russen in die Scheren zu geraten. Diesmal gelang es. Doch, als ich Fischhof wieder erreicht hatte, war der Handel schon verraten. Ein paar Lotsen, die von Pillau kamen, warnten mich. Es werde mir von meinen Widersachern bereits aufgepaßt.

Das Schiff, dessen Güter ich diesmal eingenommen hatte, war indes schon vor mir nach Pillau abgesegelt. Ich mußte ihm also nachfolgen. Zu gleicher Zeit aber machte sich meine Schiffsmannschaft heimlich davon. Die Leute fürchteten wohl, bei den Russen in die Patsche zu kommen. Ich sah mich also auf meinem Bording allein. Nun kam am anderen Tage ein Betrunkener den Damm von Königsberg entlang. Es war der Nachtwächter von Pillau. Ich bot ihm freie Fahrt nach Hause an, wenn er mir an Bord etwas helfen wolle. Das ward gerne angenommen. Er wunderte sich wohl, mich so mutterseelenallein hantieren zu sehen. Doch meine Versicherung, daß sich meine Mannschaft noch einfinden werde, beruhigte ihn. So gut er's in seinem Zustande vermochte, half er mir mein Fahrzeug losmachen und die Segel aufziehen. Dann suchte er sich bald einen Winkel, um seinen Rausch auszuschlafen.

Der Wind war günstig, und ich steuerte, so gut es gehen wollte, auf Pillau zu. Gegen Abend sah ich das Schiff, welches ich suchte, bereits in der Rinne vor Anker liegen. Allein in eben dem Augenblicke, wo ich herankam, erblickte ich ein Boot mit russischen Soldaten. Sie hatten es unfehlbar auf mich abgesehen. Nun ward es Ernst! Der Schiffer versprach mir indes, mich alsogleich in seiner Jolle bei dem Schwaalkenberge an Land bringen zu lassen. Er wollte auch meinen Bording, sobald die

Fracht übernommen wäre, hinter den Haacken in Sicherheit schaffen.

Schnell sprang ich nun in das Boot und entschlüpfte, begünstigt durch die einbrechende Dunkelheit, meinen Verfolgern. Es wehte ein heftiger Westwind, und es gab eine hohe See. Obendrein kamen wir noch weit vom Lande auf Grund zu sitzen, so daß das Boot hoch voll Wasser schlug. Ich bedachte mich nicht lange und sprang über Bord. Triefend von Wasser erreichte ich das Ufer und ging nach Lockstedt. Gegen Mittag gelangte ich nach Königsberg, wo ich mich im Hause meines Schwiegervaters zu verbergen gedachte.

Doch etliche Stunden später fand sich auch schon ein russischer Offizier mit vier Mann Wache ein. Er kam in Begleitung des Bordingsfaktors Mager, um mich hier zu suchen und festzunehmen. Sie trafen mich gerade auf dem Hausflur. Der Faktor, der tat, als ob er mich nicht kannte, fragte mich, wo der Schiffer Nettelbeck zu finden sei. Ich stutzte einen Augenblick, gab dann aber den Bescheid: Den würden sie wohl in Pillau suchen müssen. „Nein! Nein!" unterbrach mich der Offizier! er sprach Deutsch. „Wir wissen, daß er hier schon wieder zu haben ist. Wir wollen ihn wohl herausklopfen." Klopft nur, dachte ich und schritt lässig zur hinteren Hoftür hinaus. Kaum aber hatte ich das Haus verlassen, da machte ich lange Beine, um in den Garten und über alle Zäune und Hecken hinweg an den Neuen Graben zu kommen. Dort fand ich bei meinem guten Freunde Heinrich Topen eine neue Zuflucht.

Hier blieb ich unentdeckt, während im Hause meines Schwiegervaters jeder Winkel nach mir durchstöbert wurde. Mein Bordingskahn dagegen war in Pillau kaum ausgeladen, als ihn die Russen auch schon beschlagnahmten. Sie verwandten ihn bis spät in den Herbst hinein zu ihrem Gebrauch. Dann ließen

74

sie ihn endlich, rein ausgeplündert und der Segel und des Tau=
werks beraubt, als Wrack liegen. Vergebens schrieb ich an
einige Freunde in Pillau, sie möchten nach meinem Eigentume
sehen. Niemand wollte mit den Russen in böse Händel geraten.

Mit der Zeit wuchs Gras über die Geschichte. So wagte ich
es, aus meinem Versteck hervorzukommen. Im Frühjahr 1762
durfte ich mich selbst in Pillau wieder blicken lassen. Mein Fahr=
zeug stand hier am Damm auf Grund. Ich machte es frei und
setzte es nach Möglichkeit wieder instand. Dann führte ich es
nach Königsberg, um es zu jedem Preise loszuschlagen und nun
die Arme ein wenig freier rühren zu können.

*   *   *

Bald darauf erstand ich wieder ein zwar nicht großes, aber
tüchtiges Schiff von fünfundvierzig bis fünfzig Lasten. Es hieß
„Der Postreiter". Sogleich fand ich auch eine erwünschte Ladung
von Malz. Es war nach Wolgast bestimmt. Ich säumte also
nicht, unter russischen Pässen, meine erste Reise dahin anzutreten.

In Wolgast vertraute mir Herr Canzler, der Empfänger der
Ladung an, daß das Malz für die Preußen in Stettin be=
stimmt sei. Er bat mich, solange zu verweilen, bis er ein Fahr=
zeug bekommen hätte, das die Ladung bei Nacht und Nebel
dorthin schaffen solle.

Ich war einverstanden. Als sich aber die Ankunft des Schmugg=
lers von einem Tag zum andern hinzog, erwachte in mir der
Patriotismus. Weshalb sollte ich meinen pommerschen Lands=
leuten nicht etwas zuliebe tun? So meinte ich denn zu Herrn
Canzler: Mein Fahrzeug ginge nicht tief und wäre wohl ge=
eignet, das Haff und dessen Untiefen zu passieren. Wär es
ihm recht, so unternähme ich es selbst, die Ladung nach Stettin
zu bringen, da ich diese Gegend hinreichend kenne.

„Mir schon recht!" erwiderte der Handelsherr freudig. „Will er sein Schiff dran wagen, Herr; die Ladung muß gewagt werden! – Wie hoch die Fracht?" – Wir wurden um fünfhundert Taler einig. – „Aber sehe sich der Herr wohl vor!" setzte er warnend hinzu. „Auf dem Haff liegt eine ganze Flotte von schwedischen armierten Schiffen. Das wird Künste kosten!" Der Handel aber war nun einmal abgeschlossen. Und wäre er mir jetzt auch leid, so erlaubte mein Ehrgefühl doch nicht, zurückzutreten.

Zuerst ging ich mit meinem Schiffe die Peene hinauf, bis ungefähr an den sogenannten Bock am Eingange des Haffs. Hier sah ich die schwedische Armierung in einem weiten Halbkreis vor mir liegen, in ihrer Mitte eine Fregatte. Das Ding sah nicht wenig bedenklich aus, und ich mußte meinem Mute wacker zusprechen. Indes peilte ich noch bei Tage mit meinem Kompaß die größte Lücke zwischen den Fahrzeugen aus. Die Nacht fiel rabendunkel ein. Der Wind war frisch; es regnete, und ein Gewitter war heraufgezogen. Alles schien mein Unternehmen begünstigen zu wollen.

Um elf Uhr hob ich den Anker und segelte glücklich und ohne Hindernis durch die Flotte. Aber kaum war ich eine Viertelmeile hinter den Schiffen und glaubte mich geborgen, als unerwartet ein Schuß fiel. Er kam von einem auf Vorposten ausgestellten Segler, den ich erst jetzt bemerkte. Himmel, wie sputete ich mich, jedes Segel aufzusetzen, das mein Schiffchen nur tragen konnte. Zu meinem Troste und seinen Namen rechtfertigend war es ein trefflicher Segler. Nicht lange aber, so blitzte ein zweiter Schuß auf der Seite auf. Dieser kam von einem anderen Vorposten-Schiffe.

Nunmehr machten beide Fahrzeuge die ganze Nacht hindurch Jagd auf mich. Sie kamen mir so nahe, daß von den unzähligen

Kugeln, womit sie mich begrüßten, vier durch meine Segel gingen. Mit Tagesanbruch befand ich mich Neu-Warp gegenüber. Hier aber kamen mir bereits drei von unseren preußischen armierten Fahrzeugen entgegen. Sie lagen gewöhnlich bei Ziegelort und waren durch das nächtliche Schießen alarmiert worden. Unter ihrem Schutze erreichte ich denn auch meinen Bestimmungsort und konnte meine Fracht abliefern.

Während ich hier lag, kam der Friede mit Rußland zustande. Die Konjunktur benutzend, machte ich schnell hintereinander eine Reihe glücklicher Fahrten. So von Stettin nach Kolberg mit Salz, das dort nach der dritten Belagerung sehr fehlte; von Kolberg mit einer Ladung Wein nach Königsberg und wiederum dahin zurück mit Roggen.

*   *   *

Meine Rückfracht nach Königsberg bestand außer der erforderlichen Portion Ballast in etwa sechzig Passagieren. Es waren die Frauen und Kinder eines preußischen Bataillons, das nach der Einnahme von Kolberg nach Preußen abgeführt worden war. Diese Menschen begaben sich nun auch dorthin, um mit ihren Männern und Vätern vereint zu sein. Eine bunte aber eben nicht angenehme Ladung!

Als ich segelfertig war, gab es einen Sturm aus Westsüdwesten, der mir auf hoher See sehr nützlich sein konnte. Es war nur die Kunst, bei solchem Wind zum Hafen hinaus zu kommen. Der Lotse erklärte es für unmöglich. Mein Schiff würde stark beschädigt oder gar rechts am Hafendamme sitzen bleiben und in Trümmer gehen. Der Mann hatte recht. Ich aber verließ mich auf mein gutes und festes Schiff. Da ich das Abenteuer allenfalls auch ohne den Lotsen auf eigne Gefahr wagen wollte, war er endlich bereit, sich meinem Verlangen zu fügen.

Ich hatte ihn vom westlichen Hafendamme an Bord genom=
men. Er ergriff das Steuer, während ich die Segel aufzog. In
der nächsten Minute aber schon warf uns trotz unseren verein=
ten Bemühungen die erste hohe Woge mit wildem Ungestüm
auf die entgegengesetzte Seite, an das östliche Bollwerk. Die
nächste Welle hob das Schiff von neuem. Als wir wieder
sanken, faßten die hervorragenden Pfahlköpfe des Bollwerks
unter die am Steuerbord stehenden Barkhölzer. Die Trümmer
davon flogen hoch in die Luft. Zugleich jagte uns der Sturm.
Mein Fahrzeug schoß längs dem Damme hin und schnitt an der
äußersten Spitze des Dammes die Brandung. Dabei schoß es
in fliegender Fahrt durch zwei oder drei hochgetürmte Sturz=
wellen. Die Verdecke schwammen, und mir selbst standen die
Haare zu Berge.

Nun war ich freilich auf See, indes die Verwüstung war
jämmerlich genug. Länger als fünfzehn Fuß fand ich die Bark=
hölzer am Steuerborde glatt abgestoßen; die Rippen des Schif=
fes lagen frei. Kopfschüttelnd sagte ich zu mir: Ei, ei, Nettel=
beck! Das war wohl eben so ein dummer Streich als letzthin,
wo du dich durch die schwedische Flottille schlichst! – Ich will
nicht leugnen, ich habe dergleichen unüberlegte Stückchen vor
und nach dieser Zeit wohl mehrere auf dem Kerbholz gehabt.
Gelingen sie, so heißt man ein gescheiter Kerl, obgleich man
einen ganz anderen Titel verdient hätte.

Dem Schaden mußte nun sogleich auf irgendeine Weise ab=
geholfen werden. Nach kurzem Besinnen riß ich eine Persenning
in lange schmale Streifen und nagelte diese doppelt gelegten
Lappen über die beschädigten Stellen.

Nachdem ich ein wenig zur Besinnung gekommen war, hörte
ich Heulen und Schreien aus dem Schiffsraume. Ich ließ die
Luken aufreißen, um zu sehen, was es da gäbe. Nun, die Wei=

78

ber und Kinder, die da unten zusammengedrängt lagen, hatten genugsamen Grund zum Lamentieren. Bevor ich meinen Scha= den hatte ausbessern können, war nämlich eine Menge Wasser in den Raum gelaufen. Da das Schiff bei der hohen See un= aufhörlich auf und nieder stieg, spülte der mit dem Wasser ver= mischte Ballastsand den Raum längs und von einer Seite zur anderen. Die Menschen versanken knietief, ja bis über den halben Leib darin. Ein Mitleid erregendes Bild.

Wir mußten ihnen schnell helfen. Ausgepumpt konnte das Wasser nicht werden, da die Wassergänge nach den Pumpen durch den Ballast verstopft worden waren. Wir mußten es mit Fässern ausschöpfen.

Unsre Fahrt ging indes so pfeilschnell vorwärts, daß ich schon am andern Tage, nachmittags um zwei Uhr, Pillau erreichte und am nämlichen Abend, um neun oder zehn Uhr, in Königs= berg anlegen konnte.

Sobald ich mein Schiff repariert hatte, sah ich mich nach neuer Fracht um. Zu der Zeit trafen die Russen, welche das Land seit mehreren Jahren besetzt gehalten, gerade ernstliche Anstalten, Preußen wieder zu räumen. Eine ungeheure Menge von Kriegseffekten sollte nach Rußland heimgeschafft werden. Es herrschte aber ein großer Mangel an Schiffen, da die Fahr= zeuge fremder Nationen dazu nicht gezwungen werden konnten und die preußischen Schiffer dem wiederhergestellten Frieden noch nicht trauten.

Weniger bedenklich als andre war ich der erste, der sich ent= schloß, eine Fracht nach Riga anzunehmen. Mir wurden näm= lich, was noch nicht dagewesen, zweiundvierzig Silberrubel für die Last geboten, dazu völlige Befreiung von Abgaben und allen Unkosten in Königsberg, Pillau und auch in Riga. Selbst freier Ballast sollte mir im Bestimmungshafen geliefert werden.

Der Frachtvertrag darüber ward geschlossen und sowohl von dem betreffenden russischen General als von mir unterzeichnet.

Noch am nämlichen Abend kam ich, unweit des Licents, in das Weinhaus der Wittwe Otten. Dort verkehrten die meisten Schiffer. Ich ließ im Gespräch dies und jenes von meiner soeben übernommenen Fracht verlauten. Niemand wollte meinen Worten glauben, bis ich meinen Vertrag vorzeigte. Dann aber erhob sich auf meine Kosten ein spöttisches Gelächter. Man prophezeite mir, man werde mir in Riga gerade nur soviel, als man Lust habe, oder auch wohl gar nichts geben. Sollte aber, wie es beinahe aussähe, zwischen Rußland und Preußen der Krieg wieder ausbrechen, so könnte es mich obendrein noch mein Schiff kosten.

Diese Warnungen machten mir gewaltig zu schaffen. Allein ich war schon zu weit gegangen, um mich jetzt noch zurückziehen zu können. Gegen rohe Gewalt, die ich zu fürchten hatte und deren Opfer ich schon früher gewesen war, ließ sich einzig nur durch eine hier wohl erlaubte List aufkommen. Gleich am nächsten Morgen ging ich zu dem russischen General und erzählte ihm, daß ich auf mein Schiff Geld schuldig sei, und daß meine Gläubiger mich nicht ausfahren lassen wollten. Aus diesem Grunde müßte ich um bare Vorauszahlung meiner Fracht bitten oder die Fahrt nach Riga aufgeben.

Der Mann machte Einwendungen. Er könne das nicht bewilligen. Ich müßte den Vertrag erfüllen. Nun legte ich mich aufs Bitten und kam endlich mit meinem Haupttrumpf heraus, von dem ich mir das beste versprach. „Nun denn", rief ich, „meine Certepartie ist zwar auf zweiundvierzig Rubel pro Last gezeichnet; aber lassen Sie mir bar Geld zahlen, und ich bin mit vierzig zufrieden, während ich für den vollen Empfang quittiere!"

Es wirkte, wie ich gehofft hatte. Er stutzte, stand lange in Gedanken und bestellte mich zum nächsten Morgen wieder zu sich. Als ich mich am andern Tage pünktlich auf die Minute einstellte, standen bereits meine Frachtgelder mit zweitausend Rubeln aufgestapelt auf einem Tisch. Ich hatte keine weitere Mühe, als den Empfang von zweitausendeinhundert Rubeln zu bescheinigen und mein klingendes Silber einzustreichen.

Meine Ladung bestand in lauter Kommißstiefeln, die wohl ein ganzes Regiment Soldaten aus einem benachbarten Speicher holte und in die Schiffsluken warf. Doch mit dieser wunderlichen Ladung lag mein Schiff immer noch nicht tief genug. Ich bat den General, mir noch eine Anzahl Kugeln oder Bomben für den hinteren oder vorderen Raum zu geben, weil ich sonst die See nicht würde halten können. Das vermöge er nicht, war seine Antwort. Ich bekäme auch noch einen Offizier, zwei Sergeanten und zwanzig Gemeine aufs Schiff, für die und für deren Sachen gleichfalls noch Raum übrig bleiben müsse.

Des nächsten Tages suchte mich ein russischer Offizier – ein Livländer namens Rasch, der sehr gut Deutsch sprach – in meinem Hause auf. Er zeigte mir an, daß er zum Kommandeur auf meinem Schiffe bestellt sei und die Fahrt nach Riga mit mir machen werde. Gegen Abend wollte er sich mit seinem Kommando an Bord einstellen. Der Mann war dabei so ungemein höflich, daß ich sofort merkte, er müsse etwas auf dem Herzen haben. Und so war es denn auch. Er habe eine Frau, sagte er, von der er sich unmöglich trennen könne und die mir gleichwohl in der Kajüte vielleicht Ungelegenheit machen würde. – Wenn ich in der Höflichkeit gegen ihn nicht gar zu arg abstechen wollte, blieb mir nichts zu tun, als von Vergnügen oder gar wohl von Ehre und Schuldigkeit zu sprechen. Es war natürlich klar, daß kein scharmanterer Herzensmann unter der Sonne lebte als Kapitän Nettelbeck.

„Aber noch eins!" unterbrach der Livländer seine Versicherungen. „Meine Frau ist in diesem Augenblicke verreist, um von einer guten Freundin auf dem Lande Abschied zu nehmen, und wird vor der Nacht schwerlich wieder eintreffen. Da Sie nun morgen schon sehr früh die Anker zu lichten gedenken, wäre es wohl das bequemste, wenn sie gleich an Bord übernachtete."

„Ei, warum nicht!" war meine Antwort. „Wenn Sie mich jetzt gleich dahin begleiten wollen, so kann ich die vorläufigen Anstalten zu ihrer Aufnahme treffen und Ihnen die kleinen Bequemlichkeiten zeigen, auf welche die Frau Gemahlin zu rechnen haben wird."

Der Offizier war mit der Kajüte, der ihr einzuräumenden Schlafstätte und allem andern ungemein zufrieden. Ich wies den Steuermann an, die Dame gebührend zu empfangen und ihr zur Hand zu gehen. So schieden wir, und ich ging meines Weges ruhig nach Hause.

Gleich nach Mitternacht aber wurde ich durch Lärm auf der Gasse geweckt. Man pochte an die Haustür und an die Fensterläden und rief laut meinen Namen. Es schienen eine Menge Menschen zu sein. Da ich nicht willens war, mein Haus dem ersten besten zu öffnen, fragte ich denn, was es gäbe. Es meldete sich der Licent-Buchhalter, den ich an der Stimme erkannte. Auf meinem Schiffe sei nicht alles klar, sagte er, und ich möchte hurtig nach dem rechten sehen.

Ich erschrak von Herzen. „Mein Gott!" dachte ich; „ist mein Schiff gesunken? Oder steht es in Brand?" – Ich weiß nicht, wie ich in die Kleider und auf die Gasse kam. Hier eröffnete mir der Buchhalter endlich: „Sie haben die Madame W. an Bord, und nach der sind wir aus, um sie wieder zu holen. Was

Sie hier sehen, sind die beiden Kinder und ein heller Haufen von Knechten und Mägden aus dem W.schen Hause."

Nun fielen mir auf einmal die Schuppen von den Augen. Die angebliche Offiziersdame hatte sich in eine liederliche Madame verwandelt, die ihrem Manne entlaufen war. Mir war's jedoch wenig recht, daß ich mich in den schmutzigen Handel mengen sollte. Ich durfte es unter den Verhältnissen auch nicht mit dem Livländer verderben. Es war das beste, ich kümmerte mich nicht darum. Ich fuhr also den allzu diensteifrigen Buchhalter an: „Herr, scheren Sie sich zum Geier! Was stören Sie zu dieser Zeit ehrliche Leute in Schlaf und Ruhe!" Zugleich warf ich die Haustür wieder zu und ließ sie ferner schreien und klopfen, soviel es ihnen beliebte.

Noch vor Tagesanbruch eilte ich am nächsten Morgen an Bord. Auf dem Licent-Platz und neben dem Schiffe drängten sich die Menschen. „Sie sollen uns die Madame W. herausausgeben!" riefen sie mir entgegen. An Bord standen neben der Treppe zwei Schildwachen, ebenso neben der Kajütentür. Als ich in die Kajüte trat, sah ich durch die Vorhänge meiner Schlafstelle ein Gesicht, das ich nicht verkennen konnte. Ich hatte ja des öfteren in Schiffsangelegenheiten in dem Kontor des Herrn W. zu tun gehabt.

Dies Gesicht nun rief mir ganz frei und unbefangen einen „Guten Morgen" entgegen. Ich erwiderte den Gruß mit einer derben und gesalzenen Epistel. Ich führte der Frau ihre lose Aufführung zu Gemüte und ermahnte sie, zu ihrem braven Manne zurückzukehren, bevor Schimpf und Schande für sie noch größer würden. Sie dagegen hub eine lange Anklagerede an, worin ihr Mann übel genug wegkam. Endlich ward sie von dem Offizier unterbrochen, den ich vorher nicht gesehen hatte. Er sprang ungeduldig auf und rief: „Unnützes Geplapper und kein Ende! Jetzt hurtig auf und davon! Das Kommandieren ist von nun ab an mir."

Dagegen konnte ich nichts sagen. Ich mußte es ihm überlassen, zu handeln, wie er's verantworten mochte. Ich ging hinaus, ließ die Segel aufziehen und schickte zwei Matrosen an Land, um die Haltetaue hinten und vorne abzulösen. Aber das Volk gab sich noch nicht zufrieden. Meine Leute wurden umringt und gehindert, meinen Befehl auszuführen. Um nicht noch ärgeren Lärm heraufzubeschwören, rief ich sie an Bord zurück. Dann ließ ich mir von einem der russischen Soldaten seinen Säbel geben und kappte die Taue an beiden Enden. Jetzt kam das Schiff zu Gange, obwohl alles, was am Lande war, es festzuhalten versuchten. Der Lärm und das Getümmel hierbei sind nicht zu beschreiben.

Eine halbe Stunde später aber lag uns Königsberg bereits in weiter Ferne im Rücken. Wir langten noch desselben Tages in Pillau an; worauf wir am nächsten Morgen früh bei stillem Wetter in See gingen. Ehe wir noch aus dem Fahrwasser kamen, segelte dicht hinter uns eine russische Fregatte aus.

Mein Livländer wurde aus begreiflichen Gründen zum Übermut verleitet. Er wollte Preußen zu Ehren noch einige Valet- und Freudenschüsse abgeben. Er knallte auch wirklich mit seiner Flinte drei- oder viermal in die Luft. Ich war mit der Leitung des Schiffes beschäftigt und kümmerte mich nicht sonderlich um sein Beginnen. Ein wenig später aber kam von der Fregatte her eine Schaluppe zu uns. Ein Offizier sprang wütend auf mein Verdeck und verlangte den Schiffer zu sprechen. Als ich herantrat, zeigte er mir in einem Papier mehrere Körner Hasenschrot. Sie wären auf der Fregatte gefunden worden und hätten ein großes Loch ins Segel gerissen. Ich sollte sagen, wer der Täter gewesen sei.

84

Der Livländer aber hatte wohl geahnt, was passieren würde. Er war schnell in die Kajüte gegangen und hatte sich seine Uniform angezogen. Jetzt kam er wieder an Deck und fiel über den Offizier von der Fregatte mit gezogenem Degen her. Es kam zu einem Handgemenge. Endlich aber sprangen die Matrosen aus der Schaluppe hinzu, packten meinen Leutnant, banden ihn und warfen ihn Hals über Kopf in das Boot. Zu meiner großen Verwunderung machte keiner von unsrer Schiffsbesatzung Miene, sich in den Streit zu mischen oder ihrem Anführer Beistand zu leisten.

Da mir der Livländer nun einmal als Kommandant zugeteilt worden war, so glaubte ich, nicht ohne ihn weiterfahren zu dürfen. Es schien mir am geratensten, ihn zu begleiten. Dies Verlangen ward mir ohne Anstand bewilligt. Die Schaluppe fuhr aber nach dem russischen Admiralsschiff, das mit noch fünf Kriegsschiffen draußen auf der Reede ankerte. Hier kam es sogleich zu einem Verhör und protokollarischer Aufnahme. Dem Unfugstifter ward bedeutet, daß ihn seine Strafe in Riga erwarte. Er möge für diesen Augenblick seine Reise fortsetzen, damit der kaiserliche Dienst nicht leide. Wir kehrten also wieder zu unserm Schiffe zurück.

Ein paar Tage darauf kamen wir vor Dünamünde. Da der Wind nach Osten umschlug, legten wir uns auf der Reede vor Anker. Das gefiel indes meinem Schiffskommandanten nicht. Er wollte augenblicklich in den Hafen gebracht werden. Als ich ihm diese Unmöglichkeit vorstellte, vergaß er alle frühere Höflichkeit und erklärte mich für einen Pfuscher in meinem Handwerk. Eine schnöde Antwort blieb nicht aus. Darauf versuchte er tätlich zu werden. Ich setzte dem ein ruhiges Schweigen entgegen, ließ aber zu gleicher Zeit eine Notflagge aufstecken, deren Bedeutung mein Widersacher nicht ahnte. Nicht lange danach kam auch der Lotsen-Kommandeur mit seinen Leuten an mein Schiff. Anstatt jedoch seine verwunderten Fragen zu beantworten, sprang ich zu ihm ins Boot und verlangte, zu dem Militärkommandanten in Buller-Aa geführt zu werden. Dort brachte ich meine Klage gegen den Livländer an und bat, entweder ihn vom Schiffe zu entfernen oder einen andern Schiffer an Bord zu setzen, der es nach Riga führte. Man entschloß sich, den unruhigen Gast auf der Stelle durch einen anderen Offizier zu ersetzen.

Niemand war mit diesem Wechsel unzufrieden außer Madame W. Sie hub ein zungenfertiges Geschnatter an und gab mir eine Reihe Ehrentitel, welche ich hier nicht niederschreiben will. Ich bat sie, sich zu menagieren. Sonst würden sie meine Leute ins Boot werfen, am Strand aussetzen und in die dickste Wildnis laufen lassen. Diese unbehagliche Aussicht brach ihren kindischen Trotz. Sie griff nunmehr nach einem Gesangbuche, das sie schwerlich mit Absicht eingepackt hatte, begann Bußlieder zu singen und badete ihr Antlitz in Tränen. Da ihr das nun nicht schaden konnte, so ließ ich sie gewähren.

Des andern Tages um Mittag kam ich die Düna hinauf nach Riga. Ich meldete mich beim Kommandanten und bat, die geladenen Effekten sobald wie möglich löschen zu lassen. In der nächsten Stunde erschienen bereits eine Menge Soldaten, die die Stiefel an Land brachten. Abends um sieben Uhr war mein Schiff leer, wie mit Besen gefegt.

Da am Bollwerk, kaum fünfzehn oder zwanzig Schritte entfernt, ein Berg Ballast lag, dang ich acht russische Soldaten, die mir diesen Sand einschaufeln sollten. Am Morgen war die Arbeit getan. Ich hätte wieder absegeln können, mußte aber noch meine Papiere in Ordnung bringen. Ich ging also zu den Herren Zietze und Colbert, an welche ich mich aus Vorsicht von

Königsberg aus hatte adressieren lassen. Meine Ein- und Ausklarierung war bald besorgt, und ich konnte nunmehr gehen, wohin ich wollte.

Ich bereitete eiligst nun alles zur Abreise vor, weil ich den russischen Behörden immer noch nicht recht traute und darum gern möglichst bald aus ihrem Bereich gewesen wäre. Als ich zufällig in die Kajüte hinunterkam, fand ich dort die Königsberger Schöne. Sie rang die Hände und wollte vergehen in Angst und Wehmut, denn ihr Vielgetreuer war noch nicht wieder zum Vorschein gekommen. Ich machte ihr den wohlmeinenden Vorschlag, mit mir in die Heimat zurückzukehren. Sie sollte es auf den Edelmut ihres schwer beleidigten Mannes ankommen lassen. Vielleicht verzeihe er ihr und nehme sie wieder auf. Doch dies war keine Musik in ihren Ohren. Lieber, so versicherte sie, wolle sie hinter irgendeinem Zaune sterben und begraben werden. Schwerlich konnte das unglückliche Geschöpf ahnen, daß in diesem Augenblick ein prophetischer Geist aus ihr sprach, wie sich später erwiesen hat.

So blieb ihr denn nichts andres übrig, als ihr Bündel zu schnüren. Meine Leute halfen, die Bagage aus dem Schiffe ans Bollwerk zu bringen. Sie setzte sich trostlos und verlassen darauf und war bald von Menschen umringt.

Die Segel wurden angezogen, die Taue gelöst, und so ging es von dannen. Ich hatte einen Schiffer aus Pillau, der in diesen Gewässern wohl bekannt war, als Passagier an Bord genommen. Er diente mir als Lotse, und so fuhren wir ohne Aufenthalt in die offene See. Niemand hielt mich an. Drei Tage später warf ich bereits in Pillau wieder den Anker. Weil jedoch mein Schiff in der Bordings-Zunft zu Königsberg eingeschrieben war, blieb ich hier noch liegen, um eine Bordingsfracht den Pregel hinauf zu erwarten.

Zwei Tage darauf erschien Schiffer Kummerow mit jenem Schiff auf der Reede, auf dem im vorigen Jahr der gute Christian verunglückt war. Er steuerte trotz fliegendem Sturm mutig in den Hafen. Sobald er im Kessel vor Anker gekommen war, beschlossen ich und meine braven Landsleute, die Schiffer Paul Todt und Johann Henke, zu Kummerow an Bord zu fahren. Als wir in die Kajüte kamen, sahen wir, daß ihm die Brandung beim Einlaufen die Fenster und Porten in Stücke geschlagen hatte und daß drinnen alles voll Wasser stand. Er hatte nun zu dem Schaden auch noch den Spott, da wir ihn redlich auslachten.

Bei der fortgesetzten Neckerei hub endlich unser Wirt, schon ein wenig unwillig, an: „Basta, ihr Herren! Ihr sollt am längsten gespottet haben. – Heda, Junge! Den Koch herbei! – Koch, sofort an Land gefahren, und holt mir den Tischler Soundso! Er soll sich mit Handwerkszeug versehen, um hier die Einschiebrahmen loszumachen, damit sie zum Glaser in die Kur gebracht werden können.”

Der Tischler kam sehr bald und begann seine Arbeit. Wir saßen daneben bei einem Glase Wein und erzählten uns vergnügt und wohlgemut alte und neue Geschichten. Zufällig fielen dabei meine Blicke auf den emsig beschäftigten Tischler. Ich nahm mit Verwunderung wahr, wie er hinter der Verkleidung, wo die Fensterrahmen eingeschoben gewesen waren, allerlei Sachen hervorlangte und mit dem krummen Stiele seines Schnitzers immer noch angelte. Das Blut schoß mir aufs Herz und ins Gesicht. Ich fiel wie aus den Wolken: das war ja Stück für Stück das verschwundene Eigentum des verstorbenen Schiffers Karl Christian. Da war seine Uhr, seine Garnitur silberner Schnallen, ein Beutel mit einigen hundert dänischen Talern, ein Schächtelchen mit goldenen Ringen und Ohrgehängen, desgleichen silberne Schlöffer zu großen Bügeltaschen nach damaliger Mode und sonst noch mehr, was der gute Mann vormals in Amsterdam eingehandelt und aus Furcht vor Kaperei hier versteckt hatte.

Guter Gott! Und ich hatte mich darum einen Dieb heißen laffen müffen! Aber der Himmel ist gerecht und barmherzig. Er fügte es, daß die Wahrheit noch nach Jahr und Tag wunderlich ans Licht kam. Und dies geschah sogar in meiner Gegenwart und vor vieler Zeugen Augen! Ja, allemal, wenn ich an diese Geschichte denke, erhebe ich meine Hände und danke Gott. Der Name des Herrn sei gelobet!

Nun raffte ich alles zusammen und brachte es der Witfrau meines ehemaligen Schiffers. „Hier, meine liebe Frau!" rief ich außer Atem. „Hier bring ich Ihnen den Schatz von Ihrem seligen Herrn, wofür ich solange habe Dieb heißen müffen. So und so ist das durch Gottes Fügung wieder aufgefunden worden. Und nun danken auch Sie Gott und seien Sie fröhlich. Nun ist Ihnen und Ihren armen Würmern auch beffer geholfen."

So gab es also Freude auf allen Seiten. Bald auch wurde die Geschichte in Königsberg und in der ganzen Umgebung bekannt. Jeder hielt es für ein halbes Wunder. Alle wollten darüber von mir selbst noch Näheres erfahren. Und war ich vorher hie und da wohl zweideutig und über die Achsel angesehen worden, seitdem wurde ich – Gott weiß es! – von Bekannten und Unbekannten mit unverdienter Güte und Liebe behandelt.

*   *   *

Mein gutes Glück, das ich in diesem Jahre mit meinem kleinen Schiffe gehabt hatte, machte mich zuversichtlich. Ich war ein junger Mensch und wollte mich noch beffer in der Welt versuchen, um es zu etwas zu bringen. Meinen Plänen nach mußte ich ein neues und größeres Schiff haben, womit ich mich in die Nordsee und über den Kanal hinauswagen konnte, anstatt bloß auf der Ostsee wie auf einer Entenpfütze umherzugondeln. Nebenbei verließ ich mich auch wohl auf mein Geschick, womit ich mir das Glück zu erzwingen gedachte, auch wenn es mir den Rücken kehren wollte. Leider hatte ich damals noch nicht die Erfahrung, daß zum Laufen kein Schnellsein hilft. Erst durch Schaden wird man klug.

Überhaupt habe ich erst später begriffen, daß alles lediglich vom Glück abhängt und daß sich das Glück durch Fleiß und Geschick allein nicht erzwingen läßt. An meinen eigenen dummen Streichen, woran ich es leider nie habe fehlen lassen, hätte ich wohl aber erkennen können, daß sie den Dummbart oft dem Glücke mehr in den Schoß führen, als ein andrer mit seinen weisesten Überlegungen zu erreichen vermag. Ich will damit allerdings nicht gesagt haben, daß man den Überlegungen mit Vorbedacht aus dem Wege gehen solle.

Ich verkaufte also meinen kleinen „Postreiter" und setzte mir's in den Kopf, ein funkelnagelneues Schiff von etwa achtzig Lasten in Königsberg auf den Stapel zu setzen. Den größten Teil des Jahres 1763 war ich mit dem Bau beschäftigt. In dem nämlichen Jahr war auch der unglückliche große Brand in Königsberg, wobei der Loebenicht, Sackheim und ein Teil vom Roßgarten in Feuer aufgingen. Als der Loebenicht so plötzlich und an allen Enden zugleich in Flammen stand, befand ich mich mit wohl noch tausend anderen Menschen auf der Holzwiese dicht am Pregel. Auf der Ladebrücke sahen wir die armen gebrechlichen Bewohner des Hospitals, welche darauf ihre letzte kümmerliche Zuflucht gesucht hatten. Hinter ihnen standen ihre Zellen samt der Hospital-Kirche in lichten Flammen. Links

90

von ihnen brannte der Mönchhof und zur Rechten neben der Brücke ein großer Stapel Brennholz. Es blieb den Unglücklichen nur übrig, sich in den Pregel zu stürzen oder ihr Schicksal auf jener Ladebrücke abzuwarten.

Schon aber schienen die Flammen sie auch in diesem letzten Bergewinkel zu ereilen. Wir sahen deutlich, wie die Kleider von einigen Lahmen und Krüppeln bereits Feuer fingen, während andre, die noch etwas beweglicher waren, Wasser schöpften und damit ihre Unglücksgefährten übergossen, um sie vor dem Verbrennen zu retten.

Die armen Leute waren in so großer Gefahr, daß ihnen unverzüglich geholfen werden mußte. Fahrzeuge waren hier nirgends zu sehen. Ich lief darum über die Kuttelbrücke nach dem Hunde-Gat und sprang in ein Boot, das zu einem dortliegenden Schiffe gehörte. Zum Glück lag ein Ruder darin, und so war ich denn mit Hilfe des starken Windes binnen fünf bis zehn Minuten wieder an der Ladebrücke. Man kann sich leicht denken, wie ich hier bestürmt wurde. Alle wollten sie aufgenommen werden. Mir blieb nichts andres übrig, als eilig mit den zuerst Eingestiegenen abzustoßen, sollte nicht alles mit mir auf der Stelle versinken. Schnell brachte ich meine Ladung nach der Holzwiese in Sicherheit. Noch dreimal fuhr ich hin und her und schaffte sie alle glücklich aus der Klemme.

Als ich mich dann nochmals der Brücke näherte und den Platz wohlbedächtig musterte, nahm ich fünfzehn Schritte von mir etwas wahr, das sich brennend auf dem Boden bewegte. Anfangs hielt ich es für ein glimmendes Bette, das der Sturmwind hin und her zauste. Von der Brücke sah ich aber, daß es eine alte Frau war. Ich wollte sie nach meinem Fahrzeug tragen, doch der Qualm und Gestank der schwelenden Kleider stieg mir zu unerträglich zu Kopf und Brust, daß ich die Unglückliche an Hand und Fuß zerrend nach dem Boote schleppen mußte.

Nachdem ich die Frau in Sicherheit gebracht hatte, machte ich mich nach der Loebenichtschen Seite hinüber, um womöglich noch irgendeinen Bedrängten in dieser Not zu retten. Ich stieß dort auf eine korpulente Frau, die ihre Hände nach mir reckte und rief: „O Schifferchen, erbarme Er sich! Helf Er! Rett Er! – Das da ist mein Haus, was mit den andern im Brande steht; und mein Mann ist ausgereist auf den Viehhandel. All meine Leute haben mich verlassen; und was Er hier um mich liegen sieht, hab ich mit meinen eignen Händen aus dem Feuer gerissen.“ – Dabei wies sie auf einen Berg von Betten, Kleidungsstücken und dergleichen.

Ich ließ mich nicht zweimal bitten. Wir warfen beide Hals über Kopf und bunt durcheinander soviel Sachen in das Boot, wie es nur fassen konnte. Nun wollte ich diese Ladung erst ans jenseitige Ufer schaffen, dann aber wiederkommen und sie selbst mit dem Rest in Sicherheit bringen. Das war aber keine gute Disposition, wie ich sogleich gewahr wurde, als ich die Holz= wiese erreichte. Hier gab es hundert geschäftige Hände, die mir die Sachen abnahmen. Allein, als ich mich umsah, ob sie auch in gute Verwahrung kämen, zog dieser mit einem Bette ab, jener mit einem Laken oder einem Arm voll Kleider; und als ich das letzte Stück aus den Händen gegeben, hatte sich bereits die ganze Ladung verkrümelt.

„Frauchen!“ sagte ich bei meiner Wiederkehr. „Das sieht betrübt aus mit Ihrem Eigentum! Ich fürchte, Sie kriegt in Ihrem Leben keine Faser wieder davon zu sehen. So und so ist mirs damit gegangen.“ – Die Unglückliche weinte und seufzte. Indes schleppten wir einen schweren Kleiderkasten ins Boot und was sie noch von Gerätschaften geborgen hatte. Dann trug

92

ich auch sie selbst trotz ihrer Wohlbeleibtheit hinein und fuhr ab. Unterwegs gewann sie wieder Mut und Redseligkeit. Sie erzählte mir die ganze Brandgeschichte, vom ersten Feuerlärm an, von ihrem Schreck und was sie und ihre Nachbarn gedacht und gesagt und vermutet. Ich hätte wahrscheinlich noch viel mehr zu hören bekommen, wären wir nicht inzwischen bei der Holzwiese angelangt.

Diesmal ward die räuberische Dienstfertigkeit gegen die arme Frau fast noch ärger. Endlich drängte man mich ganz von ihr ab. Ich sah sie zuletzt auf ihrem Kasten sitzen, um wenigstens diesen zu behaupten. Wieviel ihr von dem übrigen geblieben oder wiedergebracht worden ist, weiß Gott! Ich habe sie nachdem niemals wiedergesehen.

Nun half ich anderweitig bei dem Feuer bergen und retten, wo und wie ich immer vermochte. Von Sonntag abend bis Dienstag nachmittag brannte es; endlich legte sich die zerstörende Wut der Flammen.

*   *   *

Einige Zeit nach jenem unvergeßlichen Unglück hörte ich auf meiner Baustelle ein gewaltiges Geschrei: Auf dem Pregel am „Grünen Kran" stehe ein holländisches Schiff mit hundertzwanzig Lasten Hanf geladen in lichtem Brande. Sofort machte ich mich mit all meinen Schiffszimmerleuten dorthin. Ich sah das Feuer klafterlang gleich einem Pferdeschweif hinten durch die Kajüt-Porten emporflackern. Alle Menschen, die sich bereits herbeigemacht hatten, hauten Löcher in das Verdeck und gossen von oben Wasser in den brennenden Raum. Offenbar aber gewann dadurch der Brand unterm Deck nur um so größeren Zug und war auf diese Weise nicht zu dämpfen.

Ein so widersinniges Verfahren konnte ich nicht lange gelaſſen anblicken. Ich packte alſo den Schiffer am Arm und schrie ihm zu: „Ihr arbeitet Euch ja damit zum Unglück, daß Ihr dem Feuer noch mehr Luft macht. Verſenken müßt Ihr das Schiff! Hört Ihr? Verſenken! Was da lange Beſinnens!"

Es lief aber alles verwirrt durcheinander, und kein Menſch konnte oder wollte in dem Tumult auf mich hören. Da ſprang ich mit einem von meinen Schiffszimmerleuten in das Boot, welches zum brennenden Schiffe gehörte, und zeigte ihm eine Planke dicht über dem Waſſer, wo er in Gottes Namen ein Loch hauen ſollte. „Das laß ich wohl bleiben!" war ſeine Ant= wort. „Ich könnte schlimmen Lohn dafür haben!"

Dieſer Widerſtand erhitzte mich noch mehr. Ich riß ihm die Axt aus den Händen und bedachte mich keinen Augenblick, ein ganz hübſches Loch hart überm Waſſerſpiegel durchzukappen. Dann legte ich mich auf den Bauch und hieb immer tiefer ein= wärts, bis endlich das Waſſer stromweiſe in den Schiffsraum drang. Nun eilte ich ſpornſtreichs aus dem Boote auf das Verdeck, wo ſich hundert und mehr Menſchen drängten, und schrie: „Herunter vom Schiff, was nicht verſaufen will! In der Minute wird's ſinken!"

Auf einmal kam der Schrecken unter die Leute; alles lief nach dem Lande, in banger Erwartung, was weiter geſchehen würde. Bald legte ſich das Schiff ſo gewaltig ſeitwärts, als ob es umfallen wollte. Im Sinken ſelbſt aber richtete es ſich plötz= lich wieder empor und fuhr geradeliegend plötzlich bis übers Deck in die Tiefe, die hier wohl ſechsunddreißig bis vierzig Fuß betragen mochte.

Das Feuer war gedämpft. Eine ſtille dumme Verwunderung folgte. Aber plötzlich ward jedes Gaffers Mund wieder rege und laut. „Wer hat das getan? Wer hat das Schiff in den Grund gehauen?" fragten ſie. Die Antwort war bald an der

94

Hand: „Nettelbeck! Ei, das ist ein Stückchen von Nettelbeck!"
— Nettelbeck aber kehrte sich an nichts. Er ging ruhig nach
Hause und war in seinem Herzen überzeugt, daß er recht getan
habe.

Gleich am andern Morgen kam mein Schwiegervater voller
Angst zu mir ins Haus und fuhr auf mich ein: „Nun haben
wirs! Ein schönes Unglück habt Ihr angerichtet mit dem in
Grund gehauenen Schiffe! Da sind eben drei Kaufleute und
der holländische Schiffer samt einem Advokaten auf der Admiralität und klagen wider Euch auf vollen Ersatz allen Schadens.
Nun sitzt Ihr in der Brühe!" — Kaum hatte er seine Hiobspost
beendet, als mich auch schon der Admiralitäts-Diener auf den
Lizent vor das Admiralitäts-Kollegium beschied.

Als ich ankam, fand ich es ganz so, wie mir's mein Schwiegervater verkündigt hatte. Mir ward ein schon fertiges Protokoll vorgelesen, in dem stand, daß ich es sei, der unberufener
Weise das Schiff zum Sinken gebracht und dadurch einen
Schaden von so und so viel Tausenden angerichtet habe. Ich
sollte jetzt die Wahrheit dieser Angaben anerkennen und allenfalls anführen, was ich zu meiner Verteidigung vorzubringen
wüßte.

Hm! Das stand ja so verzweifelt noch nicht, wenn mir noch
Einrede und Verteidigung zugebilligt wurde. „Tausend Augen",
sagte ich, „haben es mit angesehen, wie das Schiff hinten hinaus in hellem Feuer stand; und je mehr Luftlöcher die Leute
ins Verdeck hieben, desto mehr Nahrung gaben sie dem inwendigen Brande. Hätte das nur noch eine Viertelstunde so fort-
gedauert, so nahm die Flamme dergestalt überhand, daß es kein
Mensch auf dem Schiffe mehr aushalten konnte, und dieses
samt der Ladung preisgegeben werden mußte. Während es nun
in voller Glut stand, wären auch die Taue verbrannt, an denen

es am Bollwerk befestigt lag. Hätte es da nicht geschehen können, daß die flammende Masse stromabwärts unter die vielen andern dort liegenden Schiffe getrieben wäre? Ja, was leistete uns Bürgschaft, daß dieser Schiffsbrand nicht auch die dicht am Bollwerk befindlichen Speicher und die unzähligen dort aufgefahrenen Hanfwagen hätte ergreifen können? Vielleicht wäre darüber hinaus ganz Königsberg in Rauch und Asche aufgegangen. – Jetzt ist ein großes und gewisses Unglück durch geringen Schaden abgewandt, denn Schiff und Ladung sind noch zu bergen. Ich bin daher des guten Glaubens, daß ich in keiner Weise strafbar gehandelt, sondern nur meine Bürgerpflicht geleistet habe."

Der Direktor des Kollegiums diktierte diese meine Verteidigung selbst zu Protokoll. Der Advokat ermangelte nicht, dagegen allerlei Einrede zu tun. Danach ward ich abermals befragt, ob ich weiter noch etwas zu meinen Gunsten vorzubringen habe. „Nicht ein Wort!" erwiderte ich. „Meine Sache muß für sich selber sprechen." Die Verhandlung ward zu Papier gebracht und von allen unterzeichnet. Dann wurde uns bedeutet, einstweilen zu warten, weil unser Handel klar genug sei, um noch in dieser Sitzung zum Spruche zu kommen.

Nach einer Weile hieß es, daß wir wieder vortreten möchten. Und nun gab man uns sogleich auch das gefällte Urteil zu Gehör. Es lautete in der Hauptsache dahin:

„Die Admiralität erkenne, daß der Schiffer Nettelbeck vollkommen recht und löblich gehandelt, indem er durch schnelle Versenkung des in Rede stehenden brennenden Schiffes größeres Unglück von dem Handelsstande und der Stadt abgewandt. Nächstdem aber behalte sich das Kollegium vor, ihm dessen Zufriedenheit und Dankbarkeit durch feierlichen Handschlag zu bezeugen. Falls auch der Gegenpart mit diesem Erkenntnis zu-

96

frieden sei, solle derselbe gleichmäßig mit dargebotener Hand sich bei beregtem Nettelbeck bedanken, daß er Schiff und Ladung vor noch größerem Schaden bewahrt habe."

Nachdem dies vorgelesen worden war, stand der Direktor des Kollegiums auf, schüttelte mir treuherzig die Hand und sagte: „Ich tue das als Erkenntlichkeitsbezeugung im Namen aller Schiffer, die auf dem Pregel liegen, und im Namen der Stadt, die durch Ihren Mut und Ihre Besonnenheit einem großen Unglück entgangen ist. Sie sind ein wackerer Mann!"

Kaufleute, Schiffer und Advokat sahen einander etwas verlegen an. Endlich traten sie einer nach dem andern zu mir und reichten mir die Hand. Die Vernünftigeren unter ihnen gaben zu gleicher Zeit zu verstehen, sie wären nur darum zur Klage wider mich geschritten, um sich bei ihren Versicherungen, Reedern und Korrespondenten hinlänglich zu decken.

Schon wollte ich gehen, als mich der Direktor zurückrief. „Schiffer Nettelbeck!" hub er an. „Wie ist's? Haben Sie nicht im vorigen Jahre der Witwe Roloff ihren im Pregel versunkenen Bording glücklich wieder in die Höhe gebracht? – Ich dächte, Sie wären der Mann dazu, Ihr Kunststück auch an diesem Schiffe hier zu wiederholen. – Meine Herren!" wandte er sich zu den Kaufleuten, „Sie sollten sich diesen Vorschlag überlegen! Was meinen Sie?"

Die Gefragten wollten nur zu gern. „Je nun", erwiderte ich, „vieles in der Welt läßt sich machen, wenn es mit Vernunft und Geschick angegriffen wird. Der Schiffer und ich, wir wollen hingehen und das Ding an Ort und Stelle reiflicher überlegen. Läßt sich was beginnen, so wollen wir in Gottes Namen Hand ans Werk legen." –

Alsbald aber ward mir klar, daß der Schiffer eine Schlafmütze war, von dem ich keinen erklecklichen Beistand erwarten durfte. Lieber ließ ich ihn ganz aus dem Spiele. Ich bat also meinen guten, ehrlichen Freund, den Schiffszimmermeister Backer, daß er mir bei meinem Vorhaben helfen möchte. Er war zu allem bereit.

Nach dem Plane, den wir entworfen hatten, brauchten wir zwei Fahrzeuge, die mir ein paar gute Freunde zur Verfügung stellten. Diese Bordings wurden nun zu beiden Seiten des versenkten Schiffes postiert. Nachdem ich meine Winden und Hebezeuge darauf angebracht hatte, ging die Arbeit rasch und glücklich vonstatten. Wir hoben die ungeheure Last aus dem tiefen Grunde so weit in die Höhe, daß man bereits das Verdeck betreten konnte. Das Wasser stand etwas mehr als knietief noch darüber. Binnen kurzem mußte es vollends emportauchen.

Plötzlich aber stockten alle meine Maschinen. Keine Kraft war stark genug, das Schiff auch nur um einen einzigen Zoll höher zu bringen. Ich hatte die beiden Bordings durch die Winden derart anstrengen lassen, daß sie vorne mit dem Bordrand dicht auf dem Wasser lagen, während die Hinterteile bis zum Kiel außer Wasser standen. Riß jetzt irgendeins von den Tauen, die wir unter dem Schiffe durchgezogen hatten, so waren Unglück und Schaden gar nicht zu berechnen. Zur Sicherheit mußten vor allen Dingen demnach noch ein paar Ankertaue unter den Schiffskiel gebracht werden. Nun galt es, den Schiffskörper um soviel zu erleichtern, daß die großen Luken auf dem Verdeck nicht mehr vom Strome überflossen wurden. Dann erst konnte man das Wasser auspumpen.

Das Schiff wollte sich jedoch um keine Linie mehr heben lassen. Ich ließ nun Kästen von zwei Fuß Höhe und gleichem Umfange mit den Luken anfertigen. Sie wurden wasserdicht auf den Luken und dem Verdeck befestigt, daß sie gleichsam einen Brunnenrand vorstellten.

Viel müßiges Volk stand als Zuschauer am Bollwerk. Ich rief diesen Leute zu: „Heran mit Eimer und Gerät, wer Lust hat, mit Wasserschöpfen jede Stunde einen halben Gulden zu verdienen!" Ho, das war, als hätte ich sie zur Hochzeit gebeten! Es stürzten gleich soviel Arbeiter auf das nasse Verdeck, daß sie an den Kastenrändern nicht alle Raum zum Hantieren hatten. Ich ließ sie schöpfen und stieg derweilen ins Boot, um mit dem Bootshaken das Loch unter Wasser zu suchen, welches meine Hände hineingehauen hatten. Dann stopfte ich es mit einem Stück alten Segeltuchs zu und hinderte dadurch neuen Zufluß.

In jeder Minute wurden vielleicht fünfzig und mehr Kubik= fuß Wasser erst aus dem Kasten, dann tiefer aus dem Schiffs= raume geschöpft. Durch diese Erleichterung gewann das Schiff wieder an eigner Hebekraft. Gleichermaßen erlangten auch die beiden Fahrzeuge, zwischen denen es in der Schwebe hing, ihre verlorne Wirksamkeit und brachten so mit einem Ruck das Schiff glücklich in die Höhe, so daß das Verdeck über Wasser zu stehen kam.

Jetzt konnten auch die Hanfgebinde an den Lastenbändern aus dem Raume gezogen werden. Mit der erleichterten Ladung trat auch immer mehr und mehr Bord hervor, bis endlich auch das von mir gehauene Loch über dem Wasser zum Vorschein kam. Sonach konnte mein Werk für getan gelten. Ich schlug also ein Kreuz darüber und ging, weil ich mich trefflich abge= mattet fühlte, in des Herrn Namen nach Hause. Das übrige mochten mein Freund Backer und der Schiffer besorgen.

Einige Tage darauf ward ich abermals vor die Admiralität gefordert. Ich fand dort die Herren Kaufleute. Sie bezeugten vorerst ihren Dank für mein glücklich gelöstes Versprechen,

wünschten dann aber auch meine angewandte Bemühung zu
entschädigen. Auf meiner Rechnung standen bloß die beiden
Bordings, die ich gebraucht hatte, jeder mit zwanzig Talern an=
gesetzt, samt einer Kleinigkeit für Abnutzung von Tauen, Win=
den und anderen Gerätschaften. Dies alles wurde denn auch
ohne Anstand bewilligt. Für mich selbst wollte ich keine Forde=
rung machen. So boten sie mir ein Douceur von hundert preu=
ßischen Gulden samt zehn Pfund Kaffee und zwanzig Pfund
Zucker. Ich nahm, was mir gegeben wurde, und schenkte davon
fünfundzwanzig Gulden für die Armen, um ihnen auch einmal
einen guten Tag zu machen.

*   *   *

Ostern 1764 war ich endlich nach vieler Mühe und Sorge
mit meinem Schiffbau im reinen. Das Fahrzeug war nun wohl
ganz nach meinem Sinn geraten, aber Lust und Freude konnte
ich dennoch nur wenig daran haben. Mit den guten Zeiten für
die Reederei hatte es ein plötzliches und betrübtes Ende ge=
nommen. Ich will nicht sagen, daß ich auf lauter solche Fahr=
ten, wie jene nach Riga, zu vierzig Rubel die Last, gerechnet
hätte. Das wäre töricht gewesen. Allein, noch im Jahre zuvor
standen die Frachten auf Amsterdam fünfundvierzig holländische
Gulden. Jetzt aber, da durch den Frieden in allem Verkehr eine
Totenstille eingetreten war, kostete es Mühe, eine Fracht dort=
hin um elf Gulden zu finden. Erst im Oktober gelang es mir,
auf den genannten Platz für sechzehn Gulden abzuschließen.

Während das Schiff noch beladen ward, hatte ich einen Un=
glücksfall. Ich stolperte über ein Ankertau und fiel mir den rech=
ten Fuß aus dem Gelenk. Das Bein schwoll an; ich konnte
bald kein Glied mehr rühren. Während daran gezogen, gesalbt
und gepflastert wurde, hatte ich die grausamsten Schmerzen aus=

zustehen. An ein Mitfahren war nun gar nicht zu denken. Aber wen sollte ich an meine Stelle setzen?

Zum Steuermann hatte ich einen gewissen Martin Steinkraus angenommen. Er hatte zwar bereits selbst ein Schiff geführt, dabei aber keine Ehre eingelegt. Ein Kolberger gleich mir, war er mir von meinen Landsleuten halb wider meinen Willen aufgedrängt worden. Jetzt, da ich im Bette lag, ward ich abermals von allen Seiten dermaßen bestürmt, daß ich mich endlich betören ließ, diesem Menschen für die Reise nach Amsterdam mein Fahrzeug anzuvertrauen. An guten Ermahnungen und Instruktionen ließ ich es nicht fehlen. Auch gab ich ihm zweihundert Gulden, um sich damit in Pillau frei in See bringen zu lassen.

Desto verwunderlicher däuchte es mir, daß das Kontor von Seif & Co. in Pillau mir eine Anweisung von zweihundert Gulden präsentieren ließ, welche mein Schiffer bar auf meine Rechnung bezogen hatte. Er war kaum von Königsberg abgegangen und hatte drei Tage vor Pillau gelegen. Später kamen noch verschiedene ähnliche Anweisungen, insgesamt etwa über dreihundert Gulden, die er zum Teil bar aufgenommen, zum Teil für allerlei Schiffsbedürfnisse verwandt hatte. Es war ganz so, als ob er mit lediger Tasche von mir gegangen wäre.

Ich hatte kaum noch Zweifel, daß dieser Mensch es auf Betrug abgesehen hatte. Vollends gingen mir die Augen auf, als ich, nachdem er Anfang Dezember den Sund passiert hatte, durch das Haus von Dorß eine neue Anweisung, auf fünfundachtzig dänische Taler lautend, empfing. Dieses Geld konnte doch nur für Sundzoll verausgabt worden sein. Ich wußte aber, daß ein Schiff wie das meinige dort nur zwölf bis fünfzehn Taler zu bezahlen hatte.

Im Januar 1765 bekam ich aus Gotenburg die Hiobspost:

101

Schiffer Steinkraus sei dort eingelaufen, habe Havarie ange-
meldet und daraufhin gleich zweitausend Gulden aufgenommen. Im Februar schrieb man mir: Schiffer Steinkraus habe
die zur Ausbesserung nötigen Gelder auf sechstausend Gulden
erhöhen und sich auszahlen lassen!

Jetzt ward mir der unsaubere Handel denn doch zu arg und
zu bunt! Wollte ich mein Eigentum nicht verlieren, so mußte
ich persönlich dem unverschämten Räuber einen Zügel anlegen.
In dieser Absicht fuhr ich nach Amsterdam, wo ich meinen Urian
schon zu treffen gedachte. Doch mehrere Wochen mußte ich auf
ihn warten. Erst in den letzten Tagen des Aprils ließ mir
Schiffer Johann Henke aus Königsberg, der auch im Hafen
lag, sagen: Steinkraus sei soeben angekommen und habe mit
dem Schiff vor der Laage geankert. Jetzt begab ich mich sofort
nach dem Hafen. Meine Maßnahmen hatte ich bereits im Voraus sorgfältig überlegt und auch mit meinen dortigen Korrespondenten, den Herren Kock und van Goens, das Erforderliche verabredet.

In der Ferne sah ich mein Schiff liegen. Ich ließ mich zu
ihm fahren, fand aber auf dem Verdeck keine lebendige Seele.
Ich ging einige Minuten umher und sah mir Masten, Taue,
Segel und Anker an. Es waren die alten wohlbekannten Gerätschaften. Immer weniger konnte ich begreifen, was denn mit
den aufgenommenen ungeheuren Summen daran geändert oder
verbessert worden wäre.

Endlich ließ sich der Schiffsjunge blicken. Er machte große
Augen, als er seinen Herrn und Meister so unverhofft vor sich
sah. Halb aus Treuherzigkeit, halb aus Furcht erzählte er mir
mehr, als mir lieb war und ich zu wissen verlangte. Sein Schiffer hätte sich mit den übrigen Leuten sogleich nach der Ankunft
an Land begeben. Nur der neue Steuermann befand sich an

102

Bord. (Der alte, der von Königsberg mitgegangen, war in Gotenburg gestorben.) Er verzehrte in der Kajüte sein Mittagsmahl. Dort suchte ich ihn auf, gab mich als sein Reeder zu erkennen und wechselte einige Worte mit ihm. Die Aufklärung aber, die ich brauchte, konnte er mir nicht geben.

Um meinen guten Freund Steinkraus zu überraschen, postierte ich mich am Bollwerk dem Schiffe gegenüber. Nach etwa zwei Stunden, die mir lang und sauer genug wurden, erschien auch ein Trupp betrunkener Matrosen. Es war meine Mannschaft. Hinter ihnen her taumelte der Schiffer Steinkraus. Mich beachtete niemand. Muß ich mein schmerzliches Erstaunen noch beschreiben? Dies lustige Leben schien die gewöhnliche Tagesarbeit aller zu sein. Wie mußten sie mit meinem Gute gewirtschaftet haben!

Ich wartete, bis sie sämtlich in die Schaluppe steigen wollten, um nach dem Schiffe überzusetzen. Dann klopfte ich dem Schiffer unversehens auf die Schulter und rief: „Willkommen in Amsterdam!" – Er blickte sich um und ward starr und blaß wie eine Bildsäule, als er mich endlich erkannte. Ich blieb höflich und gelassen, wie bitter mir's auch ankam, meinen gerechten Zorn zu verbeißen. Ehe ich gegen ihn losfuhr, mußte ich mir erst seine Gotenburger Havarierechnung vorlegen lassen, um zu wissen, ob und wie diese bei meinen Affecuradeurs zu rechtfertigen war. Sie hatten auf mein Schiff achttausend holländische Gulden gezeichnet. Jene Havarie aber betrug, soviel ich bis jetzt wußte, sogar noch etwas mehr als diese Summe.

Ich begleitete ihn nun an Bord, ließ die Ladung löschen und das Schiff bis auf den untersten Grund leer machen. Hier vermißte ich denn zunächst achtzig eichene Planken, die ich in Königsberg zum Auslegen des Schiffsbodens mitgegeben hatte. Der Schiffer gab die Auskunft, daß sie in Gotenburg mit der übrigen gelöschten Ladung an Land gekommen seien. Dort habe sie die Mannschaft ohne sein Wissen von Zeit zu Zeit heimlich beiseite gebracht und heimlich verkauft. Die Mannschaft hinwiederum behauptete, der Schiffer selbst habe die Planken verkauft.

Nicht besser stand es um einen Schiffsanker von achthundert Pfund, der mir auf meiner früheren Reise am Bollwerk zu Pillau im Sturme zerbrochen worden war. In Königsberg hatten die beiden Stücke nicht wieder zusammengeschmiedet werden können. Ich hatte sie denn Steinkraus mitgegeben, um dies in Amsterdam bewerkstelligen zu lassen. Auch dieser Anker war abhanden gekommen. Bei näherer Untersuchung ergab sich, daß mein getreuer Stellvertreter das größere Stück davon und die Matrosen das kleinere an den Mann zu bringen gewußt und das Geld unter sich geteilt hatten.

Nunmehr sah ich auch die Gotenburger Papiere über die Havarie durch, und da standen mir wahrlich die Haare zu Berge. Sie befanden sich in der greulichsten Unordnung, als ob sie mit Vorbedacht verwirrt worden seien, um jede klare Einsicht unmöglich zu machen. Konnte ich meinen Affecuradeurs diese Rechnungen vorlegen? Sie würden sie ja von Anfang bis zu Ende für nichtig erklären. Den Schuft Steinkraus einsperren zu lassen, wie ers verdiente, war nicht ratsam. Dann würden jene Versicherer Betrug wittern und mich selbst in das böse Spiel verwickeln.

Allein, ich mußte den Burschen bei Tag und Nacht wie meinen Augapfel hüten, durfte ihn aber mein Mißtrauen nicht merken lassen. Nichtsdestoweniger entschlüpfte er mir zwei Tage später auf der Börse, wo es bekanntlich immer ein dichtes Getümmel gibt. Die Börsenzeit ging zu Ende: aber kein Stein-

104

kraus war zu sehen! Auch an Bord hatte er sich nicht begeben. Er war und blieb verschwunden!

Durch sein Entlaufen schien die Lage, die vorher schon kritisch gewesen, rettungslos für mich zu werden. Ich hatte meinen Affecurabeurs die Havarierechnung des Schiffers vorlegen müffen. Selbst, wenn alles in bester Ordnung gewesen wäre, hätten sie guten Grund gehabt, den Kopf zu schütteln und sich zu besinnen, ob sie zur Zahlung einer so enormen Summe verpflichtet wären. Nach Steinkraus' Verschwinden wiesen sie jede Anforderung auf das bestimmteste zurück. Sie verlangten, daß ich ihnen vor allen Dingen den Schiffer zur Stelle schaffe, der die Havarie gemacht hätte. Er selbst müffe Rede und Antwort geben. Mit ihm und nicht mit mir hätten sie es zunächst zu tun.

Nun waren diese achttausend Gulden wirklich auf das Schiff verbodmet, und die gesetzliche Frist bereits verflossen. Der Bodmerei=Geber verlangte das Geld, welches er vorgeschossen hatte. Ich befand mich in entsetzlichem Gedränge. Was blieb mir übrig, als mein Schiff zu verkaufen, damit die Bodmerei gedeckt werden konnte!

Zufällig las ich in diesen Tagen nun in einem holländischen Zeitungsblatt eine Anzeige, in welcher stand, daß zu Schlinger= Wand jenseits des Y ein ertrunkener Mann gefunden worden sei. Deffen Kleidung und nähere Kennzeichen waren zugleich angegeben. Der Prediger des Ortes, von welchem der Mann dort begraben worden war, forderte hier die etwaigen Angehörigen dieses Verunglückten auf, der Kirche die wenigen Begräbniskosten zu entrichten.

„Himmel!" dachte ich bei mir selbst. „Wenn dieser Ertrunkene vielleicht der Steinkraus sein sollte!" – Tag und Zeit und manches von den angegebenen Merkmalen ließen es beinahe annehmen. Hatte ihn sein Gewissen zu einer Verzweiflungstat getrieben oder hatte er sich, um sich den Blicken aller Bekannten zu entziehen, unvorsichtigerweise aufs Wasser gewagt und dort seinen Untergang gefunden?

Immerhin schien mir sein Tod unter diesen Umständen ein Glücksfall; und wie gern glaubt man, was man wünscht! Ich war also bald überzeugt, daß hier von niemand anders als von meinem Schiffer die Rede sei. Ich glaube das auch zur heutigen Stunde noch, da ich in meinem ganzen Leben nie wieder auch nur eine Spur von ihm aufgefunden habe.

Ließ sich nun auf diese Art erweisen, daß der Mann nicht mehr unter den Lebenden war, mit welchem meine Assecura= deurs einzig und allein ihren streitigen Handel ausmachen wollten, so mußten sie auch seine Rechnungen annehmen oder beweisen, daß es sich hier um einen Betrug handele. Dies aber durfte ihnen schwer fallen, wenn nicht unmöglich sein. Ich als Reeder war hingegen befugt, mich buchstäblich an meine Police zu halten und auf volle Entschädigung zu dringen. In der Form war dann das Recht auf meiner Seite, doch ob auch dem Wesen nach – darüber hatte ich einige Bedenken, die ich nicht sofort loswerden konnte. Daß der Steinkraus bei der Havarie mit Lug und Trug zu Werke gegangen sein müsse, war nicht klar zu beweisen, schien jedoch nur zu glaublich. Mein eigenes Gewissen war gleichwohl rein und frei. Hatte ich seiner Ehrlichkeit nicht selbst mein Gut und Vermögen anvertraut? War ich nicht selbst von ihm schändlich betrogen, hintergangen und übervorteilt worden? Konnte ich ermitteln, wie groß der Betrug sein mochte, den er in Gotenburg begangen hatte?

Es mag vielleicht Moralisten geben, die Recht und Unrecht auf der Goldwaage abwägen. Ich gestehe, daß ich dies nicht vermag und auch damals nicht vermochte – ja, damals vielleicht

106

noch weniger. Doch wollte ich keinen Schritt in dieser Sache tun, ohne mich nicht mit meinem wackeren und verständigen Freund Johann Henke beraten zu haben. Auch er schüttelte anfangs den Kopf und äußerte mancherlei Bedenken. Als ich ihm aber meine Gründe und meinen Glauben klargelegt hatte, stimmte er mir endlich bei und verhieß mir seine treue Hilfe. Das Urteil eines so rechtlichen Mannes war mir von entscheidendem Gewichte.

Wir fuhren also sofort nach Schlinger-Want hinüber und suchten den Ortsprediger auf. Ich machte ihm nun meine Anzeige, daß jener ertrunkene Mann, nach den angegebenen und von mir noch näher bestimmten Kennzeichen, mein Schiffer gewesen sei. Ich käme in der Absicht, ihm die aufgewandten Begräbniskosten dankbar zu vergüten. Sie betrugen einundzwanzig Gulden und wurden freundlich angenommen. Ich bekam dafür eine Quittung in Form eines Totenscheines und ging nunmehr getrost meines Weges.

Auf Grund dieses Dokumentes ließen sich meine Versicherer zu neuer Verhandlung herbei. Nach einigem Hin- und Widerreden kam es denn auch endlich zu einem Vergleich. Ich ließ die Hälfte meiner Forderung nach und zeichnete viertausend Gulden Bodmerei auf mein Schiff; wogegen meine Herren Assecuradeurs die andere Hälfte an die Bodmerei-Geber in Gotenburg zahlen wollten.

*   *   *

So kam ich bei diesem schlimmen Handel noch glücklich genug davon. Ich behielt mein Schiff und konnte damit nach Lust und Belieben fahren, um meine Scharte wieder auszuwetzen. Ich beschloß, mit Ballast nach Noirmoutiers zu gehen, dort eine Ladung Salz für eigene Rechnung einzunehmen und demnächst

107

in Königsberg loszuschlagen. Die Gelder zum Ankauf jener Ware wollten mir meine Amsterdamer Korrespondenten, die schon genannten Herren Kock und van Goens, gegen Bodmerei auf Schiff und Ladung in Frankreich besorgen.

Anfang Mai lief ich aus dem Texel. In der Mitte des Monats kam ich vor Noirmoutiers glücklich vor Anker.

Hier traf ich drei Schiffe, deren Kapitäne sämtlich zu meinen guten Freunden gehörten, nämlich Neste, mit einem Dreimaster aus Danzig, und Fries und Jantzen, beides Königsberger. Alsbald kamen sie auch zu mir an Bord. Sie brachten mir die unerwünschte Nachricht, daß das Salz hier knapp sei. Nach längerer Beratschlagung hielten wir es für das richtigste, uns auf die nächstgelegenen Salzhäfen Croisic, Bernif und Olonne zu verteilen, um dort, wenn möglich, besseren Markt zu finden. Das Los sollte entscheiden, wer hier zu bleiben und wohin ein jeder zu gehen und vorläufig seinen Handel für alle abzuschließen hätte.

Das Los bestimmte, daß ich nach Croisic zu fahren hätte. Diese Fahrt war nicht nur die weiteste, sondern auch sehr gefährlich. Sie geht durch das offene Meer, ohne durch Vorgebirge oder eine Insel geschützt zu sein. Mein im Texel gekauftes Boot ward nun sofort über Bord gesetzt. Allein, das Wasser drang durch alle Fugen, die infolge der Hitze entstanden waren. In diesem Zustande war es nicht zu brauchen.

Nun hatte ich außer diesem Boote noch eine kleine, fichtene, sogenannte Berger Jolle. Damit mußte es gewagt werden! Ich ließ Mast und Segel richten und bestieg sie mit zwei Mann. Einen Kompaß, Brot, Fleisch, einige Flaschen Wein und Branntwein hatten wir mitgenommen. Auch ein Bootsanker, ein Tau und drei Regenröcke waren an Bord. Mit einem herzhaften „Nun, mit Gott!" stieß ich ab. Ehe wir noch fünfzig

Klafter gesegelt waren, wards mir allerdings klar, daß ich meine Jolle überladen hatte. Aber sollte ich mir die Schande antun, noch einmal umzukehren? Lieber wäre ich dem Tode in den offenen Rachen gesegelt.

Bis ich um die kleine Insel Piquonnier herumkam, ging auch alles gut. Hier aber rollte mir die See von der Seite her in langen und hohen Wogen mächtig entgegen. Der steife Wind stand von dort her gerade aufs Land, und es sah ganz danach aus, daß wir hier mit Gemächlichkeit ersaufen könnten. Gleichwohl hätte man alles von mir fordern können, nur nicht, daß ich hier noch umkehren sollte. „Du willst der Gefahr standhalten!" sagte ich zu mir und hielt mein Steuer nur noch fester in der Faust.

Nach vier, fünf Stunden brach die Nacht herein. Mit der Dunkelheit schien auch der Wind stärker zu werden. Keiner von uns sprach ein Wort, aber meine Matrosen drängten sich immer näher an mich. Allmählich fingen die beiden Kerle bitterlich zu weinen an. Ihre Todesangst ließ mich nicht ohne Mitgefühl, denn durch meinen Ehrgeiz hatte ich ja uns alle in diese Gefahr gebracht. — Da wir an der Mündung der Loire schon vorüber waren, in die ich mich sonst geflüchtet hätte, steuerte ich auf die Küste zu. Die Jolle schoß wie ein Pfeil durch die Wogen. Nach einer halben Stunde hörten wir auch schon das schreckliche Gebrüll der Brandung. Angestrengt blickten wir nach dem weißen Schaum aus. Allein die Nacht war so finster und unser Fahrzeug flog so schnell dahin, daß wir uns plötzlich mitten in der Brandung befanden. Ehe wir uns auch nur besinnen konnten, erblickten wir kurz hinter uns den schäumenden Kamm einer Woge, die sich bis zur Höhe unseres Mastes aufbäumte, dann brausend über uns niederschoß und uns in ihren Abgrund mit sich riß.

Nun trat die See für ein paar Augenblicke zurück. Ich bekam den Kopf in die Höhe und meine Füße spürten Grund. Ehe die nächste Welle wiederkehrte, hatte ich mich besonnen. Ich hielt stand, und da sie mir diesmal nur bis unter die Arme reichte, so konnte ich dem Strande zueilen und war bald in Sicherheit. Meine beiden Gefährten hatten gleichfalls Glück. Nur unsere Jolle war in die See zurückgerissen worden, bis sie endlich kiel= oben an Land trieb. Doch alles, was darin gewesen war, ging verloren. Wir mußten uns begnügen, unser Fahrzeug am Strande so hoch hinauf zu ziehen, daß es von den Wellen nicht mehr erreicht werden konnte.

Hierauf gingen wir landeinwärts einem Lichte zu, das wir in der Ferne schimmern sahen. Bei einem Bauern fanden wir Unterschlupf. Am Morgen begaben wir uns mit unserem Wirte zum Strande zurück, um nach unserer Jolle zu sehen. Wir fan= den sie noch auf der alten Stelle. Da die See noch nicht wieder fahrbar geworden war, wußten wir nicht, was wir mit unserem Boote beginnen sollten. Aber unser Bauer, dem ich mich durch einen meiner Matrosen verständlich machen konnte, half uns aus der Verlegenheit. Wir befanden uns hier anderthalb Mei= len von Pollien. Dieser Ort ist ebenfalls ein Salzhafen und liegt etwa zwei Meilen von Croisic entfernt. Nach Pollien wollte der Bauer nun unser Puppenfahrzeug über Land trans= portieren, indem er es zwischen zwei von seinen Eseln hinge.

Wirklich hielten er und seine Esel redlich Wort. In dem lustigsten und nie gesehenen Aufzuge zogen wir in Pollien ein. Die ganze Stadt lief zusammen. Ich ließ mir den angesehen= sten Salzhändler des Ortes nennen und ging sogleich zu ihm. Der Kaufmann Charault nahm mich sehr freundlich auf. Und bald konnte ich auch eine volle Ladung für alle vier Schiffe, das Muid zu vierundfünfzig Livres, ausmachen; und zwar dortigen

Maßes, welches noch um fünf Prozent größer ist als auf Noirmoutiers. Ich durfte mir also schmeicheln, einen vorteilhaften
Handel abgeschlossen zu haben.

Nun war meine nächste Sorge, mein Boot wieder zu takeln
und meine Rückfahrt damit anzutreten. „Wie? In der Nußschale?" fragte Herr Charault und sah es von allen Seiten
verwundert an. „Lassen Sie das Dingelchen in Gottes Namen
hier stehen, bis Sie mit Ihrem Schiffe kommen. Ich gebe Ihnen
meine Barke, die Sie mir dann ja wiederbringen können." —
Der Vorschlag war aller Ehren wert. Allein dann wäre ich dem
Manne fester verbunden gewesen, als ich wünschte, falls meine
Freunde anderwärts vielleicht noch besser abgeschlossen haben
sollten. Ich schlug sein Anerbieten also aus und setzte mich mit
meinen Leuten guten Muts wieder in die Nußschale. Das
Wetter war schön, der Wind günstig, und so erreichten wir nach
einer ruhigen Fahrt von zwölf, vierzehn Stunden glücklich
wieder Noirmoutiers.

Mit Kapitän Neste fuhr ich nun nach Pollien zurück, wo wir
unsere Schiffe mit Salz beluden. Die beiden Königsberger
hatten in Noirmoutiers abgeschlossen, da sie auf mich nicht mehr
gerechnet hatten. Sie mußten hier allerdings das Muid mit
achtzig Livres bezahlen.

Ich hatte am 12. Juni an meine Korrespondenten Kock und
van Goens in Amsterdam geschrieben, daß sie mein Schiff mit
zweitausend Gulden versichern sollten. Sechs Tage später wiederholte ich diese Order mit dem Bemerken, daß ich bereits
segelfertig läge und nur auf einen günstigen Wind warte. Zum
Ueberfluß ließ ich am·22. Juni noch ein drittes Aviso ab. Ich
sei in diesem Augenblicke bereits auf See. Zur Sicherheit erinnere ich noch einmal an mein Verlangen.

Am 24. Juni überfiel mich schon ein so harter Sturm, daß

ich nur vor einem kleinen Sturmsegel unterm Winde liegen konnte. Eine besonders schwere Sturzwelle zertrümmerte das Steuerruder. An ein Ausbessern auf offener See war nicht zu denken. Um das Schiff gleichwohl nach Möglichkeit auf Kurs zu halten, suchte ich es mit den Vorder= und Hintersegeln zu zwingen. Da aber der Wind geradezu aufs Land stand, waren wir genötigt, Segel über Segel zu setzen, um nur das Schiff hart an den Wind zu halten und vom Leger=Strande fern zu bleiben. Trotzdem liefen wir bald in den Wind, bald wieder davor. Durch die Unmenge Segel bekamen auch Stangen und Masten schier über ihre Kräfte zu tragen.

Und gar bald geschah, was ich gefürchtet hatte: mit einer schweren Boe, die sich plötzlich erhob, brach der große Mast, acht oder zehn Fuß überm Deck, gleich einer Rübe entzwei und stürzte samt der ganzen Takelage über Bord. Das ganze Ge= wirre von Rundhölzern – Mast, Stangen und Rahen – stieß nun unaufhörlich und mit solcher Kraft gegen die Seiten des Schiffes, daß wir jeden Augenblick erwarteten, Planken und Spanten zertrümmert zu sehen. Wir mußten schnell alles Tau= werk kappen, das mit dem gestürzten Mast noch zusammen= hing.

Unser schwer beladenes Schiff trieb jetzt gleich einem Klotz auf dem Wasser. Die Wellen überspülten es unaufhörlich. Selbst die Kajüte schwamm beständig voll Wasser. Unsre Lebensmittel wurden naß. Auch unsre Ladung mußte leiden, da wir das eindringende Wasser selbst mit beiden Pumpen kaum zu bewältigen vermochten.

Des andern Tages, sobald das Wetter ruhiger geworden war, hoben wir unser Bugspriet aus und befestigten es, so gut es gehen mochte, an dem Stumpf des abgebrochenen Mastes. Daran zogen wir dann ein paar Segel auf, die wir noch vor=

rätig hatten. Um nun das fehlende Steuerruder irgendwie zu ersetzen, ließ ich einen großen Klotz an einem etwa zwanzig Klafter langen Ankertau vom Hinterteil aus treiben. Gleichfalls wurden Taue von jeder Bugseite mit diesem Klotz verbunden. So ließ sich das Schiff notdürftig steuern, obwohl wir freilich keinen ordentlichen Kurs halten konnten. Vielmehr trieben wir bei anhaltendem Ostwinde immer weiter auf das atlantische Meer hinaus. Unser größtes Glück war es, daß wir das Schiff dicht behalten hatten.

Sechs Wochen lang waren wir auf diese Weise hilflos auf dem Weltmeere umher gekreuzt. Am 6. August ereilte uns ein gewaltiger Weststurm. Das Wetter ward so furchtbar, wie ich es nie wieder erlebt habe. Unsre größte Besorgnis aber war, daß wir bei Nacht gegen die Lewis-Inseln mit ihren zahlreichen Klippen geworfen werden könnten. Unsre Furcht schwand erst, als wir uns am 9. August zwischen den orkadischen Inseln gegenüber Fairhill befanden. Da auch zugleich der Wind nach Nordwesten ging, so hofften wir die norwegische Küste zu erreichen und dort Hilfe zu finden.

Am 13. sahen wir denn auch die Küste. Mitten zwischen steilen Klippenwänden trieb unser Schiff, wie von unsichtbaren Händen gelenkt, in eine Bucht, wo ich Ankergrund und stilles Wasser fand. Sieben ewiglange Wochen waren wir ohne Mast und Ruder, unter Hunger, Durst und stetem Todeskampf umhergetrieben.

Unser Nothafen hieß Bommel-Sund, wie wir noch in der nämlichen Nacht von einigen Leuten erfuhren, die vom Land zu uns an Bord kamen. Sie waren mir auch behilflich, das Schiff noch tiefer in die Schären hinein in Sicherheit zu bringen. Am Morgen fuhr ich selbst an Land, um mir Hilfe zu suchen. Es fehlte mir geradezu an allem, um von der Stelle zu kommen. Doch Mast, Ruder und Takelage, wie ich es brauchte, war in dieser Gegend nicht zu haben. So mußte ich mir Fahrzeuge und Leute annehmen, die mich langsam zwischen den Klippen weiterbugsierten. Endlich gelangte ich denn in den Hafen von Fahresund.

Hier wandte ich mich an das Handelshaus Lund & Co., welches mir auch half, mein Schiff wieder in gehörigen Stand zu setzen. Um nichts zu versäumen, ließ ich vor allen Dingen mein Schiffsvolk eine gerichtliche Erklärung über die erlittenen Unglücksfälle während dieser Reise ablegen. Zudem versah ich mich mit den übrigen erforderlichen Zeugnissen und übersandte dies alles meinen Korrespondenten in Amsterdam. Ich trug ihnen auf, mir auf Grund der Versicherung meines Schiffes einen Kreditbrief über die Summe zu schicken, wie ich sie zur Ausbesserung des Schiffes erforderlich glaubte.

Ich ging nun mit Eifer ans Werk, wo es denn allerdings mehr zu schaffen und auszuflicken gab, als ich vermutet hatte. Beim Ausladen des Schiffes, was zuerst gemacht werden mußte,.fand es sich, daß zehn bis zwölf Lasten Salz durch das Wasser aufgelöst worden waren. Ich ließ nun den Boden kielholen. Ein neues Steuerruder wurde eingehängt und ein neuer Mast aufgerichtet. Ich besorgte alle fehlenden Rundhölzer, Segel und Takelwerk; ersetzte alles, was gebrochen, verfault oder sonstwie verdorben war, und allmählich war das Schiff wieder fähig, sich auf der offenen See zu halten. Freilich hatte es dazu die bedeutende Summe von viertausendvierhundert dänischen Talern bedurft. Ich konnte mich, um mich meines Schadens zu erholen, nur an die auf mein Schiff gezeichnete Versicherung halten.

Da empfing ich von den Herren Kock und van Goens ein Schreiben, worin sie mir empfahlen, mich in meinen Ausgaben, soweit es ginge, zu menagieren; es wäre ihnen nicht möglich gewesen, für mein Schiff und meine Ladung eine Versicherung abzuschließen. – Als hätte der Blitz vor meinen Füßen eingeschlagen, so überraschte und erschütterte mich dieser trockne Bericht! Zugleich aber gingen mir auch die Augen auf über das Schelmenstück, das man mir gespielt hatte. In der sichersten Jahreszeit und auf einem Platze wie Amsterdam sollte für keine Prämie, hoch oder niedrig, eine mäßige Assekuranz zu beschaffen gewesen sein? Und wenn in Holland kein Mensch sein Geld an eine so geringe Gefahr hätte setzen wollen, stand meinen Beauftragten nicht Hamburg, Kopenhagen oder London, kurz, jeder andre Handelsort frei und offen? – Es war klar – und in diesem Urteil hatte ich alle Sachverständigen auf meiner Seite –, daß die feinen Herrschaften es für zuträglicher gehalten hatten, die Assekuranz gar nicht auszubieten. Sie hatten das im Vertrauen auf meine Tüchtigkeit und die anderweitigen günstigen Umstände gewagt. Wäre die Fahrt glücklich abgelaufen, wie zu hoffen gewesen war, so hätten sie nicht vergessen, mir die Versicherungsprämie gehörig anzurechnen. Nun aber, da ich Havarie hatte, benahmen sie sich wie Schurken.

Ich saß in der Klemme und mußte abermals auf Schiff und Ladung Geld aufnehmen. Ich hatte indes die Hoffnung, das saubere Paar ihrer Unlauterkeit zu überführen und so wieder zu meinem Gelde zu gelangen. Ich ging also in See und langte bald darauf glücklich in Königsberg an. Kaum aber hatte ich dort meine Ladung Salz gelöscht, als auch der Bodmerei-Geber sein auf das Schiff vorgestrecktes Geld zurückforderte, welches sich mit allen Nebenausgaben auf die Summe von siebentausend Talern belief. Da ich nun auch noch in einigen andern Schulden steckte, so kam ich von Tag zu Tag immer mehr ins Gedränge, zumal an ein schleuniges Ende des Prozesses nicht zu denken war, den ich zunächst gegen Kock und van Goens in Amsterdam angestrengt hatte.

Hier war vielmehr ein Federfechten begonnen, das Jahr und Tag dauerte und immer bunter und verwickelter wurde. Endlich wurde mir der Handel und die Rabulisterei für meinen armen schlichten Menschenverstand zu arg. Ich packte meine dicken Prozeßakten zusammen und legte sie in tiefster Devotion Sr. Majestät dem Könige vor. Ich bat ihn inständigst, sich seines allergetreuesten Untertanen anzunehmen und diesen Prozeß gegen Kock und van Goens durch den preußischen beglaubigten Minister im Haag erledigen zu laffen.

Während meine Sache diesen gemächlichen Gang ging, mußte ich, um meine Gläubiger zu befriedigen, zuvörderst meine Ladung, dann aber auch mein schönes liebes Schiff samt allem, was ich um und an mir hatte, zu Geld machen. Als unschuldiges Opfer eines schändlichen Betruges stand ich da und konnte kaum das Hemd auf dem Leibe mein eigen nennen.

Dieser unselige Rechtshandel bedrohte aber nicht bloß mein geringes Vermögen, er griff zugleich tief in meinen ganzen Lebensgang ein und legte meinem aufstrebenden Geiste Hemmketten an, die ihm immer unerträglicher wurden. Nach der Einbuße meines eignen Schiffes hätte ich wenigstens als Schiffer für fremde Rechnung fahren und meinen mäßigen Erwerb suchen können. Allein, alle Augenblicke gab es des Prozesses wegen in Königsberg gerichtliche Termine, wo ich zur Stelle sein und Rede und Antwort geben sollte. Gleichwohl wollten Frau und Kinder (denn auch der Ehesegen hatte sich nach und nach bei mir eingestellt) auf ehrliche Weise ernährt sein. Was blieb mir demnach übrig, als mich noch einmal unter das alte verhaßte Joch zu bequemen und als Setzschiffer auf einem Leichter-Fahrzeug zwischen Königsberg, Pillau und Elbing hin und

her zu tagelöhnern, um nur mein kümmerliches Brot zu verdienen.

Drei mühselige Jahre blieb mein Schicksal in dieser Schwebe.
Gott weiß, wie sauer, ja bitter sie mir geworden sind. Endlich
ging vom Preußischen Gesandten im Haag ein großes Schreiben an mich ein. Es verkündigte, mein Prozeß sei in letzter Instanz glücklich gewonnen. – Gottlob! hätte ich aus tiefer Brust
erleichtert gerufen, wäre damit nicht eine Hiobsbotschaft verbunden gewesen. Es hieß weiter in dem Schreiben: Kock, der
eine meiner Widersacher, sei gestorben und nun sei der Bank-
rott des Hauses ausgebrochen. Auf alle Effekten sei von den
übrigen Gläubigern Beschlag gelegt worden, und zur Befriedigung meiner Forderung wäre leider nichts übrig geblieben.

So war ich denn ein ruinierter Mann. Ich hatte mir die
schönsten Jahre meines Lebens gleichsam stehlen lassen, hatte
mir den Leib unaufhörlich voll geärgert und mochte nun in
Gottes Namen wieder von vorn anfangen!

*　　*　　*

Im Jahre 1769 kam der Geheime Finanzrat Delatre nach
Königsberg. Delatre hatte König Friedrich II. an die Spitze
der neuen Regie aus Frankreich berufen. Er galt damals sehr
viel bei ihm. Sein neuestes Projekt, womit er dem Monarchen
große Summen fremden Geldes ins Land zu ziehen verhieß,
ging dahinaus: Von dem Ueberfluß an schönstem Schiffsbau-
holz in den königlichen Forsten bei Stettin sollten für königliche
Rechnung eine Anzahl Fregatten erbaut und armiert und dann
zu gutem Preise an auswärtige Mächte verkauft werden. Friedrich war auch auf diesen Vorschlag eingegangen. So lag denn
bereits ein Schiff, das mit vierzig Kanonen armiert werden
sollte, bei Stettin auf Stapel.

117

Ich weiß nicht, auf welche Weise ich dem Franzosen als der Mann empfohlen sein mochte, dem die Ausrüstung und Führung dieses Schiffes vor andren anzuvertrauen wäre. Kurz, er ließ mich zu sich rufen und bot mir diese Kapitänsstelle unter solchen Bedingungen an, daß ich keine Bedenken hatte, mich für dies Unternehmen zu verpflichten. Ich ging unverzüglich nach Stettin ab, um meine Funktion anzutreten.

Hier förderte der königliche Schiffsbaumeister Catin den Bau der Fregatte nach Kräften. Ich war nicht minder geschäftig, Masten, Segel, Tauwerk und jedes andere Zubehör herzurichten. Als die Fregatte dann im Mai 1770 glücklich vom Stapel gelaufen war, konnte sie schon zu Anfang des Juni für völlig ausgerüstet gelten. Den damaligen Gouverneur Herzog von Bevern zu Ehren erhielt sie den Namen „Duc de Bevre". Sie war wirklich ein schönes und tüchtiges Schiff.

Erfreut über den hurtigen Fortgang hatte mir mein Gönner Delatre bei Sr. Königlichen Majestät das in seiner Art erste Patent als Königlich-Preußischer Schiffskapitän ausgewirkt, mit der Berechtigung, die Königliche Uniform und einen Säbel mit dem Portepee zu tragen, die mir vom Herzog eigenhändig überreicht wurden.

Nun sollte aber die Preußische Flagge auch einen eignen Admiral haben. Dazu schlug Herr Delatre seinen eignen Bruder vor, einen jungen, im Seewesen ganz unerfahrenen Menschen. Er hatte früher als Unterleutnant auf einer französischen Fregatte gedient, mit der er im letzten Kriege den Engländern in die Hände gefallen war. Dort war er gerade jetzt erst durch des zu Ehren gelangten Bruders Vermittlung aus dem Schuldgefängnis befreit worden. Ich war nicht sonderlich erbaut, meinen neuen Herrn Admiral kennen zu lernen und zugleich zu erfahren, daß ihm das Kommando der nächsten zu erbauenden

Fregatte zugeteilt werden sollte. Bis dahin hatte er nun freilich wenig oder gar nichts zu tun. So verführte der Müßiggang den lustigen Patron zu einer Menge alberner Streiche, die ihm wenig zu Ehren gereichten.

Gegen Ende Juni ging ich mit meinem Schiffe die Oder hinab und war angewiesen, auf der Reede von Swinemünde eine Ladung Balken einzunehmen. Diese Ladung sollte ich nach Cadix bringen und dort wo möglich samt dem Schiffe losschlagen. Es kostete nicht wenig Mühe, die große und tiefgehende Fregatte über die Bank am Ausflusse des Stromes zu schaffen und mich außen auf der Reede vor Anker zu legen.

Sobald ich meinen Ankerplatz gefunden hatte, befahl ich, die Stangen und Rahen niederzulassen, um das übermäßige Schwanken des noch unbeladenen Schiffes zu vermeiden. Dieser notwendigen Anordnung widersetzte sich mein Admiral, der mir die unverlangte Ehre erzeigte, mich bis hierher zu begleiten. Er wollte zur Befriedigung seiner kindlichen Eitelkeit das Schiff noch länger in Parade sehen. Vergeblich bedeutete ich ihm, daß es hier mehr auf Sicherheit als auf stattliches Aussehen ankomme. Der Fant erboste sich und wollte wie ein unartiges Kind durchaus seinen Willen haben. Freilich kam er da bei mir eben an den Unrechten. Ich wich ihm keinen Daumen breit.

Nun war vollends Feuer bei ihm im Dache. Er parlierte mir, rot um den Kamm wie ein Puter, allerlei dummen Schnack vor und trat endlich drohend auf mich zu, die Hand am Degen. „Oho, Bürschken!" sagte ich, und besah ihn mir schmunzelnd von unten bis oben. „Das wollen wir dir wohl anstreichen!" – Ich ging in die Kajüte, schnallte mir meinen Säbel um und kam wieder aufs Verdeck. Seine Wut hatte sich aber immer noch nicht gelegt. Er schimpfte wie ein Rohrspatz und bei jedem dritten Wort fuhr seine Hand nach dem Degen. Endlich riß auch

119

mir die Geduld. Ich forderte ihn auf, auf der Stelle mit mir ans Land zu kommen, damit ich sähe, was Vater und Mutter aus ihm gefuttert hätten – wie wir Pommern zu sagen pflegen.

Ich sprang voran in die Schaluppe und befahl sechs Matrosen, die Riemen zur Hand zu nehmen. Mein Urian kam mir auf wiederholtes Winken nachgestiegen. Ich stellte mich ans Ruder und steuerte nach dem Packwerk. Um Ufer riß ich mir Hut und Rock vom Leibe. Wir zogen beide blank und standen erbittert einander gegenüber. Monsieur machte mit seinem Degen allerlei Figuren und Firlefanz vor meiner Nase, bis ich ihm von unten herauf unterhalb des Degengefäßes eins quer über den Arm hieb. Mit der nämlichen Wendung gab ich ihm einen Denkzettel hinters linke Ohr.

Mein Gegner schien nicht mehr zu verlangen. Flugs warf er den Degen auf die Erde und schüttelte mit etwas verstörtem Gesichte die verwundete Hand. Ich holte aus seinem Rocke, der im Sande lag, ein Schnupftuch hervor, wischte ihm das Blut vom Ohr und wickelte das Tuch fein säuberlich um die lahme Hand. Dann machte ich dem Herrn ein Kompliment, so gut ich's ohne Tanzmeister gelernt hatte, und ließ ihn stehen.

Zwei Tage nach diesem Abenteuer erhielt ich einen schriftlichen Befehl vom Herrn Geheimen Finanzrat Delatre, in Stettin zu erscheinen. Ich erwiderte darauf: Das Schiff, welches ich kommandierte, läg in See, und ich wäre für dessen Sicherheit verantwortlich. Ich würde mich einstellen, sobald man mir einen Stellvertreter schickte. – Bald danach kam auch ein gewisser Schiffer Stöphase, einer unsrer besten preußischen Seemänner, zu mir an Bord und wies sich durch schriftliche Order als mein Nachfolger aus.

Ich fuhr nun nach Stettin. Mein ungnädiger Gönner warf mir vor, daß ich gröblich gegen die Subordination im Dienst

120

gehandelt habe. Ich war kurz angebunden und schenkte ihm über seinen Herrn Bruder, den Admiral, klaren Wein ein. Ich bewies dessen Ungeschick in einem gepfefferten Text so kräftig, daß nicht viel darauf zu antworten blieb. Aber es war nun mal sein Bruder, den er nicht im Stich lassen konnte. So knüpfte er um so lieber an ein von mir leicht hingeworfenes Wort an, um mir wenn ich nicht anders wollte, meine Dienstentlassung anzukündigen. – „Herzlich gern!" war meine Antwort. „Mit dem Vorbehalt jedoch, daß meine Fähigkeit zum Königlichen Dienst nicht in Abrede gestellt werde."

„Wer zweifelt daran, Herr? Wenn Sie sich nur fügen wollten . . ."

„Gehorsamer Diener!" erwiderte ich. „Daran mag es wohl liegen. Aber wenn auch mein Kopf etwas hart ist, so erinnert er sich doch an eine Klausel in meinem Kontrakt, daß mir eine Gratifikation von zweihundert Talern und meine rückständige Monatsgage zugute kommen solle, falls ich einst meines Seedienstes entbunden würde und gegen meine Tauglichkeit nichts einzuwenden wäre. – Wohl denn, ich habe bisher meine Schuldigkeit getan; jetzt erwarte ich ein Gleiches von der Regierung." – Die Zahlung geschah auf der Stelle; und so kriegte denn mein Königliches See-Kommando ein baldiges und betrübtes Ende.

*   *   *

Mein Plan war jetzt, nach Königsberg zurückzukehren und eine Gelegenheit zu suchen, wo ich die Arme ein wenig freier rühren konnte. Auf dem Wege dorthin sprach ich bei meinen Eltern in Kolberg vor. Sei es nun, daß es ihr dringendes Zureden vermochte, oder daß die alte Vorliebe für meine Vaterstadt wieder lebendig in mir wurde, während ich gegen Königs-

berg, wo mir so vieles verquer gegangen, einen heimlichen
Widerwillen spürte, – genug, ich glaubte wohl daran zu tun,
wenn ich mich fortan hier unter den Meinigen häuslich nieder=
ließe. Weib und Kind kamen also nach Kolberg herüber, und
ich begann, mich hier einzurichten.

Aber Kolberg war nicht der Ort, wo meinesgleichen auf die
Dauer seine Rechnung finden konnte. Der Seehandel hatte
damals hier nicht viel zu bedeuten, und die Kolberger Schiffer
waren gar zahme Leute, die sich nicht weit in die Welt hinaus
wagten. Es war daher auch wenig Aussicht, daß ich hier so=
bald ein braves Schiff unter die Füße bekommen würde. Wohl
wurden mir wiederholt kleine Jachten angeboten, mit denen ich
die Ostseehäfen besuchen sollte, doch ich errichtete lieber eine
kleine Navigationsschule, in welcher ich junge Seefahrer für ihr
Fach tüchtig auszubilden suchte. Noch jetzt in meinem hohen
Alter habe ich das Vergnügen, einige brave Schiffer am Leben
zu wissen, die ich als meine Schüler betrachten darf.

Man wird sich jedoch leicht denken können, daß all dies nur
ein Notwerk blieb und daß ich mich in meiner Lage mit jedem
Tage mißmutiger und unzufriedener fühlte. Auf die Dauer
konnte das so nicht bleiben. Was aber dem Fasse vollends den
Boden ausschlug, war ein Schimpf, der mir von einem Manne
widerfuhr, um den ich wohl Besseres verdient hätte. Dieser
Kaufmann K. nämlich, für den ich vormals als eigner Schiffs=
reeder Güter und Frachten mit Ehren über See gefahren hatte,
glaubte ein Werk der Barmherzigkeit an mir zu tun, wenn er
mich unter seinem unwissenden Bauern=Schiffer als Steuer=
mann dienen ließe. Meine ganze Seele entrüstete sich über die=
sen erniedrigenden Vorschlag. Es war, als ob jeder Buhe in
Kolberg mit Fingern auf mich wiese. So machte ich mich denn
im Jahre 1771 als Passagier nach Holland auf den Weg. Ich

122

hatte die gewisse Zuversicht, daß ich in diesem Land auf alle Fälle ein besseres Fortkommen finden werde.

Wenn irgend möglich, wollte ich an die Küste von Guinea. Die Art des Handelsverkehrs war mir bei meiner ersten Ausfahrt bereits bekannt geworden. Ich war darauf aus, mich auf irgendeinem dorthin bestimmten Schiff als Obersteuermann zu verdingen. In Amsterdam zwar gab es hierfür in diesem Augenblick keine Gelegenheit. Als ich mich aber durch Freunde und Bekannte an das Haus Rochus & Copstadt in Rotterdam empfehlen ließ, ward ich mit den Reedern einig, auf einem ganz neuen Schiff namens „Christina" unter Kapitän Jan Harmel als Obersteuermann die Fahrt nach der Küste von Guinea anzutreten.

Im November des nämlichen Jahres gingen wir von Gorec unter Segel. Unsre Ladung bestand aus solchen Artikeln, welche die Afrikaner gegen Sklaven, Goldstaub und Elefantenzähne am liebsten einzutauschen pflegen. Die Schiffsmannschaft betrug hundertsechs Köpfe. Das Schiff führte vierundzwanzig Sechspfünder mit, weil Holland damals mit dem Kaiser von Marokko in Mißhelligkeiten geraten war. Allen Schiffen, die des Weges fuhren, war deswegen auch aufgegeben worden, sich gegen etwaige Ueberfälle der Korsaren gehörig auszurüsten. Aus dem nämlichen Grunde versäumten wir auch nicht, sobald wir in den Ozean gekommen waren, unser Schiffsvolk täglich in der Bedienung des Geschützes und in andern kriegerischen Handgriffen zu üben. Jeder an Bord wußte, wohin er gehörte und wie er anzugreifen hatte, wenn es mit den Marokkanern zum Schlagen käme.

Etwa in der Mitte des Oktobers, als wir uns etwa neunzig Meilen von der portugiesischen Küste entfernt befanden, erblickten wir in den Vormittagsstunden ein Schiff vor uns, das uns, die wir immer an Seeräuber dachten, verdächtig vorkam. Im Augenblick ward alles an Bord zum Gefechte bereit gemacht. Mit Verwunderung wurden wir gewahr, daß das Schiff vor uns gar keinen geraden Kurs hielt, sondern bald nördlich, bald östlich am Winde lag. Alle Segel waren fest gemacht, bis auf das Vorder-Mars-Segel, das frei flog.

Wir wußten immer weniger, was wir davon halten sollten. Da das Schiff wenigstens noch anderthalb Meilen von uns entfernt lag, konnten wir auch nicht entdecken, was es eigentlich im Schilde führte. Es schien uns geraten, dies in der Nähe etwas genau zu untersuchen. Wir setzten also hinten unsre Flagge, vorn und an die Spitze des großen Mastes einen Wimpel auf, um unsre Bravour zu zeigen und uns den Anschein eines Kriegsschiffes zu geben. Dann richteten wir unsern Lauf gegen den wunderlichen Unbekannten, doch so, daß wir ihm oberhalb des Windes blieben.

Auf die Hälfte herangekommen, taten wir einen blinden Schuß als Aufforderung, unsere Flagge zu respektieren und uns die seinige zu zeigen. Doch diese kam selbst dann nicht zum Vorschein, als wir im Abstande von einer halben Meile jenes Signal wiederholten. Ja, sogar der dritte Gruß dieser Art verfehlte die gehoffte Wirkung. Mit der Zeit war das fremde Schiff in den Bereich unseres Geschützes gekommen. Wir bedachten uns nun nicht länger, ihm auf gut Glück eine scharfe Kugel zuzuschicken. Sie schlug hart vor ihm nieder; aber auch jetzt zeigte es seine Flagge nicht.

„Es soll und muß es!" rief unser Kapitän. „Konstabler, schießt ihm eine Koppelkugel in den Rumpf und seht wohl zu, daß Ihr trefft!" – Gesagt, getan! Wir waren ihm jetzt so nahe, daß sich unmöglich fehlen ließ. Die Kugel fuhr ihm in den Bug. Die Holzsplitter flogen umher. Dennoch sahen wir keine Flagge!

– Das ging über all unsern Begriff. Wir wurden immer hitzi=
ger und beschlossen, ihm oberhalb des Windes so dicht als mög=
lich auf den Leib zu rücken.

Wir liefen in kaum dem Abstande eines Flintenschusses an
ihm vorüber und riefen es zugleich mit dem Sprachrohr an. Auf
unser drei= bis viermaliges Holla kam keine Antwort. Ebenso
wenig erblickten wir eine Menschenseele an Bord. Nur ein
großer schwarzer Hund richtete sich empor und bellte uns heiser
an. Im Vorbeisegeln erkannten wir noch, daß die Finkennetze
und Schanzgitter längs der ganzen Seite mit Weißkohl=
köpfen vollgepackt waren und daß auch einige Stücke frisches
Fleisch unter dem großen Mars hingen. Ja, einige Matrosen,
die sich oben im Mastkorb befanden, wollten bemerkt haben, daß
auf dem Verdeck des fremden Schiffes Menschenleichen gelegen
hätten.

Wir übrigen glaubten das aber nicht. Was sollte diesen Un=
glücklichen den Tod gebracht haben? Das Schiff schien unver=
sehrt und gut; kein Feind hatte mit Feuer und Schwert darauf
gehaust. An ansteckende Seuchen oder an Verhungern und Ver=
dursten war ebenso wenig zu denken; die frischen Lebensmittel,
die wir wahrgenommen, bewiesen, daß das Schiff erst vor kur=
zem einen europäischen Hafen verlassen haben mußte.

Inzwischen legten wir um und hielten diesmal noch näher
an das verödete Schiff. Wieder riefen wir Holla! Holla! Doch
immer noch sahen wir kein lebendiges Wesen und hörten keine
Stimme, nur das Bellen des Hundes. Unzweifelhaft war das
Schiff von allen Menschen verlassen. Aber gerade darum hatten
wir Lust, eine Schaluppe auszusetzen und diesen wunderbaren
Vorfall genauer zu untersuchen. Vielleicht kam es bloß darauf
an, ein herrenloses Eigentum als gute Prise in Besitz zu nehmen.

Der Kapitän jedoch wollte davon nichts wissen. Er meinte,

der Wind bliese zu frisch und die See hinge zu hoch, als daß er Boot und Menschen einem solchen Wagnis preisgeben könnte; und auch im besten Falle werde es um den Rückweg gegen den Sturm noch mißlicher stehen. Erpicht auf den Handel, stellte ich ihm vor, daß die Schaluppe mit Wind und Wellen geradezu auf das fremde Schiff lossteuern müsse. Nach erfolgter Besichtigung würde es dann umgekehrt gemacht. „Nettelbeck!" rief er. „Das wird der Teufel nicht mit Euch wagen!"

„Das käme noch darauf an!" meinte ich. „Laßt einmal hören! – Jungens", rief ich unsern Leuten zu, „wer von euch hat die Courage, mit mir in unsrer Schaluppe nach jenem Schiff hinüber zu fahren? Wenn wir das vielleicht als gute Prise nehmen könnten!"

„Ich! Ich! Ich!" schallte mirs von allen Seiten entgegen. – „Und was sagt Ihr nun, Kapitän?" wandte ich mich an unsern Befehlshaber.

„Fahrt meinetwegen, wenn Ihr Lust habt, zu ersaufen!" gab er mir verdrießlich zur Antwort.

Die Schaluppe ward mit dem größten Eifer angepackt, in die Takel gehängt und über Bord gesetzt. Ich stieg ein, und zwölf Mann, die ich als tüchtige, zuverlässige Kerle kannte, kamen mit mir.

So gingen wir nun mit unserm Fahrzeug vor See und Wind gerade auf das Schiff zu. Leichter und glücklicher, als ich selbst gehofft hatte, legten wir uns ihm an die Seite. Gehörig bewaffnet stieg ich mit elf Mann an Bord. Der zwölfte blieb im Boote zurück, welches mit einem Schlepptau hinten angehängt wurde. Wie zu vermuten war, fanden wir auf dem Verdeck niemand als jenen Hund und einen Behälter mit lebenden Hühnern und Enten, die noch Gerste und frisches Wasser im Troge hatten. Überall lagen Kleidungsstücke umher. Die Schaluppe stand, wie sich's gehört, im Boot. Alles war ordentlich befestigt. Kein Takel hing über Bord, woraus man hätte schließen können, daß etwa ein Fahrzeug zur Flucht der Mannschaft ins Wasser gelassen worden wäre, weil das Schiff vielleicht leck geworden sei.

Um dies festzustellen, befahl ich sofort meine Leute an beide Pumpen. Inzwischen besah ich mir das Schiff von oben und unten. Endlich nahm ich wahr, daß die Tür zur Kajüte eingehauen war. Sogar das Beil, womit dies geschehen sein mochte, lag noch daneben. Ich erschrak nicht wenig. Ich dachte, daß hier gottlose Buben gehaust haben müßten, die den Kapitän ermordet hätten und sich jetzt vielleicht im untern Raume versteckt hielten.

Unterdes hatten meine Begleiter wacker an den Pumpen gearbeitet und erklärten nach etwa fünfzehn Minuten: das Schiff sei rein, und die Pumpen zögen kein Wasser mehr. – „So kommt denn alle!" rief ich. „Nehmt eure Wehren zur Hand, spannt den Hahn und folgt mir, dicht zusammengeschlossen, nach."

Nun stiegen wir in die Kajüte hinab. Der zertrümmerte Eingang ließ uns Schlimmes erwarten. Doch unten war alles in bester Ordnung. Ich hob den Deckel von einer Seitenbank empor und fand den Sitz angefüllt mit Weinflaschen. Eine Schieblade enthielt allerlei Tafelgerät, Messer, Gabeln und anderes. In einer andern Schieblade fand ich einen starken Packen Briefe, die den Aufschriften nach für Port au Prince, Martinique, Guadeloupe und andre französische Inseln bestimmt waren. Ich griff einige heraus und steckte sie zu mir, um sie bei besserer Muße genauer zu untersuchen. Für den Augenblick ward meine volle Aufmerksamkeit von einer Luke angezogen, die sich in der Mitte des Fußbodens vorfand und angelweit offen stand. „Hier wird es der Mühe wert sein, hinunter zu steigen," sagte ich zu meinen Leuten; „wäre es auch nur, um zu erfahren, womit das Schiff beladen ist." – Zu gleicher Zeit ließ ich mich an den Händen hinab, ohne jedoch mit den Füßen Grund zu erreichen. „Nun, es wird ja so tief nicht mehr sein!" dachte ich bei mir, ließ mich fallen und purzelte auf einen Haufen Steinkohlen.

Ich kroch nun über dies unbequeme Lager, geriet bald hier, bald dort, im Dunkeln umher tappend, an Fässer, Ballen und in Bastmatten gehüllte Packen. Unwillkürlich fürchtete ich, daß in diesem Durcheinander auch wohl Menschen stecken und mir auflauern könnten. Schon war mir's, als ob sie mir überall auf dem Nacken säßen, als würde bei jedem nächsten Schritte eine grimmige Faust mich packen. Mir wurde erst dann wieder wohler, als ich oben an der Luke ein paar von meinen Gefährten erblickte, die mich dann auch emporzogen.

Inzwischen war auch mein Kapitän bei seinem Manövrieren dem Schiffe wieder nahe genug gekommen, um mir zuzurufen: Wie es an Bord aussähe? – Ich antwortete ihm: Das Schiff sei fest und dicht und alles darauf in guter Ordnung; aber nicht Mann noch Maus wäre darauf zu finden. – Der Kapitän befahl, mit der ganzen Mannschaft zurückzukommen. Es blieb mir nichts übrig, als der Anordnung zu folgen. Als wir bei unserm Schiffe anlangten, ward die Schaluppe unter Takel gebracht, emporgehoben und wieder an ihrem Platze befestigt.

Ich stellte dem Kapitän vor, daß es doch Sünde und Schande sei, wenn wir diesen Fund so um nichts und wieder nichts aufgeben wollten. Allein sein Widerwille gegen jedes weitere Vorgehen zu diesem Zwecke schien unbezwinglich. Daß er mit einem Handel dieser Art nichts zu schaffen haben wollte, hatte aber folgenden Grund:

Auf seiner vorigen Fahrt nach der Küste von Guinea hatte Kapitän Harmel von einem englischen Sklavenschiffe Besitz genommen. Auf dem Schiffe war eine Meuterei ausgebrochen, und die Schwarzen hatten fast die ganze Mannschaft ermordet. Nur einen Steuermann und zwei Matrosen hatten sie verschont, unter der Bedingung, daß sie die Neger in deren Heimat zurück= führten. Auf dieser Fahrt nun fielen sie meinem Kapitän in die Hände. Man munkelte, daß er mit den Schwarzen wie mit der Schiffsladung nicht zum besten gewirtschaftet habe. Die Leute, die er darauf gesetzt, hatten übel gehaust, und das Schiff war bei St. Georg de la Mina gestrandet. Deswegen hatten die Reeder in England gegen Harmel ein gerichtliches Verfahren eingeleitet und wollten ihn für nichts Besseres als einen See= räuber erklärt wissen. Dieser Prozeß schwebte noch. Es war zweifelhaft, wie das Endurteil ausfallen könnte. Daher war es zu verstehen, daß er wenig Neigung hatte, etwas Frisches auf sein Kerbholz zu bringen.

Wir jedoch, die wir die Sache mit ganz andern Augen an= sahen, drangen so ungestüm auf ihn ein, das Schiff zu besetzen, daß er endlich die große Schiffsglocke läuten ließ, um einen all= gemeinen Schiffsrat zu halten. Hier ward dann beschlossen, daß zwölf von uns das Schiff notdürftig bemannen sollten. Mir gab man die Ehre, es nach einem holländischen Hafen in Sicher= heit zu bringen.

„Gut gemeint, aber schlecht beraten!" war meine Einrede. „Ich muß mich der zugedachten Ehre höflichst bedanken. Wer möchte wohl eine solche Kommission auf sich nehmen? Wenn nun auf dem Wege nach Europa irgendein englisches, französi= sches oder andres Kriegsschiff auf mich stieße und nach meinen Schiffspapieren fragte? Möcht ich zehnmal versichern und schwö= ren, daß es mit dem Funde ehrlich und christlich zugegangen: Wer würde mirs glauben und mich nicht vielmehr für einen argen Freibeuter erklären und mir und all meinen Gefährten die hanfene Schleife zuerkennen? – Und steckt nicht noch dort die Kugel im Schiffsrumpfe in dem gesplitterten Barkholz, die wir dorthin abgeschossen haben, und die Zeugnis von gebrauchter Gewalt gegen uns ablegen würde? – Im besten Falle würden wir in ein finstres Loch gesteckt und könnten schwitzen, bis wir schwarz würden, bevor die Mannschaft der „Christina", die unterdes in den afrikanischen Gewässern umherschweift, vernommen werden könnte und uns wieder aus der Patsche hülfe."

Meinem Bedenken war nicht zu widersprechen. Man fand aber einen Ausweg. Zu meiner bessern Beglaubigung sollte ein schriftliches Zeugnis über den ganzen Hergang mit allen seinen besonderen Umständen ausgefertigt und von der Harmelschen Schiffsbesatzung unterzeichnet werden. Da nun in Holland die gesamte Besatzung vor dem Auslaufen ihres Schiffes ihre Namen bei der Admiralität in die Schiffsregister eintragen muß, so konnte die Echtheit dieser Urkunde in Rotterdam unfehlbar ermittelt werden. So erklärte ich mich nun mit einem solchen Passe zufrieden.

Inzwischen war es Abend geworden. Bei dem stürmischen Wetter konnte das Schiff nicht sich selbst überlassen bleiben. Der Untersteuermann Peters mit zehn Matrosen sollte es vorläufig in Obhut nehmen. Nach seiner Instruktion hatte er sich mit dem Schiffe so nahe als möglich an dem unsrigen zu halten. Zwar kannten wir ihn als einen nicht sonderlich gewiegten Seemann, doch schien der Dienst, wozu er beordert worden, um so weniger bedenklich, da ich ihn in zwölf oder fünfzehn Stunden abzulösen gedachte, um das Schiff sodann nach Holland heimzuführen.

So fuhr denn Peters mit seiner Mannschaft in unsrer Schaluppe hinüber. Die Segel wurden den unsrigen gleichgestellt, und das Schiff gewann wieder einen festen und regelmäßigen

130

Gang. Mit Einbruch der Nacht steckten wir eine Laterne aus, und dort geschah ein Gleiches. Ich versah die erste Wache von acht bis zwölf Uhr. Mit meinen Leuten nahm ich wahr, daß sich das Licht des andern Schiffes mehr und mehr entfernte und endlich zwischen zehn und elf Uhr erlosch. Ich ließ das dem Kapitän melden. Wir beschlossen, einen Stückschuß abzufeuern, um unserm Gefährten unsre Richtung anzugeben.

Der Erfolg war keinesfalls befriedigend. Wir wiederholten nun diese Signalschüsse die ganze Nacht hindurch und steckten endlich selbst scharfe Patronen auf, um den Knall zu verstärken und desto weiter gehört zu werden. Unter steigender Unruhe graute der Morgen. Alles stieg die Masten hinauf, um sich umzusehen. Umsonst! Freund Peters samt unsrer Prise war und blieb verschwunden!

Unsre Bestürzung war nicht gering. Wie war dies zugegangen? Was war geschehen? Vielleicht waren doch Leute im Schiff versteckt gewesen. Vielleicht hatten sie die Unsrigen bei Nacht überwältigt und sich dann davongemacht. Wie die zersplitterte Kajütentür bewies, schien ja vor der Begegnung mit uns Gewalttätigkeit und Meuterei auf dem Schiffe stattgefunden zu haben. Wußten sich die Empörer nun schuldig, so war es wohl natürlich, daß sie sich in die geheimsten Winkel verkrochen hatten, als sie uns unter Flagge und Wimpel auf sich zukommen sahen und unsre Kanonenschüsse hörten. Wir hatten also wohl Ursache, das Schicksal unsrer armen zwölf Gefährten zu bedauern.

Allein, selbst wenn sie — sei es durch Ungeschick oder bösen Willen — in der Nacht von uns abgekommen waren, so sahen sie sich all den Gefahren ausgesetzt, die ich gescheut und zu vermeiden gesucht hatte. Zudem war es überhaupt sehr zweifelhaft, ob sie Holland oder eine andre Küste jemals wohlbehalten erreichen möchten. Der Steuermann war ein Dummbart und der Führung eines Schiffes auf einem so weiten Weg keineswegs gewachsen. Doch hätte es auch besser um sein Wissen gestanden, so fehlte es ihm zu einem solchen Wagestück ganz an einem festen Punkte, welchen er seiner Ortsbestimmung hätte zugrunde legen können. Für die kurze Zeit seines Dienstes war es nicht für nötig gehalten worden, ihm unsre zuletzt beobachtete Länge und Breite mitzugeben. Ebensowenig fand er dort Instrumente nach holländischer Art, wie er sie allein gewohnt war, um die Sonnenhöhe zu nehmen. Und fielen ihm auch die dort geführten Schiffsjournale und Seekarten in die Hände, so konnte er sie doch nicht brauchen, da sie in französischer Sprache geschrieben waren.

Immer also mußten wir ihn und die Seinen verloren geben.

Einige Aufklärung über das Schiff gaben uns die Briefe, die ich in der Kajüte an mich genommen hatte. Zwar waren sie französisch abgefaßt, doch wir hatten einen französischen Matrosen an Bord, der uns als Dolmetscher diente. So bestätigte sich denn unsre Vermutung, daß das verlassene Schiff ein französisches gewesen sei. Es war von Havre de Grace ausgegangen, und zwar nur vier Tage früher als wir von Goree. Martinique war sein Bestimmungsort. Der Name des Schiffes und der des Kapitäns sind mir wieder entfallen. Auf die Sache selbst aber werde ich später noch einmal zurückkommen.

Inzwischen fuhren wir an Madeira und Teneriffa vorbei, passierten die Kapverdischen Inseln und erblickten am 24. Dezember die Küste von Guinea. Wir liefen nach der Sierra Leona hinauf und warfen endlich am 4. Januar 1772 vor Kap Mesurado Anker.

*   *   *

Bevor ich in meinem Lebensberichte fortfahre und mich zu den kleinen Abenteuern wende, die mir an der afrikanischen

132

Küste begegnet sind, will ich ein wenig über den Sklavenhandel erzählen. „Wie?" wird vielleicht mancher fragen; „Nettelbeck ein Sklavenhändler? Wie kommt ein so verrufenes Handwerk mit seinem ehrlichen pommerschen Herzen zusammen?" – Allein dies Handwerk stand zu damaliger Zeit bei weitem nicht in einem solchen Verrufe. Erst, seitdem man, besonders in England, wider den Sklavenhandel als einen Schandfleck der Menschheit geschrieben und im Parlamente gesprochen hat, ist das der Fall. Und wenn dieser Handel nun entweder ganz abgekommen ist oder doch mit heilsamer Einschränkung getrieben wird, so ist der alte Nettelbeck gewiß nicht der letzte, der seine herzliche Freude darüber hat. Vor fünfzig Jahren aber war und galt dieser böse Menschenhandel als ein Gewerbe wie andre, ohne daß man viel über seine Recht- und Unrechtmäßigkeit grübelte. Wer sich dazu brauchen ließ, hatte die Aussicht auf einen harten und beschwerlichen Dienst, aber auch auf leidlichen Gewinn. Barbarische Grausamkeit war damit nicht unbedingt verbunden und fand auch wohl nur in einzelnen Fällen statt. Ich wenigstens habe nie dazu geraten oder geholfen. Freilich sah ich oft genug Roheit und Härte; aber die waren mir leider überall, wohin mich der Seemannsberuf führte, und nicht bloß an der Sklavenküste ein nur zu gewohnter Anblick.

Zum besseren Verständnisse des Folgenden wird es erforderlich sein, einige Worte über den Negerhandel zu sagen, wie er damals von den Holländern betrieben wurde.

Da hier Menschen nun einmal als Ware angesehen wurden, so mußten solche Artikel gewählt werden, welche Bedürfnis oder Luxus den Schwarzen am unentbehrlichsten gemacht hatten. Schießgewehre aller Art und Schießpulver in kleinen Fässern von zweiunddreißig, sechzehn oder acht Pfund nahmen hierunter die erste Stelle ein. Fast ebenso begehrt war Tabak, sowohl

geschnitten als in Blättern, samt irdenen Pfeifen; auch Brannt=
wein, entweder in halben Ankern oder in Flaschen von sechs bis
zwölf Gemäßen. Dann kamen Kattune von allen Sorten und
Farben in Frage, sowie leinene und seidene Tücher, von denen
sechs bis zwölf zusammengewirkt waren. Ebensowenig durfte
ein guter Vorrat von linnenen Lappen fehlen, die dort als
Leibschurz getragen werden. Den Rest der Ladung machten
allerlei Kurzwaren aus; so kleine Spiegel, Messer aller Art,
bunte Korallen, Nähnadeln und Zwirn, Fayencesachen, Feuer=
steine, Fischangeln und dergleichen.

Einmal gewöhnt, diese verschiedenen Artikel von den Euro=
päern zu erhalten, können und wollen die Afrikaner sie nicht
missen. Sie sind darum unablässig darauf bedacht, sich die
Ware zu verschaffen, welche sie dagegen eintauschen können.
Also ist auch das ganze Land immerfort in kleine Parteien ge=
teilt, die sich in den Haaren liegen und alle Gefangenen, welche
sie machen, entweder an die schwarzen Sklavenhändler verkau=
fen oder sie unmittelbar zu den europäischen Sklavenschiffen
führen. Wenn es ihnen an solcher Kriegsbeute fehlt, greifen
ihre Häuptlinge, die eine despotische Gewalt über ihre Unter=
tanen haben, auch diejenigen auf, welche sie für die entbehr=
lichsten halten. Oder es geschieht, daß der Mann sein Weib,
der Vater sein Kind und der Bruder den Bruder auf den
Sklavenmarkt zum Verkaufe schleppt. Man wird leicht begrei=
fen, daß es bei solchen Raubzügen an Grausamkeiten nicht
fehlt und daß sich alle diese Länder dabei in dem elendesten
Zustande befinden. Ebensowenig aber kann auch abgeleugnet
werden, daß die erste Veranlassung zu all diesem Elend von
den Europäern herrührt, welche durch ihre eifrige Nachfrage
den Menschenraub bisher begünstigt und unterhalten haben.

Ihre zu diesem Handel ausgerüsteten Schiffe pflegten längs

134

der ganzen Küste von Guinea zu kreuzen. Sie hielten sich unter wenigen Segeln stets etwa eine halbe Meile vom Ufer. Wurden sie dann am Lande von Negern erblickt, welche Sklaven oder Elefantenzähne zu verhandeln hatten, so machten diese am Lande ein Feuer an, um dem Schiffe durch den aufsteigenden Rauch ein Zeichen zu geben, daß es vor Anker ginge. Zu gleicher Zeit aber warfen sie sich auch in ihre Kanots und kamen an Bord, um die zur Schau ausgelegten Waren zu mustern. Gingen sie dann wieder, so versprachen sie, mit einem reichen Vorrat von Sklaven und Zähnen wiederzukommen.

Gewöhnlich erschienen sie mit ihrer Ware am nächsten Morgen. Das Fahrzeug, welches die verkäuflichen Sklaven enthielt, war in der Regel noch von einem halben Dutzend andrer begleitet. Die Menschen darin hatten alle einen Anteil an der unglücklichen Ware. Allein nur acht oder höchstens zehn wurden mit den Sklaven an Bord gelassen. Die übrigen umschwärmten in ihren Kanots das Schiff und vollführten ein tolles Geschrei.

Nun wurden die Gefangenen in näheren Augenschein genommen. Bei den männlichen waren die Ellenbogen auf dem Rücken dergestalt hart zusammengeschnürt, daß oft Blut und Eiter an den Armen und Lenden hinunterlief. Erst auf dem Schiffe wurden sie losgebunden, damit sie der Schiffsarzt genau untersuchen konnte, ob sie unverkrüppelt, von fester Konstitution und bei voller Gesundheit waren. Hierauf wurde denn unterhandelt. Zuvor aber bekamen sowohl die Verkäufer, die sich auf dem Verdeck befanden, als ihre Kameraden in den Kanots Tabak und Pfeifen gereicht, damit sie lustig und guter Dinge würden und sich freilich auch – um so leichter betrügen ließen.

Die europäischen Tauschwaren wurden den Schwarzen stets nach dem höchsten Einkaufspreise mit einem Aufschlage von fünfundzwanzig Prozent angerechnet. Nach diesem Tarif galt damals ein vollkommen tüchtiger männlicher Sklave etwa hundert holländische Gulden; ein Bursche von zwölf Jahren und darüber ward mit sechzig bis siebzig Gulden und ungefähr zu gleichem Preise auch eine weibliche Sklavin bezahlt. War sie jedoch noch nicht Mutter gewesen und ihr Busen noch von jugendlicher Fülle und Elastizität (und daran pflegt es die Natur bei den Negerinnen nicht fehlen zu lassen), so stieg sie auch bis auf hundertzwanzig und hundertvierzig Gulden im Werte.

Die Verkäufer bezeichneten stückweise die Artikel, welche sie von den ausgelegten Waren haben wollten. Der holländische Einkäufer zog hingegen fleißig seinen Preiskurant zu Rate, um nach dem angenommenen Tarif nicht über neunzig Gulden hinauszugehen, wobei auch der gespendete Branntwein samt Tabak und Pfeife nicht unberücksichtigt blieben. Weigerte er sich weiter zuzulegen und ließ sich höchstens noch ein Stück Kattun abbringen, so ward der Rückstand des geforderten Menschenpreises vollends mit geringeren Waren und Kleinigkeiten und zuletzt noch mit einem Geschenk von Messern, kleinen Spiegeln und Korallen ausgeglichen. Bis zum Abschluß des Handels gab es viel Streit, Fluchen und Lärm. Wenn die eigentlichen Wortführer bei den Negern auch nur zwei oder drei sein mochten, so mußten sie sich doch immer mit ihren Gefährten in den Kanots verständigen, die an dem Erfolg der Unterhaltung alle gleich sehr interessiert waren. Hatten sie dann endlich die eingetauschten Waren in Empfang genommen, so packten sie sich wieder in ihre Fahrzeuge und eilten lustig, wohlbenebelt und unter lautem Halloh dem Strande zu.

Der arme Sklave, um welchen gehandelt worden war, saß nun auf dem Verdeck und sah sich mit steigender Angst in eine neue, unbekannte Hand übergehen, ohne zu wissen, welches

Schicksal ihm bevorstand. Die meisten dieser Unglücklichen hatten nie zuvor das Weltmeer erblickt, auf dem sie nun schwammen; sie hatten auch nie solche weißen und bärtigen Männer gesehen, in deren Gewalt sie geraten waren. Nur zu gewiß glaubten sie, wir hätten sie gekauft, um uns an ihrem Fleische zu sättigen.

Sobald die Verkäufer vom Schauplatze abgetreten waren, gab der Schiffsarzt den erhandelten Sklaven ein Brechmittel ein, damit die seither ausgestandene Angst nicht nachteilig auf ihre Gesundheit wirkte. Aber begreiflicherweise konnten die gewaltsamen Wirkungen dieser Prozedur jenen vorgefaßten schrecklichen Wahn ebensowenig beseitigen als die eisernen Fesseln an Hand und Fuß, die man den männlichen Sklaven anlegte. Gewöhnlich kuppelte man sie überdies noch paarweise zusammen, indem man durch einen in der Mitte jeder Kette befindlichen Ring noch einen fußlangen eisernen Bolzen steckte und fest vernietete.

Die Weiber und Kinder verschonte man mit ähnlichem Geschmeide. Sie wurden vorne in der Schiffsback in ein festes Behältnis eingesperrt, während die erwachsenen Männer ihren Aufenthalt dicht daneben zwischen dem Fock- und dem Großmast fanden. Beide Behälter waren durch ein zweizölliges eichenes Plankwerk voneinander gesondert, so daß sich die Weiber und Männer nicht sehen konnten. In diesem engen Verwahrsam brachten sie jedoch nur die Nächte zu. Bei Tage war ihnen gestattet, in freier Luft auf dem Verdecke zu verweilen. Auf ihre Behandlung während der Überfahrt nach Amerika werde ich noch zurückkommen.

Der bedeutendste Handelsartikel an dieser Küste sind hiernach die Elefantenzähne, von welchen auch der ganze Strich zwischen Kap Palmas und Tres Puntas den Namen „Zahnküste" führt. Habe ich die Erzählungen der Eingeborenen recht verstanden, so gehen sie in Rudeln von etwa dreißig Personen in die landeinwärts gelegenen Wälder auf die Elefantenjagd. Ihre Waffen bestehen hauptsächlich in fußlangen zweischneidigen Säbelklingen, die sie auf den Schiffen einhandeln und zu diesen Jagden an langen Stangen befestigen. Haben sie ein solches Tier aufgespürt, so suchen sie es entweder zu beschleichen oder treiben es mit offner Gewalt auf. Dann trachten sie einzig dahin, ihm den Rüssel, der seine vorzüglichste Schutzwehr ausmacht, an der Wurzel abzuhauen. Oder sie zerschneiden ihm die Sehnen an den Füßen, um es so zum Fallen zu bringen. Ist der Feind solchergestalt überwältigt, wird er vollends getötet. Man haut ihm die Zähne aus, und der Rumpf bleibt als willkommene Beute für die Raubtiere und das Gevögel liegen.

An einem andern Striche dieser Negerländer wird auch einiger Handel mit Goldstaub oder vielmehr kleinen Körnern dieses Metalls getrieben. Diesen Landteil nennt man die Goldküste. Das Gold wird entweder aus dem Flußsande gewaschen oder von der reichen Natur dieses heißen Bodens oft dicht unter dem Rasen dargeboten. Dieses Geschäft war jedoch weder beträchtlich noch sonderlich gewinnreich. Es wird deshalb auch dem Obersteuermann bei seinen kleinen Nebenfahrten für eigne Rechnung anheimgestellt. Dafür war es ihm gestattet, Waren im Betrage von sechshundert holländischen Gulden mit an Bord zu nehmen. Ich selbst hatte mich zu diesem Privathandel mit allerlei Kurzwaren, etwa fünfhundert Gulden an Wert, versehen.

Denn zu gleichem Handel, wie dem an Bord des Schiffes selbst, wurden auch noch mehrere Boote ausgerüstet und abgeschickt, welche sich bis auf fünfzig Meilen und mehr entfern-

138

ten und oft mehrere Wochen an der Küste umherkreuzten. Sobald die Guineafahrer sich dem wärmeren Himmelsstrich näherten, begannen die Schiffszimmerleute die Schaluppen und Schiffsboote für ihre künftige Bestimmung instand zu setzen. Sie brachten ein Verdeck darauf an und richteten alles so ein, daß sie sich auf See zu halten vermochten. Holz und Planken hierzu wurden schon von Holland mitgenommen und zwischendecks bereit gehalten. Die Besatzung eines solchen Fahrzeugs bestand aus zehn bis zwölf Mann unter Führung des Obersteuermanns oder eines andern Schiffsoffiziers. Auch war so ein Boot mit einigen Drehbassen und kleinerem Handgewehr wohl versehen.

Die Aufgabe dieser Boote war, stets in einiger Entfernung vor ihrem Schiffe zu fahren und möglichst viel einzuhandeln, damit die gewünschte volle Ladung schneller zusammengebracht und der Aufenthalt an diesen ungesunden Küsten um so mehr abgekürzt würde. Sowie nun ein solches Fahrzeug seine mitgenommenen Waren und seine Lebensmittelvorräte erschöpft oder genügend eingetauscht hatte, kehrte es an Bord seines Schiffes zurück, um sofort für eine neue Reise ausgerüstet zu werden. Es war ein sehr anstrengender und beschwerlicher Dienst. Außerdem war er mit gar mancher Fährlichkeit verbunden. Nicht selten ging ein solches Boot samt der ganzen Besatzung durch Überrumpelung der Neger verloren. So ward hier höchste Vorsicht erforderlich. Nie wurden mehr als vier Verkäufer zugleich ins Boot gelassen. Auch die übrigen in den Kanots durften nicht zunahe herankommen. Während der Steuermann mit einem Gehilfen hinten im Fahrzeug den Handel trieb, stand der Rest der Mannschaft vorne mit dem geladenen Gewehr in der Hand.

Noch gefährlicher wäre es gewesen, die Nacht über an dem

nämlichen Orte liegen zu bleiben, wo man sich am Abend be=
funden hatte. Vielmehr mußte man die Ankerstelle immer än=
dern, um die verräterischen Schwarzen zu täuschen, die unauf=
hörlich auf Überfall sannen. Ebensosehr gebot es die Klugheit,
keiner ihrer noch so freundlichen Einladungen zu folgen oder
sich etwa in die Mündungen ihrer Flüsse zu wagen.

Die männlichen Sklaven, die man auf diesen Fahrten er=
handelte, wurden sofort unter das Verdeck gebracht, weil sie
sonst nur zu leicht über Bord gesprungen wären. Im Raume
aber legte man ihnen eiserne Bügel um die Füße, die mit
Ringen versehen waren. Diese Ringe streifte man über eine
lange, mit beiden Enden unten im Vorder= und Hinterteile des
Bootes befestigte Kette, so daß sie wenigstens einige Schritte
hin und her gehen konnten. Glimpflicher verfuhr man mit den
Weibern, deren Zutrauen man sich auf eine leichtere Weise
versicherte.

Wenigstens eins dieser Fahrzeuge hatte zudem die Neben=
bestimmung, den aus Europa mitgebrachten Briefsack nach dem
holländischen Hauptfort St. George de la Mina zu befördern.
Da die ankommenden Schiffe ihre Handelsgeschäfte gewöhnlich
bei Sierra Leona anfingen und nur gemächlich längs der Küste
weiterfuhren, so währte es oft sechs bis acht Monate, bevor sie
selbst dieses Fort erreichten. Dieser Unbequemlichkeit zu be=
gegnen, waren die Schiffer angewiesen, mit den Regierungs=
depeschen auch die anderweitige Korrespondenz ohne Aufent=
enthalt in St. George de la Mina abzuliefern.

Diesen Auftrag erhielt demnach auch ich, sobald wir in den
ersten Tagen des Jahres 1772 an der Küste von Guinea an=
gelangt waren. Die Barkasse war mit zehn Mann unter mei=
nen Befehlen ausgerüstet und mit Frachten aller Art beladen,
besonders aber mit solchen, welche in dem heißen Klima einem

schnellen Verderb ausgesetzt waren. So steuerte ich, nachdem ich auch die Vorräte für meinen eignen kleinen Handel eingenommen hatte, bereits am vierten Tage nach unsrer Ankunft dem Schiffe vorausgehend gegen Osten.

Auf dieser Küstenfahrt führte mich mein Weg zunächst nach dem holländischen Fort Axim. Ich hatte dort ein Pack Briefe, europäische Zeitungen und andre Kleinigkeiten abzugeben. Der Befehlshaber des Forts, ein geborener Hannoveraner namens Feneckol, war auf Neuigkeiten aus dem gemeinschaftlichen Vaterlande sehr begierig. Als ich ihm erzählte, daß ich Preuße sei, machte er mich darauf aufmerksam, daß Fort Axim früher eine Besitzung unseres Großen Kurfürsten gewesen und erst im Jahre 1718 durch Kauf an Holland übergegangen sei.

Ursprünglich gehörte Axim den Spaniern. Der Kurfürst Friedrich Wilhelm hatte dieser Macht in ihren Kriegen gegen Frankreich Hilfstruppen in den Niederlanden gestellt. Als er aber die bedungenen Subsidien trotz aller gütigen Unterhandlung nicht erhalten konnte, habe er in Hamburg eine kleine Flotte ausrüsten lassen, fünfhundert Mann darauf eingeschifft und außer andern Repressalien auch Axim angreifen lassen. Er habe es in Besitz genommen und sich dort neun Jahre behauptet. In dieser Zeit wäre von dem brandenburgischen Gouverneur auch das zweiundeinehalbe Meile östlicher gelegene Fort Friedrichsburg gegründet worden. Von Hamburg und Emden aus habe man einen lebhaften Handel dorthin getrieben. Schließlich aber hätten die Befestigungen die Unzufriedenheit der benachbarten Negerstämme erregt, und diese hätten die Besatzungen beider Plätze überrumpelt und niedergemacht.

Dem damaligen Gouverneur sei es zwar geglückt, sich mit einigen wenigen Gefährten in das Pulvermagazin zu flüchten.

Er habe es jedoch vorgezogen, sich mit dem Magazin in die Luft zu sprengen, als unter den Händen der Neger einen martervollen Tod zu erleiden. Von den Negern seien beide Forts dem Erdboden gleich gemacht. So hätten denn diese Plätze an dreißig Jahre in Schutt und Verwüstung gelegen, bis König Friedrich Wilhelm I. seine Ansprüche auf diese Besitzungen an Holland gegen eine Summe von zweihunderttausend Gulden überlassen habe.

Zwei Tage nach meiner Abfahrt von Arim stieß ein Kanot mit vier Negern zu uns und wollte einen kleinen Handel in Goldstaub mit mir abschließen. Von ihnen erfuhr ich, daß an dem nämlichen Morgen ein portugiesisches Schiff an dieser Küste gekreuzt und eine Rolle gepreßten brasilianischen Tabak gegen zwei Unzen Gold mit ihnen getauscht habe. Diese Art Tabak ist in Rindsleder genäht, enthält einige siebzig Pfund und wird von den Schwarzen sehr geschätzt. Ein gutes Geschäft, denn die Unze Gold wurde dort mit zweiundvierzig holländischen Gulden berechnet.

Es war mir sehr erwünscht, von diesem Schiff für meinen eignen kleinen Handel einige Rollen dieses Tabaks gegen andre Waren zu tauschen. Ich erblickte auch die Segel des Portugiesen und säumte nicht, die holländische Flagge aufzuziehen und auf das Schiff zuzusteuern. Je eifriger ich mich aber mühte, um so mehr Segel setzte er. Ich schoß mehrere Böllerschüsse ab; der Portugiese hingegen manövrierte unaufhörlich, mir durch veränderten Kurs aus dem Gesichte zu kommen. Es schien nicht anders, als daß er sich vor mir fürchtete. Ich begriff allerdings nicht, was ein Schiff von dieser Größe wohl von meinem Fahrzeuge zu fürchten haben könne.

Eine Weile später erblickte ich, eine Meile von mir entfernt, das englische Fort Discowy, wo auch zwei englische Schiffe auf der Reede vor Anker lagen.

Bevor ich den Portugiesen einholen konnte, war er schon in den Bereich der Engländer gekommen. Einer von ihnen feuerte einen Schuß auf den Flüchtling. Er zog nun zwar seine Flagge, blieb aber bei seinem vorigen Kurs. Zwei folgende Schüsse hatten ebenfalls keine Wirkung. Nun aber ließen beide Engländer ihre Ankertaue fahren, verlegten dem Portugiesen den Weg und nahmen ihn hart in die Mitte, worauf sie von neuem vor Anker gingen.

Ich konnte mir diesen Vorgang nicht erklären. Da ich indes wußte, daß England und Holland in friedlichem Vernehmen standen, so überwog bei mir die Neugier jede anderweitige Rücksicht. Ich legte mich neben das eine englische Schiff und stieg dann an Bord des Portugiesen hinüber. Die Engländer waren auf dem Verdeck des angehaltenen Schiffes und holten aus den Luken eine bedeutende Menge Tabaksrollen. Der portugiesische Kapitän knirschte mit den Zähnen und schoß wütende Blicke auf mich. Seine englischen Kollegen aber gaben mir den guten Rat, mich augenblicklich davonzumachen.

Der ganze Handel erschien mir wundersam und verdächtig. Entweder war es zwischen der englischen und portugiesischen Regierung zu einem plötzlichen Bruche gekommen, oder die Engländer mißbrauchten ihre Übermacht zu einer gewaltsamen Beraubung. Beides aber ließ noch immer ungeklärt, warum der Portugiese auch mir Ohnmächtigen so geflissentlich ausgewichen war. Erst später in St. George de la Mina sollte ich den eigentlichen Zusammenhang erfahren.

In St. George de la Mina kam ich zwei Tage danach an. Ich lieferte den Briefsack und den dazu gehörenden Schlüssel bei dem Gouverneur ab. Zwischen uns entspann sich eine vertrauliche Unterhaltung. Ich machte mit dem Ehrenmanne keine sonderlichen Umstände; sein Aufzug in einem linnenen Schlafrock und einer schmierigen Schlafmütze flößten keinen großen Respekt ein. Er war überhaupt eine gute, grundehrliche Haut. Das Zeremoniell schien auch er wenig zu lieben. Er lud mich gutmütig ein, ihm die Briefe sortieren zu helfen, da verschiedene nach den andern holländischen Forts an der Küste abgeschickt waren.

Hierbei gerieten wir noch mehr ins Plaudern. Ich erzählte ihm, was ich mit dem portugiesischen Schiffe erlebt hatte. Plötzlich geriet mein Mann in Feuer. „Das ist ein ernsthafter Kasus", sagte er mit Würde, „und dem müssen wir auf den Grund kommen!" – Er nötigte mich, den ganzen Vorfall mit all seinen besonderen Umständen zu Papier zu bringen. Er würde morgen den Hohen Rat versammeln. Ich möge samt dem Schiffsvolke erscheinen, damit wir unsere Aussage eidlich bekräftigten.

Dieser Vorladung gemäß erschien ich am andern Tage mit den Meinigen und ward auch sofort in den Ratssaal geführt, über dessen hier kaum erwartete Pracht ich nicht wenig erstaunte. Alles glänzte von Gold. Tisch und Stühle waren mit violettem Sammet überzogen, mit goldenen Tressen besetzt und mit Fransen reich behangen. Mein guter Freund, der Gouverneur Peter Wortmann, strahlte mir in all seiner Herrlichkeit entgegen. Er saß, als Präsident der Versammlung, an dem Sitzungstisch mit einer gewaltigen holländischen Ratsherrnperücke – ein wunderlicher Staat in diesem Klima – und steckte überdem in einer holländischen goldgestickten Gardeuniform, die von Tressen starrte. In ähnlicher Weise herausgeputzt, saßen der Fiskal, die Ratsherren und die Assistenten um ihn her.

Der mir und meinen Leuten hier abgenommene Eid und

144

unsre Aussagen über den Vorgang mit dem portugiesischen
Schiffe war indes nur eine Zeremonie. Was geschehen sollte,
war schon während der Nacht völlig vorbereitet. Zwei Kanots
standen bereits fertig, in denen je fünfundzwanzig Soldaten
und zwanzig Ruderer eingeschifft wurden. Vorn und hinten
mit der holländischen Flagge geschmückt, stachen die Fahrzeuge
unter Trommelwirbel und Trompetenklang in See, um das
portugiesische Schiff zu suchen und nach St. George de la Mina
zu bringen. Ich erstaunte über die Größe dieser Kanots. Sie
waren über fünfzig Fuß lang, etwa sechs Fuß breit und aus
einem einzigen Baum gehauen. Man erzählte mir, daß diese
Riesenbäume mehrere Meilen landeinwärts zu finden wären,
wohin unsereins freilich nicht zu kommen pflegte.

Der Gouverneur gab mir auch nähern Aufschluß über die
Dinge, die mir so wunderseltsam vorgekommen waren. Er erzählte mir, daß das Fort St. Georg und die andern davon
abhängenden Besitzungen ursprünglich unter portugiesischer
Hoheit gestanden hätten. In ihrem ersten großen Freiheits-
kriege wären sie dann den Spaniern, welche sich damals auch
Portugal einverleibt hatten, von den Holländern abgewonnen
worden. Die endlichen Friedensbedingungen enthielten unter
anderm auch die Bestimmung, daß forthin kein spanisches oder
portugiesisches Schiff an der Küste von Guinea Handel treiben solle, bevor es nicht vor St. George angelegt und zehn
Prozent von seiner Ladung für die Erlaubnis eines freien
Verkehrs entrichtet hätte. Bei der geringsten Verletzung dieser
Abmachung sollte Schiff und Ladung verfallen sein. Auf diesen Vertrag würde um so strenger gehalten, da England und
Frankreich ihn späterhin bestätigt hätten.

So begriff ich nun, warum der portugiesische Kapitän ein
so böses Gewissen gehabt hatte. Und auch jene beiden Eng-

länder dürften garstig anlaufen, falls der Portugiese beweisen konnte, daß sie ihn zum Handel gezwungen hätten. – „Diese Ausflucht", setzte der Gouverneur hinzu, „wird er sich nicht entgehen lassen. Ich bin natürlich vollkommen überzeugt, daß er von Herzen gerne mit den beiden englischen Schiffen ein Geschäft gemacht hätte, wenn Ihr nicht als ungelegener Dritter darüber zugekommen wäret."

Weiter belehrte er mich, was ich eigentlich zu tun gehabt hätte, wenn ich mit den Gesetzen und Rechten meiner Nation in dieser Weltgegend bekannter gewesen wäre. Ich hätte näm= lich meine holländische Flagge an dem Schiff des Portugiesen befestigen oder auch nur über die geöffnete Schiffsluke decken müssen, um dadurch Schiff und Ladung unter ihren Schutz zu setzen. Hätten dann die Engländer irgend etwas auch nur mit der Spitze ihres Fingers angerührt, so wären sie als offenbare Seeräuber in die schwerste Verantwortung geraten. Mir aber hätte dann nach unsern Gesetzen eine Belohnung von hundert Dukaten gebührt.

Zwei Tage später kam die Expedition mit dem ertappten Portugiesen glücklich auf der Reede an.

Mein Geschäft an diesem Platze war beendigt. Ich mußte mich von dem wackern Gouverneur trennen, der noch einen be= deutenden Einfluß auf meine Lebenslage gewinnen sollte. Er gab mir ein besonderes Belobigungsschreiben und drückte darin den Wunsch aus, daß keinem andern als mir der Auftrag ge= geben werden möchte, falls neue Besuche beim Hauptfort und der Regierung notwendig würden.

Ich hatte den nötigen Ballast eingenommen und machte mich auf den Rückweg nach Westen. Meinen Kapitän mit dem Schiffe fand ich noch bei Kap Mesurado.

*   *   *

Bevor ich nun zu einer neuen Handelsfahrt abgehen konnte, mußten neue Vorräte von Wasser eingenommen werden. Dieses Geschäft wurde mir übertragen. Bei dem gegenseitigen Mißtrauen aber, welches zwischen den europäischen Schiffen und den Eingeborenen herrscht, ist ein solcher Auftrag ebensowohl mit Beschwerde als mit Gefahr verknüpft. Es erfordert die genaueste Vorsicht, um nicht von den treulosen Afrikanern überwältigt, ausgeplündert und ermordet zu werden.

Das Wasser, dessen man bedarf, muß jedesmal von ihnen am Lande erhandelt werden. Man versieht sich hierzu an Bord mit allerlei Kleinkram an Spiegeln, Korallen, Messern, Fischangeln, Nähnadeln, Zwirn und anderm. Dicht am Strande wartet man wohlbewaffnet auf ein zufälliges Zusammentreffen mit den Eingeborenen, um mit ihnen den Preis für jedes Faß Wasser zu verabreden. Das hierzu bestimmte Boot bleibt bis hundertzwanzig Klafter weit vom Lande vor Anker liegen. Die leeren Wassertonnen werden über Bord geworfen, und die Neger stürzen sich in die Brandung, um sie schwimmend an Land zu bringen und nach ihren Brunnen und Wasserstellen zu rollen. Sind sie hier gefüllt und verspundet, so werden sie wieder an den Strand gewälzt. Von dort werden sie von je zwei Negern in die Mitte genommen und schwimmend an Bord gebracht.

Als ich in solcher Expedition zum ersten Male das Ufer betrat, standen bereits zwölf oder vierzehn Schwarze unseres Empfanges gewärtig. Ihr Anführer kam mir entgegen, bot mir die Hand und sagte zu mir: „Amo King Gorgo!" (Ich bin der König Georg.) Daß er für irgend etwas Besonderes angesehen sein wollte, gab schon sein ganzer Aufzug zu erkennen. Er war mit einer alten, zerrissenen linnenen Pumphose und einer weißen ärmellosen Kattunweste bekleidet. Sein noch größerer Schmuck aber bestand in einer roten und weißen Schminke, womit er sich Gesicht und Hände scheußlich bemalt hatte. Mit diesem Narren und seinen Untertanen wurden wir über den Preis für das Wasserfüllen einig und hielten uns auch des nächsten Tages wacker zu unsrer Arbeit.

Bei dieser Gelegenheit nahm ich am Strande eine Menge Feldsteine wahr, die uns als Ballast für Boot und Schaluppe vielfach nötig waren. Ich schloß also mit den Negern einen neuen Handel über eine Bootsladung solcher Steine ab. Sie suchten sich den Transport zu erleichtern, indem sie ein Kanot dicht auf den Strand zogen und es füllten, soviel es bequem tragen konnte. Dann traten je vier von ihnen an jede Seite des Fahrzeuges. Allesamt warteten sie eine niedrige Welle ab und schoben es schnell in die See, während einer behende hinein hüpfte, um es vollends an unser Boot zu leiten und dort auszuladen.

Noch waren wir mit unsern Stein- und Wassertransporten beschäftigt, als ich eines Morgens mit dem Boote unweit des Strandes zu Anker kam. Da in dieser Weltgegend die Nächte stets zwölf Stunden währen, so kühlt sich binnen dieser Zeit die Temperatur merklich ab, und es weht bis acht und neun Uhr morgens eine ziemlich frische Luft, gegen die die völlig nackt einhergehenden Neger so empfindlich sind, daß sie nicht gerne früher aus ihren Hütten kommen. Wir mußten also geduldig warten.

Unter meinen Gefährten befand sich ein englischer Matrose, der an Land schwimmen wollte, um die säumigen Neger herbeizuholen. Ich fürchtete jedoch, daß ein Haifisch ihn packen könnte, und versagte ihm meine Zustimmung. Mit dem vergeblichen Warten stieg indes unser Mißmut immer mehr. Der Engländer erbot sich zu wiederholten Malen, das, wie er meinte, ganz unbedenkliche Abenteuer zu bestehen. Ermüdet von seinem steten Andringen und hoffend, daß ja nicht gerade jetzt ein solches Ungetüm in der Nähe lauern werde, gab ich endlich meine Zustimmung.

Alsbald warf der Mensch frohen Mutes sein Hemd von sich, sprang über Bord und schwamm dem Lande zu. Allein kaum hatte er sich zwei Klafter weit vom Boot entfernt, so ward er auch bereits von einem solchen gefürchteten Tiere umkreist. Es warf sich nach seiner Gewohnheit auf den Rücken, ergriff seine unglückliche Beute und zog mit ihr davon. Bald ragte der Kopf, bald Hand oder Fuß des armen Schwimmers über die Wellen empor. Endlich aber verschwand es ganz aus unserm Gesichte. Wir hatten Zeugen dieses gräßlichen Schauspiels sein müssen, ohne helfen und retten zu können. Daß es, als ich wieder an Bord kam, einen tüchtigen, aber auch verdienten Verweis von meinem Kapitän gab, kann man sich wohl vorstellen. Gott wird mir jedoch meine Sünde vergeben. Er weiß am besten, daß ich dies Unglück nicht mutwillig verschuldet habe, sondern wider meinen Wunsch und Willen!

Merkwürdig ist gleichwohl die Versicherung der Neger, die auch durch den Augenschein bestätigt wird, daß keiner ihresgleichen von diesen Haien etwas zu fürchten habe. Man muß wohl annehmen, die schwarze Farbe hielte diese gefräßigen Tiere ab, sie anzufallen.

Noch lagen wir in dieser Küstengegend vor Anker, als sich ein holländisches Sklavenschiff bei uns einfand und gleichfalls dicht neben uns ankerte. Sein Kapitän rief uns zu, daß wir ihn doch mit unserer Schaluppe zu uns herüber holen möchten. Als er an Bord gekommen war, klagte er uns seine drückende Not. Elf Mann seiner Besatzung wären ihm unterwegs gestorben, dazu habe er vierzehn Kranke liegen, so daß er kaum noch fünf gesunde Leute an die Arbeit stellen könne. Er habe seither nicht mehr als achtzehn Sklaven eingehandelt und wisse vor Sorge und Verlegenheit nicht, was er beginnen solle. Sein eigentlicher Wunsch aber war, wir möchten ihm einige von unseren Leuten überlassen. Hieran war jedoch nicht zu denken. Von den Unsrigen wäre freiwillig auch kaum jemand mit einem solchen Tausche einverstanden gewesen. Wir gaben ihm den Rat, er solle versuchen, St. George de la Mina zu erreichen. Das Gouvernement sei verpflichtet, sich seiner anzunehmen.

Als ich ihn zurückbrachte, erzählte er mir noch, daß das Schiff zu Middelburg in Seeland ausgerüstet worden sei; er heiße Harder, sei, gleich mir, Pommer und in Rügenwalde geboren. Mir tat es doppelt leid um den armen Landsmann, als ich auf sein Schiff kam und überall ein Elend und eine Unordnung wahrnahm, wie sie mir noch niemals vorgekommen war. Fast mit Tränen in den Augen trennten wir uns. Sowie ich mich von dem Schiffe entfernte, lichtete es die Anker und ging unter Segel. Doch mochte es kaum eine Viertelmeile gemacht haben, so legte es sich abermals vor Anker.

Mitten in der Nacht aber sahen wir dort Gewehrfeuer aufblitzen und hörten auch allerlei Lärm, ohne zu wissen, was wir daraus machen sollten. Erst als der Tag anbrach, erblickten wir jenes Schiff auf den Strand gesetzt und von unzähligen Negern umschwärmt. Daß sich während der zwei Tage, die wir hier noch liegen blieben, keiner von den Schwarzen zu uns an Bord traute, bestätigte hinreichend unsern Argwohn, daß sie den wehrlosen Middelburger überrumpelt, die Besatzung niedergehauen und das Schiff hatten stranden lassen, um seine Ladung bequem zu plündern.

Eine solche blutige Gewalttat mag den Leser mit Recht empören. Dagegen ist aber notwendig in Anrechnung zu bringen,

daß dergleichen eigentlich nur als Notwehr oder Wiederver=
geltung gegen nicht minder abscheuliche Überfälle angesehen
werden muß, welche sich die Europäer gegen diese Schwarzen
gestatten. Besonders die Engländer sind dafür bekannt, daß
sich in ihren Häfen von Zeit zu Zeit mehrere Rotten von fünf=
zehn bis zwanzig Bösewichtern vereinigen, die aus entlaufenen
Steuerleuten und Matrosen bestehen und den Sklavenhandel
kennen. Sie rüsten ein kleines Fahrzeug aus, versehen sich mit
Schießbedarf und Proviant sowie zum Scheine auch mit eini=
gen Waren, wie sie bei diesem Handel gebräuchlich sind, und
steuern so nach der Küste von Guinea. Kommen hier nun die
Neger an Bord eines solchen Korsaren, um einen friedlichen
Handel abzuschließen, so fallen diese Räuber über sie her und
legen sie samt und sonders in Ketten. Haben sie auf diese Weise
dreißig bis vierzig Unglückliche zusammengerafft, so fahren sie
damit nach Südamerika hinüber, um sie an die Spanier und
Portugiesen loszuschlagen. Dort verkaufen sie auch ihr Fahr=
zeug und gehen nun einzeln als Reisende mit ihrem ungerechten
Gewinn nach England zurück, um vielleicht unmittelbar darauf
ein neues Unternehmen dieser Art zu wagen.

Solche Raubzüge bringen dem regelmäßigen Handel an der
afrikanischen Küste sowie dem gegenseitigen Vertrauen den
empfindlichsten Nachteil. Besonders verderblich aber waren
sie zu jener Zeit für den Handel, welchen die Holländer mit
ihren Booten betrieben, da die Neger diese von englischen
Raubfahrzeugen nicht hinreichend zu unterscheiden vermochten.
Diese Erfahrung machte auch ich, als ich Mitte Februar mit
der Schaluppe unsers Schiffs, begleitet von dreizehn Mann
und mit sechs kleinen Böllern wohlausgerüstet, eine neue
Küstenfahrt antrat. Kurz zuvor hatte nämlich ein solcher eng=
lischer Korsar in dieser Gegend gekreuzt und mancherlei Unfug

verübt. Wo ich mich also blicken ließ, ward ich von den Schwar=
zen mit dem Engländer verwechselt. Nirgends wollte sich ein
einziger von ihnen zu mir an Bord getrauen. Kam hie und da
ein Kanot zum Vorschein, so hielt es voll Argwohns in einer
Entfernung von hundert und mehr Klaftern. Die armen furcht=
samen Schlucker glotzten mich an, fragten, ob ich Engländer oder
Holländer sei, und verlangten, als Beweis eine holländische
Pfeife zu sehen, als ob diese aus einem anderen Tone gebacken
wäre. Oft auch sollte ich ihnen eine Flasche aus meiner Tasche
holen, weil sie wußten, daß die englischen Handelsleute der=
gleichen nicht zu führen pflegten.

Mit solcherlei kleinen Künsten und guten Worten gelang es
mir endlich doch, drei Neger zu bewegen, zu mir an Bord zu
steigen. Sie hatten einen Elefantenzahn zu verhandeln. In
ihren scheuen Blicken verriet sich Angst und Zweifel, ob sie bei
mir auch sicher sein würden. Ich hatte zufällig einen etwas
närrischen Matrosen im Boote, der sich den Spaß machte,
einen von unsern Gästen um den Leib zu fassen und ihn auf
die schwarzen Lenden zu klatschen. Dies brachte einen so plötz=
lichen und heftigen Schreck über sie alle, daß sie sich kopfüber
in ihr Kanot stürzten und eiligst davon machten. Ihren Ele=
fantenzahl ließen sie in unsern Händen zurück. In einiger Ent=
fernung hielten sie indes an, hoben die Hände in die Höhe
und baten um Auslieferung ihres Eigentums.

All mein Winken und gütliches Zureden war vergeblich. Da
fiel mir ein, den Friedensstörer mit einem Endchen Tau im
Angesichte der Schwarzen nachdrücklich abzustrafen. Diese Ge=
rechtigkeitspflege gab ihnen wenigstens den Mut, sich zitternd
und zagend soweit zu nähern, daß wir ihnen ihren Zahn ins
Kanot werfen konnten. Da sie sich aber immer noch weigerten,

152

wieder an Bord zu kommen, ließen wir sie endlich in Frieden ihres Weges ziehen.

Wenige Tage später befand ich mich vor der Mündung des kleinen Flusses Rio de St. Paul. Zwei Neger kamen in einem Kanot zu mir heran, um mir den Kauf von zwei Sklaven und einer Kackebobe (das ist der dort übliche Name einer jungen Sklavin, die noch nicht Mutter geworden) anzubieten, die sie daheim bewahrten und wohlfeilen Preises loszuschlagen gedächten. Die Bedingung war jedoch, daß ich mit dem Boote zu ihnen in den Strom kommen müßte. Sie lebten mit ihren Nachbarn vom andern Ufer in offener Fehde, die sie mit ihrer Ware nicht ungehindert passieren lassen würden. Da wir bereits seit mehreren Tagen zu gar keinem Handel hatten kommen können, wollte ich es wagen. Nachdem ich also meine kleinen Böller geladen und die Gewehre zur Hand genommen hatte, ruderte ich getrost auf den Ausfluß zu, während die beiden Schwarzen bei mir im Fahrzeug blieben.

Ein paar hundert Klafter stromaufwärts fand ich beide Ufer dicht mit Gebüsch bewachsen, und der Fluß selbst machte eine Krümmung. Ich hielt es für ratsam, hier vor Anker zu gehen, wie sehr auch meine neuen Begleiter auf die Weiterfahrt drängten. Schließlich fuhren sie in ihrem Kanot ab und kamen mir aus dem Gesichte. Es verging wohl eine Stunde, die ich in immer gespannterer Erwartung verbrachte, als plötzlich ein Schuß fiel und sich gleich darauf ein gewaltiger Lärm erhob. Hierdurch beunruhigt, ließ ich das Fahrzeug seewärts wenden und begann das Weite zu suchen. Gleichzeitig stürzte sich einer von jenen beiden Negern vom Ufer her in den Strom, schwamm zu uns ans Boot und verlangte, aufgenommen zu werden. „Sie sind da! Sie sind da!" schrie er. „Meinen Bruder haben sie schon in ihrer Gewalt!"

Kaum hatte ich die Strommündung und die Brandung hinter mir, so füllte sich das Seeufer mit einer großen Zahl von schwarzen Verfolgern, die mir eine Menge Kugeln und Pfeile nachschickten. Sie trafen jedoch niemand, wenn auch unsre Segel verschiedene Schüsse empfingen. So kam ich also noch leidlich gut aus einem Abenteuer davon, das mir und allen im Boot den elendesten Tod hätte bringen können.

Was aber nun mit unserm neuen Bootskameraden beginnen? War es auch nach den holländischen Gesetzen nicht gerade bei Lebensstrafe verboten, öffentlichen oder heimlichen Menschenraub zu begehen, so konnte ich mich doch nimmermehr entschließen, sein Zutrauen so schändlich zu mißbrauchen und mich für den verfehlten Handel an seine Haut zu halten. Nachdem ich noch etwa eine halbe Meile längs dem Strande gesegelt war, ließ ich ihn wieder nach dem Lande schwimmen, wo der arme Teufel hoffentlich in Sicherheit gelangt ist.

Während ich nun meinen Handel, bald mit mehr, bald mit weniger Glück, an der Küste fortsetzte, begann mir allmählich das frische Wasser zu fehlen. Da ich auch an Land nichts bekommen konnte, schien es mir Zeit, mich wieder dem Schiffe zuzuwenden. Gleichwohl durfte ich samt meinen Gefährten und den paar erhandelten Negern in der Zwischenzeit von dreizehn Tagen die steigenden Schrecknisse eines unauslöschlichen Durstes unter diesem glühenden Himmel erproben. Wer es nicht selbst erfahren hat, ist nicht fähig, sich dies Elend in seiner ganzen Größe vorzustellen. Mit dem fehlenden Frischwasser wurden auch unsre trocknen Lebensvorräte an Erbsen, Graupen und anderem für uns unbrauchbar. Denn mit Seewasser gekocht, blieben sie so hart und waren zugleich von so bitterm Geschmack, daß sie wie das heftigste Brechmittel wirkten. Ebensowenig konnten wir unser Pökelfleisch ungewässert kochen und

154

verzehren, ohne unſern grauſamen Durſt noch zu ſteigern. Selbſt
den trocknen Zwiebackvermochten wir unaufgeweicht nicht durch
den ausgedörrten Hals zu würgen.

Ich erinnerte mich, daß der ſparſame Genuß von Brannt=
wein in ſolchen Fällen ein erprobtes Mittel zur Linderung des
Durſtes ſei. Allein die kleine Probe, die wir damit anſtellten,
bekam uns gar übel. Die Hitze des Getränks trieb uns ſoviel
Galle in den Magen, daß wir ſelbſt den Mund beſtändig voll
davon hatten und darüber zum Sterben erkrankten. Trotz mei=
ner von jeher gleichſam eiſernen Natur befand ich mich am
elendeſten von allen. Nur unſere Sklaven ſchienen von dieſer
Not am wenigſten angefochten zu werden.

Bei Kap la How erreichten wir endlich unſer längſt erſehn=
tes Schiff. Unſre diesmalige Fahrt, die gleichwohl bis in die
fünfte Woche gewährt hatte, war in jedem Betracht ungünſtig
ausgefallen. Wir brachten nur drei Sklaven und fünf Elefan=
tenzähne mit. Glücklicher war in der Zeit das Schiff ſelbſt in
ſeinem Handel geweſen.

Während der acht Tage, die ich an Bord verweilte, um mich
auf eine neue Bootsreiſe vorzubereiten, kam eine Fregatte
unter franzöſiſcher Flagge in unſeren Geſichtskreis. Das Schiff
ſteuerte von Norden nach Süden längs der Küſte. Sogleich
gab mir mein Kapitän den Auftrag, mit der Schaluppe hinüber
zu ſegeln und nach neuen Nachrichten über Krieg und Frieden
in Europa zu fragen. Falls unſre Nation ſeit unſrer Abfahrt
in irgendeinen Krieg verwickelt worden war, konnten wir deſto
ſicherer unſre Maßregeln danach treffen. Den ſchon erwähnten
franzöſiſchen Matroſen Joſeph nahm ich als Dolmetſcher mit.

Auf der Fregatte wurden meine Fragen über ihren Kurs und
wie lange ſie bereits in See geweſen, mit Höflichkeit beantwor=
tet. Ich vernahm, daß ſie vor etwa vier Wochen von Havre de

Grace in See gegangen seien. Dabei fiel mir augenblicklich jenes von seiner Mannschaft verlassene Schiff ein, welches wir im vorigen Oktober in der spanischen See angetroffen und besetzt hatten. Es war gleichfalls von diesem Hafen gekommen. Ich fragte daher durch den Dolmetscher, ob man von diesem Schiffe etwas wisse.

Schon an ihren Gesichtern sah ich, daß sie mit den Ereignissen bereits bekannt sein müßten. Ich erfuhr dann auch, daß das Schiff wider all unser Hoffen glücklich in Rotterdam angekommen sei. Aus den vorgefundenen Papieren hatte man sofort ersehen, daß es von Havre de Grace gekommen sein mußte. Die holländischen Behörden hatten an den Handelsstand in jenem französischen Hafen ein Rundschreiben geschickt und auch durch die Zeitungen öffentlich bekannt gemacht: Kapitän Johann Harmel habe in den spanischen Gewässern ein französisches Schiff menschenleer umhertreibend angetroffen, mit Mannschaft besetzt und nach Holland führen lassen. Bei näherer Untersuchung sei befunden worden, daß hinten unterhalb der Wasserlinie zwei Löcher durch das Schiff gebohrt seien. Der dazu gebrauchte Bohrer habe noch daneben gelegen. Die stumpfe Schneide des Bohrers habe jedoch die Späne von der äußeren Plankenhaut nicht scharf abgeschnitten. Sie hätten sich in die Öffnung zurückgelegt, voll Wasser gesogen und dadurch das Schiff vorm Sinken bewahrt. Nicht minder wunderbar habe eingedrungene Nässe das Fortglimmen einer schon brennenden Lunte verhindert, die mit einem Pulverfaß verbunden gewesen sei. Aus beiden frevelhaften Versuchen gehe deutlich hervor, daß das Schiff mutwillig und ohne Not verlassen worden war und entweder habe sinken oder in die Luft fliegen sollen.

Währenddessen hatte auch der französische Kapitän des Schiffes an die Reeder in Havre de Grace geschrieben: Sein

156

Schiff sei im Meerbusen von Biscaya so leck geworden, daß er befürchtet hätte, jeden Augenblick sinken zu müssen. Zum Glück sei ein schwedischer Ostindienfahrer in seine Nähe gekommen und habe ihn und die Mannschaft zu ihrer aller Lebensrettung an Bord genommen. Der Schwede habe sie in Lissabon an Land gesetzt, wo er mit seinen Leuten sogleich eine gerichtliche eidliche Erklärung abgegeben hätte, die er mit einsende.

Es war nicht zweifelhaft, daß der französische Kapitän ein abgefeimter Betrüger gewesen ist. Die darauf angestellte gerichtliche Untersuchung ergab, daß er mit zwei Mitreedern des Schiffes unter einer Decke steckte. Diese hatten das Schiff zu gleicher Zeit in London, Amsterdam und in Hamburg für große Summen versichern lassen. Sie sahen nun ihrer gerechten Strafe entgegen. Ihr Mitschuldiger aber – wahrscheinlich heimlich von ihnen gewarnt – hatte es fürs klügste gefunden, sich in Lissabon unsichtbar zu machen.

Mit diesen Nachrichten war ich für unser Schiffsvolk ein wahrer Freudenbote. Nun durfte jeder auf seinen Anteil der für die Rettung des Schiffes bestimmten Prämie hoffen. Ein Handel nach dem andern wurde wegen der zu erwartenden Prisengelder abgeschlossen. Einige verkauften ihr Anrecht für wenige Flaschen Branntwein, andre für etliche Pfund Tabak.

*   *   *

Nach Verlauf einiger Tage rüstete ich mein Boot zu einer neuen Fahrt zu. Diesmal durfte ich auch für meinen Privathandel im Einkauf von Staubgold gewissen Vorteil erhoffen, da wir uns nunmehr vor der sogenannten Goldküste befanden.

So verschwenderisch hat die Natur hier ihr edelstes Metall verbreitet, daß selbst der Seesand davon in hinreichender Menge mit sich führt. Wenn daher vormittags die Sonne hoch genug gestiegen ist, um den nackten Negern die Lufttemperatur behaglich zu machen, finden sie sich zu Hunderten am Strande ein. Sie setzen sich dicht neben dem Ablauf der Wellen ins Wasser und jeder hält eine tiefe hölzerne Schüssel vor sich zwischen den Knien, die zuvor voll goldhaltigen Sandes geschöpft ist. Sie wissen diese Gefäße so geschickt zu drehen, daß jede anlaufende Welle darüber hinspült und etwas von dem leichten Sande über den Rand mit sich fortschwemmt, während das Metall vermöge seiner natürlichen Schwere tiefer zu Boden sinkt. Dies wird so lange wiederholt, bis der Sand beinahe gänzlich verschwunden ist und das reine Staubgold, kaum noch mit einigen fremden Körnern untermischt, sichtbar wird. Ich habe selbst öfters gesehen, daß manche auf diese Weise binnen acht bis zehn Stunden den Wert von sechs bis zwölf und mehr holländischen Stübern auswuschen.

Weiter landeinwärts wird mit dem dort befindlichen goldhaltigen Kiessande auf ähnliche Art verfahren. Diese Erdklumpen werden in die Nähe eines Gewässers getragen und Erde, Sand und Kies so lange durcheinander gerührt und ausgespült, bis die Schwarzen zu dem nämlichen Erfolg gelangen. Hier finden sich nicht selten auch bedeutendere Stückchen Goldes, selbst von der Größe unsres groben Seegrießes. Die Neger nennen es „heiliges Gold". Sie durchbohren die Stücke, reihen sie auf Fäden und schmücken mit diesen kostbaren Schnüren Hals, Arme und Beine. In so stattlichem Putze zeigen sie sich gerne auf den Schiffen. Oft trägt ein einziger einen Wert von mehr als tausend Talern am Leibe.

Stellen sie ihr gewonnenes Gold auf den europäischen Fahrzeugen zum Kaufe, so werden ihnen zuvor die Waren vorgelegt und über den Wert eine Übereinkunft getroffen. Dieser Wert wird in „Bontjes" bestimmt; das sind etwa eine Erbse schwere

Stückchen Gold, die zu sechs Stüber Geldwert berechnet werden. Die Neger bedienen sich ähnlicher Gewichte, welche aber gegen die holländischen jedesmal zu kurz kommen.

Bei diesem Handel gibt es nun ein Streiten und Zanken. Immer noch fehlt etwas – noch etwas, bis man sich zuletzt doch einig wird. Betrogen aber werden die Neger am Ende immer, wie schlau sie es auch anfangen mögen.

Nachdem ich endlich eines Morgens meine Fahrt angetreten hatte, kam mir noch am nämlichen Nachmittage ein kleines englisches Schiff zu Gesichte, das ungewöhnlich nahe am Strande lag. Ein Teil der Segel und des Takelwerks befand sich in größter Unordnung und peitschte wild um die Masten. Ich beschloß, mich diesem Fahrzeuge zu nähern. Vielleicht war ihm Hilfe vonnöten. Bald kam ich im Heransegeln dicht an seine Seite.

Aber kein einziger Weißer ließ sich an Bord blicken. Dagegen standen wohl zwanzig bis dreißig Neger auf dem Verdeck. Ein Kerl, mit einem blauen Überrock bekleidet, zeichnete sich von allen durch seine Keckheit aus. Er war auf dem hinteren Teile, hatte ein kurzes, weitmündiges Schießgewehr, eine sogenannte Donnerbüchse, in der Hand und legte auf uns an. Ein andrer lag vorn ebenfalls mit seinem Gewehr im Anschlag auf uns. Die übrigen schrien aus vollem Halse: „Go way! Go way!"

Es war anzunehmen, daß die Schwarzen die englische Mannschaft ermordet hatten und das Schiff jetzt plündern wollten. Hier lange zu verweilen, schien nicht ratsam. Ich steuerte daher gegen den Wind ab. Als ich mich jedoch außer Schußweite sah, beriet ich mich mit meinen Leuten, ob nicht ein entschlossener Angriff auf die Brut gewagt werden könnte. Wenn wir gleich mit einem tüchtigen Feuer auf sie anrückten, so würden die Kerle meiner Meinung nach bald über Bord springen und uns das Schiff als gute Prise überlassen.

Dieser Vorschlag gewann alsobald den ungeteilten Beifall meiner Leute. Um mir aber jede künftige Verantwortung und üble Nachrede zu ersparen, fuhr ich fort: „Ihr habt aber auch gesehen, daß wenigstens zwei von ihnen Schießgewehre führen und sie sicherlich auch gebrauchen werden, bevor sie uns das Feld räumen. Sollte nun einer oder der andere von uns dabei zu Schaden kommen, so sage niemand: Ich hätte ihn zu dem Unternehmen gezwungen. Hier bedarf es durchaus eines freiwilligen Entschlusses. Also: Ja oder Nein?" – Ihr kaltblütiges Ja weckte das glimmende Feuer in mir zu vollen, lichten Flammen. – „Wir gehen drauf los und jagen die schwarzen Bestien durch ein Knopfloch?" fragte ich noch lauter und heftiger. – „Ja! Das wollen wir!" scholl mir zur Antwort entgegen. – „Nun denn! Immer drauf, in Gottes Namen!"

Sofort lud ich nun meine sechs Böller, setzte auf jede Ladung zwei Kugeln und ließ ein paar angezündete Lunten in Bereitschaft halten. Den besten und zuverlässigsten Mann setzte ich ans Ruder. Ich trug ihm auf, von vorne auf das Schiff zu und dann an seiner Seite längs zu steuern. Das Abfeuern meines Geschützes behielt ich mir selbst vor, um meines Ziels nicht zu verfehlen. Meine übrigen Leute sollten im rechten Augenblick mit dem Handgewehre ihr Bestes tun.

Wir steuerten also so dicht auf unsre erhoffte Prise los, daß wir ihren Bord im Vorüberfahren mit einem Bootshaken hätten entern können. Zu gleicher Zeit gab ich zugleich aus allen vier Böllern Feuer. Sie zersprangen aber samt und sonders, weil ich sie in meinem unbedachten Eifer überladen hatte. Doch vor Schreck sprang eine gute Anzahl Schwarzer ins Wasser und schwamm bereits dem Lande zu.

160

Jetzt befahl ich meinen Leuten: „Das Boot umgelegt! Nun dran! Nun geentert! Handgewehr aufs Deck!" – Ich sprang hinten durch die Luke hinab, um die Gewehre, die uns vorher hinderlich gewesen wären, schnell hervorzulangen. Aber da sprudelte mir von unten ein mächtiger Wasserstrahl aus dem Boden des Fahrzeuges entgegen. Während der Pulverdampf alles erfüllte, mußte jener Kerl mit der Donnerbüchse vom höheren Hinterteile des Schiffes herab gerade in die offne Luke gezielt und den Boden durchschossen haben. Konnte es einen wunderlicheren, aber zugleich auch widerwärtigeren Zufall geben?

Ich trat augenblicklich auf das Loch und riß mir das Hemd vom Leibe, um es in die Öffnung zu stopfen. Als ich wieder an Deck kam, lag das Boot schon so tief, daß es bald sinken mußte. An die Fortsetzung des Gefechts war unter diesen Umständen nicht zu denken.

Ich entfernte mich also mit großem Schaden von dem Kampf- platze. Dreiviertel Meilen weiter nahm ich ein Schiff vor Anker wahr. Ich segelte darauf zu und legte mein Boot daneben, um das eingedrungene Wasser auszupumpen. Der Kapitän jenes Schiffes kam zu mir an Bord, um mir seinen Beistand anzu- bieten. Er bedauerte meinen Unfall. Wie ich jetzt erst entdeckt hatte, hatten meine Waren sämtlich unter Wasser gelegen, zu- dem hatten die Pulverfässer durch das Schlingern des Bootes ihren Inhalt dem Wasser mitgeteilt und all meine Zeugwaren schwarz gefärbt.

Für mich blieb nichts andres übrig, als mich wieder nach unsrer „Christina" zu wenden und eine ganz neue Ausrüstung zu verlangen. Man kann sich vorstellen, mit welch garstigem Willkommen ich dort nach Abstattung meines Berichts von meinem Kapitän empfangen wurde, der fast ständig betrunken war. Er wollte mich totstechen, totschießen oder mir sonst auf eine neue, noch unerhörte Manier den Garaus machen. Ich war des Glaubens, daß ich nach Maßgabe der Umstände vollkommen recht und pflichtmäßig gehandelt hatte und den unglücklichen Zufall, der hier den Ausschlag gegeben, nicht verantworten könnte. So mochte ich mich auch nicht zu entschließen, demütig zu Kreuze zu kriechen. Es gab nun noch drei Wochen lang zwischen uns nichts als Böses und täglichen Verdruß, bis wir endlich vor St. George de la Mina anlangten, um dort unsern letzten Handel abzuschließen.

Hier klagte ich bei Gelegenheit dem Gouverneur mein ganzes Unglück und meine Mißhelligkeiten mit dem Kapitän, die mir alle Ruhe des Lebens verbitterten. Peter Wortmann hieß mich guten Mutes sein. Er wolle ehestens den großen Rat versammeln, wo ich volle Freiheit finden würde, mein beobachtetes Verfahren zu verteidigen. Dies geschah dann auch bald in einer Sitzung, zu welcher außer den ordentlichen Räten noch fünf holländische Schiffskapitäne geladen worden waren, die eben mit ihren Schiffen auf der Reede lagen. Ich erklärte vor dieser Versammlung im Beisein Kapitän Harmels den ganzen Verlauf der Sache mit dem Angriff auf das englische Fahrzeug. Was ich getan, hätte ich zu Gunsten unsers Schiffes und unsrer Leute unternommen.

Die Folge dieser Verantwortung war, daß ich einstimmig und mit Ehren freigesprochen wurde.

*   *   *

Während wir noch vor diesem Platze verweilten, kam eines Tages ein holländisches Schiff auf der Reede vor Anker, welches sofort auch die Notflagge wehen ließ und mehrere Notschüsse abfeuerte. Von allen anwesenden Schiffen konnte indes

162

nichts zu deſſen Beiſtande geſchehen, da unſre ſämtlichen Kapitäne mit den Schaluppen an Land gegangen waren und wir
Steuerleute kein andres Boot zur Verfügung hatten. Doch
bald ſahen wir, daß vom Fort ein Kanot mit vier Negern eiligſt
nach dem notleidenden Schiffe ruderte und auch nach Verlauf
einer Stunde von dort wieder zurückkehrte.

Zwei Stunden ſpäter kam dies nämliche Kanot geradeswegs
zu mir. Es brachte mir den ſchriftlichen Befehl des Gouver-
neurs, mit dieſen Negern zu ihm an Land zu fahren. Ich be-
folgte dieſe Weiſung.

In dem großen Saal fand ich die nämliche Verſammlung,
vor welcher ich unlängſt vor Gericht geſtanden, an der Tafel bei
einem fröhlichen Mittagsmahl ſitzen. Als mich Kapitän Harmel
ſah, ſprang er auf und fragte im rauhen Tone: Was ich am
Lande zu ſchaffen hätte? — Statt der Antwort überreichte ich
ihm das von Seiner Edelheit dem Gouverneur erhaltene Billett.
Gleichzeitig fragte ich den Gouverneur, was zu ſeinen Befehlen
ſtände.

„Da iſt ſoeben der Kapitän Santleven von Vliſſingen angelangt und befindet ſich in äußerſter Drangſal", hub er an.
„Er ſelbſt liegt krank im Bette; ſeine Steuerleute ſind tot; er
hat dabei beinahe hundert Sklaven an Bord. Seine Not und
Verlegenheit iſt dermaßen groß, daß er hat eilen müſſen, dieſe
Station zu erreichen. Er will von den hier liegenden Schiffen
einen Steuermann erlangen, der die Führung des Schiffes
übernehmen möchte. Ich und die übrigen Herren Kapitäne
haben Euch, mein lieber Nettelbeck, zu dieſem Poſten auser-
ſehen."

Bevor noch der Gouverneur geendet hatte, begann ſchon mein
Kapitän dagegen aus allen Kräften zu proteſtieren. Die übrigen Anweſenden waren bemüht, ihn zurückzuhalten. Zuletzt

wandte er sich ganz wütend gegen mich und gebot mir: „Nettel=
beck, Ihr verfügt Euch stehenden Fußes auf mein Schiff zurück
und versehr den Dienst an Bord. Ich will und befehl es!" –
Dem mußte allerdings gehorcht werden. Ich wandte mich ruhig
um und ging hinaus.

Kaum war ich aus der Türe, als einer von den Kapitänen
hinter mir her kam und mich fragte: „Ich bitte Euch um alles!
Ihr heißt Nettelbeck?" – Ich bejahte. Nun fuhr jener noch
angelegentlicher fort: „Und seid Ihr ein Kolberger? Wohnt
nicht Euer Vater dort am Markte? Und habt Ihr nicht eine
Schwester, die an einem Fuße hinkt?" – Ich bejahte wiederum
mit zunehmender Verwunderung. – „Nun denn", setzte er hin=
zu, „so müßt Ihr ja auch einen Bruder in Königsberg haben,
der ein Schiff für eigene Rechnung fährt?" – „Der werde ich
wohl selbst gewesen sein", war meine Antwort. – „Wie? Nicht
möglich! Ihr selbst? Nun denn, um so weniger . . ." Er unter=
brach sich und zog mich stürmisch in das eben verlassene Zimmer
zurück. Ich wußte nicht, was dies alles zu bedeuten hatte.

Er wandte sich an Kapitän Harmel, umfing ihn freundlich
und redete ihm schmeichelnd zu: „Nicht wahr, lieber alter Freund,
Ihr gebt meinem und unser aller Drängen nach und überlaßt
diesen wackern Mann an Santleven? Denn ich wills Euch nur
sagen: Für alles, was Nettelbeck heißt, laß ich Leib und Leben.
Ich will Euch für ihn einen meiner eignen Steuerleute und
einen erfahrnen Matrosen obendrein an Bord schicken. Topp?"
– Auch die andern umringten den zornigen Menschen und rede=
ten so lange und eifrig auf ihn ein, bis er mir endlich halb über
die Achsel entgegenbrummte: „So geht denn meinetwegen zum
Teufel!" – Das war und blieb mein Abschied.

Der Mann, der mir so geflissentlich das Wort geredet hatte,
wollte mich sofort zu Kapitän Santleven an Bord bringen.

Unterwegs bat ich meinen freundlichen Begleiter, mir doch zu erklären, woher er eine so genaue Kenntnis meiner Familie habe und wie er überhaupt dazu komme, einen so warmen und freundschaftlichen Anteil an mir zu nehmen.

„Nun", erwiderte er lächelnd, „das wird Euch weiter nicht wundern, wenn Ihr hört, was ich Euch zu erzählen habe. — Im Jahre 1764 fuhr ich als Steuermann auf einem holländischen Schiffe und hatte in der herbesten Jahreszeit zwischen Weihnachten und Neujahr das Mißgeschick, eine Meile von Kolberg zu stranden und kaum das nackte Leben zu bergen. Des nächsten Tages kam Euer Vater zufällig in das Dorf und in die armselige Bauernhütte, wohin ich und meine Unglücksgefährten geflüchtet waren. Die hellen Tränen traten ihm bei unserm Anblick ins Auge. Insonderheit richtete er seine Aufmerksamkeit auf mich. Er fragte mich über meine Umstände aus und erbot sich auf der Stelle, mich mit nach Kolberg zu nehmen und für mein weiteres Unterkommen zu sorgen. Er habe auch zwei Söhne auf der See, und Gott wisse, wo und wie auch sie die Hilfe mitleidiger Seelen bedürfen könnten. Vor der Hand könne er zwar nur mich allein mitnehmen, allein auch für die Rückbleibenden solle baldigst Rat geschafft werden."

„So kam ich", fuhr er fort, „nach Kolberg in Euer väterliches Haus, wo ich an Eures Vaters, Mutter und Schwester Seite gesessen, getrunken und tausendfache Liebe und Güte genossen habe. Eure Schwester versorgte mich mit Wäsche. Meine kleinsten Wünsche wurden erfüllt. Und so erhielt ich von liebreichen Händen meine volle Verpflegung bis über Ostern hinaus, wo sich endlich eine Gelegenheit fand, wieder nach der Heimat zurückkehren. Aber auch da noch steckte mir Euer Vater einen holländischen Dukaten zum Reisegeld in die Hand, und Eure Mutter tat hinter seinem Rücken mit zwei preußischen Talern

165

das nämliche. Oft genug erzählten mir beide von ihrem wackern Sohne in Königsberg. Und ich hinwiederum vertraute ihnen, daß ich ein preußisches Landeskind und aus Neuwarp in Vorpommern gebürtig sei, daß ich Carl Friedrich Mick heiße und mich aus Furcht vor dem Soldatenstande außer Landes gewandt habe. Seit jener Zeit habe ich nun immer darauf gesonnen, wie soviel Liebe und Güte zu vergelten wäre. Ich hatte nicht gedacht, daß sich mir hier an der Küste von Afrika eine so erwünschte Gelegenheit auftun sollte."

Inzwischen waren wir an Bord des Kapitäns Santleven angelangt. Wir fanden ihn bettlägrig und in elender Verfassung. Mein Begleiter stellte mich als denjenigen vor, der ihm bei der Führung seines Schiffes und seiner Geschäfte behilflich sein solle und auf den er sich in allen Fällen verlassen könne. Der gute Mann hieß mich von ganzem Herzen willkommen. Alsbald übergab er mir das völlige Kommando an Bord und ließ mich in seine Papiere und Geschäfte Einsicht nehmen, damit hier alles wieder mit einem neuen Geist und Leben beseelt wurde. Mir selbst war zumute, als sei ich aus der Hölle in den Himmel gekommen.

Nach Beratschlagung mit meinem Kapitän wandten wir das Schiff wiederum gegen die westlicher gelegenen Punkte, um unsre Ladung durch fortgesetzten Handel zu vervollständigen. Das beschäftigte uns bis in den September hinein. In dieser Zeit erholte sich der gute Mann zu meiner nicht geringen Freude merklich und konnte endlich wieder auf dem Verdeck erscheinen. Ich wollte nun mit dem Boote nach dem sechs Meilen von uns entfernten holländischen Fort Boutrou gehen, wo ich mir gleichfalls einigen Handel versprach.

Auf dem Wege dahin näherte ich mich einem Boote, das zu einem erst kürzlich an der Küste angelangten Schiffe gehörten

166

mußte. Ich fragte nach Neuigkeiten. Kaum aber war das Ge=
spräch angeknüpft, so erkannte ich in seinem Führer den näm=
lichen Steuermann Peters, der uns im vorigen Herbst mit der
französischen Prise so unerwartet bei Nacht und Nebel davon=
gegangen war. Auch er erkannte mich sofort.

Wir hatten viel zu fragen und zu antworten. Er erzählte
mir unter anderm, daß das von uns damals aufgefundene
Schiff samt der Ladung gerichtlich zum Verkauf gestellt und
aus beiden ein Wert von neunundneunzigtausend holländischen
Gulden gelöst worden seien.

Von dieser bedeutenden Summe kamen nach den holländi=
schen Seerechten zwei Drittel den französischen Eigentümern,
ein Drittel aber dem Schiffsvolke der „Christina" zu. Um=
gekehrt wäre das Verhältnis gewesen, wenn sich jener Hund
nicht mehr als Wächter auf dem Schiffe befunden hätte. Dann
hätte es nämlich als völlig herrenlos gegolten. Hieraus ist zu
ersehen, was für eine sonderbare Gerechtigkeit die Seegesetze
selbst einem Hunde einräumen. Dieser verdiente seinem Herrn
durch sein Bellen reine zweiunddreißigtausend Gulden!

Das Drittel, welches unserm Schiffe zufiel, kam zur Hälfte
wiederum den Reedern zugute; die andre Hälfte hingegen dem
Schiffsvolke, nach Maßgabe der Monatsgage, die jeder zu
empfangen hatte.

Von Peters aber habe ich nur noch zu erzählen, daß er auf
einem Schiffe des nämlichen Handelshauses Rochus & Kop=
städt als Obersteuermann unter Kapitän Schleuß angestellt
worden war. Das Schiff lag jetzt bei Kap Monte. Er selbst
war mit dem Postsack auf dem Wege nach St. George de la
Mina.

Einige Tage nachher traf ich in Boutrou ein. Ich konnte
dort aber nichts Tüchtiges schaffen. Ueberall war für diesen

Augenblick im Handel bereits aufgeräumt. Als ich nach unserm Hauptfort zurückkehrte, waren die meisten Schiffe von dort nach Amerika in See gegangen. Es blieb uns daher nur übrig, uns für die Reise mit Trinkwasser und Brennholz zu versehen und diesem Beispiel ungesäumt zu folgen.

Als ich mich bei dieser Gelegenheit mit meinen Leuten an Land befand, kam ich auch zu einem Kompanie=Neger, der Franz hieß und dessen Bekanntschaft ich unlängst gemacht hatte. Hinter seiner Hütte hatte dieser Mensch eine Art von Gärtchen eingehegt. Mir fiel auf, daß er sich zum öfteren dorthin begab, um mit sichtbarer Sorgfalt an einem Schirm von Bastmatten zu drehen und zu stellen. Meine Neugier erwachte. Ich ging ihm nach und fragte, was er für einen seltenen Schatz hinter dem Schirme hüte. – „Jawohl, einen Schatz!" war seine Ant= wort. „Ein rares vaterländisches (er meinte damit holländisches) Gewächs!" – Nun erwartete ich wenigstens ein Beet mit den teuersten Haarlemer Blumenzwiebeln vorzufinden. – „Ei, Franz! Das sind ja aber ganz gewöhnliche Grünkohlpflanzen! Und aus den fünf oder sechs Dingern da wirst du schwerlich auch einmal ein Gericht zusammenbringen!" – „Nun, wer sagt denn auch, daß ich sie essen will? Es ist ja nur der Rarität wegen!" Und dicht neben dieser vaterländischen Rarität lagen Zitronen und Limonen zu Dutzenden im Grase und verfaulten, ohne daß es jemand der Mühe wert gehalten hätte, sie aufzu= lesen! So verschieden sind die Begriffe von Wert oder Unwert, die wir auf dergleichen Sachen zu legen geneigt sind.

*　　*　　*

Anfang Oktober endlich verließen wir die afrikanische Küste, um unsrer Bestimmung zufolge den Markt von Surinam auf= zusuchen. Zur Beschleunigung der Fahrt wandten wir uns erst

südlich, um die gewöhnlichen südöstlichen Paſſatwinde zu gewinnen. Die Krankheiten und die Sterblichkeit, welche unter
den Sklaven bei zu langer Dauer der Ueberfahrt nur zu gewöhnlich einzureißen pflegen, machen eine Abkürzung der Reiſe
wünſchenswert. Unſre Ladung beſtand aus zweihundertſechs-
unddreißig Männern und hundertneunundachtzig Frauen, Mädchen und Jungen.

Daß dieſe Unglücklichen den Tag über in zwei Behältniſſen
vorn im Schiffe zubringen, habe ich ſchon erzählt. Vor der
Plankenwand, die dieſe Behältniſſe trennen, ſtehen zwei Kanonen mit der Mündung gegen die Abteilung der Männer gerichtet. Gleich im Anfang werden ſie im Beiſein der Sklaven mit
Kugeln und Kartätſchen geladen. Man macht ihnen auch die
mörderiſche Wirkung der Schüſſe durch Abfeuern auf einige
nahe und entfernte Gegenſtände begreiflich. Heimlich aber werden nachher die Kugeln und Kartätſchen wieder herausgezogen
und die Stücke ſtatt deſſen mit Grütze geladen, damit es im
ſchlimmſten Falle nicht gleich das Leben gelte. Denn – die
Kerle haben ja Geld gekoſtet!

Die Weiber und die Unmündigen haben bei Tage ihren Aufenthalt hinter der Wand auf dem halben Deck. Allen ohne
Ausnahme wird des Morgens, etwa um zehn Uhr, das Eſſen
gereicht. Je zehn empfangen einen hölzernen Eimer voll Ger-
ſtengraupen. Die Stelle, wohin ſich jede ſolche Tiſchgeſellſchaft
ſetzen muß, iſt durch einen eingeſchlagenen großköpfigen Nagel
genau bezeichnet. Alles ſitzt um das Gefäß mit Grütze, welche
mit Salz, Pfeffer und etwas Palmöl durchgerührt iſt. Doch
keiner langt früher zu, als bis durch den lauten Schlag auf ein
Brett das Zeichen gegeben worden iſt. Bei jedem Schlage wird
gerufen: „Schuckla! Schuckla! Schuckla!" Den dritten Ruf
erwidern ſie alle durch ein gellendes „Hurra!". – Und nun

holt sich der erste seine Handvoll aus dem Eimer, dem der zweite, dritte und so fort in gemessener Ordnung folgen.

Ist der Eimer leer, so wird er mit Seewasser gefüllt, damit sie sich Mund, Brust und Hände abwaschen. Zum Abtrocknen gibt man ihnen ein Ende aufgetriefeltes Tau (Schwabber genannt). Danach ziehen sie paarweise zu der Süßwassertonne, wo ein Matrose jedem ein Gemäß, etwa ein halb Quart enthaltend, reicht, um ihren Durst zu stillen.

Nach der Mahlzeit und nachdem das Verdeck mit Seewasser angefeuchtet worden ist, kauert sich das ganze Völkchen reihenweise und dicht nebeneinander nieder. Jeder bekommt einen holländischen Ziegelstein (Mopstein) in die Hand, womit sie das Verdeck nach dem Takte und von vorn nach hinten scheuern. Unaufhörlich wird ihnen dabei Seewasser über die Köpfe und auf das Verdeck gegossen. Diese etwas anstrengende Uebung währt gegen zwei Stunden und hat bloß den Zweck, sie zu beschäftigen, ihnen Bewegung zu verschaffen und sie desto gesunder zu erhalten.

Darauf müssen sie sich in dichte Haufen zusammenstellen, und noch dichtere Wassergüsse strömen auf sie herab, um sie zu erfrischen und abzukühlen. Dies ist ihnen eine wahre Lust. Sie jauchzen dabei vor Freude. In der brennendschwülen Sonnenhitze, der sie ohne alle Bedeckung den ganzen Tag ausgesetzt sind, muß es ihnen auch wirklich für eine wahre Erquickung gelten. Noch mehr aber freuen sie sich, wenn danach einige Eimer, halb mit frischem Wasser angefüllt und mit Zitronensaft, Branntwein und Palmöl durchgerührt, aufs Verdeck gesetzt werden. Mit diesem Gemisch waschen sie sich den ganzen Leib und reiben ihn ein, weil sonst das scharf gesalzene Seewasser die Haut zu hart angreifen würde.

Für die männlichen Sklaven sind ein paar besonders lustige

und pfiffige Matrosen ausgewählt, welche für ihren Zeitver-
treib zu sorgen und sie durch allerlei Spiele zu unterhalten
haben. Dabei werden auch Tabakblätter an sie verteilt, welche
in lauter kleine Fetzen zerrissen als Spielmarken dienen und
ihre Gewinnsucht mächtig reizen. Aus gleichen Gründen erhalten die Weiber allerlei Korallen, Nadeln, Zwirnfäden,
Bandenden und bunte Läppchen. Und auch hier wird alles
aufgeboten, um sie zu zerstreuen und keine schwermütigen Gedanken in ihnen aufkommen zu lassen.

Spiel, Possen und Gelärm währen bis um drei Uhr nachmittags fort, wo eine zweite Mahlzeit eingenommen wird.
Diesmal gibt es große Saubohnen, welche zu einem dicken
Brei gedrückt und gleichfalls mit Salz, Pfeffer und Palmöl
gewürzt sind. Die Art der Abspeisung, des Waschens, Trinkens
und Abräumens bleibt dabei die nämliche. Nur wird mit
allem noch mehr geeilt, weil unmittelbar darauf die Trommel
zum lustigen Tanze gerührt wird. Alles ist dann wie elektrisiert.
Das Entzücken spricht aus jedem Blicke; der ganze Körper gerät in Bewegung, und Verrenkungen, Sprünge und Posituren
kommen zum Vorschein, daß man ein losgelassenes Tollhaus
vor sich zu sehen glaubt. Die Weiber und Mädchen sind indes
am versessensten auf dies Vergnügen. Um die Lust noch zu
mehren, springen mitunter selbst der Kapitän, die Steuerleute
und die Matrosen mit den leidlichsten von ihnen herum – sei
es auch nur, damit die schwarze Ware desto frischer und mun-
terer an ihren Bestimmungsort gelangt.

Gegen fünf Uhr geht der Ball endlich aus. Wer sich dabei
am meisten angestrengt hat, empfängt wohl noch einen Trunk
Wasser zu seiner Labung. Wenn sich dann die Sonne zum
Untergang neigt, heißt es: „Macht euch fertig zum Schlafen
unter Deck!" – Dann sondert sich alles nach Geschlecht und

Alter in die ihnen unter dem Verdeck angewiesenen Räume.
Voran gehen zwei Matrosen, und hinterdrein ein Steuermann.
Sie haben acht, daß die nötige Ordnung genau beobachtet
werde. Der Raum ist nämlich dermaßen enge zugemessen, daß
sie schier wie die Heringe zusammengeschichtet liegen. Damit
die Hitze dort unten nicht bis zum Ersticken steigt, sind die
Luken mit Gitterwerk versehen, um frische Luft zur Abkühlung
zuzulassen.

Eine Leiter führt zu einer Öffnung in diesem Gitter, die ge=
rade nur weit genug ist, daß zwei Menschen passieren können.
Ein Matrose hält mit blankem Haumesser die ganze Nacht die
Wache. Er läßt immer nur paarweise aus und ein, was durch
irgendein Bedürfnis hervorgetrieben wird. Da jedoch die Rück=
kehrenden ihre Schlafstelle selten so geräumig wiederfinden,
als sie sie verlassen haben, so nehmen Lärm und Gezänke die
ganze Nacht kein Ende. Noch unruhiger geht es begreiflicher=
weise bei den Weibern und Kindern zu. Gewöhnlich muß zu=
letzt noch die Peitsche den Frieden wieder herstellen.

Aus Gründen, auf die hier nicht näher einzugehen ist, wer=
den meistenteils sechs bis acht junge Negerinnen von hübscher
Figur zur Aufwartung in der Kajüte ausgewählt. Sie erhalten
ihre Schlafstelle in ihrer Nähe. Begünstigt vor ihren Schwestern
sammeln sie allerlei Geschenke an Kattunschürzchen, Bändern,
Korallen und Kleinkram, womit sie sich wie die Affen putzen.
Der Matrosenwitz gibt ihnen den Ehrennamen „Hofdamen"
und hat für die einzelnen noch diese oder jene spaßhafte Be=
nennung. Bei Tage aber mischen sie sich gerne unter ihre Ge=
fährtinnen auf dem Deck. Man kann dann beobachten, wie jede
sofort einen bewundernden Kreis um sich versammelt, in dessen
Mitte sie stolziert und sich den Hof machen läßt.

Bekanntlich kommen alle diese unglücklichen Geschöpfe bei=

derlei Geschlechts splitternackt an Bord. Wie sehr nun auch sonst der Anstand auf diesen Sklavenschiffen verletzt werden mag, so gebietet er doch ihre notdürftige Bedeckung. Die Weiber und Mädchen empfangen daher einen baumwollenen Schurz, der bis an die Knie reicht. Die Männer erhalten einen Leinwandgurt, der eine Elle lang und acht Zoll breit ist und den sie zwischen den Beinen durchziehen und hinten und vorne an einer Schnur um den Leib befestigen.

*   *   *

Ohne widrige Zwischenfälle langten wir Mitte Dezember in dem Flusse Surinam an, wo wir jedoch in einer Entfernung von vier bis fünf Meilen vor Paramaribo ankerten, um die Gesundheitskommission von dorther zu erwarten. Diese muß untersucht haben, ob nicht etwa ansteckende Krankheiten an Bord herrschen, bevor die Einfahrt gestattet werden kann. Bei uns war alles in Ordnung. Wir hatten, was verhältnismäßig wenig ist, in den vier Monaten, die ich mich nunmehr auf diesem Schiffe befand, nicht mehr als vier von unsern Matrosen und sechs Sklaven verloren. Als uns daher jene Herren am nächsten Tage besuchten, fanden sie auch kein Bedenken, uns in die Kolonie zu lassen.

Ich selbst hatte indes einen besondern Grund, dem Erscheinen der Kommission mit einigem Verlangen entgegen zu sehen. Doch zum besseren Verständnis muß ich hier einiges aus meiner früheren Lebensgeschichte nachholen.

Im Jahre 1764, als ich noch in Königsberg wohnte, ließ ich eines Tages einen Faden Brennholz vor meiner Türe spalten. Der ältliche Mann, der zu diesem Geschäft herbeigeholt worden war, schien es weder mit sonderlicher Lust, noch mit großer Geschicklichkeit zu verrichten. Ich ließ mich mit ihm in ein Gespräch ein und gab ihm wohlmeinend zu verstehen, daß er mit dieser Hantierung nicht viel vor sich bringen würde. Ob er nichts andres und besseres könne? – Seine Antwort war: Er habe es in der Welt mit mancherlei versucht, ohne dabei auf einen grünen Zweig zu kommen. Aber was einmal zum Heller aus= geprägt sei, werde nimmermehr zum Taler. – „Nun, nun!", versetzte ich scherzend, „das hindert gleichwohl nicht, daß Ihr nicht noch einmal ein großer Herr werdet und in der Kutsche fahrt! Aber an Eurer Mundart vernehm' ich, daß Ihr nicht von Kind auf Königsbergisch Brot gegessen habt. Vielleicht sind wir gar Landsleute?" – „Könnte wohl sein. Irgendein Un= glückswind hat mich einmal hierher nach Preußen verschlagen. Eigentlich bin ich ein pommersch Kind und aus Belgard." – „Ei, aus Belgard? Und Euer Name?" – „Kniffel." – „Knif= fel? Kniffel?" wiederholte ich nachsinnend. „Und habt Ihr noch Brüder am Leben?" – „Ein paar wenigstens, die aber schon vor vielen Jahren gleich mir in die weite Welt gingen, ihr Glück zu suchen. Ich weiß weiter nicht, wohin sie gestoben oder geflogen sind."

Nun ließ ich mir noch die Vornamen der Verschollenen nennen und war meiner Sache gewiß. Es waren die nämlichen Gebrüder Kniffel, die ich vormals in Surinam kennen gelernt und die sich dort zu bedeutendem Wohlstande emporgearbeitet hatten. Ohne dem Manne darüber einen Floh ins Ohr zu setzen, fragte ich ihn weiter aus. Ich erfuhr, daß er verheiratet sei und eine Tochter von sechzehn oder siebzehn Jahren habe. Bald auch stellte ich bei anderen Leuten Erkundigungen nach dieser Familie an. Den Vater bezeichnete man als einen halben Narren, von der Mutter wußte man auch nicht sonderlich Gutes zu erzählen. Aber der Tochter gab man das Zeugnis eines gutartigen, lieben Geschöpfes, das allerdings ohne Bildung und feinere Sitten sei.

Nun wußte ich, daß die reichen Brüder in Surinam ohne Kinder waren. Ich kannte sie als so rechtliche Leute, daß sie sicherlich gern bereit sein würden, etwas für ihre armen Verwandten zu tun. Kurz, ich spielte wieder den gutherzigen Toren, der es nicht lassen kann, sich in andrer Leute Händel zu mischen, sobald er glaubt, daß es zu irgendetwas Gutem führen könne. Ich schrieb also an jene Herren in Surinam, wie ich zufälligerweise mit ihrem Bruder bekannt geworden wäre, und überließ es ihrem Ermessen, ob sie die dürftige Lage der Familie nicht in etwas erleichtern wollten.

Der Brief ging über Holland nach Surinam ab. Es dauerte geraume Weile, bevor eine Antwort kam. Meine alten Freunde und Gönner dankten mir herzlich, daß ich ihnen behilflich sei, einen lang gehegten Wunsch zu befriedigen und von ihrem längst totgeglaubten Bruder zu hören. Sie hatten die Abmachung getroffen, ihm durch ein namhaftes Handelshaus eine jährliche Leibrente auszahlen zu lassen.

Sie wünschten von mir aber noch weitere Hilfe. Ich wüßte wohl, so schrieben sie, daß sie ohne Erben lebten. Dennoch möchten sie die Freude genießen, einen Blutsverwandten um sich zu sehen und ihr Vermögen einst in seine Hände zu übergeben. Ich möge also sehen, ob sich die Tochter ihres Bruders entschließen könne, die Reise zu ihnen nach Surinam zu unternehmen. Es sei ihre Absicht, sie an Kindes Statt anzunehmen; sie würden sie mit offenen Armen und Herzen aufnehmen.

Man kann sich leicht denken, mit welcher freudigen Ueberraschung die Eltern diese Nachricht aufnahmen. Aber die Wohlhabenheit, in welche sie sich auf einmal versetzt sahen, hatte ihnen auch mehr oder weniger die Köpfe verrückt. Leicht ent=

schlossen sie sich, in die Trennung von ihrer Tochter zu willigen. Sie selbst war an Sinn und Neigung noch zu sehr Kind, als daß sie nicht leichten Mutes einverstanden war. Es fand sich Gelegenheit, sie der Obhut eines meiner Freunde anzuvertrauen, der ein Schiff nach Amsterdam führte. Ich wußte, daß sie dort glücklich angekommen war und ebenso wohlbehalten die Überfahrt nach Surinam gemacht hatte. Von dort hatte ich schriftliche Danksagungen meiner innigst erfreuten Freunde empfangen. Aber späterhin war unser brieflicher Verkehr unterbrochen worden, so daß ich seit mehreren Jahren nicht wußte, wie es um sie und ihr angenommenes Kind stand. Beides hoffte ich nunmehr von den an Bord erschienenen Herren der Gesundheitskommission zu vernehmen.

Leider erfuhr ich auf diesem Wege, daß die beiden Brüder Kniffel schon vor einigen Jahren gestorben waren. „Aber was ist aus einem Frauenzimmer – einer Anverwandten aus Deutschland – geworden?" fragte ich. „Sie war vor nicht gar zu langer Zeit in die Kolonie gekommen und wurde als die Erbin ihrer Oheime angesehen." – „Ei, das ist sie auch wirklich geworden", fiel die Antwort. „Im vollen Besitz des ganzen ungeheuren Kniffelschen Vermögens ist sie gegenwärtig die Gemahlin des Banco-Direktors Mynheer van Roose zu Paramaribo." Schmerz und Freude wechselten bei diesen Nachrichten in meinem Gemüte. Ich war begierig, mich der Frau Roose auf eine gute Art vorzustellen.

Dazu fand sich gleich am nächsten Tage Gelegenheit, nachdem wir vor der Stadt geankert hatten. Ich ging nach dem Kniffelschen Hause, wo die reiche Erbin auch gegenwärtig noch wohnen sollte. Hier wimmelte es von schwarzen Sklavinnen zur herrschaftlichen Bedienung. Durch eine von ihnen ließ ich mich der Frau Roose melden.

176

Alsbald trat sie aus ihrem Zimmer hervor. Ich erkannte sie unzweifelhaft wieder, obwohl sie seither groß und stattlich geworden war. Sie faßte mich nicht wenig scharf ins Auge. „Mein Gott!" rief sie endlich, „Gesicht und Stimme kommen mir so bekannt vor ... Es ist unmöglich, daß ich Sie nicht schon irgend einst gesehen habe."

„Ei, freilich wohl!" gab ich zur Antwort. „Den alten Nettelbeck aus Königsberg werden Sie so ganz und gar nicht vergessen haben!"

Nun entfuhr ihr ein lauter Freudenschrei. Sie fiel mir mit beiden Armen um den Hals. Die hellen Tränen stürzten ihr aus den Augen, bis ihr endlich im Übermaß der Rührung beinahe die Sinne schwanden. Darüber erhob sich ein Geschrei und Lärmen unter ihrer schwarzen Dienerschaft, das endlich auch den Hausherrn herbeiführte. Dieser stutzte nicht wenig, seine Gattin ohnmächtig am Halse und in den Armen eines unscheinbaren Fremden zu erblicken. Er fragte, was es gebe. Sie konnte ihm nicht antworten, und auch ich war vor Rührung außerstande zu sprechen. Endlich erholte sie sich ein wenig. „Mein Lieber, dies ist der Mann, von dem ich dir so oft erzählt habe – der erste Urheber meines Glücks – der ehrliche Nettelbeck, der sich in Königsberg meiner annahm", rief sie.

Der Gatte und ich nahmen sie unter beide Arme und führten sie in das anstoßende Zimmer, wo sie sich denn allmählich wieder beruhigte. Nun jagten sich tausend Fragen. Wie es mir gehe? Was ich treibe? Wie ich hierher nach Surinam komme? – Sie war nicht eher befriedigt, als bis ich ihr in der Kürze meine neuesten Lebensschicksale erzählt hatte. Auch nach ihren Eltern erkundigte sie sich lebhaft; sie hatte seit zwei Jahren keine Kunde von ihnen erhalten. Ich war selbst bereits seit vier Jahren von Königsberg abwesend, konnte ihr also hierüber nur wenig sagen. Ich erzählte, daß ihr Vater den wunderlichen Einfall gehabt habe, sich den Titel „Lizenzrat" zu kaufen, und daß er dies und jenes treibe, was man ihm zugute halten müsse. Jene Standeserhöhung hatte er ihr wohlweislich verschwiegen. Sie konnte nicht umhin, recht herzlich darüber zu lachen und setzte hinzu: „Und warum auch nicht? Laßt doch dem alten Manne die närrische Puppe!"

Jetzt dünkte mirs Zeit, wieder aufzubrechen, aber ich ward mit liebreichem Ungestüm zurückgehalten. Vergebens suchte ich mich damit zu entschuldigen, daß ich als Obersteuermann nicht so lange vom Schiff wegbleiben dürfe. Doch auch dem wußten sie zu begegnen. Sie sandten einfach nach meinem Kapitän aus und luden ihn gleichfalls freundlich zur Tafel ein. Der Kapitän wußte aus unsern Gesprächen, was mich für eine Erkennungsszene an Land erwartete. Er schlug die Einladung nicht aus, und seine Gegenwart erhöhte unser geselliges Vergnügen noch.

Vierzehn Tage waren wir in Paramaribo, und fast täglich erfreute ich mich einer liebevollen und freundlichen Aufnahme in dem Rooseschen Hause.

Unser Hauptgeschäft bestand hier im Verkauf unsrer schwarzen Ware.

Gewöhnlich schickte der Kapitän solcher Sklavenschiffe bei seiner Ankunft in der Kolonie ein Rundschreiben an die Plantagen-Besitzer und -Aufseher, worin er ihnen seine mitgebrachten Artikel anempfiehlt und die Käufer zu sich an Bord einladet. Bevor diese jedoch anlangen, wird eine Auswahl von zehn bis zwölf Köpfen getroffen, die die Erlesensten unter dem ganzen Sklavenhaufen darstellen. Man kennzeichnet sie durch ein Band, das man ihnen um den Hals schlingt. Sooft ein Besuch sich naht, müssen sie unter das Verdeck kriechen und un-

178

sichtbar bleiben. Denn die Politik des Verkäufers erfordert, daß nicht gleich im Anfang das beste Kaufgut herausgesucht werde, und dann der Rest als bloßer Ausschuß gelte.

Haben sich nun kauflustige Gäste eingefunden, so müssen sich die männlichen wie die weiblichen Sklaven in zwei abgesonderten Haufen aufstellen. Jeder sucht sich darunter aus, was ihm gefällt, und führt es zur Seite. Dann erst wird gehandelt, wie hoch der Kopf durch die Bank gelten soll. Gewöhnlich kommt dieser Preis für die Männer auf vierhundert bis vierhundertfünfzig Gulden zu stehen. Auch junge Burschen von acht bis zehn Jahren und darüber erreichen diesen Preis so ziemlich. Ein Weibsbild wird je nach ihrem Aussehen für zweihundert bis dreihundert Gulden losgeschlagen, hat sie aber noch Jugend, Fülle und Schönheit, so steigt sie im Werte bis auf achthundert und tausend Gulden und wird oft von Kennern noch ausschweifender bezahlt.

Der Preis wird entweder sofort bar entrichtet, meist aber durch Wechsel ausgeglichen, oder es findet auch ein Tausch mit Kolonieerzeugnissen wie Zucker, Kaffee und dergleichen statt.

Nachdem allmählich auch die erlesene Ware zum Vorschein gekommen ist, bleibt dann wirklich nur der schlechtere Bodensatz zurück. Dieser wird gewöhnlich ausgeboten. Dazu werden diese Neger an Land auf einen eigenen Platz gebracht, wo ein Arzt jeden Sklaven einzeln auf seine Tauglichkeit untersucht. Der Neger muß auf einen Tisch treten, und der Arzt legt Zeugnis ab, daß er fehlerfrei sei oder daß sich dieser oder jener Mangel an ihm finde. Nun wird geboten und nach erfolgtem Zuschlag bis zu dem letzten aufgeräumt.

Wir hatten indes diesmal bei unserm Handel nur wenig Glück. Es waren nämlich kurz zuvor zwei Sklavenschiffe hintereinander hier gewesen, die den Markt überfüllt hatten. Wir mußten einen vorteilhafteren Platz aufsuchen und unsre Wahl fiel auf die benachbarte Kolonie Berbice. Bei unsrer Abfahrt befand sich Herr van Roose und seine Gemahlin gerade auf einer ihrer Plantagen, so daß wir uns zu meinem innigen Bedauern kein Lebewohl sagen konnten.

*   *   *

In Berbice fanden wir leider einen ebenso schlechten Markt. Es lagen dort bereits zwei Sklavenschiffe vor Anker. Wir hielten uns also nur drei Tage auf und steuerten nach St. Eustaz. Diese Insel erreichten wir Mitte Februar. Wir hatten das Glück, hier verschiedene Sklavenkäufer von den spanischen Besitzungen auf der Terra firma anzutreffen, an welche wir unsre Ladung samt und sonders mit Vorteil losschlugen.

In St. Eustaz trafen wir auch das Sklavenschiff wieder, welches mein wackrer Freund und Landsmann Mick führte. Er selbst war auf der Überfahrt von Afrika gestorben, und sein Steuermann getraute sich nicht, allein mit dem Schiffe nach Holland zurückzugehen. Man bat und bestürmte mich, die Führung zu übernehmen, bis ich mich dazu entschloß und auch Kapitän Santleven einwilligte. Wir schieden als Freunde und mit einem Herzen voll gegenseitiger Liebe und Achtung.

Mitte April warf ich vor Vlissingen, wohin das Schiff gehörte, glücklich die Anker. Die Reeder bewilligten mir außer der mir gebührenden Gage noch ein besonderes Geschenk von hundert Gulden und hätten mich auch gerne in ihrem Dienste behalten. Ich aber hatte andres vor.

Um diese Zeit sollte nämlich eine englische Transportflotte mit tausendfünfhundert Seesoldaten nach der Küste von Guinea abgehen, um die Besatzungen in den dortigen Forts abzulösen. Man suchte für diese Expedition Seeleute und zumal

180

Steuermänner, welche jener Weltgegend kundig wären. Ich entschloß mich zu einer solchen Fahrt und kam nach Portsmouth. Dort wurde jenes Geschwader ausgerüstet. Man setzte mich als Schiffsleutnant auf den „Jupiter", einem Schiff von vierundsechzig Kanonen, das von Kapitän Cappe geführt wurde und diesem Konvoi zur Bedeckung dienen sollte. Es schien mir schon der Mühe wert, auch einmal den englischen Seedienst zu versuchen.

Bereits Mitte März 1774 segelte die Flotte von Portsmouth ab. Sie bestand außer uns aus sechs Transportschiffen und gelangte in den ersten Tagen des Maimonats an die Küste von Guinea. Hier wurden die Truppen an den englischen festen Plätzen ausgeschifft und die Reste der alten Garnisonen wieder an Bord genommen. Mitte Juni ging es von Cap Coast quer über den Ozean nach Jamaika hinüber. Auf dieser Station verweilten wir einen ganzen Monat. Und im November waren wir wieder glücklich in England angelangt.

Meine Lust, mich im englischen Dienst umzusehen, hatte ich mit dieser Reise vollkommen und für immer gestillt. Die Verhältnisse und die Lebensweise dort waren nicht für meinen nüchternen deutschen Sinn gemacht. Man kann sich schwerlich eine Vorstellung machen, wie rauh und ungefügig es auf den Schiffen dieser Nation hergeht. Da ist keine Ehre und kein Respekt. Man hört nichts andres als „Goddam!" und brutale Reden ohne Zahl. Alles, vom geringsten Matrosen an, ist gegen die Offiziere im Widerspruch. Dennoch zweifle ich nicht, daß sie untereinander einig und brav sind, wenn es irgend zum Schlagen kommt. Von der nötigen Ordnung habe ich auf diesen Schiffen sonst nur wenig gespürt. Selbst für Essen und Trinken ist keine bestimmte Zeit festgesetzt. Nicht selten hängt ein gekochtes Stück Fleisch von zehn bis zwanzig Pfund am

Mast, wovon sich jeder abschneidet, wann und wieviel er will. Zu beiden Seiten steht das Brotfaß und das Gefäß mit Grog, um die offene Tafel vollständig zu machen. Dies Leben paßte mir freilich auf die Dauer nicht. Ich bat um meine Entlassung und begab mich nach Amsterdam.

*   *   *

Hier verweilte ich den Winter über bis in den März 1775 und hatte genügliche Muße, über meine Lebenslage und was ich ferner tun und treiben sollte, reiflich nachzudenken. Ich hatte jetzt meine vollen siebenunddreißig Jahre auf dem Nacken. Unter tausend Gefahren und Mühseligkeiten, unter allen Himmelsstrichen hatte ich meine besten Jahre und Kräfte im Dienst für Fremde verschwendet. Es schien mir an der Zeit, mit meinen Erfahrungen und mit dem, was ich sonst irgend vermochte, meinem Vaterlande und mir selbst zu dienen. Ich entschloß mich, mein ferneres Glück und Fortkommen in meiner Vaterstadt zu suchen, an der ich noch immer mit ganzer Seele hing, und begab mich denn auch nach Kolberg, sowie die Schiffahrt wieder eröffnet wurde.

Für eine Anstellung im Seewesen, was mir am liebsten gewesen wäre, war es in diesem Jahre schon zu spät. Ich eröffnete also wieder eine Navigationsschule, um junge Leute für den Seedienst auszubilden. An solchen Anstalten fehlte es damals noch gar sehr in unserm Vaterlande. Ich darf mir wohl das Zeugnis geben, daß aus meinem Unterrichte nicht wenige Schiffskapitäne und Steuermänner hervorgegangen sind, welche ihre Geschicklichkeit und Anstelligkeit überall erwiesen haben. Einige von ihnen haben in der Folge hier in Kolberg meine Stelle ersetzt und sich als Lehrer in der Steuermannskunst verdient gemacht.

182

Da die Lehrlinge solcher Schulen den Sommer hindurch das Erlernte praktisch verwerten und der Unterricht meist nur ihre müßigen Wintermonate ausfüllt, war ich nicht hinreichend beschäftigt und hatte oft Langeweile. Zugleich fühlte ich, daß ich an Geist und Leib noch keineswegs so flügellahm war, um untätig hinter dem Ofen hocken zu müssen. Auf die Gefahr, für wetterwendisch gehalten zu werden, will ich nur gestehen, daß es mich nebenher immer wieder nach der eignen Führung eines tüchtigen Schiffes verlangte und meine Gedanken abermals auf Holland gerichtet waren.

Wer weiß auch, was geschehen wäre, wenn mich nicht einige Freunde beredet hätten, meine Vaterstadt den Sommer hindurch mit lebenden Fischen aus dem Stettinschen Haff zu versorgen. So ganz zwar wollte mir dies Projekt nicht gefallen; ich ließ mich indes dazu überreden. Ich kaufte ein Haus am Wasser, welches zu dieser Hantierung paßte, und war nun darauf aus, mir auch ein zu solchem Handel geeignetes Fahrzeug, eine sogenannte Quatze, anzuschaffen. Zu dem Zweck begleitete ich meinen guten Freund Schiffer Blank, der gerade nach Swinemünde steuerte. Dort oder in der Nachbarschaft hoffte ich am besten, alles zu finden, was zu meinem neuen Gewerbe nötig war.

Ich ging dann von Swinemünde nach Caseburg, wo ich eine Quatze, wie ich sie brauchte, für vierhundert Taler erstand. Nachdem ich zugleich noch eine Ladung lebender Fische eingenommen hatte, begab ich mich nach dem Swinemünder Hafen und so über die See nach Kolberg zurück.

Nun machte ich mit meiner Quatze zwar noch mehrere Ausflüge, aber diese Fahrten und die ganze Hantierung waren je länger je weniger nach meinem Sinn. Überdem war der Absatz meiner Ware keineswegs so reißend, als man mir vorgespiegelt

hatte. Da die Fische durch das heftige Schlingern des Fahr=
zeuges in den Wellen häufig verdarben, hatte ich bei jeder
Reise nur Verlust und Schaden. Ich gab also meinen Kram
beizeiten wieder auf, brachte meine Quatze nach Stettin und
bot sie dort zum Verkauf aus. Das gelang mir aber erst nach
Jahr und Tag, und ich erlitt auch bei diesem Handel eine emp=
findliche Einbuße. So kam also das Jahr 1777 heran und fand
mich wieder als Lehrer in der Steuermannskunst. Da ich tüch=
tige und lernbegierige Schüler hatte, befand ich mich hier im=
mer noch in meinem angemessensten Element.

Am 28. April dieses Jahres stand ich etwa um die Mittags=
zeit beim Herrn Advokaten Krohn am Fenster, als mitten in
unserm Plaudern ein so heftiges Donnern zu hören war, daß
der Advokat vor Schrecken neben mir niederstürzte und wie
ohne Leben und Besinnung schien. Ich glaubte nichts andres,
als daß er von dem Blitzstrahl getroffen worden sei, bis ihn
mein Rütteln und Schütteln endlich doch wieder auf die Beine
brachte. „Wo hat es eingeschlagen?" fragte er, immer noch be=
stürzt. „Ich hoffe, nirgends", war meine Gegenrede, „oder
mindestens doch nicht gezündet, da Regen, Schnee und Hagel
die Luft erfüllen und alle Dächer triefen."

Allein im nämlichen Augenblick auch stürzte der Kaufmann
Steffen aus seinem Hause. Er schrie aus Leibeskräften und
richtete dabei den Blick immer nach dem Kirchturm, den er von
seinem Haus aus sehen konnte. Ich ahnte Unheil und lief
stracks hinüber. „Mein Gott, unsre arme Stadt!" rief er.
„Sehn Sie denn nicht? Der Turm brennt ja lichterloh!" –
So war es denn auch wirklich. Die hellen Flammen loderten
bei der Wetterfahne gleich einem feurigen Springbrunnen
empor. Aus den Schallöchern sprühten die Funken wie Schnee=
flocken und flogen bereits in die Domstraße hinüber.

Ich lief nach der Kirche und rannte die Turmtreppe hinan. Ich wußte, daß droben auf dem Glockenboden stets Wasser, Löscheimer und eine Feuerspritze bereit standen. In der sogenannten Kunstpfeiferstube, die dicht unter der Spitze ist, fand ich bereits mehrere Maurer und Zimmerleute mit ihren Meistern. Sie schienen indes alle nicht recht zu wissen, was zu tun sei. „Liebe Leute", sagte ich, „hier ist freilich nichts zu beginnen. Wir müssen höher hinauf. Folgt mir!" – „Leicht gesagt, aber schwer getan!" antwortete mir der Zimmermeister Steffen. „Wir haben es schon versucht, aber es geht nicht. Sobald wir die Falltüre über uns heben, fällt ein dichter Regen von Flammen und glühenden Holzstücken hernieder und setzt auch hier die Zimmerung in Brand."

Das war freilich eine schlimme Nachricht. „Ei, es muß schon etwas drum gewagt sein!" rief ich endlich. „Ich will hinan! Helft mir durch die Luke. Ich will sehen, was ich tun kann!" – Sie öffneten die Falltüre. Ich stieg hindurch und ließ mir einen Eimer voll Wasser und die Handspritze reichen. „Nun die Luke hinter mir zu", befahl ich, „damit das Feuer keinen Zug bekommt!" Sie taten es, und ich sah zu, was oben passierte. Eine Menge glühender Holzstücke prasselte nieder. Ich mußte mir den Kopf befeuchten, um nicht aus meinen Haaren ein Feuerwerk zu machen. Damit ich die Hände frei bekam, schnitt ich vorne in den Rock ein Loch, durch welches ich die Spritze steckte. Den Bügel des Eimers nahm ich zwischen die Zähne, und so ward denn die fernere Reise angetreten.

Die Turmspitze ist inwendig mit unzähligen Holzriegeln verbunden, die mir als Leiter dienten. Allein wohin ich griff, um mich emporzuziehen, fand ich alles glühend. Ich mußte wieder Kopf und Hände öfters anfeuchten. Endlich blieb mir in der engen Verzimmerung kein Raum mehr, mich noch weiter durch-

185

zuwinden. Hier sah ich auch den Herd des Feuers acht bis zehn Fuß über mir zischen und sprühen.

Ich klemmte den Wassereimer zwischen den Sparren fest, zog meine Spritze daraus voll und richtete sie gegen jenen Feuerkern, wo das Löschen und Ersticken am notwendigsten schien. Ich war so unvorsichtig, dabei unverrückt in die Höhe zu schauen, weil ich auch die Wirksamkeit meines Wasserstrahles beobachten wollte. So kam mir die ganze Bescherung von Wasser, Feuer und glühenden Holzstücken prasselnd ins Gesichte, daß mir Hören und Sehen verging. Sobald ich mich ein wenig besonnen hatte, fing ich das Ding geschickter an und kehrte die Augen fein abwärts. Ich hatte die Freude, daß sich das Feuer bei jedem Wasserstrahl merklich verminderte.

Nun aber war auch der Eimer geleert. Ich schrie aus Leibeskräften: „Wasser! Wasser her!" – Zimmermeister Steffen schob auch die Falltür auf und rief mir zu: „Wasser ist hier, aber wie bekommst du es nach oben hinauf?" – „Nur bis über den Glockenstuhl schafft mirs. Da will ich mirs selber langen", war meine Antwort.

So geschah es denn. Die Leute unten wagten sich höher, und ich kletterte ihnen von Zeit zu Zeit entgegen, um die vollen Eimer in Empfang zu nehmen. Tapfer ging ich dem Brand zu Leibe, so daß ich endlich das Glück hatte, ihn zu überwältigen und völlig zu löschen.

Jetzt erst gewann ich Zeit, an mich selbst zu denken. Ich spürte, wie mir mit jeder Minute übel und immer übler zumute ward. Das zurückspritzende Wasser hatte mich bis auf die Haut durchnäßt, zugleich war eine Hitze im Turm, die je länger je unausstehlicher wurde. Ich eilte nun hinunter. Als ich an den Schalllöchern vorbeikam, gab es indes einen so schneidenden Luftzug, daß mir plötzlich die Sinne vergingen. Ich weiß nicht, ob ich auf meinen eignen Füßen Gottes Erdboden erreicht oder ob mich die Leute hinabgetragen haben.

Als ich wieder zur Besinnung kam, lag ich auf dem Kirch= hofe, und mir zur Seite standen die Chirurgen Wüsthof und Kretschmer, die mir an beiden Armen eine Ader geöffnet hatten. Ein dichter Menschenhaufen drängte sich um mich. Mit wieder= kehrendem Bewußtsein begann ich nun auch meine Schmer= zen zu fühlen. Meine Hände waren überall verletzt; die Haare auf dem Kopfe zum Teil abgesengt; der Kopf selbst wund und voller Brandblasen. Die beiden äußeren Finger an meiner rechten Hand hatten vom Feuer am meisten gelitten und sind auch bis auf diese Stunde krumm geblieben.

Vom Kirchhofe trug man mich nach meiner Wohnung. Eine gute und sorgfältige Pflege half mir denn auch bald wieder auf die Beine. Einige Wochen später händigte mir der Herr Kriegs= kommissär Donath eine goldene Denkmünze in der Größe eines Doppel=Friedrichsdor nebst einem Belobigungsschreiben ein, die ihm beide von Berlin zugeschickt worden waren, um sie mir zu überliefern. Das Gepräge der Münze ließ ich mir in meinem Petschaft nachstechen; sie selbst aber übergab ich mit dem Schrei= ben dem Magistrat und ersuchte ihn, sie bis auf meine weitere Verfügung im ratshäuslichen Archiv zu verwahren. Doch als ich nach Verlauf einiger Jahre dieserhalb gelegentlich nach= fragte, war das eine wie das andre verschwunden. Es hieß: Das sei noch bei des Bürgermeisters R=fs Zeiten geschehen; und damit mußte ich zufrieden sein.

*   *   *

Im folgenden Jahre erhielt ich vom Kaufmann Höpner zu Rügenwalde eine schriftliche Aufforderung, eines seiner Schiffe unter meine Führung zu nehmen. Ich schlug ein und machte dann für seine Rechnung eine Reihe glücklicher Fahrten nach Danzig, Nantes und Croific. Von dort war ich wiederum nach Memel bestimmt. Wegen der späten Jahreszeit konnte ich aber diesen Hafen nicht mehr erreichen. Ich sah mich genötigt, in Pillau einzulaufen und dort zu überwintern. Aus Langerweile eröffnete ich wiederum eine Steuermannsschule.

In dieser Zeit schrieb mir der Kommerzienrat B≠r zu Kolberg wiederholt, ich sollte in seinem Auftrage nach England gehen, für ihn ein Schiff kaufen und damit für seine Rechnung fahren. Diese Spekulation schien nicht übel ersonnen. In dem damaligen Kriege Englands mit seinen nordamerikanischen Kolonien hatte es nämlich auch bereits mit Frankreich und Spanien gebrochen und seine Kaper hatten sich nach und nach vieler feindlicher Schiffe bemächtigt. Alle britischen Häfen waren damit angefüllt, und sie wurden als gute Prisen erklärt. Es war demnach zu erwarten, daß sie spottbillig losgeschlagen werden würden.

Ich trug also kein Bedenken, mich auf den mir gemachten Vorschlag einzulassen. Ich forderte nur, Herr B≠r solle mir für dies Geschäft eine genaue Instruktion erteilen und bei seinen Korrespondenten in London den nötigen Kredit bereitstellen lassen. Er verwies mich an das Londoner Handelshaus Schmidt und Weinholdt, bei welchen ich auch bei meiner Ankunft die verlangte Instruktion vorfinden würde. Mit Herrn Höppners Einwilligung verließ ich also sein Schiff und schickte mich zu meiner Reise nach England an. Meine Privatgeschäfte erforderten es jedoch, zuvor einen kleinen Abstecher nach Königsberg zu machen.

Auf dem Wege zur Königsberger Börse fiel es mir zufällig bei, einen nicht zu großen Umweg über den Neuen Graben zu gehen,. wo das Haus stand, in welchem ich in früherer und

188

befferer Zeit gewohnt hatte. Als ich nun mit wehmütigen Er=
innerungen davorstand, rief plötzlich eine weibliche Stimme:
„Herr Jemine! Sieh doch! Kapitän Nettelbeck und kein andrer!"
– Aus der Wehmut aufgeschreckt, bemerkte ich ein Frauen=
zimmer. Ich stutzte, konnte mich aber des alten und runzligen
Gesichts nicht besinnen. Im gleichen Augenblick war die Frau
zu mir geeilt, ergriff mich an beiden Händen und beteuerte:
Ich müsse kommen und bei ihr und ihrem Manne einsprechen.
Jetzt erst kam mir ein, daß hier von dem Kniffelschen Ehepaare
die Rede sein möge. Und so war es auch wirklich.

Schon in Pillau hatte ich von diesem Paare so mancherlei
vernommen, was mich nach der Erneuerung dieser alten Be=
kanntschaft nicht lüstern machte. Sie hatten mit den ihnen aus=
gesetzten Geldern übel gewirtschaftet, waren überall betrogen
worden und steckten tief in Schulden, weil die reiche Verwandt=
schaft in Surinam immer noch diesen und jenen Wucherer lockte,
ihnen Kredit zu geben. Außer dem Hause, das er bewohnte
und wovon ihm auch kein Ziegel mehr gehörte, besaß der alte
Tropf nichts als seinen Titel Lizenzrat. Bei diesen Leuten, die
mit ihrer braven Tochter gar nichts Ähnliches besaßen, war
weder Freude noch Ehre zu holen. Es verdroß mich sogar, daß
sie mein altes, liebes Eigentum durch ihre Gegenwart ver=
schimpfierten.

Indes mußte ich mich schon mit hinaufschleppen lassen. Ich
fand dort den Titularrat hustend auf einem Bette sitzen. In
dem Stübchen herrschte bitterste Armut. „Leute, wie habt ihr
gewirtschaftet", brach ich aus. „Was habe ich gehört? Und was
sehe ich jetzt selbst? Seid ihrs wohl wert, daß euch das Glück
einmal so freundlich angelacht hat?" – Beide weinten und
sagten: Dann hätte ich wohl auch gehört, daß sie von ihren
besten Freunden betrogen worden seien. – „Nun wahrlich doch

nicht ohne eure Schuld!" gab ich ihnen unmutig zur Antwort. „Hättet ihr die Nase nicht stets höher getragen, als euch zukam; hättet ihr Gott still und demütig gedankt, daß er euch einen ruhigen Nothafen für eure alten Tage eröffnet; hättet ihr fein zu Rate gehalten, was mehr als genug für euer Notwendiges ausreichte. . . ." Und wie denn der derbe Text weiter lautete, den ich ihnen lesen zu müssen glaubte.

Sie gestanden ihr Unrecht ein und gelobten Besserung. Ich sollte ihnen nur jetzt behilflich sein, einen Brief an ihre Tochter zu besorgen. Sie wollten sie um eine letzte Unterstützung bitten. Mehrmals hätten sie dies bereits auf andern Wegen versucht, aber niemals Antwort erhalten. Die Briefe seien wohl nicht in ihre Hände gelangt. – „Gut, so schreibt denn!" rief ich. „Aber sputet euch damit, denn morgen bin ich nicht mehr in Königberg."

Doch aus Sorge, daß ich ihnen entschlüpfen möchte, ließen sie mich gar nicht erst fort. Sie schickten gleich zu einem alten abgedankten Hauptmann, der in allem ihr Sekretär und Ratgeber zu sein schien. Er setzte sich auch sofort an die Arbeit. Der Brief ward mir dann eingehändigt, und man bat mich, daß ich ihn mit einigen Worten zur bessern Empfehlung begleiten und ihrem Kinde treulich schildern möchte, in welchem Elend ich sie angetroffen hätte. Ich versprach alles, was sie wollten, nur um von ihnen loszukommen. Ich habe aber nie erfahren, was weiter aus ihnen geworden und ob sie sich in der Zukunft besser gebettet hatten. Auch von der Tochter ist mir nichts mehr zu Ohren gekommen.

*   *   *

Gleich darauf ging ich als Passagier nach London und meldete mich sofort bei den dortigen Korrespondenten meines neuen Prinzipals. Aus deren Händen empfing ich dann auch die Instruktion, wie ich bei meinem Einkauf verfahren sollte.

Nur die wunderlichste Laune konnte dem Manne alle die tausend Bedingungen eingegeben haben, von denen ich kein Haar breit abweichen sollte. Das Schiff, das ich erstände, sollte von hundertfünfzig Lasten sein, nicht größer und nicht kleiner; es durfte nicht älter als zwei, höchstens drei Jahre alt sein; es mußte eine Bauart haben, daß es mindestens mit der halben Last zum Kolberger Hafen hereinkommen könnte; ja sogar ein vollständiges Inventarium war vorgeschrieben, das man bei dem Schiffe zu finden erwartete. Vor allem aber durfte es nicht mehr als vierhundert Pfund Sterling kosten! — Wahrlich, ich hätte Tausende zur Verfügung haben können, ohne einen solchen Phönix von Schiff zu finden. Selbst die Herren Schmidt und Weinholdt, an die ich gewiesen worden war, lachten über dies unsinnige Begehren.

Da ich es nun aber einmal angenommen hatte, wollte ich auch meine Schuldigkeit tun. So reiste ich denn in ganz England mit der Post umher, nach allen Häfen, wo nur Prisen aufgebracht worden waren. Ich ging nach Hull, nach Newcastle, nach Leeds, nach Liverpool, nach Bristol, Plymouth, nach Portsmouth, nach Dover — aber ebensogut hätte ich auch zu Hause bleiben können. Endlich stieß ich in London selbst auf ein Schiff, das mir in jeder Weise gefiel und das ich, wenn ihm auch manches mangelte, auf meine eigne Verantwortung kaufen wollte.

Als ich nun bei den Herren Schmidt und Weinholdt den ausgemachten Kredit in Anspruch nehmen wollte, erhielt ich die Antwort: „Lieber Nettelbeck, um Ihnen klaren Wein einzuschenken, müssen wir Ihnen gerade heraus sagen, daß wir auf B-ts Order auch nicht ein Pfund zu zahlen gesonnen sind. Wollen Sie aber das Schiff für sich allein und auf Ihren Namen erstehen und uns die Korrespondenz und Assekuranz

darauf überlassen, so zeichnen wir für Sie, soviel Sie verlangen. Nur mit B-r wollen wir nichts zu tun haben."

Meine Antwort ist leicht zu erraten. „Ich bin vor Zeiten
Herr eines eignen Schiffes gewesen", sagte ich, „habe aber so
ausgesuchtes Unglück damit gehabt, daß ich mirs heilig gelobt,
mich nie wieder mit dergleichen zu befassen. Es taugt auch für
keinen Schiffer, sein eigner Reeder zu sein, wenn er gleichwohl
die Korrespondenz und was dazu gehört, einem Fremden überlassen muß. – Nur, meine Herren, warum haben Sie mir
von dem Mißkredit, in welchem mein Prinzipal bei Ihnen steht,
nicht früher einen Wink gegeben? Wieviel Zeit, Mühe und
Kosten wären da gespart worden!"

Sie gestanden mir nun, sie hätten nimmer geglaubt, daß ich
ein Schiff, wie mir vorgeschrieben, auftreiben würde. Sie
hätten es darum lieber darauf ankommen lassen. – Ich mußte
mich mit dieser Antwort zufrieden geben, eröffnete ihnen aber
gleich des nächsten Tages, daß ich nach Stettin und von dort
nach Kolberg fahren werde, um dem Kommerzienrat Bericht zu
erstatten.

„Nach Stettin?" ward ich gefragt. „Das trifft sich wie gerufen. Wir haben ein Anliegen an Sie, lieber Nettelbeck, das
Sie uns nicht abschlagen können. Da ist in Stettin der Kaufmann Groß, mit dem wir in Assekuranzangelegenheiten wegen
Schiffer Lickfeld verwickelt sind. Schon seit Jahr und Tag
scharmützeln wir in Briefen hin und her und können zu keiner
Einigung kommen. Wir sind des Handelns nachgerade herzlich überdrüssig. Übernehmen Sie es doch, mit ihm zu reden
und in unserm Namen den Zwist so gut als möglich auszu-
gleichen. Sie sollen über den Stand der Dinge alle erforderliche Auskunft erhalten. Machen Sie es mit ihm ab, so gut sie
wissen und können. Ihre Vollmacht soll Ihnen auf der Stelle

ausgefertigt werden. Wir verlassen uns vollkommen auf Sie!"

„Gut und aller Ehren wert, was Sie mir anvertrauen und von mir erwarten!" erwiderte ich. „Aber kennen Sie den Mann auch, mit dem Sie mir zu tun geben wollen? Dieser Groß, meine Herren, ist ein ganz absonderlicher Patron und fängt gar leicht Feuer unter der runden Perücke. Ich entsinne mich seiner gar wohl. Anno 1764 fuhr er noch selbst als Schiffer und lag einen Winter bei uns in Königsberg mit seinem Schiffe. Damals hatte er mit allen Leuten Krakeel und Prozesse. Hat er sich seitdem, wie schwerlich zu hoffen ist, nicht geändert, so möchte ich lieber ein Kreuz vor ihm schlagen, als mir mit ihm zu schaffen machen."

Man drang jedoch so anhaltend in mich, daß ich mir endlich die bisher geführten Verhandlungen vorlegen ließ. Da die Sache festen Grund hatte und der ganze Zwiespalt nur auf einem Mißverständnis beruhte, einigte ich mich mit den Herren, wie weit ich zu gehen hätte. Ich erhielt genügende Vollmacht und machte mich nach Stettin auf den Weg. Mein erstes war es, Herrn Groß aufzusuchen, um den Strauß mit ihm auszu= fechten.

Der Mann empfing mich mit Herzlichkeit, machte allerdings große Augen, als ich ihm meine Beglaubigung vorlegte. „Hört, Nettelbeck", sagte er, mit auf die Schulter klopfend. „Nun heiß ich Euch doppelt von Herzen willkommen! Trügt mich nicht alles, so seid Ihr mein guter Engel, der mir endlich die Sorge nehmen wird, die mich manche Nacht nicht hat schlafen lassen. Topp! Was ein ehrlicher Mann tun und leisten kann, um sich das Herz leicht zu machen, dazu biet' ich freudig die Hand. Morgen machen wir die Sache ab. Heute aber kein Wort mehr davon, damit wir dies gute Glas Wein nicht verderben."

So geschah es denn auch am nächsten Tage. Wie erstaunte

ich, daß der Mann Vernunft annahm und Gründe gelten ließ. Eine Schwierigkeit nach der andern verschwand, und in weniger als drei Stunden war eine Vereinbarung getroffen, wie sie das Londoner Haus nimmer erwartet hatte. Die Herren Schmidt und Weinholdt freuten sich denn auch und vergalten mir den ihnen erwiesenen Dienst sehr angemessen.

Noch vergnügter und zufriedener aber war Herr Groß, der mir von Stund an ein sichtbares Wohlwollen zuwandte. „Aber wo wollt Ihr nun hin?" fragte er mich, als ich kam, um ihm meinen Abschiedsbesuch zu machen. – „Nach Kolberg", gab ich zur Antwort, „um meinem Prinzipal Rede und Antwort zu stehen. Was es dann weiter gibt, wird die Zeit lehren." – Hört, lieber Nettelbeck", fiel er mir ein. „Die Herren Kaufleute dort, die kenne ich! Das ist nichts für Euch! Aber einen Mann von Eurem Schlage, den hätte ich mir schon längst auf mein bestes Schiff gewünscht. Wüßte ich nicht schon von früher, was in Euch steckt, so hätte ich es doch bei unserm neulichen Geschäft erfahren. Da! Die Hand eines ehrlichen Mannes! Schlagt ein! Nehmt das Schiff, das ich hier auf Stapel stehen habe!"

Was soll ich leugnen, daß dieser Antrag meiner Eigenliebe schmeichelte. Ich nahm an, und wir setzten einen auch für mich sehr vorteilhaften Kontrakt auf.

Nunmehr ging ich auf einige Tage nach Kolberg, um mit B–r abzurechnen. Mitte Juni war ich bereits wieder in Stettin, wo ich beim Ausbau meines neuen Schiffes eifrig half. Dennoch konnte es erst im Oktober vom Stapel laufen. Ich hatte eine Fracht Balken und Stabholz abgeschlossen, die ich unverzüglich nach Bordeaux führen sollte. Den kleineren Teil der Fracht nahm ich sofort ein. Mitte November ging ich dann auf die Swinemünder Reede, um den Rest der Ladung zu empfangen.

Dies war in der schon weit vorgerückten Jahreszeit ein

194

äußerst mühseliges und langweiliges Geschäft. Der Hafen selbst war bereits mit Eis bedeckt, und jede Bootsladung Stabholz mußte sich erst vom Weststrande einen Weg durch das Eis nach dem Schiffe bahnen. Vier Wochen vergingen bei dieser Arbeit. Mit dem letzten Boote ging auch ich an Bord, um nun in See zu stechen. Um das Schiff war schon alles mit schwimmenden Eisschollen bedeckt; jeden Augenblick war ein völliges Einfrieren zu befürchten.

Neben mir auf der Reede lag ein Fregattschiff, welches gleichfalls erst in diesem Sommer in Stettin für schwedische Rechnung erbaut worden und nach Gothenburg bestimmt war. Es machte sich gerade fertig, seinen Anker aufzuwinden und die Reede zu verlassen. Wir selbst hatten noch die letzte Bootsladung Stabholz zu verstauen, bevor wir die Ankerwinde bedienen konnten. Gerne wäre ich wenigstens bis zum Sunde in Gesellschaft des Schweden geblieben, um nötigenfalls leichter Hilfe zu leisten und zu empfangen. Ich forderte deshalb den Kapitän des Schwedenschiffes auf, noch eine kleine Stunde auf mich zu warten. Das wollte er aber nicht. Er lichtete seine Anker vollends und fuhr ab.

Kaum hatte er sich eine Meile westwärts entfernt, als ich gleichfalls unter Segel ging. Es gab einen starken fliegenden Sturm, der uns zwar mächtig vorwärts brachte, aber auch die Luft mit dickem Schneegestöber erfüllte. Ich verlor den Schweden bald aus dem Gesichte. Dies Wetter hielt bis zum andern Morgen um neun Uhr an. Wir kamen dicht an das Land von Stevens. Zu unsrer nicht geringen Verwunderung sahen wir das Schwedenschiff auf dem Strande liegen. Die Sturzwellen rollten unaufhörlich drüber her, die Mannschaft hing kümmerlich in den Masten.

Ich selbst hatte alle Not und Mühe, einem gleichen Schicksal

zu entgehen und über die Landspitze von Stevens hinauszu-
kommen. Endlich gelang es. Ich erreichte die Kiögerbucht, sah
mich aber genötigt, vor stehenden Segeln zu ankern. Am nächsten Morgen schlug der Wind nach Süden um. Ich steckte eine
Notflagge auf, um Hilfe vom Lande zu erhalten. Mit meinen
Leuten allein konnte ich nicht fertig werden. Glücklicherweise
eilten auf dies Zeichen zwei Boote mit fünfzehn Mann von
Dragoe herbei. Mit ihrer Hilfe erreichte ich glücklich die Reede
von Kopenhagen. Während ich mein Schiff wieder instand
setzte, langte auch die Mannschaft des schwedischen Schiffes an.
Das Schiff selbst war gänzlich verloren gegangen.

In Bordeaux glücklich angelangt, bekam ich eine Fracht von
Wein und Zucker, die für Hamburg bestimmt war.

*　　*　　*

Hier in Hamburg fand ich eine neue Ladung für mich nach
Lissabon. Von der Reise selbst ist nichts Besonderes zu be-
richten.

In Lissabon besorgte seit langem der Korrespondent John
Bulkeley die Geschäfte des Großschen Hauses. Eines Tages
war ich von ihm zur Mittagstafel eingeladen. Auf dem Wege
zu ihm kam ich über einen großen Platz, wo ich bereits aus der
Ferne ein großes Menschengedränge bemerkte. Ich trat näher
und sah ein riesiges Zelt, auf dessen Spitze zu meiner Verwunderung die preußische Flagge wehte.

Das mußte ich mir natürlich genauer ansehen. Ich drängte
mich mit Mühe durch den Menschenhaufen, bis ich zu dem Eingang des Zeltes kam. Dort standen ein paar baumhohe preußische Grenadiere mit ihren hohen blanken Spitzmützen. Fast
hätte ich die braven Landsleute hier unter fremdem Himmel
treuherzig begrüßt, als ich noch zu rechter Zeit bemerkte, daß

196

mich ein paar Wachspuppen getäuscht hatten. Anscheinend
stand ich am Eingang eines Wachsfigurenkabinetts, dem diese
martialischen Gestalten nur als Aushängeschild dienten. Neu-
gierig beschloß ich einzutreten. Hinter solchen Türhütern mußte
wohl noch mehr stecken, woran sich ein preußisches Herz erlaben
könne.

Und so war es auch wirklich! So getreu und natürlich, als
ob er lebte, stand mitten im Zelte der alte König Friedrich. Ein
Richterschwert hielt er in der Hand, und vor ihm lag ein Mann
mit Weib und Kindern auf den Knien, die um Gerechtigkeit
zu flehen schienen. Ihm zur Rechten war eine große Waage angebracht. In der einen Schale dieser Waage thronte eine Bildsäule der Gerechtigkeit, welche die andre, die mit Papieren und
Akten angefüllt war, in die Höhe gehoben hatte. Zur andern
Seite stand eine Gruppe preußischer Generale und Justizper-
sonen. Im Hintergrunde sah man in großen leuchtenden Buch-
staben und in portugiesischer Sprache ein Schild: „Gerechtig-
keitspflege des Königs von Preußen.“ Darunter aber stand
der Name „Arnold“. – Hier war also der berühmte Prozeß
des Müllers Arnold dargestellt, der damals in ganz Europa
Aufsehen erregt hatte. Wem dennoch das Ganze unverständlich
blieb, dem half ein Ausrufer, der die Geschichte laut und pathe-
tisch herzuerzählen wußte.

Alles horchte und schien tief davon ergriffen. Auch mir armen
Narren hämmerte das Herz unterm dritten Knopfloch. Ich
wußte mich vor freudiger Wehmut kaum zu fassen. Nein, es
mußte heraus. Ich drängte mich dicht an die Gruppe heran,
und so gut ich die fremde Sprache radebrechen konnte, rief ich
aus: „Mein König! Ich bin Preuße!“ – Diese wenigen
Worte fielen den Menschen, die um mich geschart waren, wie
ein elektrisches Feuer in ihre Herzen. Die ganze Schar um-

ringte mich, sank um mich her auf die Knie und hob die Hände zu mir empor. „Gloria dem König von Preußen!" rief der eine. – „Heil ihm!" der andre. – „Heil für die strenge Gerechtigkeit!" – Und die Menge setzte schwärmerisch hinzu: „Leuchtendes Beispiel für alle Regenten der Erde! Heil ihm!" – Mit jedem Augenblicke vermehrte sich das Geschrei und Getümmel.

Soll ich noch sagen, wie tief mich dieser Auftritt erschütterte? Die Tränen drängten sich mir unaufhaltsam aus den Augen. Ich neigte mich rings herum; ich legte die Hand aufs Herz; ich dankte stammelnd und suchte einen Ausweg durch die Menge. Zwar machten sie mir willig Platz, aber sie folgten mir und riefen andauernd: „Vivat der gerechte König!" – Nie in meinem Leben fühlte ich mich geehrter und glücklicher, ein Untertan des großen Friedrichs zu sein! Mein Herz ward mir zu schwer. Ich schwankte, konnte nicht weiter und mußte mich erschöpft an eine Straßenecke lehnen.

Endlich wankte ich wieder die Gasse hinauf, aber mit einem Schweife von Menschen hinter mir, der sich mit jedem Augenblick vergrößerte und den König von Preußen laut hochleben ließ. Mit Mühe flüchtete ich mich in das Haus meines Korrespondenten. Alle Türen und Fenster waren mit verwunderten Zuschauern besetzt. Umsonst fragte man mich, was dies zu bedeuten habe. Mein bewegtes Gemüt fand keine Worte. Draußen aber stieg der freudige Tumult immer höher und höher. Um das Volk zu beruhigen, blieb mir endlich nichts übrig, als auf den Balkon des Hauses zu treten und mich ihm noch einmal zu zeigen. Ich dankte den Leuten mit bewegten Worten. Und allmählich verlief sich der Menschenstrom wieder.

Hierauf erzählte ich meinen Tischgenossen das wunderbare Erlebnis. Ich berichtete auch die Arnoldsche Prozeßgeschichte,

198

so gut sie mir bekannt war. Einer von den Kontoristen ver‑
sicherte jedoch, über diesen Gegenstand noch genauere Auskunft
geben zu können. Er holte eine kleine portugiesische Flugschrift,
die in geschichtstreuer Darstellung dem Gerechtesten der Kö‑
nige auch bei diesem Volke ein verdientes Ehrenmal setzte.

*　　*　　*

Einige Tage später sprach mich auf der Börse ein portugie‑
sischer Kaufmann an und bat mich höflich, zu Mittage sein Gast
zu sein. Nach der Börsenzeit könne ich dann mit ihm gehen.
Ich sagte zu und hatte den Mann kaum aus den Augen ver‑
loren, als mehrere Schiffskapitäne mich mit Fragen bestürm‑
ten, ob dieser Mann mir etwa bekannter sei als ihnen. Auch sie
habe er zu Tische geladen. Ich mußte das verneinen und war
gleich ihnen über seinen Einfall sehr verwundert.

Als wir nach der Börsenstunde zusammengerufen wurden,
waren wir neun Schiffskapitäne – Dänen, Hamburger, Lü‑
becker, Schwedisch‑Pommern und Danziger. Im Hause des
Gastgebers fanden wir bereits mehrere Kaufleute versammelt
und ein schmackhaftes Mahl bereitet. Es wurde wacker zuge‑
langt und zugleich tapfer getrunken. Unser Wirt verstand die
Kunst des Nötigens. Nach aufgehobener Tafel artete es bald
in ein Bacchanal aus, wo weder Maß und Anstand beobachtet
wurde. Ich kannte jedoch das Maß, welches ich nicht überschrei‑
ten durfte, um bei Verstand und Ehren zu bleiben. Und bald
ging jedes gute und böse Wort des Gastgebers verloren.
„Basta! Und keinen Tropfen mehr!" war und blieb mein letzter
Trumpf. Weniger gut kamen die übrigen Herren Kollegen
weg. Sie übernahmen sich dergestalt, daß sie zuletzt samt und
sonders unter den Tisch sanken. Ich hatte mich inzwischen mit
den anwesenden Kaufleuten unterhalten. Nach und nach ward

ich des bestialischen Anblicks satt und müde. Ich empfahl mich und begab mich an Bord meines Schiffes.

Etwas verdutzt rieb ich mir am andern Morgen die Augen, als ich unsern Wirt in Begleitung jener Kaufleute bei mir eintreten sah, welche an dem gestrigen Gelage teilgenommen hatten. Sie schüttelten mir die Hand und eröffneten mir lachend: Das gestrige Trinkfest sei von ihnen veranstaltet worden, um unter uns Neunen den rechten Mann zu finden, dem sie als den solidesten und besonnensten eine Ladung von Wert anvertrauen könnten. Einstimmig wäre die Wahl auf mich gefallen. Und so fragten sie mich denn, ob ich eine volle Ladung Tee nach Amsterdam übernehmen wolle.

Man kann sich denken, daß ich nicht nein sagte. Es war damals vielleicht eine der reichsten Frachten. Sie konnte nur einer neutralen Flagge anvertraut werden, da nämlich nach und nach auch Holland in den amerikanischen Freiheitskrieg verwickelt worden war und die Engländer alles kaperten, was für einen holländischen Hafen bestimmt und keinen solchen Freipaß hatte. Wir wurden um ein Frachtgeld von sage und schreibe: Fünfunddreißigtausend preußischen Talern einig. Dazu kamen noch fünf Prozent Havarie und zehn Prozent Kapplakengelder. Diese Kapplakengelder sind eine Art Gratifikation, welche der Schiffer von dem Empfänger der Ladung erhält und die gewöhnlich fünf Prozent der Frachtkosten beträgt.

Sowie nun mein Schiff leer war, fing ich an, den Tee einzuladen. Während dieser Zeit suchte mich ein holländischer Kapitän namens Klock auf. Er ersuchte mich, ihn samt seiner Mannschaft als Passagiere mit nach Holland zu nehmen. Da ich sein gutes und rechtliches Wesen erkannte, so stimmte ich von Herzen gerne zu. Ich erbot mich auch, ihm und seinen Leuten bis zu unsrer Ankunft in Amsterdam freie Kost zu geben.

Da er mir unterwegs von mannigfachem Nutzen sein konnte, war das Menschen- und Christenpflicht. Dann aber wollte ich auch nicht schlechter an den armen Leuten handeln als — der Kaiser von Marokko. Das war nämlich folgendermaßen gewesen:

Kapitän Klock, der in Amsterdam zu Hause war und dessen Schiff Order nach den kanarischen Inseln hatte, fand es der damaligen politischen Lage wegen ratsam, lieber unter der preußischen als unter seiner vaterländischen Flagge zu fahren. Er ging also zuvor nach Emden, gewann dort um eine Kleinigkeit das Bürgerrecht und genoß von dem Augenblick an die Rechte und den Schutz eines preußischen Untertans. So gesichert stach er in See, hatte aber das Unglück, sein Schiff an der marokkanischen Küste durch einen Sturm zu verlieren. Nur kümmerlich rettete er sich mit seinen Gefährten ans Land. Sie wurden zunächst nach Mogador geschleppt und in Ketten gelegt. Ihr Gefängnis war ein schreckliches Loch, wo sie bei Mais und Wasser in schrecklicher Angst über ihr weiteres Schicksal schmachteten. Man hatte sie verständigt: Man wisse nicht, was man mit ihnen und ihrer ans Land getriebenen Flagge beginnen solle. Die Flagge sei daher an das Hoflager des Kaisers gesandt worden; von dort erwarte man ihretwegen eine höhere Verfügung.

Nach neun Tagen endlich erschien vor ihrem Kerkerloch ein gewaltiger Trupp bewaffneter Mauren. Die Fesseln wurden gelöst. Sie wurden jeder auf einen Esel gesetzt, um eine Reise anzutreten, deren Ziel sie nicht zu erraten vermochten. Sie kamen in die Hauptstadt Marokko. Dort gesellte sich ein deutscher Diener zu ihnen, der sie laut Befehl zu dem Kaiser Muley Ismael führte. Hier wurden sie nach einigen gleichgültigeren Fragen aufgefordert, sich als Untertanen des Königs von Preußen auszuweisen. — Sie beriefen sich auf ihre Flagge.

„Wohl!" lautete die, durch den Dolmetſcher erteilte Antwort des Fürſten. „Von eurem Monarchen, ſeiner Weisheit und ſeinen Kriegen ſind ſo viele Wunderdinge zu meinen Ohren gekommen, daß es mich mit Liebe und Bewunderung gegen ihn erfüllt hat. Die Welt hat keinen größeren Mann aufzuweiſen als ihn. Als Freund und Bruder habe ich ihn in mein Herz geſchloſſen. Ich will darum auch nicht, daß ihr, die ihr ihm angehört, in meinen Staaten als Gefangene angeſehen werdet. Vielmehr habe ich beſchloſſen, euch frank und frei in euer Vaterland heimzuſchicken. Ich habe auch meinen Kreuzern anbefohlen, wo immer ſie preußiſche Schiffe antreffen, ihre Flagge zu reſpektieren und ſie ſelbſt nach Möglichkeit zu beſchützen."

Des andern Tages wurden ſie auf kaiſerlichen Befehl nach mauriſcher Weiſe neu gekleidet. Auch wurde ihnen eine anſtändige Wohnung angewieſen. Den Kapitän aber ließ Muley Ismael faſt täglich zu ſich kommen, um eine Unzahl von Fragen an ihn zu richten, die ſich ausſchließlich auf den großen Preußenkönig bezogen. Z. B.: Von welcher Statur er ſei? Wie lange er ſchlafe? Was er eſſe und trinke? Wieviel Soldaten, auch wieviel Frauen er halte? Und dergleichen mehr. Der gute Klock geſtand, er habe lügen müſſen, ſo gut er gekonnt, um der kaiſerlichen Neugierde nur einigermaßen zu genügen. Von allen dieſen Dingen wußte er natürlich herzlich wenig.

Nach drei Wochen war der Kapitän durch jene Fragen ſo in die Enge getrieben, daß er um ſeine Entlaſſung bat. Er gebrauchte die Ausrede, er müſſe eilen, um ſeinem Könige Rede und Antwort zu geben, wie gnädig der Kaiſer ſeine ſchiffbrüchigen Untertanen behandelt habe und was für freundſchaftliche Geſinnungen er gegen ihn hege. Muley Ismael entließ ſie einige Tage darauf. Unter ſicherer Begleitung ſandte

202

er sie nach dem Hafen St. Croir. Dort war dem maurischen Befehlshaber bereits aufgegeben, sie auf das erste abgehende europäische Fahrzeug zu verdingen und die Überfahrt für sie zu bezahlen. So gelangten sie nach Lissabon.

Einige Tage vor meiner Abfahrt nahm mich der holländische Konsul von der Börse mit sich nach seiner Wohnung, da er mir etwas Hochwichtiges zu eröffnen habe. Nach beendeter Mahlzeit zeigte er mir ein kleines Päckchen, etwa in der Größe eines Spiels Karten. Er sagte, es sei mit Rohdiamanten gefüllt, die in Amsterdam geschliffen werden sollten. Seine Absicht sei, mir diesen Schatz anzuvertrauen. Es seien dabei, wie üblich, hundertfünfzehn holländische Gulden Fracht für mich zu verdienen. Ich müsse aber das Päckchen unablässig bei mir tragen und niemand von meiner Mannschaft davon sagen.

Die Sache schien mir leicht, und der angebotene Verdienst war wohl mitzunehmen. Ich versprach also, mich vor meiner Abreise bei ihm einzufinden, um jenes kostbare Päckchen in Empfang zu nehmen. Es wurde dann auch in Gegenwart des Konsuls in meine Uhrtasche eingenäht. Leichten Herzens unterzeichnete ich die Quittung über den richtigen Empfang. Allein sobald ich das Haus verlassen hatte, fing auch meine heimliche Angst und Sorge an, die die ganze Reise über nicht von mir wichen. Ich wähnte, jeder, der mich ansah, wisse um mein Geheimnis und gehe mit dem Gedanken um, mich zu berauben oder gar zu ermorden. Ich kann wohl sagen, daß ich kein Geld mit größerer Unruhe verdient habe.

* * *

Nachdem ich nun gegen Ende Oktober in See gegangen war, gab es eine zwar langsame, doch im übrigen nicht ungünstige Fahrt. Am 23. November langten wir vor Texel an. Hier waren zwei englische Kreuzer stationiert. Ich mußte an Bord des einen kommen und meine Schiffspapiere zeigen. Da mein Schiff preußisch und die Ladung für portugiesische Rechnung lief, ward mir gestattet, in den Texel zu segeln. Zugleich aber gab mir der Kapitän des englischen Linienschiffes den Auftrag, dem holländischen Admiral Kinsberger, der dort mit seiner Kriegsflotte von elf Segeln lag, mit seinem Gruß auch seinen Wunsch zu melden, daß er sich je eher je lieber auf offner See mit ihm treffen würde. Es war in der Tat unbegreiflich, daß dieser sonst so wackre Seemann sich von jenen beiden Schiffen im Texel einsperren ließ.

Inzwischen war der Wind nach Osten umgesprungen und mir blieb nichts übrig, als mit der nächsten Flut in den Hafen von Texel zu lavieren. Als ich mich bei diesem Manöver dem ersten holländischen Kriegsschiffe näherte, wurde mir von einer Schaluppe gebieterisch zugerufen: „Braßt auf! Braßt auf!" – Mein holländischer Lotse wollte dem Befehl gehorchen, ich bedeutete ihm jedoch, daß wir in diesem Augenblicke dem Oststrande zu nahe wären, um das wagen zu dürfen. Wir wollten aber das Schiff wenden, damit die Schaluppe zu uns herankommen konnte.

Das geschah auch. Ein Schiffsleutnant stieg zu uns an Deck und stellte mich ziemlich barsch und patzig zur Rede: „Warum ich auf sein Kommando nicht aufgebraßt hätte? – „Mynheer", erwiderte ich, „seht da den nahen Oststrand! Wenn Ihr ein Seemann seid, so fragt Euch selbst, ob ich mich mutwillig auf den Grund setzen sollte." – Darauf war wenig zu sagen. Er fragte also nach meinem Woher und Wohin und erhielt den richtigen Bescheid. Nun wollte er noch wissen, wer ich sei und wie ich heiße. – „An meinem Namen", versetzte ich, „kann wenig gelegen sein; und aus meiner Flagge ist zu ersehen, daß ich ein Preuße bin." – Ob ich englische Kreuzer getroffen hätte, verlangte er weiter zu wissen. – „Da mögt Ihr Eure eignen Augen brauchen", war meine Antwort. „Ich bin ein neutraler Mann und mir kömmt nicht zu, Eure Feinde an Euch zu verraten."

Nun bestand er darauf, mich in meiner Kajüte unter vier Augen zu sprechen. – „Ich kann jetzt nicht in die Kajüte gehen", versetzte ich kurz. „Mein Schiff ist beim Lavieren. Ich muß auf dem Deck bleiben. In einer Stunde gehe ich zwischen Eurer Flotte vor Anker. Dann wird es noch Zeit sein, Euch in allem, was not tut, Rede zu stehen." – „Wie? Ihr wollt nicht gleich diesen Augenblick in die Kajüte kommen?" – „Jetzt sicherlich nicht." – Da ward das Bürschchen hitzig. Es griff nach der Plempe, die es an der Seite hängen hatte, zog blank und versetzte mir einen flachen Hieb über die Schulter.

Hui! Das war ein Funke in eine offne Pulvertonne. Im nämlichen Augenblick packte ich das Sprachrohr, das neben mir stand, und hieb es ihm so unsanft zwischen Kopf und Schulter, daß das untere Ende des Sprachrohrs über Bord flog. Zugleich griff ich in das Gefäß seines Degens und rang ihn aus seiner Hand. Dann packte ich den Leutnant beim Kragen und schob ihn über Bord die Treppe hinab. Er wird schwerlich gewußt haben, wie er in seine Schaluppe gekommen ist. Ich langte ihm seinen Degen nach und seine Leute stießen ab.

Unmittelbar darauf waren wir bei der Flotte angelangt und ließen den Anker fallen. Eine andre Schaluppe ruderte heran. Der Offizier, der dann zu mir an Bord kam, war ein vernünftiger Mann. Seine Fragen hatten Hand und Fuß, und darum waren auch meine Antworten bescheiden und ausreichend.

Am andern Morgen ging ich mit der Flut abermals unter Segel, um noch weiter in den Texel hinein zu lavieren. Mein

Lotse wollte, daß wir unsre Flagge wieder hissen sollten. Ich war jedoch andrer Meinung. Wir hatten den ganzen gestrigen Tag zwischen den holländischen Kriegsschiffen gekreuzt und geankert; sie mußten wissen, welchen Landes Kinder wir waren. Im Grunde wollte ich meine Flagge schonen, die bei dem Lavieren arg zerpeitscht wurde.

Als wir noch darüber beratschlagten, ward ein blinder Schuß zu mir hin abgefeuert – die übliche Mahnung, Wimpel und Flagge zu zeigen. Ich befahl stracks, ihnen den Willen zu tun. Meine Leute beeilten sich; doch zu gleicher Zeit fiel ein zweiter, diesmal aber scharfer Schuß. Die Kugel schlug dicht vor uns ins Wasser. Ehe ich mich dessen versah, fand sich auch eine Schaluppe bei mir ein. Der Offizier des Fahrzeuges forderte einen Dukaten für den ersten Schuß und zwei für den andern. Er setzte hinzu, daß dies auf Befehl des Admirals Kinsberger geschehe.

Ich gestehe, daß meine Antwort etwas unmanierlich lautete. Ich ließ ihm sagen, er möge sein Pulver und Blei auf seine Feinde und nicht auf eine respektable neutrale Flagge verschießen, die ich ihm genügend gezeigt hätte. Ich betrachte seine Schüsse als einen meinem Souverän erwiesenen Affront, über welchen ich rechten Orts Beschwerde führen werde. Jetzt gedächte ich auch nicht einen Stüber zu bezahlen.

Der Leutnant verlangte, daß ich ihm diese Antwort schriftlich gebe. Ich ging mit ihm in die Kajüte und tat ihm seinen Willen. Meiner Antwort fügte ich den Gruß hinzu, den mir der Kapitän des englischen Kreuzers an den Admiral aufgetragen hatte. Während ich schrieb, musterte der Leutnant einen Berg Zitronen, die in einem Winkel der Kajüte lagen, mit lüsternen Augen. Ich bat ihn, sich davon zu nehmen, soviel er lassen könne. Er nahm meine Einladung mit Dank an. Danach schieden wir freundlich voneinander. Ich habe auch späterhin nichts mehr von dieser Sache gehört.

Ich kam bei dem immer noch wehenden Ostwinde in dem engen Fahrwasser nur langsam vorwärts. Zu gleicher Zeit fror es so heftig und wir kriegten soviel Treibeis auf den Hals, daß ich mich oftmals vor zwei und auch drei Anker legen mußte, um dem Druck der Schollen zu widerstehen. Endlich blieb nichts andres übrig, als zunächst Medemblyck aufzusuchen. Erst im Dezember schlug das Frostwetter wieder um. Ich ging am 29. aus diesem Nothafen ab und langte am 2. Januar 1781 in Amsterdam an.

Am 24. Januar war der Geburtstag unsers großen Monarchen. Es trieb mich mit unwiderstehlicher Gewalt, diesen Tag von allen preußischen Schiffen, die im Hafen ankerten, durch Flaggenhissung und Abfeuerung unsers Geschützes feierlich begangen zu sehen. Mein Vorschlag fand bei allen meinen wackren Landsleuten allgemein freudige Zustimmung. Einen härteren Strauß aber gab es mit dem holländischen Kurantschreiber in Amsterdam auszufechten. Er verweigerte die Ankündigung dieser Feier in seinem Zeitungsblatt entweder aus echt holländischem Phlegma oder aus unvernünftiger Abneigung gegen den König auf eine so beleidigende Weise, daß ich mit dem Grobian schier handgreiflich geworden wäre. Ich ließ ihn mit Hilfe des preußischen Konsuls zur Räson bringen und für seine schmählichen Lästerungen zur Verantwortung ziehen.

Diese widrige Stimmung, die man damals in Holland allgemein wahrnehmen konnte, empörte mein Preußenherz sehr. Brachte doch gerade die preußische neutrale Flagge dieser Nation in ihrem Kriege mit England die entschiedensten Vorteile für ihren Handel. Doch selbst die holländischen Schiffskapitäne, die sich unsrer Flagge bedienten, waren durch nichts zu

bewegen, unserm Beispiele zu folgen und ihren Wohltäter und
Beschützer nach Würden zu ehren.

*   *   *

Meine eingebrachte Ladung hatte ich Mitte Februar gelöscht.
Vier Wochen später hatte ich bereits eine neue Fracht nach
Lissabon eingenommen, die in hundert Lasten Weizen, zwei=
hundert Tonnen schwedischem Teer und einigen tausend Edamer
Käsen bestand.

Wir gingen wieder in See. Ich hatte die Segel aufge=
zogen, die Anker aber nur soweit emporgewunden, daß sie vor
dem Bug noch unter Wasser hingen. Das Schiff gelangte in
Fahrt. Plötzlich sah ich ein leeres Fahrzeug auf mich zu segeln.
Es war ein Tjalk, ein auf der Zuider=See gebräuchliches, sehr
flach gebautes Boot von etwa zwanzig Lasten. Die Tjalk
mußte unausbleiblich mit uns zusammenstoßen, wenn sie nicht
noch beizeiten absteuerte. Ich griff nach meinem Sprachrohr,
lief damit nach vorne und rief hinüber: „Haltet ab! Holt euer
Ruder nach Steuerbord!" — Die beiden Menschen auf der
Tjalk, die mir bisher den Rücken gekehrt, sahen sich jetzt endlich
nach meinem Schiffe um. Sie erkannten die Gefahr, holten
aber in ihrer Bestürzung das Ruder auf Backbordseite und
gerieten dadurch gerade vor den Bug meines Schiffes.

Mein Bugspriet verwickelte sich in das Segel und die Take=
lage der Tjalk; meine Anker, die noch unter Wasser waren,
gerieten unter ihren Kimmkiel. Da sich mein Schiff bereits
ziemlich in Fahrt befand, drückte es das kleinere Boot auf die
Seite, brachte es zum Kentern und fuhr rumpelnd darüber hin,
als ob es über eine Klippe hinwegstreifte. Eine halbe Minute
später kam die Tjalk hinten in meinem Kielwasser wieder zum
Vorschein.

208

Ich war von Herzen erschrocken. Ich fürchtete, daß auch mein Schiff beträchtlichen Schaden erlitten hatte. Sofort ließ ich zu den Pumpen greifen; doch alles war dicht geblieben. Nur mein Bugspriet und seine Takelage waren derart beschädigt, daß ich den Anker wieder fallen lassen mußte, um den Schaden auszubessern. Inzwischen kamen von allen in der Nähe liegenden Schiffen Boote, um die beiden Menschen und die Tjalk zu bergen. Mit meinem eignen Schaden beschäftigt, konnte ich mich damit nicht aufhalten.

Als ich einige Tage später im Texel anlangte, fand ich einen Brief meines Korrespondenten Floris de Kinder vor. Er berichtete, daß der verunglückte Tjalken-Schiffer gegen mich klagbar geworden sei und Schadenersatz verlange. Der Korrespondent riet mir, vor dem Gericht im Texel samt meiner Mannschaft eine eidliche Erklärung über den ganzen Hergang abzugeben. Diese sollte dann an ihn gesandt werden, damit er den Ansprüchen gehörig begegnen könne. Dies geschah. Aus der gerichtlichen Vernehmung ging deutlich genug hervor, daß der Tjalkenschiffer nicht nur sein Unglück selbst verschuldet, sondern auch mir Schaden verursacht hatte. Schließlich verfolgte er seine Ansprüche nicht weiter.

Als ich aus dem Texel kam, hatte ich in den ersten drei Wochen mit widrigen und stürmischen Winden zu schaffen, die mich in der Nordsee umherwarfen. Hinter Dover wurden sie mir günstiger, obwohl sie bald zu einem starken und anhaltenden Sturm anwuchsen. Mein Schiff lief in fliegender Fahrt mit so unglaublicher Schnelligkeit dahin, daß ich den Weg von Dover nach Lissabon binnen vier Tagen zurücklegte, was wahrscheinlich noch nie geschehen war. Ich hatte einen portugiesischen Kapitän als Passagier an Bord, der wegen Unpäßlichkeit während dieser ganzen Zeit nicht aus der Kajüte ge-

kommen war. Er wollte seinen Augen nicht trauen, als er das
Verdeck bestieg und die blühenden Ufer seines vaterländischen
Tajo vor sich liegen sah. Aber wir waren ja Ketzer und standen deshalb mit den Fürsten der Finsternis in näherer Verbindung. So nur vermochte er sich eine Fahrt zu erklären, die
nicht durch die Wellen, sondern durch die Luft bewerkstelligt
sein müsse.

Ein solcher Wahn mochte einem Manne verziehen werden,
den religiöse Vorurteile befangen machten. Allein, als ich des
andern Tages an der Tafel meines Korrespondenten mehreren
englischen und amerikanischen Schiffskapitänen von der Schnelligkeit meiner letzten Reise erzählte, bemerkte ich an ihren Gesichtern und ihrem Augenblinzeln, wie wenig auch sie mir
glaubten. Ärgerlich legte ich diesen schnöden Zweiflern mein
Schiffsjournal vor und konnte damit die Wahrheit meines
Berichtes zu ihrer aller Beschämung und noch größerer Verwunderung beweisen.

Bald darauf kam ich zum Ausladen meiner Güter. Der
Teer war schon von Bord. Jetzt ging es an den Käse. Hier
aber mischte sich die Hafenpolizei von Lissabon auf eine mir
unbegreifliche Weise ein. Der Käse ward Stück für Stück aus
dem Raume gelangt und von den polizeilichen Aufsehern sorgfältig untersucht, befühlt und berochen. Alle Stücke, die eine
schlechte oder verdächtige Stelle hatten, warf man sofort in die
von Militär besetzte Barke. Als ich erstaunt nach dem Grund
eines so wunderlichen Verfahrens forschte, ward mir der Bescheid: Jeder Käse, der eine faule Stelle oder einen Druck-
fleck zeige, werde sofort ins Wasser geworfen. Er sei der Gesundheit nicht zuträglich und dürfe nicht ins Land gelassen werden. Vergebens erwiderte ich, daß in der übrigen Welt gerade
der angegangene Käse seine Liebhaber finde. Man meinte,

210

dazu gehöre auch ein ketzerischer Magen; in Portugal hingegen
müsse nach einem solchen Genuß alsobald die Pest entstehen.

Allmählich war in der Kriegsbarke ein ansehnlicher Haufen
dieser als verdächtig ausgemerzten Ware zusammengekommen.
Die Barke fuhr nun einige hundert Klafter abwärts, und dort
begann man, den konfiszierten Käse ins Wasser zu werfen.
Überall trieben die Stücke umher; aber bald machten auch
Schaluppen und andre Fahrzeuge Jagd auf eine so willkommene Beute. Die Soldaten in der Barke versuchten zwar,
diese Kapereien zu verhindern; sie schrien, schimpften und wollten sogar schießen, doch trotzdem ward ein großer Teil von diesem Pest-Käse glücklich wieder aufgefischt und ist hoffentlich
auch ohne weitern Nachteil für Leben und Gesundheit ver-
zehrt worden.

Aber auch mein Weizen machte der Polizei Sorge. Als er
gelöscht werden sollte, fanden sich sieben Polizisten ein, um seine
Beschaffenheit zu untersuchen. Unglücklicherweise waren nun
einige zwanzig Säcke durch den feuchten Dunst im Raume auf
der Außenseite mit Schimmel bedeckt. Sie wurden aufge-
schnitten und der Inhalt kurzweg über Bord geschüttet. Ich bewies ihnen, daß der Weizen in diesen Säcken nicht den minde-
sten Schaden gelitten hatte. Ich klopfte ihnen sogar auf ihre
Taschen; sie hatten nicht verabsäumt, sie mit diesem als ver-
pestet ausgeschrienen Korne dick auszustopfen. Sie schüttelten
die Köpfe und entgegneten, die eingesackten Proben seien nur
zum Futter für ihre Hühner bestimmt, und dies unvernünftige
Vieh würde sich nicht den Tod daran fressen.

Überhaupt war mein diesmaliger Aufenthalt wenig geeig-
net, mir eine vorteilhafte Meinung von den Portugiesen bei-
zubringen. Als ich eines Tages mit meinem Sohne, der mich
auf dieser Fahrt begleitete, durch eine abgelegene Gasse ging,

erblickten wir unter einem Bogengewölbe ein Muttergottes=
bild, vor welchem mehrere Kerzen brannten. An dergleichen
pflegt kein guter Katholik vorüber zu gehen, ohne seine Knie zu
beugen und seinen Rosenkranz abzubeten. Zu beidem spürten
wir keine Lust. Ich blickte daher sorgsam um mich; und da ich
nirgend eine menschliche Seele gewahrte, rief ich meinem klei=
nen Begleiter zu, schnell mit mir zu schreiten, bevor uns jemand
erblickte.

Doch in dem nämlichen Augenblick führte unser Unstern
einen liederlichen Gassenbuben herbei, der unsern Mangel an
Andacht wahrgenommen haben mochte. Er lief mit Hallo und
Geschrei hinter uns drein, riß Steine aus dem Pflaster und
bewarf uns damit. Gleich in der nächsten Minute hatte sich
ein ganzer Menschenschwarm angesammelt, der uns mit Unrat
bewarf und „Ketzer! Ketzer!" hinter uns herrief. Glücklicher=
weise konnten wir schnell um eine Straßenecke biegen, wodurch
wir dem rasenden Pöbel aus dem Gesichte kamen.

Alles dies verstärkte meinen Wunsch, diesen Hafen je eher
je lieber zu verlassen. Ich fand auch binnen kurzem eine La=
dung, die aus Zucker, Kaffee und Wein bestand und für
Hamburg bestimmt war. Aber auch hierbei setzte es zunächst
wieder Verdruß. Es gab nämlich eine Menge dänischer, schwe=
discher und holländischer Schiffe auf dem Platze, welche mir
diese vorteilhafte Fracht neideten. Da sie nun allesamt mit den
Barbaresken in Frieden lebten, ich aber, als Preuße, keine
Türkenpässe aufzuweisen hatte, sprengten sie an der Börse die
lügenhafte Nachricht aus, daß zwei Algerier vor der Mündung
des Tajo kreuzten und auf gute Beute lauerten.

In der Tat erreichten sie, daß meinen Auftraggebern un=
heimlich wurde. Einer von ihnen, der mir bereits zwei Kisten
mit spanischen Talern als Frachtgut an Bord gebracht hatte,

ließ sie zurückfordern. Er zog es vor, mir die Hälfte der ausbedungenen Fracht als Entschädigung zu zahlen. Die übrige schon eingenommene Ladung mußte ich dagegen standhaft zu behaupten. Ausgang Juli stach ich in See, ohne einen Korsaren zu erblicken. Ohne weitere Abenteuer erreichte ich glücklich und wohlbehalten die Elbe.

Noch einmal hatte ich nach Lissabon zu fahren, dann aber mußte ich mich in Hamburg entschließen, zu überwintern.

＊　　＊　　＊

Im nächsten Frühjahr neigte sich der amerikanische Krieg seinem Ende zu. Dies beeinflußte sofort auch den bisher so lebhaften Handel der Neutralen sehr ungünstig. Auch ich spürte die Folgen; ich mußte beinah den ganzen Sommer auf der Elbe liegen bleiben, ohne irgendeine mir passende Fracht zu finden. Diesen mir aufgezwungenen Müßiggang benutzte ich dazu, meine Papiere in Ordnung zu bringen und mit meinem Patron, Herrn Groß in Stettin, über sämtliche Reisen, die ich bisher für ihn gemacht hatte, abzurechnen. Ich meldete Herrn Groß auch, daß es mir unerträglich sei, mit seinem Schiffe hier noch länger untätig zu liegen und es im Hafen verfaulen zu sehen. Er möge mir gestatten, Ballast einzunehmen und nach Memel zu gehen, wo ich eine Ladung fichtener Balken für eigne Rechnung einzunehmen gedachte. Ich wollte sie nach Lissabon bringen; dort würden sie meiner Erfahrung nach mit Vorteil abzusetzen sein. Als Rückfracht ließe sich im schlimmsten Falle wiederum eine Ladung Seesalz einnehmen und nach Riga führen.

Herr Groß genehmigte diesen Plan. Da ich meine Leute schon im Winter entlassen hatte, nahm ich neues Hamburger Schiffsvolk an und begann meine Reise nach Memel Mitte August. Als wir zur Elbe hinaus und gegen Helgoland kamen, ward das Wetter regnerisch und stürmisch. Wie ich zu meinem Leidwesen bemerkte, hatte mein Steuermann etwas zu tief in die Flasche gesehen. Um acht Uhr teilte ich die Wachen ein. Mein Steuermann übernahm mit der halben Mannschaft die erste. Ich wies ihn an, auf keinen Fall östlicher als Nordost zu steuern, um nicht auf Land zu geraten.

Hierauf begab ich mich in meine Kajüte zur Ruhe. Ich war aber zu unruhig, um Schlaf finden zu können. Ich warf mich in meinem Bette hin und her, horchte auf jedes Geräusch und hörte endlich auch den Mann am Ruder toben: „Nein, es geht doch toll auf diesem Schiff her! Kein Licht beim Kompaß, kein Steuermann auf Deck! In der Finsternis weiß ich selbst nicht mehr, welchen Strich ich halten soll."

Ich fuhr mit beiden Füßen zugleich aus dem Bette und sprang aufs Verdeck. „Was steuert Ihr auf dem Kompaß?" fragte ich den Mann. Ich erhielt eine konfuse Antwort, aus welcher ich jedoch vernahm, daß ihm der Wind das Licht ausgeweht habe, welches regelmäßig neben dem Kompaß brennt. Daneben spürte ich deutlich, daß der Wind statt von Backbord von hinten kam. Der Steuermann aber lag in seiner Koje und schnarchte.

Ich weckte die Mannschaft. Es mußte Licht gebracht werden. Als ich damit den Kompaß beleuchtete, sah ich mit Todesschrecken, daß das Schiff gegen Südosten gerade auf die Küste zu fuhr. Ohne einen Augenblick zu verlieren, griff ich zur Ruderpinne und wandte das Schiff durch Süden nach Westen. Gleich darauf ließ ich das Bleilot auswerfen. Es zeigte nicht mehr als vier Klafter Tiefe an. Hätten wir nur noch ein paar Minuten länger in jenem verkehrten Kurs fortgesteuert, wir wären ohne Rettung auf den Strand gelaufen und hätten vielleicht Schiff und Leben eingebüßt.

Aber auch jetzt noch blieb es für die ersten Augenblicke zweifelhaft, ob all unsre Anstrengungen uns helfen würden. Sobald wir aber aus der dringendsten Gefahr waren, schien es mir nötig, ein Beispiel zu statuieren. Ich holte den Taugenichts von Steuermann bei den Haaren aus seiner Kammer hervor, versetzte ihm ein paar Fußtritte, wie er's verdient hatte, und hielt zugleich auch der übrigen Mannschaft eine Strafpredigt.

Volle vierzehn Tage hindurch gab es nichts als widrige Winde, die uns nötigten, in der Nordsee und bei Skagerrak umherzukreuzen. Was aber meinen Unmut noch steigerte, war der dünkelvolle und widerspenstige Sinn meines Schiffsvolks. Je länger je ungescheuter offenbarte er sich. Kam es zu verdienten Verweisen und Ermahnungen, so hieß es immer: „Pah! Wir sind Hamburger und keine Preußen! Wir kennen unsre Gesetze und Rechte; und so muß man uns nicht kommen!" — Was mich jedoch am meisten verschnupfte, war eine gegen allen Seemannsbrauch verstoßende Angewohnheit, die sie unter sich und gegen meinen Willen in Gang zu bringen suchten. Sie lagen nämlich bei Tag und bei Nacht neben ihren Tee- und Kaffeekesseln. Und so oft ich in die Kombüse sah, hingen und standen acht oder zehn solcher Kessel bei einem Feuer, mit dem man vielleicht einen Ochsen hätte braten können. Hierdurch ward nicht nur unser Kohlenvorrat unnütz verschwendet, es drohte auch dem Schiffe ständig Gefahr.

Als mir dieser Unfug endlich zu arg ward, machte ich ihnen ernstliche Vorhaltungen. Dies ginge gegen alle gute Ordnung und müsse fortan abgestellt werden. Es solle dagegen mein eigner großer Kessel fortwährend am Feuer stehen, und was ich selbst nicht brauchte, könnten sie nehmen und unter sich teilen. Allein auch das war in den Wind geredet; und mit dem

215

Tee- und Kaffeesaufen blieb es beim alten. Es schien fast so, als habe man Lust, sich um meine Gebote und Anordnung gar nicht mehr zu kümmern. Man wird sich leichtlich vorstellen können, wie mich dieser Trotz ärgerte.

Eines Abends, nach Beendigung des Gebetes, hieß ich der Mannschaft noch ein wenig sitzen zu bleiben; ich hätte ihnen etwas zu sagen. Mit Ernst und Güte deutete ich ihnen meinen festen Willen an, daß das Kunkeln mit den vielen Teekesseln von Stund an ein Ende haben müsse. Sie hingegen pochten nach gewohnter Weise unter Lärm und Geschrei darauf, daß sie Hamburger wären und keine Preußen, und daß sie sich ihr Recht nicht nehmen lassen würden. Ich hielt jedoch an mich und sagte mit möglichster Ruhe: „Ihr wißt nun meinen Willen, und das genügt!"

Am nächsten Morgen um acht Uhr stieg ich meiner Gewohnheit gemäß in den Mastkorb, um Ausschau zu halten. Zufällig richteten sich meine Blicke nach unten, und ich sah, daß mein ganzes Volk, an der Spitze der Bootsmann und der Koch, jeder seinen Teekessel in der Hand, wie verabredet von hinten nach der vorderen Luke schreitet, um sich mit frischem Wasser zu versehen. Im Augenblick ließ ich mich am nächsten besten Tau hinunter. Glücklich gelangte ich so aufs Verdeck, bevor sie die Luke erreicht hatten. Mit fester Stimme rief ich: „Was ist das? Was soll das?" – Zugleich riß ich dem Bootsmann wie dem Koch die Teekessel aus den Händen und schleuderte sie weit hinaus über Bord ins Meer.

Hui, das hieß in ein Wespennest gestochen! Die Kerle schlossen einen dichten Kreis um mich her und schrien wie unsinnig: „Schlagt zu! Schlagt zu!" – Aber keiner hatte das Herz, der erste zu sein. Diese Unschlüssigkeit gab mir Zeit, den Kreis zu durchbrechen und mit schnellen Schritten nach meiner Kajüte zu eilen. Wiewohl auch der helle Haufen mit wütendem „Halt auf! Schlagt zu! Halt fest!" hinter mir her stürzte, gelang mirs, die Kajütentür zuzuschlagen und den Riegel von innen vorzuschieben.

Meine Lage war nun bedenklich genug. Ich durfte von den erregten Meuterern leicht das Ärgste erwarten. Mein Leben und auch das Schiff war in Gefahr. Sinnend ging ich in der Kajüte hin und her. Ich überlegte, welche Maßregeln ich zu meiner Rettung treffen könnte. Endlich fiel mir ein, daß ich einen Abdruck des in Hamburg geltenden Schiffs- und Seerechts an Bord hatte.

Ungesäumt holte ich dieses Buch aus seinem Winkel hervor, schlug nach und fand denn auch Folgendes verzeichnet: „Einem Schiffer steht frei, seine Leute zu züchtigen; und es darf keine Gegenwehr geschehen. Sollte aber ein Schiffsmann sich unterstehen, seinen Schiffer zu schlagen oder sonst zu mißhandeln, so wartet seiner der Galgen, nach Hamburger Recht. Ebenso nach englischem und holländischem Seerecht. Nach dänischen und schwedischen Gesetzen wird der Verbrecher mit der Hand an den Galgen genagelt, um sechs Stunden daran zu stehen, bis ihm das Messer, womit er angenagelt ist, wieder herausgezogen worden. Nach preußischem Seerecht wird er sechs Monat in Eisen an die Karre geschmiedet."

Ich zeichnete diese Gesetzesstelle an, legte das Titelblatt mit den großgedruckten Worten „Hamburgisches Schiffs- und Seerecht" aufgeschlagen auf den Tisch und meinen kurzen, aber gewichtigen Rohrstock daneben. Nun zog ich die Glocke, die den Kajütenjungen herbeirief. — „Der Bootsmann soll zu mir kommen!" trug ich ihm auf. Eine Minute später trat der Bootsmann zuversichtlich in die Kajüte, deren Tür ich sofort hinter ihm ins Schloß warf.

„Kannst du Deutsch lesen, Bursche?" fragte ich ihn, indem ich dicht zu ihm herantrat. – „Hm, ich werde ja! Was soll's damit?" lautete die Antwort. – „So tritt her und lies diesen Titel. Das sind die Gesetze, wonach deine Vaterstadt dich und deinesgleichen richtet. Und nun lies und beherzige auch diesen Artikel hier!" – Er überflog den Paragraphen und fuhr dann heraus: „Hoho, das ist nur Gewäsch!" – „So, guter Kerl? Nun, so will ich dir zeigen, was Gewäsch ist!" – Damit griff ich nach dem spanischen Rohr und walkte ihn aus Leibeskräften durch. Das böse Gewissen erlaubte dem Buben nicht, sich tätlich zu widersetzen. Er taumelte nur stöhnend aus einem Winkel in den andern, um meinen Streichen zu entgehen. So geschah es, daß mein Strafgericht in dem engen Kajütenraum auch die Glasschränke samt den Gläsern und Tassen darin traf. In meinem brennenden Eifer achtete ich darauf aber nicht.

Endlich, als ich meinen Arm erlahmt fühlte, stieß ich den Taugenichts zur Kajüte hinaus, riegelte die Tür wieder zu und nahm mir etwas Zeit zum Verschnaufen. Der Anfang zur Wiederherstellung meiner Autorität war gemacht, und damit fiel ein schwerer Stein von meinem Herzen. Die Kerle steckten in keinen reinen Schuhen; meine Entschlossenheit verwirrte sie. Ich durfte nun aber auch nicht auf halbem Wege stehen bleiben; sie mußten noch gewichtiger fühlen, daß ich ihnen gewachsen war. Sobald ich mich demnach ein wenig erholt hatte, zog ich abermals die Schelle und ließ nunmehr auch den Koch holen.

Der Schelm hatte wohl schon erfahren, was ihn erwartete. Er gehorchte zwar, war aber so vorsichtig, die Tür gerade soweit zu öffnen, daß ich nur sein Gesicht sehen konnte. „Näher, Schurke!" donnerte ich ihm entgegen. Er hingegen suchte mich zu begütigen und bat: „O, lieber Kapitän, laßt es doch gut sein!" – Ich wiederholte meinen Befehl. Da er aber gleich=

wohl die Türe in der Hand behielt, warf ich ihm meinen Rohrstock an den Kopf. Schnell schlug er die Tür zu und zog sich
aufs Verdeck zurück. Jetzt kam es darauf an, einen entscheidenden Hauptschlag zu vollführen und die Kerle vollends zu unterjochen.

Ich überlegte, daß ich bei dem anhaltenden Gegenwinde sehr
viel Zeit brauchen würde, um den Sund zu erreichen und mein
rebellisches Volk der Obrigkeit auszuliefern. Leicht konnte sich
inzwischen ihr Mut wieder heben und noch Übleres geschehen.
Am gescheitesten also schien mirs, den nächsten norwegischen
Nothafen aufzusuchen und dort Recht und Gerechtigkeit zu
fordern.

Hierzu entschlossen, nahm ich meinen Schiffshauer unter den
Arm und kam festen Schrittes auf das Verdeck. Dem Mann
am Ruder gebot ich: „Paß auf, Junge, und steuere Nordnord-
ost!" – Die gesamte Mannschaft stand auf einem Haufen und
steckte die Köpfe zusammen. Als ich ihnen zurief, nach vorne
zu gehen und die Segel nach dem Winde zu ziehen, verrichteten
sie aber diese Arbeit pünktlich. Nur der Steuermann, der sich
wie ein Dummbart abseits gehalten hatte, trat jetzt zu mir heran und fragte verwundert: „Ei, Kapitän! Wohin denn nun?"
– Wie rief ich ärgerlich: „Ihr seid Steuermann und begreift
das nicht? Nach Norwegen geht der Kurs, und dort geradezu
auf den Galgen los. Will ich meines Lebens und Schiffes
sicher sein, so müssen binnen drei Tagen ein paar Rebellen hoch
in der Luft baumeln."

Wie es meine Absicht war, hatte diese Drohung die gesamte
Mannschaft mit angehört. Ich vernahm ihr Geflüster und sah,
wie sie miteinander etwas ernstlich beredeten. Noch konnte ich
nicht erraten, was sie im Schilde führten. Um auf alles gefaßt
zu sein, zog ich meinen Hauer blank und trat mitten unter sie.

Gebieterisch fragte ich sie, was sie wollten. – Der Bootsmann nahm das Wort und gestand zerknirscht: Sie hätten sich
übereilig vergangen; sie bäten um Vergebung und versprächen,
sich hinfüro besser gegen mich zu betragen.

„Ei wohl!" entgegnete ich ihnen; „Respekt und Gehorsam
gegen mich verstehen sich wohl von selbst. Was ich wegen der
Vorfälle über euch beschließe, muß ich mir allerdings noch überlegen. Jetzt an die Arbeit!" – Da die Kerle zu Kreuze gekrochen waren, schien mir die Fahrt nach Norwegen nur ein unnötiger Zeitverlust zu sein. Es war wohl besser, auf See zu
bleiben und die Reise möglichst zu beschleunigen. Ich rief die
Mannschaft also aufs neue zusammen und erklärte ihnen, daß
ihr böser Handel fürs erste mit dem Mantel der Liebe zugedeckt
sein solle; alles weitere werde sich zur Zeit finden.

Ich änderte meinen Kurs wieder nach Osten gegen das
Kattegat. In der Nacht vom 2. zum 3. September überfiel
uns ein dermaßen schrecklicher Sturm aus Nordost, wie ich
ihn kaum jemals erlebt habe. Und in dieser Meerenge bedeutete
er doppelte Gefahr. Am Abend vorher zählte ich im Umkreise
von etwa zwei Meilen nicht weniger als zweiundvierzig Segler, die gleich mir nach dem Sunde steuerten. Der Sturm verstärkte sich von Stunde zu Stunde. Ich konnte schließlich keinen
einzigen Lappen Segel führen und mußte mit jeder Woge
fürchten, auf eine Klippe zu stoßen, welche es hier meilenweit
vom Lande Hunderte gibt. Am nächsten Morgen aber waren
von jenen zweiundvierzig Schiffen nah und fern nicht mehr als
vierzehn zu erblicken. Gewiß war der größte Teil der fehlenden
in dieser entsetzlichen Nacht gescheitert.

Alsobald stieg wieder ein freundliches Wetter auf, das uns
glücklich nach dem Sunde führte. Und schon am Abend des nächsten Tages gelangte ich mit gutem steifen Wind in Memel an.

Obwohl kein Freund tyrannischer Härte und auch hier nicht von einer besonderen Rachsucht getrieben, hielt ich es doch für richtig, meine Schiffsmannschaft wegen angezettelter Meuterei bei dem Seegericht in Memel sofort nach meiner Ankunft anzu= klagen. Die Sache ward untersucht, und der Spruch fiel dahin aus, daß dem Bootsmann als Rädelsführer hundert Stock= prügel in zwei Tagen, dem Koch fünfzig und noch einem Ma= trosen fünfundzwanzig aufgezählt werden und sie ihrer verdien= ten Gage verlustig gehen sollten, welche den seefahrenden Ar= men zuerkannt wurde. Nach empfangener Strafe aber sollten sie über die preußische Grenze gebracht werden.

Laut diesem Urteil wurden sie sogleich in die Militärwache abgeführt. An dem dazu bestimmten Tage wurden ein paar Unteroffiziere beordert, die Strafe an ihnen zu vollziehen. Ich hielt es für richtig und wohlgetan, meine übrige Mannschaft dorthin zu führen, damit sie sich die Exekution ansähen und eine Lehre daraus zögen. Die drei Kerle traten ziemlich keck aus dem Wachloche und schienen den Korporalstock wenig zu fürchten. Man entkleidete sie aber bis aufs Hemd und be= raubte sie dabei der warmen Fütterung, wodurch sie sich geschützt geglaubt hatten.

Ich war froh, ihrer los und ledig zu sein, und nahm für sie drei englische Matrosen an, welche von einem Schiff in Libau heimlich geflohen waren.

* * *

Während meines Aufenthaltes in Memel hatte ich die Freude, ganz unvermutet in dem Post= und Bankdirektor W. einen treuen Schulkameraden wiederzufinden, der mich mit Herzlich= keit aufnahm. Zufällig traf ich auch mit dem ehemaligen Kol= berger Kaufmann Seeland zusammen, dessen Tochter Dörtchen

mir einst nach meinem verunglückten Turmritt ihre Frühstücks-
semmel zugesteckt hatte. Dörtchen begleitete ihren Vater jetzt
nach der Insel Oesel, wo der gute verarmte Mann bei seinem
Sohne, einem dort wohnenden Prediger, Zuflucht und Unterstützung suchte. Besonders meiner jugendlichen Wohltäterin
wegen dauerte mich das Schicksal dieser Familie sehr, und ich
war glücklich, daß ich meine Dankbarkeit wenigstens etwas
zeigen konnte.

Übrigens machte ich in Memel für meinen Patron ein noch
besseres Geschäft, als ich gehofft hatte. Anstatt eine Ladung
für eigne Rechnung einzunehmen, fand ich Gelegenheit, mit
Herrn Kaufmann Wachsen eine leidlich gute Fracht auf Lissabon über eine Partie Schiffsmasten, fichtene Balken und
Stangeneisen abzuschließen.

Mitte Januar 1783 langten wir diesmal in Lissabon an.
Zufällig ankerten wir neben einer amerikanischen Fregatte von
vierundvierzig Kanonen. Wie ich einige Tage später gesprächs-
weise erfuhr, war der Kapitän dieses Schiffes ein Deutscher
namens Johann Ollhof. Ich erinnerte mich, im Jahre 1764
einen Matrosen Johann Ollhof im Dienst gehabt zu haben,
der mit meinem Willen entlief und von dem ich seitdem nie
wieder gehört hatte. Ich war zu jener Zeit im Begriff, mit
meinem Schiff wieder nach der Heimat zurückzukehren. An
einem Sonnabend trat dieser Ollhof zu mir in die Kajüte und
beschwor mich um alles in der Welt, ihn hier zu entlassen; in
der Heimat erwarte ihn der leidige blaue Rock, und dann sei
er zeitlebens eine unglückliche und verlorene Kreatur. – „Hört,
Johann", war meine Antwort, „ich mag Euer Unglück nicht,
will aber im übrigen von dem, was Ihr tut, nichts wissen." –
Er verstand mich, erinnerte aber noch an seine Monatsgage von
vierundzwanzig Gulden, die er bei mir gut hatte. – „Nun",

unterbrach ich ihn, „morgen ist Sonntag, wo wohl einige von unsern Leuten an Land gehen und auch Geld von mir fordern werden. Dann läßt sich darüber reden."

Sonntag morgen kamen drei meiner Matrosen, mit ihnen auch Johann, um sich Urlaub und auch Geld dazu von mir zu erbitten. Ich entließ sie mit der Ermahnung, keine Händel anzufangen und sich bei guter Zeit wieder an Bord einzufinden. Jeder erhielt ein paar Gulden. Doch als Johann seinen vollen Lohn forderte, stellte ich mich zum Schein befremdet, bis er mir erklärte, daß er seinen Geschwistern daheim allerlei Geschenke zugedacht habe, die er für das Geld hier einzukaufen gedenke. Am Abend dann stellte sich mein Johann Ollhof nicht wieder ein. Natürlich gab ich mir auch keine sonderliche Mühe, seiner wieder habhaft zu werden. So blieb er seinem guten oder bösen Geschick überlassen.

Während meines jetzigen Aufenthaltes in Lissabon hörte ich auf der Börse zufällig einen Kaufmann nach dem Kapitän Johann Ollhof rufen. Gleich darauf wandte sich ein Mann zu dem Kaufmann hin, in welchem ich trotz der glänzenden Uniform augenblicklich meinen ehemaligen Deserteur erkannte. Rasch trat ich auf ihn zu. „Ist's möglich?" fragte ich. „Johann Ollhof, seid Ihr es?" – Verwundert sah er mir ins Gesicht, erkannte mich aber im nächsten Moment ebenfalls und fiel mir mit dem Freudenruf um den Hals: „Kapitän Nettelbeck, Sie find' ich hier wieder? O, tausend Mal willkommen in meinen Armen!"

Nun gab es auf beiden Seiten unzählige Fragen und Erkundigungen. Er war nach mancherlei Glückswechsel nach Nordamerika verschlagen worden und hatte im Seedienst der jungen Republik eine schnelle Karriere gemacht. Ich sollte am Nachmittage zu ihm an Bord kommen, wohin er mich abholen lassen wollte. Ich berichtete ihm, daß der Zufall uns zu nahen Nach-

barn gemacht hätte, und meinte, daß es ihm als den Jüngeren
wohl gezieme, mir den ersten Besuch zu machen. Ich hätte zu=
dem ein Schiff, das sich nicht zu schämen brauchte, einen so lie=
ben Gast zu empfangen. Er gab mir recht und versprach, bei
mir zu erscheinen.

Zur abgemachten Zeit legte seine mit zwölf prächtig unifor=
mierten Ruderern besetzte Schaluppe bei mir an. Er kam, von
einigen seiner Offiziere begleitet, an Bord. Das Verdeck war
noch zum Teil mit Eisenstangen belegt, die gerade ausgeladen
werden sollten, und das Schiff ging überhaupt ein wenig tief.
Kaum angekommen, machte er hierüber seine Bemerkung, er
rief: „Mein Gott, Freund, wie können Sie Ihr Leben auf so
einem Kasten wagen?" – Ich will nicht leugnen, daß mich die=
ser Hochmut ein wenig verdroß. Drum versetzte ich: „Johann
Ollhof, mir deucht, solange Ihr noch ein Preuße hießet, habt
Ihr wohl nie das Glück gehabt, auf einem solchen Schiffe zu
fahren."

Er erwiderte nichts darauf. Obwohl ich es in der stattlichen
Aufnahme meiner Gäste an nichts fehlen ließ, fühlte ich mich
doch verstimmt. Ja, als er beim Abschiede freundlich bat, seinen
Besuch baldigst zu erwidern, brach mein Groll hervor. „Ich bin
nicht gut auf Euch zu sprechen, Kapitän", gestand ich ihm. „Ihr
habt mein Schiff beleidigt." – Er wiederholte seine Ein=
ladung nur um so herzlicher und bat zugleich um Verzeihung
wegen seiner nicht böse gemeinten Äußerung. Allein Herz und
Sinn hatten sich bei mir von ihm abgekehrt. Ich konnte mich
nicht entschließen, zu ihm an Bord zu gehen und habe ihn auch
nicht wiedergesehen.

Überdem gab es bald allerlei Verdrießlichkeiten, die meine
Gedanken auf andre Dinge lenkten. Gerade damals lag eine
starke englische Kriegsflotte im Tajo. Ich aber hatte, wie be=

224

reits erwähnt, drei in Memel angenommene englische Matrosen im Dienst, welche mit ihren Landsleuten von jenen Schiffen häufig zusammenkamen und sich ohne Zweifel ihre gute und bequeme Stellung verleiden ließen. Denn eines Tages traten sie in meine Kajüte und erklärten, daß sie es vorzögen, unter ihren Freunden und Landsleuten auf der Flotte zu dienen. Sie forderten daher ihre Entlassung, wie aber auch ihre rück= ständige Löhnung. Diese betrug für jeden etwas über sechzig Taler.

„Kinderchen", erwiderte ich ihnen, „Ihr steht alleweile auf einem preußischen Schiffe und im preußischen Dienste, seid also auch vorderhand nicht Engländer, sondern Preußen. Daß ich euch eure Löhnung auszahle oder euch gar freigebe, daran ist gar nicht zu denken." – Freilich mochten sie sich durch diesen Bescheid nicht sonderlich befriedigt fühlen.

So geschah es denn wohl auf ihr Betreiben, daß wenige Tage nachher ein Offizier von der britischen Flotte bei mir er= schien. Er verlangte im Auftrage seines Admirals die Aus= lieferung der drei englischen Untertanen und deren volle Ent= schädigung für den bisherigen Dienst.

Ich schwieg zunächst, ließ aber heimlich die preußische Flagge aufziehen. Dann sagte ich, indem ich auf sie wies: „Sehen Sie, mein Herr, unter dieser Flagge stehen jene drei Leute im Dienst; und ich kenne kein Gesetz, das mich verpflichtet, sie hier in einem fremden Hafen zu entlassen. Jedem weiteren Vor= gehen des Herrn Admirals sehe ich in Ruhe entgegen."

Eine Vorladung vom portugiesischen Seegericht ging bald darauf bei mir ein. Ich sollte meinen Standpunkt im Beisein des Admirals verantworten. Jetzt ward also der Handel ernst= haft. Ich hielt es für geraten, zu unserm preußischen Gesandten, Herrn von Heidecamp, zu gehen, dem ich die Angelegenheit vortrug. Gleichzeitig bat ich ihn um Verhaltungsmaßregeln. Er sagte, falls ich nicht wollte, könnte niemand mich zwingen, die Leute freizugeben; noch weniger, ihnen ihre Löhnung auszuzahlen, welche nach Recht und Gesetz dann erst fällig sei, wenn mein Schiff wieder einen preußischen Hafen erreicht habe. Zugleich unterrichtete er mich genau, wie ich mich vor Gericht zu verhalten hätte. Er fügte hinzu: Ich solle im übrigen unbesorgt sein, er werde bei dem Termine gleichfalls erscheinen.

Am nächsten Tage fanden wir beim Seegericht den englischen Admiral mit zwei Flottenkapitänen bereits vor. Der Admiral eröffnete die Verhandlung, indem er mit aller Bestimmtheit forderte, daß die drei britischen Untertanen in seinen Dienst ausgeliefert würden. Meine Weigerung stützte sich auf die Gründe, welche ich schon angeführt habe. Ja, ich war so leck, zu bemerken: Ohne Zweifel befänden sich auf seiner Flotte viele gebürtige Preußen. Ob er sich für verpflichtet hielte, diese auf mein Verlangen zu entlassen?

„Topp!" rief er freudig aus. „Ich gebe drei Preußen von meiner Flotte für die drei Engländer!" – „Ein Anerbieten," entgegnete ich, „das aller Ehren wert ist, wenn ich nur hoffen dürfte, anstatt der tüchtigen Leute, die mir abgefordert werden, etwas Besseres als den Ausschuß von der ganzen Flotte zu empfangen. Und mit dem ist mir nicht gedient." – Sofort auch nahm der Gesandte das Wort. Da ich sah, daß der Handel sich zu einer Ehrensache zwischen ihm und dem Admiral auszuwachsen begann, hörte ich mir den lebhaften Wortwechsel der beiden seelenruhig mit an. Am Ende erkannte das Gericht die Matrosen schuldig, auf meinem Schiffe zu verbleiben, bis sie in dem nächsten preußischen Hafen, den wir erreichten, abgelöhnt werden könnten.

So war nun zwar dieser Strauß glücklich und mit Ehren

ausgefochten, allein einige Tage nachher machten sich die drei
Kerle aus dem Staube und flohen auf die Flotte zu ihren
Landsleuten. Ihre Monatsgelder hatten sie im Stich gelassen.
Mochten sie laufen! Ich konnte sie entbehren.

*   *   *

Jetzt mitten im Winter war eine vorteilhafte Fracht nicht
wieder zu finden. Nach Süden, ins Mittelländische Meer,
durfte ich mich nicht wagen, da ich keine Türkenpässe hatte; und
in der Nord= und Ostsee hatte der Frost die Schiffahrt unmög=
lich gemacht. Ich mußte also bis in den Monat März die
Hände in den Schoß legen. Da mir auch dann keine Fracht
nach meinem Sinne angeboten wurde, entschloß ich mich, eine
Ladung Salz für eigne Rechnung zu kaufen und nach der Ost=
see zu bringen.

Ich war noch mit dem Einladen beschäftigt, als ein West=
sturm mehrere Schiffe von den Ankern trieb. Unter diesen war
auch ein unbeladenes portugiesisches Schiff, welches einige
hundert Klafter weit vor uns lag. Es rückte meinem Fahrzeug
gerade auf den Hals. Da sich dort nur zwei Jungen an Bord
befanden, hatten wir Mühe, es nur soweit abzulenken, daß es
endlich uns zur Seite zu liegen kam. Trotzdem war bei dem
anhaltenden Unwetter nicht zu verhindern, daß es unaufhör=
lich gegen unsern Bug stieß und drängte. Ich war sehr besorgt,
daß beide Schiffe dadurch beschädigt werden könnten. Wir
mußten das fremde Fahrzeug von unserm abbringen.

Ich sagte das meiner Mannschaft, und wir machten uns auch
sogleich ans Werk. Als wir dazu nun auf das portugiesische
Schiff hinübersprangen, bekamen jene beiden Jungen einen
Todesschrecken. Sie schrien aus voller Kehle und lockten damit
im Nu ihre Landsleute von fünf, sechs der nächstgelegenen

Fahrzeuge herbei. Dies Gesindel nahm sich nicht die Zeit, uns anzuhören oder sich mit uns zu verständigen. Augenblicklich gab es ein wildes Zuschlagen auf uns mit Knütteln, Handspaten und Bootshaken, so daß wir auf unser Schiff flüchten mußten.

Doch auch hiermit nicht zufrieden, verfolgten uns unsere Gegner, die die Übermacht hatten, auf unser eignes Verdeck und trieben uns immer mehr in die Enge. Mein Steuermann erhielt einen Schlag, daß er zu Boden stürzte. Ich selbst flüchtete in die Kajüte, während sich meine Leute in ihrem Raum einschlossen, um den Gewalttätigkeiten der Portugiesen nicht mehr ausgesetzt zu sein. Endlich ging die wilde Rotte wieder auf ihre Schiffe zurück. Das portugiesische Schiff aber blieb an meiner Seite liegen. Die ganze Nacht hindurch arbeitete es gegen mein Schiff an und rieb an der Bordwand.

Die Folgen zeigten sich bald. Ganze Planken trieben in Stücken von seiner Seite hinweg; der Fockmast war über Bord gefallen, und der Rumpf neigte sich wie ein zerschelltes Wrack seitwärts. Allein auch bei mir hatte es Beschädigungen gegeben, die mir die Galle ins Blut trieben. Wie leicht wäre das alles zu vermeiden gewesen, wenn das Recht und die Vernunft nicht der verstandlosen Gewalt hätten weichen müssen.

Größer noch wurde mein Ärger, als einige Stunden später der Kapitän des portugiesischen Schiffes zu mir an Bord kam. Ich kannte ihn flüchtig; wir hatten uns verschiedentlich im Kontor meines Korrespondenten, Herrn Bulkeley, getroffen und an dessen Tische gespeist. Sein Name war Sylva. Erregt fuhr er auf mich los, ich solle ihm den Schaden ersetzen. Nur mit Mühe mäßigte ich mich. Wenn er das Schiff mit der notwendigen Mannschaft besetzt hätte, gab ich ihm gelassen zur Antwort, wäre das Unglück nicht geschehen oder doch geringer ausgefallen. Er war aber nicht in der Verfassung, Vernunft anzunehmen, sondern fuhr drohend und scheltend wieder an Land.

Nach ein paar Stunden ließ er sich abermals bei mir blicken. Diesmal begleitete ihn ein Notar, der mir ein Schriftstück von anderthalb Bogen vorlegte und mich aufforderte, darunter meinen Namen zu setzen. – „Unter eine Schrift in einer Sprache, die ich nicht verstehe?" gab ich zur Antwort. „Keinesfalls, meine Herren! Geht damit, wenn es euch beliebt, zum preußischen Konsul. Dort werde ich mich gleichfalls einfinden."

Ich ging auch sofort zu diesem Konsul, um ihn von dem unangenehmen Vorfall zu unterrichten und mich mit ihm zu beraten. Er forderte mich auf, am Nachmittage mit meinem Schiffsvolk vor ihm zu erscheinen, damit wir in Gegenwart eines Notars über den wahren Verlauf der Sache eidlich vernommen werden könnten. Auf dem Rückwege stieß ich auf meinen Korrespondenten Bulkeley. Er sagte mir, daß ihm Kapitän Sylva über das bewußte Ereignis soeben eine schriftliche Erklärung vorgelegt hätte, die er auch unbedenklich mit meiner Unterschrift versehen habe.

„Wie?" rief ich verwundert. „Unterschrieben mit meinem Namen? Unterschrieben ohne mein Wissen und ohne meine Einwilligung? – Von diesem Augenblick, Herr, sind Sie nicht mehr mein Korrespondent. Ich fordere Sie auf, mir den Abschluß meiner Rechnung vorzulegen." Er zauderte. Ich erklärte ihm aber so fest und bestimmt, ich würde ohne Abrechnung nicht vom Platze weichen, daß er sich endlich meinem Verlangen fügen mußte.

Es war notwendig, den Konsul augenblicklich von diesem Schurkenstreiche in Kenntnis zu setzen. Bulkeley verdiente die Bezeichnung Schurke mit vollem Rechte; denn, wie erst später

an den Tag kam, war er auch Reeder des Schiffes, welches
Kapitän Sylva führte.

Der Konsul tröstete mich. „Ruhig, mein Freund! Holen
Sie mir nur Ihre Leute zur gerichtlichen Vernehmung her und
lassen Sie mich dann für das übrige sorgen." — Die Vernehmung ward auch gleich am nächsten Morgen mit allen Förm-
lichkeiten vorgenommen. Das Original dieser Erklärung blieb
in den Händen des Konsuls; ich versäumte aber nicht, durch
den Notar eine beglaubigte Abschrift ausfertigen zu lassen, die
ich selbst behielt.

Meinem wackern Beschützer sagte ich noch, daß ich in zwei
oder drei Tagen abzufahren beabsichtige. Ich müsse aber wohl
von meinem Widersacher jede Art von Schikane, also auch eine
Beschlagnahme meines Schiffes erwarten. — „Dann bin ich
es, der Kaution für Sie leistet, und, wenn Sie abgesegelt sind,
den Prozeß für Sie führt", erwiderte der Konsul. So getröstet,
nahm ich nun den Rest meiner Salzladung ein und ging am
dritten Tag darauf unter Segel, ohne daß mir auch ein Mensch
etwas in den Weg legte.

An Stelle der entlaufenen drei Engländer glückte mirs, noch
am Tage vor meiner Abreise zwei schwedische Matrosen zu erhalten. Daneben kundschaftete ich auch noch einen dienstlosen
Engländer aus, den ich in seiner Schlafstelle aufsuchte und in
meinen Dienst nahm. Freilich mußte ich ihn bei seinem Wirte
erst mit einem vollen Monatsgeld auslösen. Doch gerade darauf mochte der Kerl spekuliert haben. Denn kaum war er mit
mir auf der Straße, so versuchte er mir wieder zu entlaufen.
Ich schrie hinter ihm drein, bis er von andern Leuten festge-
halten und zu meiner mit vier Mann besetzten Schaluppe gebracht wurde.

Es war begreiflich, daß es diesem Menschen auf meinem

Schiffe nicht sonderlich gefiel. Am nächsten Morgen, als wir in See gehen wollten, legte er sich der Länge nach aufs Verdeck, mochte nicht arbeiten und gab vor, krank zu sein. Bei näherer Untersuchung stellte sich das als falsch heraus. Nun bequemte er sich endlich, mit Hand anzulegen. Dennoch machte er mir später noch sehr viel Verdruß.

Als wir zum Tajo herausgekommen waren, stellte sich heraus, daß unser Schiff ein Leck hatte. Das Wasser im Schiff nahm bald so überhand, daß wir unser Fahrzeug mit beiden Pumpen kaum über Wasser halten konnten. Zudem stand der Wind vom Lande, es war also unmöglich, wieder in den Hafen zurückzusteuern.

Wir mußten das Leck ausfindig machen, um ihm womöglich beizukommen und es zuzustopfen. Die Gewässer des atlantischen Ozeans sind in dieser Gegend so klar und durchsichtig, daß man auch in eine größere Tiefe ziemlich deutlich sehen kann. Wir entdeckten dann auch, daß ungefähr vier bis fünf Fuß unter der Wasseroberfläche Späne von der äußeren Haut abstanden. Unstreitig war das ein trauriges Andenken an den Zusammenstoß mit dem portugiesischen Schiffe.

Wir mußten das Leck schleunigst abdichten. Ich ließ sogleich eine von den Zitronenkisten zerschlagen, die wir in Lissabon eingenommen hatten. Ich nahm den biegsamen Boden davon und schnitt dann aus meiner mit Baumwolle gesteppten Bettdecke ein genau so großes Stück. Das Zeug und den Kistenboden teerte und talgte ich auf beiden Seiten und nagelte sie zusammen. Darauf wurden am Rande acht bis zehn Löcher gebohrt und in jedes Loch ein Nagel gesteckt. Diese Nägel umwickelte ich mit etwas Werg, damit sie nicht etwa wieder herausfielen.

Nun sollte sich einer von meinen Leuten rittlings auf den

vierbeinigen Bootsanker setzen. Damit wollten wir ihn bis zu dem Leck hinunterlassen, damit er das präparierte Brett über der schadhaften Stelle festnagelte. Aber keiner wollte diese halsbrecherische Wasserfahrt wagen. Nicht einmal um eine Monatsgage, die ich dafür zahlen wollte. Ich machte ihnen klar, daß wir alle ohne Barmherzigkeit ersaufen müßten, wenn sie dies kleine Wagnis scheuten. Ich bat, ich flehte; ich schalt und drohte. Aber die feigen Seelen sahen mich verdutzt an und blieben bei ihrem Kopfschütteln.

„Nun denn!" sagte ich endlich ingrimmig. „So will ich selbst der Mann sein, der sein Leben für euch Feiglinge in die Schanze schlägt!" – Dabei war wenig Prahlerei. Ich hatte als junger Bursche mit meinen Spielkameraden das Schwimmen und Tauchen fleißig geübt und war oftmals bis dreißig Sekunden unter Wasser geblieben. Hoffentlich hatte ich diese kleine Kunst in den drei Dutzend Jahren nicht wieder verlernt. Und sollte ich dennoch ertrinken, so konnte es mir gleich sein, auf welche Weise das geschah.

Ich nahm also getrost meinen Platz auf dem Bootsanker ein, an dessen Tau mich meine Leute hinablassen mußten. Nach meiner Anweisung sollten sie, von dem Augenblick an, wo ich mit dem Munde unter Wasser käme, langsam zu zählen beginnen und mich bei fünfundzwanzig hurtig wieder emporziehen. Ich beeilte mich möglichst; zwei, drei tüchtige Schläge auf jeden Nagelkopf, und das Brett saß fest. Der Sog des Wassers nach innen tat das übrige und trieb die Fasern der Decke in die offenen Fugen. Ich war fertig mit meiner Arbeit, aber meine Leute droben dachten noch immer nicht daran, mich wieder hinaufzuziehen. Endlich, nach einigen Sekunden, brachten sie mich wieder an Gottes freie Luft. So war das Abenteuer glücklich überstanden.

Aber hatten wir damit auch etwas gewonnen? Wir eilten an die Pumpen. Sie schafften das eingedrungene Wasser. Es verminderte sich sichtbar. Wir durften es wagen, nur mit einer Pumpe die See zu halten.

Unsre Reise ging nun ohne Zwischenfall weiter. Im Kanal stießen wir auf ein englisches Kriegsschiff, welches meine Schiffspapiere zu sehen verlangte. Ich erwiderte, ich sei bereit, sie vorzuzeigen, doch nur auf meinem eignen Schiff. So kam denn ein Offizier in der Schaluppe zu mir herüber. Während er in der Kajüte meine Papiere durchsah, machte sich mein englischer Matrose, von dem ich oben schon erzählt habe, an seine Landsleute in der Schaluppe heran, die zum Teil auch auf das Verdeck gekommen waren. Als ich meinen Gast aus der Kajüte zurückbegleitete, stellten jene Engländer ihrem Leutnant meinen Matrosen vor. Er werde wider seinen Willen hier zurückgehalten; und er selbst erklärte, daß er Lust hätte, auf dem englischen Schiff zu dienen.

„Den Menschen nehme ich auf der Stelle mit", wandte sich der Offizier an mich. „Ihr habt kein Recht an ihm." — „Nun, so will ich doch sehen, wer mir auf offner See auch nur meinen schlechtesten Kajütenjungen wider meinen Willen wegnimmt", war meine Antwort. „Dazu fehlt Ihnen jede Berechtigung." — Doch der Matrose wartete das Ende des Wortwechsels nicht erst ab, er war bereits mit seinen Landsleuten in die Schaluppe gesprungen. Ich bedachte mich indes keinen Augenblick, ihm zu folgen, und war dabei, ihn, wie sehr er sich auch sträubte, an Bord zurückzuziehen. Jetzt kam auch der Leutnant herab und verlangte, daß ich die Schaluppe verlasse.

Natürlich weigerte ich mich. Als er drohte, daß er abstoßen und nach seinem Schiffe fahren werde, versicherte ich, ich werde ohne meinen Matrosen nicht vom Flecke weichen. Schleppe er mich aber nach dem Kriegsschiffe hinüber, so übernähme er für mein Schiff und alles, was ihm begegnen könne, die Verantwortung. Trotzdem fuhr er ab. Ich hatte kaum Zeit, meinem Steuermann zuzurufen, er möge sich während meiner Abwesenheit in der Nähe des Kriegsschiffes halten.

Nachdem dem englischen Kapitän der Handel vorgetragen worden war, erklärte er, der Kerl sei ein Brite, und er werde ihn auf seinem Schiff behalten. – „Dann, mein Herr", entgegnete ich ihm, „mögen Sie auch mich hier behalten. Ich bleibe, wo mein Matrose ist. Und mein Schiff dort schwimmt und sinkt von diesem Augenblick an auf Ihr Risiko. Tun Sie nun, was Ihnen beliebt! Totschlagen können Sie mich vor so vielen Augen nicht."

Der Kapitän schien einigermaßen stutzig zu werden. Er ging mit mehreren Offizieren in die Kajüte – wahrscheinlich, um sich mit ihnen zu beraten. Als sie wieder zum Vorschein kamen, stieß der eine und andre von ihnen meinem aufsässigen Matrosen in die Zähne und in die Rippen und so wieder in die Schaluppe hinein. Ich folgte ungenötigt und wurde mit meinem Ausreißer wieder an mein Schiff gebracht. Damit mein Matrose nicht gar so glimpflich davonkam, ließ ich ihn mit Händen und Füßen an das große Spill binden und so sein Gat durch meine Leute mit einer Anzahl wohlgemessener Tauhiebe heimsuchen. Die Kur schien auch für den Rest der Reise nicht ohne gute Wirkung zu bleiben.

* * *

Nachdem wir die Küsten von Dover und Calais aus dem Gesichte verloren hatten, waren wir elf Tage lang von meist stürmischen Winden in der Nordsee umhergeworfen worden. Während der ganzen Zeit hatten wir weder Jütland, noch Nor-

234

wegen oder sonst ein Land erblickt. Dennoch wagten wir uns im Vertrauen auf unsre Schiffsrechnung und einigen astronomischen Beobachtungen um die gefährliche Spitze von Skagerrak ins Kattegatt hinein. Es glückte, aber gerade hier überfiel uns nunmehr auch ein schrecklicher Sturm aus Norden, der so hart in unser dicht gereeftes Fock- und Vormarssegel blies, daß bald die Fetzen davonflogen.

Danach wollte sich unser Schiff nicht mehr vor dem Winde steuern lassen. Es sollte eine andre Focke untergeschlagen werden, allein das Schiff arbeitete und schlingerte in der brausenden, kochenden See mit den vielen Klippen so gewaltig, daß wir kaum die Augen aufmachen konnten. Das neue Focksegel ward zwar aus der Segelkammer hervorgezogen und an die Rahe geschlagen. Doch sobald die Stange in die Höhe ging, peitschte auch dieses Segel mit seinen Zipfeln dergestalt um sich, daß es in den nächsten Augenblicken ebenfalls in Lappen davongeführt wurde. Ich schrie meinen Leuten, die oben in den Masten saßen, zu, die Fäuste wie brave Kerle zu rühren und das Segel unter die Rahe zu bringen. Endlich stieg ich selbst hinauf und mußte mich überzeugen, daß das unmöglich war. „Brandung leewärts!" ward in diesem Augenblick geschrien. Jetzt mußte sich unser Schicksal entscheiden! Da das Schiff dem Ruder nicht mehr folgte, war hier alle Steuerkunst vergebens. Wir wurden in unsern Untergang getrieben, und saßen nach wenigen Augenblicken auf einem Felsen fest. Sogleich auch stürzte die stürmende See in furchtbaren Wogen über unser Schiff hinweg, daß der Schaum bis hoch an die Mastkörbe spritzte. Es wurde durch die gewaltigen Stöße am Boden durchlöchert und lief voll Wasser. So war denn an ein Abkommen von dieser Klippe und an Rettung des Schiffes gar nicht mehr zu denken.

Das Unglück traf uns am 11. Mai abends um neun Uhr. Auf dem Verdeck konnten wir uns der überflutenden Brandung wegen nicht mehr halten. Wir waren alsogleich sämtlich auf die Masten geflüchtet. Ich selbst und sechs Mann hingen oben am Besanmast, während die übrigen acht Mann den Großmast erklettert hatten. Ich machte meinen Unglücksgefährten klar, daß unser aller Heil darauf beruhte, die Schaluppe in unsre Gewalt zu bekommen. Die Rüstigsten sollten hinuntersteigen und die Taue zerschneiden, woran die Schaluppe auf dem Verdeck festgemacht sei. Dann müßten mehrere lange Taue an das Fahrzeug geknüpft werden, deren Enden wir oben im Maste sicher halten würden. So könnte uns die Schaluppe nicht von den Wellen entführt werden, wenn sie über Bord gespült würde.

Sofort kletterten auch drei wackre Kerle hinab und machten die Schaluppe los. Jeder von ihnen knüpfte ein Tau fest und brachte das Ende davon glücklich wieder zu uns in die Höhe. Nach einer Stunde etwa schlug eine ungewöhnlich hohe Sturzwelle über das Verdeck, die das Fahrzeug weit mit sich über Bord schleuderte. Wir hielten sie aber, in unsrer Angst mit übermenschlichen Kräften bedacht, an den Tauen fest.

Um elf Uhr brach, wie wir längst befürchtet hatten, unser Schiff in der Mitte auseinander. Der Fockmast und der Großmast stürzten über Bord. Die acht Menschen, die auf dem Großmast gesessen hatten, konnten sich noch rechtzeitig in Sicherheit bringen. Sie kletterten zu uns. Und so war denn die volle Mannschaft hinten bei mir auf dem Besanmast beisammen.

Jetzt durften wir nicht länger mehr zaudern. Wir zogen die Schaluppe an den Tauen näher zu uns heran und holten die Spitze soweit in die Höhe, daß ein Teil Wasser nach hinten abfließen konnte. Dann stiegen wir der Reihe nach ein, schöpf-

236

ten sie mit unsern Hüten vollends aus und schnitten endlich die Taue durch, die uns noch am Wrack festhielten. Glücklich kamen wir aus dem Labyrinth voll brandender Klippen ins offne Wasser hinaus.

Oft zwar füllten ungestüme Schlagwellen unser Fahrzeug fast zum Sinken mit Wasser an, doch waren wir unermüdlich und auch zahlreich genug, es augenblicklich mit unsern Hüten wieder auszuschöpfen. Wir sahen unsern Tod vor Augen, waren aber auch einmütig entschlossen, unsre letzte Kraft zu unsrer Rettung aufzubieten. So trieben wir von ein Uhr nachts bis zum Vormittag des 12. Mai, wohin Wind und Wellen wollten. Bis wir endlich die Insel Anholt vor uns zu Gesichte bekamen und hier an der Ostspitze, unweit des Feuerturms, gegen ein Uhr nachmittags auf den Strand setzten.

Mein erstes war, mich in den trocknen Ufersand auf die Knie zu werfen und dem Barmherzigen droben mit heißglühender Seele für die wunderbare Erhaltung meines Lebens und meiner Gefährten zu danken. Dann aber stiegen allmählich freilich auch allerlei trübe Gedanken in mir auf, die mein Herz mit Wehmut erfüllten. Mein schönes, gutes Schiff war verloren! Wäre mir ein Freund gestorben, sein Verlust hätte mir nicht näher gehen können. Meine Anhänglichkeit und Liebe zu meinem Schiff war mit jedem Tage stärker geworden. Dieser Felsen, „Der Thronsitz" genannt, der mitten im Fahrwasser des Kattegatts liegt und an welchem es zerschellte, wird mir immer in trüber Erinnerung bleiben.

Und wie vieles ging in dieser unglücklichen Nacht mit meinem Schiffe verloren! Zwar mein Reeder in Stettin war zu allen Zeiten ein zu umsichtiger Mann gewesen, um sich nicht auch gegen ein Ereignis dieser Art möglichst zu decken. Ich hatte das Schiff in seinem Auftrage, so oft ich aus einem Hafen

abging, durch das Haus Joh. Dav. Klefecker in Hamburg asse=
kurieren lassen. Es war daher auch jetzt für eine Summe von
zwanzigtausend Talern versichert. Da nun das Schiff mit sei=
ner Ausrüstung nur zweiundzwanzigtausend Taler gekostet
hatte, die Ladung Seesalz aber für eigne Rechnung nur tau=
sendfünfhundert Taler wert war, so brachte ihm der Verlust
keinen wesentlichen Schaden.

Anders lag die Sache bei mir. Dieser Schiffbruch hatte
mein eignes, eben wieder aufkeimendes Glück völlig zertrüm=
mert. Mein Gehalt als Schiffer hatte ich allerdings stets bei
meinem Patron stehen lassen; dies ging mir nicht verloren.
Allein ein Schiffskapitän hat auf vollkommen rechtmäßige
Weise noch so mancherlei Gelegenheit zu Nebenverdiensten.
Ihm kommen Kajütenfrachten und Kapplacken zugute, und
nicht leicht verläßt er einen Hafen, ohne zugleich auch irgend=
einen kleinen Handel zu seinem privaten Vorteil abgeschlossen
zu haben, wobei er die Frachtgelder wie die Assekuranzprämien
erspart. Alle diese kleinen Nebeneinnahmen hatte ich immer
wieder in Waren angelegt. Nach und nach kam eine ganze
Menge zusammen. So hatte ich diesmal beinah für elftausend
holländische Gulden eigne Waren an Bord gehabt. Alles dies
war nun mit dem Schiffe verloren gegangen. Ich hatte mirs
ganz vergeblich sauer werden lassen.

Als wir uns nach einer Weile etwas genauer umsahen, er=
blickten wir auf der Landspitze neben dem Feuerturm ein ein=
zelnes Haus. Wir schritten darauf zu und fanden darin den
Feuerinspektor, seine Frau und zwei zur Unterhaltung des
Feuers erforderliche Knechte. Erschöpft von den Anstrengungen
und niedergedrückt von Kummer und Sorge, sank ich gleich
nach der ersten Begrüßung auf das Bett und verfiel in ein
halbwaches Brüten. Erst nach mehreren Stunden konnte ich

mich wieder ermuntern. Die Hausfrau brachte mir eine Schüssel voll gekochten und gebratenen Geflügels ans Bett. „Wie?" rief ich. „Federwild auf dieser Insel, wo sich kein Strauch, kein Grashalm, nur überall nackter Flugsand zeigt? Das ist doch wunderbar!" – So wunderbar sei das gar nicht, ward mir geantwortet. Und abends, als das Feuer auf dem Leuchtturme angezündet worden war, sah ich dann auch, wie von Zeit zu Zeit, von dem hellen Feuer angelockt, zahlreiche Vogelschwärme aller Art herbeiflogen. Durch das Feuer geblendet, flatterten sie nahe heran, daß sie, an Flügeln und Federn versengt, zu Boden fielen und mit Händen gegriffen werden konnten. Es ward ein reicher Fang gemacht. Und unsre Wirte erzählten, daß sie in den Wintermonaten ganze Körbe voll Geflügel nach Kopenhagen schickten.

Nachdem wir uns hier bei unsern freundlichen Gastgebern zwei Tage lang von unsern schweren Mühseligkeiten erholt hatten, war es hohe Zeit, weiterzumarschieren. Auf dem östlichen Teil der Insel, wo sie am breitesten ist, lag das einzige hier vorhandene Fischerdörfchen, dem ein Schulze vorstand. An diesen hatte ich bereits geschrieben, daß wir als Schiffbrüchige auf seinen obrigkeitlichen Beistand rechneten. Er stellte uns dann auch ein Fahrzeug mit ausreichendem Proviant zur Verfügung, mit dem wir am 18. Mai Helsingör erreichten.

Um die Zahlung der Assekuranz zu sichern, schrieb ich hier vor Gericht sofort eine eidliche Erklärung über den Hergang unsres Unglücks nieder. Meine Leute empfingen ihre Löhnung, die ihnen nach den Seerechten gebührt. Da wir aus verschiedenen Nationen stammten, gingen wir nach allen Himmelsrichtungen auseinander.

* * *

Nun fuhr ich baldmöglichst nach Stettin, um meinem Patron die unangenehme Nachricht von dem Verluste seines Schiffes zu überbringen und ihm über alles Rede und Antwort zu stehen. wir rechneten darauf miteinander ab. Ich empfing von ihm meine rückständigen Gelder und begab mich nach Kolberg. Es wurden mir dort verschiedene Schiffe angeboten. Allein die ersten Jahre nach dem amerikanischen Kriege waren für Handel und Schiffahrt so ungünstig, daß unsereiner bei seinem Handwerk weder Ehre einlegen, noch seinen Vorteil finden konnte. So gab ich denn lieber den Seemannsberuf auf und war darauf bedacht, in meiner lieben Vaterstadt einen ruhigen und bürgerlichen Erwerb mit Bierbrauen und Branntweinbrennen zu finden, wie es mein Vater seither getrieben hatte.

Nach dreiviertel Jahren etwa – mein werter Patron und Freund Groß war bereits gestorben – schickte mir dessen Schwiegersohn und Nachfolger, Herr Kaufmann Boneß, ein Schreiben, das mich auf einmal wieder in die alten Angelegenheiten und Sorgen stürzte. Er meldete mir, es sei von Lissabon ein Wechsel auf ihn über beinahe dreitausend Taler eingelaufen. Dies wäre die Schadensersatzsumme für das Schiff des Kapitäns Sylva, welches ich übersegelt und zugrunde gerichtet hätte. Ich möge doch hierüber einige nähere Auskunft geben.

Ich erstaunte sehr, daß man jenem Vorfall auf dem Tajo eine solche Wendung zu geben gedachte. Daß ich das Schiff übersegelt hätte, war eine offenbare grobe Erdichtung. Hatte das portugiesische Fahrzeug Schaden genommen, so mochte der Kapitän lediglich seine eigne Nachlässigkeit und seinen Mangel an Aufsicht anklagen. Ich war ungleich mehr berechtigt, einen Schadenersatz zu fordern als er. Ich berief mich also auf die gerichtliche Aussage meiner Mannschaft, die in den Händen des

240

preußischen Konsuls geblieben war. Meine beglaubigte Abschrift der Erklärung war mit meinem verunglückten Schiffe
leider ein Raub der Wellen geworden.

Zudem reiste ich selbst nach Stettin, um jede etwa noch
fehlende Auskunft zu erteilen. Der Wechsel ward mit Pro-
test zurückgesandt, und wir hielten den Sturm für abgeschlagen.
In Lissabon änderte man nun die Art des Angriffs. Nach
Verlauf eines halben Jahres lief von dort an den Magistrat
in Kolberg eine Aufforderung ein, mich, den Schiffer Nettelbeck, in dieser oben angeführten Sache zur Zahlung einer
Entschädigung von dreitausend und einigen hundert Talern
obrigkeitlich anzuhalten. Da diese Summe, nach portugiesi-
schem Gelde, in Reis ausgedrückt war, deren dreihundert auf
einen preußischen Taler gehen, so paradierte demnach in jener
Eingabe eine Forderung von beinahe einer Million Reis,
welche die Leute meiner guten Vaterstadt treuherzig mit eben-
soviel Taler verwechselten. Sie schlugen die Hände über den
Köpfen zusammen, daß der Nettelbeck tausendmal mehr Schulden als Haare auf dem Schädel habe.

Es versteht sich wohl, daß ich bei meiner gerichtlichen Vernehmung die nämlichen Gründe geltend machte, welche ich bereits Herrn Boneß dargelegt hatte. Abermals reiste ich nach
Stettin und riet ihm wiederholt, er möge sich nach Lissabon an
den preußischen Gesandten wenden und die dort niedergelegte
eidliche Erklärung einziehen lassen, um den Prozeß auf dieser
Grundlage zu führen. Bisher hatte er das – warum, weiß
ich nicht – unterlassen und sich dadurch wesentlich geschadet.

Nunmehr leiteten die Lissaboner den Prozeß bei dem Seegericht zu Stettin ein. Der Spruch fiel dahin aus, daß wir
Beklagten zur Bezahlung eines Schadens, den der Gegenpart
selbst verursacht habe, nicht anzuhalten wären. Es ward an

die Königliche Kriegs- und Domänenkammer appelliert, welche das Urteil jedoch bestätigte. Doch auch hiermit begnügten sich unsre Gegner nicht; sie gingen an die dritte Instanz, an das Revisorium. Endlich, nach einem halben Jahr, schickte mir Herr Boneß den Revisionsspruch zu. Er lautete: die Reeder des Stettiner Schiffes hätten den angerichteten Schaden zu vergüten, im übrigen aber Regreß an ihrem Schiffer zu nehmen.

Dieser unerwartete und den Umständen nach auch durchaus nicht zu rechtfertigende Ausgang des Prozesses setzte mich in Erstaunen und beschwor meinen Unwillen und gerechten Ärger herauf. Ich warf Herrn Boneß vor, daß er verabsäumt hätte, die sprechendsten Beweismittel herbeizuschaffen. Nunmehr müsse ich allein darunter leiden. Aus meinen Papieren ginge hervor, daß ich seinem Schwiegervater mit diesem Schiffe reine ein- undvierzigtausend Taler verdient hätte. Sein Billigkeitsgefühl möge entscheiden, ob und welche Ansprüche er noch ferner an mich zu machen gedenke. Mein Gewissen spreche mich von aller Schuld in jener Sache los. Müßte es jedoch zwischen uns zu einem Prozeß deswegen kommen, so würde ich mich zu verant- worten wissen.

Trotz alledem war mir nicht wohl zumute. Ich ward endlich schlüssig, mich nach Lissabon zu begeben und dem Dokumente, auf welches es hier ankam, an Ort und Stelle nachzuforschen. Vorläufig gab ich dem Makler Brödermann in Hamburg den Auftrag, sich bei den zuletzt von Lissabon eingekommenen Schiffen nach dem dortigen preußischen Gesandten und Konsul genau zu erkundigen. Zugleich sollte er mir auf einem etwa in Monatsfrist nach Lissabon abgehenden Schiffe einen Platz bestellen. Seine Antwort fiel in jeder Art befriedigend aus. Ich rüstete mich also zur Reise.

Mein braver Patron Groß hatte sein bedeutendes Vermögen

außer dem Kaufmann Boneß noch drei andern Schwieger=
söhnen vermacht, die sämtlich Schiffer waren. Sie kannten
mich seit langen Jahren und hatten mir stets Beweise ihrer
Zuneigung und Achtung gegeben. An diese schrieb ich nun und
ersuchte sie zu erklären, ob die Großschen Erben gesonnen wären,
einen Prozeß gegen mich anzustrengen. Solchenfalls aber soll=
ten sie damit nicht säumen, da ich nach Lissabon gehen und mir
neue und hinreichende Beweise verschaffen wolle.

Die Ehrenmänner gaben mir zur Antwort: Sie kennten
mich und glaubten mir aufs Wort, daß ich eine gerechte Sache
hätte und daß Bulkeley wie Sylva Schurken wären. Ich möge
die Lissaboner Reise nur unterlassen. Sämtliche Großschen
Erben wären übereingekommen, jeden Prozeß und jede Anfor=
derung gegen einen Mann aufzugeben, der ihrem Hause so tätig
und redlich gedient und ihm so ansehnliche Summen erworben
habe. Wir wollten und müßten Freunde bleiben. Diese unan=
genehme Verwicklung sei hiermit für immer beendigt.

So mag denn hier auch die Geschichte meiner Seereisen und
Abenteuer schließen.

*　　*　　*

Nun bin ich also aus einem Seemanne ein Landmann und ehr=
samer kolbergischer Pfahlbürger geworden. Was einem Land=
manne begegnen kann, ist in der Regel nicht so abwechselnd und
ausgezeichnet, als daß es eine ausführliche Erzählung verdiente.
Sollte in der Folgezeit meines Lebens mein Name für einige
Augenblicke aus der Dunkelheit hervorgetreten sein, so weiß
man wohl schon, daß es mir nirgends um die Person, sondern
immer nur um die Sache zu tun ist. Man wird mich also auch
nicht leicht der Ruhmredigkeit zeihen, wo ich nur der Wahrheit
die Ehre gebe. Und zum andern könnte es hie und da doch

auch wohl sein, daß aus meinem einfältigen Munde etwas zu Nutz, Lehre und Warnung für jetzige und künftige Zeiten käme. Hauptsächlich aber drängt es mich, einem Manne die schuldige Anerkennung widerfahren zu lassen, obwohl er meiner zu seinem Lobe nicht bedarf. Dem Manne, der in der Nacht der Trübsal meiner Vaterstadt wie ein schöner leuchtender Stern des Heils erschienen ist. Ich will ihn nicht loben – meine getreue Erzählung selbst soll sein Lob sein!

*   *   *

Von der See hatte ich meinen Abschied genommen. Ob gern oder ungern, das will ich nicht entscheiden. Ich hatte mich auf ihr und in der Fremde genugsam herumgetummelt, um mir die Hörner abzulaufen, und hielt es nunmehr für das Gescheiteste, mich einem ruhigen, bürgerlichen Beruf zuzuwenden, wie es mein Vater und meine Vorväter auch getan hatten. Der bisherige Hang zum Seeleben war ja eigentlich nur mit dem mütterlichen Blute auf mich gekommen. Es schien also ganz gut und recht, mich wieder zur väterlichen Weise zu wenden. Mein ererbtes Häuschen war ganz zum Bierbrauen und Branntweinbrennen eingerichtet. Diese Hantierung sagte mir zu und versprach auch ein ehrliches Auskommen. Ich ward also Kolberger Bürger, hatte meinen Handel mit den Landleuten und rührte mich tüchtig.

Aber es mochte wohl sein, daß es mit dem ebengedachten „Hörnerablaufen" noch nicht seine volle Richtigkeit hatte, oder daß für meine dreiviertel Schock Jahre noch zuviel Regsamkeit und Eifer in mir war. Vielleicht auch lag und liegt es zu tief in meiner Natur, daß ich keine Ungerechtigkeit – treffe sie mich oder andre – sehen kann – genug: ich lief mit dem einen wie mit dem andern oft genug an. Und ohne daß ich es wollte oder

244

wünschte, mag es auf diese Weise gekommen sein, daß mich meine lieben Mitbürger mitunter einen unruhigen Kopf nannten, dem es in Guinea ein wenig zu warm unterm Hute geworden wäre.

Doch einige Pröbchen mögen beweisen, daß ich noch immer der alte Nettelbeck war!

Eines Tages saß ich mit dem Messer in der Hand gemütlich vor meinem Rasierspiegel, als der Kämmereidiener, ein aufgeblasener, wüster Mensch, zu mir eintrat und mit lallender Zunge etwas daherstotterte. Ich begriff und verstand nichts; es sollte aber wohl ein obrigkeitlicher Auftrag an mich sein. Indem ich ihn verwundert und schweigend ansah, spürte ich sofort, daß er sich einen derben Rausch angetrunken hatte. Da er sich durch meinen prüfenden Blick beleidigt fühlen mochte, stieß er einige Grobheiten gegen mich aus. Ich legte mein Rasiermesser gelassen beiseite, öffnete die Zimmertüre und bat meinen torkelnden Urian, sich hinauszutrollen. Dem aber schwoll der Kamm noch mehr. Es kam zu unnützen Redensarten. Und da ich damals noch in meinem Tun und Lassen ziemlich kurz angebunden zu sein pflegte, machte ich auch hier nicht viel Federlesens. Ich packte ihn mit derber Seemannsfaust am Kragen und schob ihn etwas unsäuberlich auf die Gasse hinaus. Es mag sein, daß er dabei auf die Pflastersteine zu liegen kam und sich den Mund blutig fiel. Ich kümmerte mich nicht weiter darum, sondern kehrte an meinen Rasierspiegel zurück.

Nun aber war auch sofort Feuer im Dache. Ich hatte einen ganzen wohledlen Magistrat in seinem an mich geschickten Diener beleidigt. Eine solche Ungebührlichkeit sollte und konnte nicht ungeahndet bleiben! Stand ich ohnedem schon nicht gut angeschrieben, so war dies nun ein neuer Frevel, der die ganze obrigkeitliche Autorität zu erschüttern schien. Es mußte einmal ein Exempel statuiert werden! Gleich des andern Tages also kriegte ich eine Vorladung vom Magistrat, am nächsten Morgen dieserwegen im Rathause zu erscheinen.

Nun hatte ich vor einiger Zeit bei einem Gange durch die Stadt wahrgenommen, daß die beiden Stirnmauern der Kupferschmiedsbrücke sehr schadhaft waren. Die eine Mauer hatte sich schon derart gesackt, daß leicht ein Unglück geschehen konnte. Wie es meine Pflicht als Bürger war, hatte ich dies auch sofort dem Stadtdirigenten, Landrat Sehlert, angezeigt. Er hatte sich von der vorhandenen Gefahr überzeugt und von Stund' an die Brücke sperren lassen. Dabei hatte ich ihm gesagt, daß es zur Erneuerung des Gemäuers keines weiteren kostspieligen Unterbaues und Gerüstes bedürfe. Ich schlug vor, einen Baggerprahm von der Kolberger Münde herbeizuschaffen und unter die Brücke zu bringen. Er billigte das. Und ich hatte den Prahm dann auch herbeigeholt und unter der Brücke befestigt. Jetzt waren die Maurer bereits mit ihrer Arbeit beschäftigt.

Als ich nun zu der bestellten Zeit auf dem Wege zum Rathaus war, um mein Urteil zu empfangen, sah ich schon aus der Ferne, daß das Wasser der Persante durch einen hartstürmenden Nordwind hoch aufgestaut war. An der Brücke angelangt, fand ich es dort in solcher Höhe angeschwollen, daß der Prahm bis dicht unter die Balken der Brücke emporgehoben worden war. Jeden Augenblick war zu befürchten, daß er die ganze Brücke abtrug und davonführte, wenn er nicht ungesäumt hinweggebracht werden könnte. Im Weitergehen überlegte ich, auf welche Art hier wohl zu helfen wäre. Gleichwohl flüsterte mir mein stiller Groll zu: „Du bist ja doch wohl ein rechter Tor, dich mit solcherlei Gedanken zu plagen! Hast doch von all deinem Guttun nichts als Ärger zum Lohn."

Als ich in die Ratsstube trat, war mein Kläger schon anwesend. Etwas nüchterner als vorgestern, aber auch um so fertiger mit dem Maul. Er nahm bald wahr, daß die Herren ihm den Rücken steiften, indem sie meine Handlungsweise mit unhöflichen Vorwürfen als eine Verachtung der Obrigkeit auslegten. Ich dagegen führte meine Sache nach der Wahrheit. Es wurde hin und her gestritten, und der Herr Sekretär hatte seine volle Arbeit mit dem Protokollieren.

Da flog unversehens die Türe auf. Mit schreckensvoller Miene kam der Stadtzimmermeister Kannegießer hereingestürzt und rief: „Meine Herren, es wird ein großes Unglück geschehen. Die Brücke wird mitsamt dem Prahm davongehen. Ich konnte ihn nicht mehr darunter herausbringen; und noch steigt das Wasser mit jeder Minute. Kommen Sie selbst, Herr Landrat, und überzeugen Sie sich, daß das Unglück nicht mehr abzuwenden ist."

Beide eilten hinaus. Mit dem Protokoll hatte es einstweilen gute Weile. Da wandte sich denn der zweite Bürgermeister Roloff an mich und sagte: „Nettelbeck, Sie pflegen ja sonst wohl in manchen Dingen guten Rat zu wissen, zumal wo es in Ihr eigentliches Element schlägt wie hier. Sagen Sie doch: Was ist dabei zu tun?"

„Ich meine, dem ist bald abgeholfen", war meine kurze Antwort. „Man bohrt ein Loch in den Prahm und und läßt ihn soweit voll Wasser laufen, bis er sich hinlänglich gesenkt hat, um wieder unter der Brücke hervorzugleiten."

Kaum waren diese Worte ausgesprochen, so riß der Bürgermeister haftig das Fenster auf und schrie den Weggehenden drunten zu, augenblicklich zurückzukehren. Nachdem sie wieder eingetreten waren, hub er an: „Nettelbeck schlug soeben ein gutes Mittel vor, die Brücke zu retten." — Ich aber wandte

mich zu dem Zimmermeister: „Nehm Er einen zweizölligen
Böttcherbohrer, und bohr Er damit ein Loch in den Boden des
Prahms. Dann wird so viel Wasser hineinlaufen, daß sich dieser um einen oder ein paar Fuß senkt und Spielraum genug
gewinnt, unter der Brücke durchzugleiten. Damit er aber bei
seiner Last von Kalk, Lehm und Mauersteinen nicht gar auf
den Grund sinke, so muß das Loch auch zu rechter Zeit wieder
verstopft werden können. Dazu muß Er sich mit einem langen
hölzernen Pfropf versehen, der in das Loch paßt."

Ich war kaum fertig mit meinen Worten, da rief der Zimmermeister mit flammenden Augen: „Das geht! Wahrhaftig,
das geht! – Herr Landrat, bleiben Sie in Gottes Namen
hier. Nun soll dem Dinge bald geholfen sein."

Jetzt gab es um den Ratstisch her abermals eine Stille, bevor es mit dem Protokoll weiterging. Dann aber stand der
Bürgermeister Roloff auf und sagte: „Meine Herren, den
Mann sollten wir bestrafen? – Was meinen Sie?" – Alles
war still, bis auch der Landrat aufstand und sich zu meinem
Kläger wandte: „Ein andermal, guter Freund, wenn Ma-
gistratssachen an Bürger zu bestellen sind, geschehe es nüchtern,
mit Vernunft und Bescheidenheit. Die Sache ist hiermit abgetan. Und Sie, Herr Nettelbeck, gehen in Gottes Namen
und mit unserm Dank nach Hause."

*   *   *

Neben meinen häuslichen und beruflichen Geschäften machte
ich mir von Zeit zu Zeit auch noch andre Sorgen, die ich mir
wohl hätte sparen können, wenn ich sie nicht als meine Spiel-
puppe betrachtet hätte.

Man wird sich erinnern, daß ich zu Anfang des Jahres 1773
mit einem Sklavenschiff in Surinam war. Auf dieser Fahrt

mußten wir wegen eines Leckes den zwischen Surinam und
Berbice gelegenen Fluß Kormantin auffuchen. Ich hatte dort
eine ungemein fruchtbare, aber noch von keiner europäischen
Macht in Besitz genommene Landschaft vorgefunden. Dieser
Umstand beschäftigte noch immer meine Gedanken. Der preu
ßische Patriotismus ward in mir lebendig, und ich sann und
sann, warum denn nicht mein König hier, ebensogut wie England und Frankreich, seine Kolonien haben und Zucker, Kaffee
und andere Kolonialwaren anbauen lassen sollte. Je länger
ich mir das Projekt ansah, desto mehr verliebte ich mich darein.
Zugleich meinte ich selbst der Mann zu sein, der Herz und Hand
zur Ausführung des Planes besaß.

Als ich des nächsten Jahres darauf nach Kolberg zurückgekehrt war, setzte ich mich denn auch hin, und brachte meinen
Plan umständlich zu Papier. Ich dachte, wer ihn läse und nur
irgend zu Herzen nähme, müßte mir auch in meinen Vorschlägen beipflichten. So packte ich meine Ausführungen mit einem
alleruntertänigsten Begleitschreiben zusammen und schickte mein
Schoßkind unmittelbar an den alten Friedrich, der zuletzt doch
immer das Beste bei der Sache tun mußte. Hatte ich jedoch
geglaubt, da vor die rechte Schmiede zu kommen, so war ich arg
betrogen. Woran es auch immer liegen mochte – meine Eingabe blieb ohne Antwort. Daraus ließ sich wohl schließen, daß
der König das Ding nicht mit meinen Augen angesehen habe
und daß nicht weiter auf ihn zu rechnen sei. Also war ich auch
gescheit genug, ihm weiter keine Molesten damit zu machen.

Mir selbst aber wollte die schöne preußische Kolonie am Kormantin noch immer nicht aus Sinn und Gedanken weichen!
Ich schmückte mein Luftschloß immer besser und vollständiger
aus. Da ich wohl wußte, daß der Anbau des Landes ohne Hilfe
von Negersklaven nicht zu bewerkstelligen war, verband ich da

mit zugleich die Idee einer Niederlassung an der Küste von Guinea, wo ja schon hundert Jahre früher der Große Kurfürst und seine Brandenburger festen Fuß gefaßt gehabt hatten. Von dort konnte die neue Kolonie hinreichend mit schwarzen Arbeitern versorgt werden. Mein Projekt wurde mir vom Tag zu Tag lieber, obgleich ich meine Gedanken für mich behielt und auf künftige, bessere Zeiten rechnete. Was der königliche Greis abgewiesen hatte, das konnte ja leicht einst bei seinem hochherzigen Nachfolger eine günstigere Aufnahme finden.

Als daher Friedrich der Einzige die Augen geschlossen hatte und Friedrich Wilhelm auf seinem Wege zur Huldigung in Königsberg durch Pommern zog, nahm ich flugs meinen alten Plan wieder vor und paßte es so ab, daß ich dem Könige in Köslin unter die Augen kam und ihm mein Memorial überreichte. Kaum waren einige Wochen ins Land gelaufen, so hatte ich auch meinen Bescheid: Se. Majestät möge auf den entworfenen Plan zu einer Seehandlung nach Afrika und Amerika für Höchstdero eigne Rechnung zwar nicht entrieren, habe aber inzwischen die gemachten Vorschläge der Seehandlungs-Sozietät zugefertigt und derselben überlassen, ob sie darauf sich einzulassen ratsam finde.

Das war nun wohl nicht ganz nach meiner Meinung, doch die Herren von der Seehandlung konnten vielleicht geneigt sein, Vernunft anzunehmen. Aber was geschah? In noch kürzerer Frist ging, nicht von jener Sozietät, sondern von dem Königlich Preußisch-Pommerschen Kriegs- und Domänenkammer-Deputationskollegium zu Köslin die Resolution bei mir ein: Da Se. Majestät geruht hätten, auf jene Vorschläge nicht zu reflektieren, so könne auch besagtes Kollegium sich auf das Handlungsprojekt nicht einlassen. – Nun, so war denn meine Freude abermals in den Brunnen gefallen. Es tat mir damals herzlich leid, zumal ich glaubte, daß man in Köslin meinen Plan freilich nicht recht zu beurteilen vermochte. Späterhin habe ich in Erfahrung gebracht, daß die Engländer auf den nämlichen Gedanken gekommen waren und am Flusse Kormantin eine Niederlassung mit dem gedeihlichsten Erfolge gegründet hatten.

*   *   *

Ich hatte aber auch kaum nötig, mich um in der Ferne liegende Dinge zu kümmern. Es war in der Nähe genug Gelegenheit, zum Guten zu raten und mich um das allgemeine Beste einigermaßen verdient zu machen. Gleich ein Jahr später, 1787 also, tat mir die Kolberger Kaufmannschaft die Ehre an, mich zum Verwandten des Seglerhauses zu nehmen. Dies ist ein Kollegium, welches aus fünf Kaufleuten und drei der angesehensten Schiffer besteht. Es bildet das Seegericht, vor welchem alle Schiffahrtssachen sowohl nach dem Preußischen Seerecht als nach den Usancen in erster Instanz entschieden werden. Diese Auszeichnung konnte und wollte ich nicht zurückweisen.

Gleich in der zweiten oder dritten Sitzung geschah es, daß ein Schiffer, vom Kolberger Deep gebürtig, und ein Steuermann, ebendaher, aufgefordert wurden, ein Protokoll zu unterzeichnen. Der Schiffer kratzte seinen Namen mit Not und Mühe auf das Papier; sein Gefährte aber erklärte, daß er des Schreibens völlig unkundig sei. Er begnügte sich, seine drei Kreuze hinzumalen.

Ich kann nicht leugnen, daß ich mich hierbei dieser ehemaligen Standesgenossen tief in die Seele schämte. Ich bat meine Herren Beisitzer, sich noch einmal reiflich zu überlegen, wie schlechte Ehre wir Preußen einlegten, wenn Landsleute von diesem Schnitt vor einem auswärtigen Seegericht ständen, und was für Gedanken Holländer und Engländer wohl von unferm Seewesen haben müßten. Das wenigste wäre, daß sich fremde Handelsleute hüten würden, solchen unwissenden und rohen Menschen Schiffe und Ladungen anzuvertrauen, und daß darüber die ganze preußische Reederei in Mißkredit und Verachtung geraten könnte. Andernorts, setzte ich hinzu, würde kein Steuermann oder Schiffer zugelassen, bevor er nicht in einem Steuermannsexamen seine Kunst und Wissenschaft erwiesen hätte. Sie wüßten ja, daß ich mich in meinen Mußestunden immer noch mit dem Unterricht junger Seeleute beschäftige; es läge mir daran, daß sie nächstens einer Prüfung meiner Lehrlinge beiwohnten und sich von ihren Fortschritten in der Steuermannskunst überzeugten.

Das geschah auch. Die Herren fanden einen solchen Wohlgefallen an der Sache, daß auf der Stelle beschlossen wurde: Es solle fortan auf hiesigem Platze kein Schiffer oder Steuermann angenommen und vereidet werden, der nicht seine Tüchtigkeit durch ein wohlbestandenes Examen nachgewiesen habe. So ist es seitdem auch immer gehalten worden.

*   *   *

Um die nämliche Zeit etwa befand sich das hiesige Königliche Lizentamt in einiger Verlegenheit. Sie brauchten einen hinreichend tüchtigen Schiffsvermesser, der sich auf die Berechnung der Tragfähigkeit der Fahrzeuge verstand. Bisher hatten ein paar subalterne Lizentbeamten dieses Geschäft versehen. Sie waren darin aber so unwissend und ungeschickt, daß die von ihnen vermessenen Fahrzeuge stets zu groß oder zu klein befunden wurden. Die Streitigkeiten zwischen dem Lizent und den Schiffern rissen daher nie ab. Zufällig mochte es bekannt geworden sein, daß ich mich auf dies Geschäft verstände. Jeden-

252

falls schlug mir die Zollbehörde vor, mich solcher Verrichtung in Zukunft anzunehmen. Mehr der Ehre als des kleinen Nutzens wegen fand ich mich dazu bereit. Ich legte hier im Hafen an einigen Schiffen, die bereits in Danzig und Königsberg vermessen waren, meine Probe ab und ward demnächst von der Königlichen Regierung zu Stettin verpflichtet und bestätigt. Ich ließ mir nicht träumen, daß ich dadurch den Neid und Groll meiner beiden Amtsvorgänger erregt haben könnte.

Das erste Schiff, an dem ich meine Berechnung vornahm, war ein kleines, englisches, scharf gebautes Fahrzeug. Es war auf zwei Decks eingerichtet, und Kajüte, Roof und Kabelgatt waren in dem Raume versenkt. Es blieb also nur wenig Platz für die Lasten. Meine Berechnung ergab eine Belastungsfähigkeit von nicht mehr als sechsunddreißig Lasten zu fünftausendsiebenhundertsechzig Pfund. Während mein Attest darüber an die Regierung abging, hatten jedoch meine beiden Widersacher das Schiff gleichfalls heimlich nach ihrer Weise vermessen und die Tragkraft auf fünfundfünfzig Lasten berechnet. Ihren Bericht sandten sie gleichfalls nach Stettin. Ich wurde darin der Unwissenheit wie der Unredlichkeit beschuldigt.

Bald darauf gelangte ein gefährlich versiegeltes Schreiben an mich, worin die Stettiner Herren mir meine Ungeschicklichkeit vorhielten und mich zur Verantwortung zogen. Ich begnügte mich, meinen Riß samt der Berechnung einzuschicken und um eine strenge, aber unparteiische Prüfung meines Verfahrens zu bitten. Ich schrieb dazu, daß diese Arbeit meine erste, aber auch meine letzte sei. Nun war man dort so vernünftig, unsre beiderseitigen Berechnungen in Danzig und in Königsberg einer Prüfung unterwerfen zu lassen. Hierbei stellte sich die Richtigkeit meiner Arbeit heraus. Meine Angeber wurden mit einer Ordnungsstrafe belegt und angewiesen, sich fernerhin nicht mehr in mein Geschäft zu mischen. Mir aber trug man an, das Amt wiederum zu übernehmen. Ich habe das denn auch des Allgemeinwohls wegen gerne getan und das Amt bis zum Jahre 1821 mit Ehren verwaltet.

Ernstlicher jedoch war ein Streit so um das Jahr 1789, den die Kolberger Bürgerschaft unter sich auszufechten hatte. Hierbei konnte ich, auch wenn ich gewollt hätte, unmöglich ruhig zuschauen. Es kam darauf an, himmelschreiende Mißbräuche aufzudecken und abzustellen, die unter dem Schein des Rechts ohne alle Scheu ausgeübt wurden. Es gab in Kolberg, nach der damaligen Verfassung, ein Kollegium, das aus fünfzehn der angesehensten Bürger bestand. Man nannte das Kollegium deshalb auch die Fünfzehn-Männer. Es hatte ursprünglich die Gerechtsame der Bürgerschaft beim Magistrat zu vertreten und seine Gutachten in städtischen Angelegenheiten mußten gehört werden. Allmählich aber hatten die Fünfzehn-Männer angefangen, ihr Ansehen mehr zu ihrem privaten Nutzen als zum allgemeinen Besten geltend zu machen. Und da die Menschen nun einmal immer fester zusammenhalten, wenn es etwas Böses gilt, so war auch hier schon seit langem eine enge Verbrüderung zwischen diesen Männern entstanden, die sich einander zu allerlei heimlichen Praktiken den Rücken steiften und gegenseitig durchhalfen. Depositenkassen waren bestohlen worden, Scheinkäufe angestellt, Gemeindegut liederlich verschleudert und andre Greuel mehr begangen, die ein recht- und ehrliebender Mann vor Gott und seinen übervorteilten Mitbürgern nicht länger dulden konnte.

Ich bekenne, daß ich der erste war, der dem Faß den Boden ausstieß. Als ein paar wackere Männer, der Zimmermeister Steffen und der Gastwirt Emmrich, auf meine Seite traten, brach ich los und machte eine lange Reihe von Ungebührnissen und Veruntreuungen, die in der letzten Zeit verübt worden waren, vor Gericht anhängig. Es kam darüber zu einem langen und verwickelten Prozesse, dessen Last von uns dreien getragen werden mußte, da wir hierzu von der Bürgerschaft als Wortführer bevollmächtigt worden waren. Keine Art von Ränken und Rabulistereien blieb gegen uns unversucht. Der Rechtsstreit wurde dadurch beinahe vier Jahre hindurch hingeschleppt. Ich nahm mir die Sache so zu Herzen, daß ich während dieser langen Zeit keine ruhige Stunde hatte. Oft hätte ich gerne mit Feuer und Schwert dreinfahren mögen, wenn das heillose Gezücht immer wieder ein neues Mäntelchen für seine aufgedeckte Bosheit zu erhaschen suchte. Endlich aber kam die unsaubere Geschichte dennoch zu einem leidlichen Abschluß. Das Kollegium der Fünfzehn-Männer ward gänzlich aufgelöst, um neuerwählten Zehn-Männern Platz zu machen, welche als Repräsentanten der Bürgerschaft die nämlichen Befugnisse haben sollten. Man bewies mir das Vertrauen, mich in das Kollegium dieser zehn Bürgerrepräsentanten aufzunehmen. Ich habe das Ehrenamt auch mit Lust und Eifer bis zum Jahre 1809 bekleidet, wo die neue Städteordnung andre und bessere Einrichtungen herbeiführte.

*   *   *

Hier möchte ich nun auch meine häuslichen und ehelichen Verhältnisse mit einigen Worten erwähnen, obwohl die Erinnerung gerade dieser Lebenserfahrungen sehr schmerzliche Empfindungen in mir erweckt. Denn als Ehemann und Vater ist mir erst später ein besseres Glück beschieden gewesen.

Wie schon früher erzählt, heiratete ich im Jahre 1762 in Königsberg. Ich war ein flinker, lebenslustiger Bursche von vierundzwanzig Jahren, und mein junges Weib mochte eben sechzehn zählen. Alles stand gut und glücklich mit uns. Solange wir in Königsberg lebten und ich als Schiffer nur ab und zu unterwegs war, gab es die friedsamste Ehe von der Welt. Von drei Kindern, die mir meine Frau gebar, blieb indes nur ein Sohn am Leben.

Nach sieben Jahren, als mir in Stettin der königliche Schiffsdienst so schnell verleidet worden war, entschloß ich mich, meinen Haushalt von Königsberg nach meiner Vaterstadt zu verlegen. Während ich noch damit umging, schrieb mir ein alter Hausfreund, meine Frau, welche ich beinahe neun Monate nicht gesehen hatte, sei eines Knäbleins glücklich genesen. Doch als sie später dann mit Kind und Kegel in Kolberg anlangte, präsentierte sie mir nebst jenem älteren Sohne auch ein kleines Mädchen von zwei Monaten als das unsrige. Man kann sich denken, daß ich mir mächtig die Stirne rieb und ein wenig verdutzt fragte: „Aber wie hat sich der Junge so auf einmal in ein Mädchen verwandeln können?" – Da fiel die Sünderin mir und meinen Eltern weinend zu Füßen. Da es sich nun nicht länger verheimlichen ließ, bekannte sie, daß der Hausfreund mir noch etwas mehr gewesen sei. Um mich zu täuschen, hatte er meines Weibes Niederkunft um einige Wochen früher gemeldet, als sie wirklich erfolgte, und sich dabei in der Angabe des Geschlechts so arg versehen. Die büßende Magdalene bat indes so flehentlich um Vergebung, daß ich wie meine Eltern das Geschehene zu vergessen versprachen. Schweigen und Verzeihen mochte auch wohl das Beste sein, was sich tun ließ, wenngleich ich die unglückliche Frucht dieses Fehltritts dadurch gesetzlich für mein Kind erklärte.

Nun versuchte ich mich, wie man weiß, wiederum fünf Jahre in fremden Weltteilen. Während dieser Zeit wurden Frau und Kinder von meinen Eltern ernährt. Doch als ich nach

Holland heimgekehrt war, belehrten mich Briefe guter Freunde, daß die Ungetreue neuerdings auf Abwege geraten sei, die nicht ohne lebendigen, doch bald darauf wieder verstorbenen Zeugen geblieben wären. Jetzt erforderte allerdings mein guter Name die Scheidung, welche auch unverzüglich durch die Gerichte vollzogen wurde. Ich behielt meinen Sohn; sie aber kehrte mit ihrer Tochter nach Königsberg zurück. Unter meinen nachmaligen Irr- und Kreuzfahrten verlor ich sie und ihr Schicksal gänzlich aus den Augen.

Erst 1787, nachdem ich bereits wieder in Kolberg zur Ruhe gekommen war, erfuhr ich, daß die Unglückliche dort im Elend gestorben sei und ihre von aller Welt verlassene Tochter mich flehentlich bitte, mich ihrer zu erbarmen. „Was kann auch das arme Geschöpf für die Sünden seiner Mutter?" dachte ich bei mir selbst. Ich nahm sie also in mein Haus auf. Leider aber mußte ich bald feststellen, daß sich Blut und Gemüt der Dirne ganz der mütterlichen Art ähnelten, wie es bei der verwahrlosten Erziehung auch wohl nicht hatte ausbleiben können. Allein die schärfere Zucht behagte ihr nicht, zu der ich dadurch genötigt wurde. Sie entzog sich heimlich meiner Aufsicht, führte ein unsittliches Leben und bereitete mir viele Jahre hindurch ein reiches Maß von Verdruß und Sorge.

Doch auch der bessere Sohn, der mein einziger Trost war, sollte mir zuletzt nur Herzeleid und Tränen bereiten. Er hatte sich für den Handelsstand entschlossen und im Jahre 1793 seine Lehrlingszeit in dem Kontor des Herrn Kaufmann Pagenkopf zu Stralsund glücklich überstanden. Zu mir heimgekehrt, überfiel ihn eine Krankheit, die sein junges Leben dahinraffte. Meines Lebens Lust und Freude ging mit ihm zu Grabe!

Ich stand nun einsam und verlassen in der Welt und wußte

nicht, für wen ich mirs noch sauer werden lassen sollte. Zwar brachte mein Gewerbe leidlichen Verdienst, aber mein Gesinde betrog mich, wo es nur konnte. Ich sah, es fehlte im Haushalt am rechten und festen Kern; und das führte mich endlich auf den Gedanken, es noch einmal im Ehestand zu versuchen. So heiratete ich im Jahre 1799 eine Schifferswitwe aus Stettin, die ich von früher her als eine ordentliche und rechtliche Frau zu kennen glaubte. Bald aber gingen mir die Augen auf. Die fromme Witwe war eine andre geworden, ohne daß ich es wußte. Sie hatte gern ihr Räuschchen und hielt es eifrig mit mancherlei andern Dingen, die den Ehefrieden notwendig stören mußten. An ein Zusammenhalten des ehrlich Erworbenen war nicht zu denken. Ich sah den Untergang meines kleinen Wohlstandes unvermeidlich kommen. Es war ein saurer Schritt – aber was blieb mir anders übrig als eine abermalige Scheidung?

Alle diese widrigen Erfahrungen eröffneten mir nur trübe Aussichten in die Zukunft. Ich war nachgerade ein alter Mann geworden. Fühlte ich auch mein Herz noch frisch und meinen Geist lebendig, so wollten doch die stumpf gewordenen Knochen nicht mehr gut tun. Ich war, wenn ich so sagen darf, des Lebens überdrüssig. Meine Geschäfte wurden mir gleichgültig und gleichgültiger der Gedanke an Erwerb. Die paar Jahre, die mir noch übrig wären, dachte ich mich wohl so hinzustümpern. Ward nur der Sarg ehrlich bezahlt, so mochte man mich immer hinstecken, wo meine Väter schliefen. Für den übrigen kleinen Rest würden dann schon lachende Erben sorgen. Ohnehin war mein Häuschen mein größter und beinahe einziger Reichtum. Um doch noch etwas Gutes für meine Vaterstadt zu stiften, hatte ich es in meinem Testamente dem Seglerhause vermacht, dessen Ältester ich im Jahre 1793 geworden war. Oben sollten die Versammlungen des Kollegiums abgehalten werden, unten

258

aber eine bedürftige Kaufmannswittwe lebenslänglich freie Wohnung finden.

*　　*　　*

Die Zeit verging. Das unselige Jahr 1806 kam herbei. Mir als feurigem Patrioten, der sich der alten Zeiten von unsers Großen Friedrichs Taten erinnerte, blutete gleich vielen das Herz bei der Nachricht von dem entsetzlichen Tage von Jena und Auerstedt. Ich hätte kein Preuße sein müssen, wenn ich nicht jetzt, wo alle Unglückswellen über König und Vaterland zusammenschlugen, Gut und Blut und die letzte Kraft meines Lebens für beides aufbieten mochte. Nicht mit Reden und Schreiben, mit der Tat mußte hier geholfen werden. Jeder auf seinem Posten, ohne sich erst lange feig und klug umzusehen! Alle für einen, einer für alle! Nach meiner Meinung hätte ja keine Ehre und Treue mehr unter meinen Landsleuten sein müssen, wenn nicht Tausende gleich mir fühlten, ohne es in lauten prahlenden Worten unter die Leute zu bringen.

Magdeburg und Stettin, die beiden Herzen des Staates, waren gefallen. Die ungestüme französische Windsbraut zog immer näher und drohender gegen die Weichsel heran. Es ließ sich voraussehen, daß bald genug die Feste Kolberg an die Reihe kommen würde. Sie mochte dem Feinde zwar unbedeutend erscheinen, lag aber doch zu nahe an seinem Wege, als daß er sie ganz hätte übersehen wollen. Das tat er auch nicht. Allein er hatte sich in letzter Zeit bei unsern Festungen eine Eroberungsmanier angewöhnt, die kein Pulver, sondern nur glatte Worte kostet.

Kaum war Stettin erobert, so kam von dorther ein französischer Offizier als Parlamentär und forderte (am 8. November) die Festung zur Uebergabe auf. Gleichzeitig ward der königliche Domänenbeamte angewiesen, in Stettin zu erscheinen und dem französischen Gouvernement den Huldigungseid zu leisten. Beide Ansinnen wurden zwar mit einer abschlägigen Antwort bedacht, doch der Franzose hätte nur einige wenige hundert Soldaten haben müssen, um ungehindert zu unsern Toren einziehen zu können. Dies scheint unglaublich und ist doch buchstäbliche Wahrheit! Ich bin nicht Soldat und nehme mir auch nicht heraus, über militärische Dinge zu urteilen. Ich werde mich klüglich hüten, hier eine kunstgerechte Beschreibung der Belagerung Kolbergs zu geben. Ich will nur erzählen, was ein gesundes Paar Augen gesehen und mein schlichter Menschenverstand begriffen hat.

Kolberg war damals ein Städtchen von noch nicht sechstausend Seelen. Es liegt an dem rechten Ufer der Persante, einem kleinen Flusse, welcher nur kurz vor der Ostsee einige hundert Schritte hinauf schiffbar ist. Dort, eine halbe Viertelmeile von der Stadt, bildet er einen Hafen für leichtere Fahrzeuge. Die daran liegenden Wohnungen und Speicher heißen die „Münde". Zwischen Stadt und Münde, ebenfalls am östlichen Ufer, zieht sich die Vorstadt „Die Pfannschmieden" hin.

Die Stadt selbst bildet ein stumpfes Viereck und wird an den drei Landseiten von einem Hauptwall und sechs Bastionen eingeschlossen. Nahe Außenwerke von Wichtigkeit sind hier nicht vorhanden. Der Platz gewinnt aber nichtsdestominder eine bedeutende Stärke durch einen breiten morastigen Wiesengrund, welcher sich ununterbrochen von Süden nach Nordosten dicht an der Stadt hinzieht. Er gestattet keine Annäherung durch Laufgräben und kann überdem durch Schleusen tief unter Wasser gesetzt werden. Erst jenseits erheben sich im Süden die Altstadt, im Osten der Hoheberg und der Bollenwinkel und im Nordosten der Wolfsberg, von wo aus die Stadt beschossen

260

werden kann. Der Wolfsberg war als der gefährlichste Punkt mit einer Schanze versehen. Auf dem Münder Kirchhofe war eine Batterie angelegt, und den Eingang des Hafens deckte an der Ostseite ein starkes Werk, das „Münder-Fort". Die Westseite der Stadt grenzt an die Persante. Zwischen dieser und dem aus ihr abgeleiteten Holzgraben liegt die Neustadt und, noch weiter westlich, die Geldervorstadt, die mit verschiedenen Befestigungen und Außenwerken umgeben sind. Am untern Einflusse des Holzgrabens sichert die „Morastschanze" die Verbindung mit dem Münder-Fort.

Noch erinnerte sich jedermann an die entschlossene und glückliche Verteidigung durch den tapferen Kommandanten Obrist von Heyden. Dreimal – 1758, 1760 und 1761 – war die Stadt durch die Russen und Schweden zu Land und Meer belagert worden. Und auch das dritte Mal war die Übergabe nicht durch Waffengewalt, sondern nur durch Hunger erzwungen worden. Diese Erfahrungen von der Wichtigkeit und Festigkeit des Platzes hatten den König Friedrich bewogen, die Stadt im Jahre 1770 durch verschiedene neue Werke verstärken zu lassen. Kenner behaupteten allerdings, daß diese erweiterten Anlagen ihrem Zweck nur ungenügend entsprächen. Man hatte immer getadelt, daß Kolberg zu klein sei, um als Festung Bedeutung zu haben und eine beträchtliche Garnison zu fassen. Aber es gab kasemattierte Werke, es gab sechs- bis siebenhundert Bürgerhäuser innerhalb der Wälle, die nötigenfalls zwanzig und dreißig Menschen fassen konnten und gefaßt haben. Ich habe daher den festen Glauben, daß sich Kolberg gegen eine noch so große Feindesmacht zu halten vermöge, wenn mit Ehrlichkeit gefochten wird, wenn genügend Proviant vorhanden ist, wenn die Überschwemmung gehörig ausgenützt werden kann und wenn es von der Seeseite her gesichert ist.

Allein im Herbste 1806 sah es mit allem, was zu einer recht=
schaffenen Verteidigung gehörte, gar trübselig aus. Seit un=
denklicher Zeit war für die Unterhaltung der Festung so gut als
nichts getan worden. Wall und Graben waren verfallen, von
Palisaden keine Spur. Nur drei Kanonen standen, in der
Bastion Pommern, auf Lafetten und dienten allein zu Lärm=
schüssen, wenn Ausreißer von der Besatzung verfolgt werden
sollten. Alles übrige Geschütz lag am Boden, hoch vom Grase
überwachsen, und die dazu gehörigen Lafetten vermoderten in
den Remisen. Die Zahl der Verteidiger war unzureichend.
Die Mannschaft selbst untüchtig; die besseren Soldaten waren
ins Feld gezogen. Die allgemeine Entmutigung wurde durch
die herbeiströmenden Flüchtlinge und Tausende sich kreuzende
Unglücksbotschaften genährt. Es fehlte an den nötigsten Be=
dürfnissen für den Fall einer Belagerung. – Ich behaupte also
wohl nicht zuviel, wenn ich sage, daß ein rascher, kecker Anlauf
in jenen ersten Tagen genügt hätte, jeden ernstlichen Wider=
stand des Kommandanten zu brechen.

Dieser Kommandant war damals Obrist von Loucadou. Ein
alter, abgestumpfter Mann, der im bayrischen Erbfolge=Kriege,
wo er ein Blockhaus gegen die Österreicher mutig verteidigt
hatte, zu dem Rufe gekommen war, ein besonders tüchtiger
Offizier zu sein. Späterhin hatte er nur wenig Gelegenheit
gehabt, seine Reputation zu behaupten; und gegenwärtig war
der Geist verflogen oder hing noch so blind an dem alten
Herkommen, daß er sich in der neuen Zeit und Welt gar nicht
zurechtfinden konnte. Ein großes Unglück für den Platz, der
ihm anvertraut worden war, und ein Jammer für alle, welche
die dringende Gefahr sahen und ihn aus seinem Seelenschlafe
vergeblich zu wecken versuchten.

Natürlich konnte uns solch ein Mann kein großes Vertrauen

262

einflößen. Während alles, was Militär hieß, seinen trägen
Schlummer mit ihm zu teilen schien, fühlte sich die ganze Bür=
gerschaft von der lebhaftesten Unruhe und Besorgnis ergriffen.
Man beratschlagte untereinander. Weil ich nun einer der älte=
sten Bürger war, der den Siebenjährigen Krieg erlebt und
während der früheren Belagerungen, neben meinem Vater,
freiwillige Adjutantendienste beim alten braven Heyden ver=
richtet hatte, wählte man mich zum Wortführer. Ich sollte mich
als Repräsentant der gesamten Bürgerschaft mit dem Kom=
mandanten über die Maßregeln zur Verteidigung des Platzes
genauer verständigen.

Nach dem alten Grundsatz, daß „Ruhe die erste Bürger=
pflicht" sei, und alles, was nicht Uniform trage, auch keinen Be=
ruf habe, sich um militärische Angelegenheiten zu kümmern,
könnte es freilich sonderbar und anmaßend erscheinen, daß wir
Bürger in die Verteidigung unserer Stadt mit dreinreden woll=
ten. Doch bei uns in Kolberg war das anders. Von ältester
Zeit her waren wir die natürlichen und gesetzlich berufenen Ver=
teidiger unsrer Wälle und Mauern. Vormals schwur jeder sei=
nen Bürgereid mit Ober= und Untergewehr, und schwur zu=
gleich, daß diese Armatur ihm gehöre und daß er die Festung
verteidigen helfen wolle mit Gut und Blut. Die Bürgerschaft
war in fünf Kompanien eingeteilt, an ihrer Spitze stand der
Bürger=Major. In Ernstfällen hatte sie der Kommandant
nach seinem Ermessen verwandt und wesentlichen Nutzen von
ihrem Dienste gezogen. Wenn die Garnison in Friedenszeiten
zur Revue ausrückte, besetzten sie Tore und Posten. Und noch
immer versammelten sie sich zuweilen mit Erlaubnis des Kom=
mandanten aus eignem Antriebe in der Maikuhle — weniger
freilich zu kriegerischen Übungen, als um sich in diesem lieblich
gelegenen Wäldchen zu vergnügen.

Von diesen Verhältnissen hatte indes der Obrist von Lounadou entweder nie vernommen oder sie waren ihm, als eine vermeintliche Nachäffung des Militärs, lächerlich und zuwider. Das erfuhr ich, als ich mich einige Tage nachher ihm vorstellte. Ich eröffnete ihm im Namen meiner Mitbürger: Daß wir, mit Gott, entschlossen wären, in diesen bedenklichen Zeitläuften mit dem Militär gleiche Last und Gefahr zu bestehen. Wir ständen im Begriffe, uns in ein Bataillon von sieben= bis achthundert Bürgern einzuteilen, die mit vollständiger Ausrüstung versehen wären. Wir bäten um die Erlaubnis, uns vor ihm aufstellen zu dürfen. Er möge die Güte haben, Musterung über uns zu halten und uns demnächst, wie es die Notwendigkeit geböte, unsre Posten anzuweisen. Unser Wille wäre gut, und wir würden unsre Schuldigkeit tun.

Ein Major von Nimptsch, der daneben stand, ließ mich kaum ausreden. Er fuhr auf mich ein: „Aber, Herr, was geht das Ihn an?" – Wogegen der Obrist sich begnügte, den Mund zu einem satirischen Lächeln zu verziehen und mir zu erwidern: Immerhin mögen wir uns versammeln und aufstellen.

Das geschah alsobald. Wir traten, mit unsern Offizieren und notdürftig armiert, auf dem Markte in guter Ordnung an. Abermals begab ich mich zum Kommandanten, um ihm anzuzeigen, daß wir bereit ständen und seine Befehle erwarteten. Seine Miene war auch diesmal nicht von der Art, daß sie mir gefallen hätte. „Macht dem Spiel ein Ende, ihr guten Leutchen!" sagte er endlich. „Geht in Gottes Namen nach Hause. Was soll mirs helfen, daß ich euch sehe?" – So hatte ich meinen Bescheid und trollte mich. Als ich aber sagte, was mir geantwortet worden war, ging diese unverdiente Geringschätzung jedermann so tief zu Herzen, daß alles in wilder Bewegung murrte und sich im vollen Unmut zerstreute.

264

Noch immer nicht ganz abgeschreckt, ging ich bald darauf wieder zum Obristen. Ich hatte einen Vorschlag zu machen, von dem ich glaubte, daß er seinen militärischen Dünkel weniger treffen werde. Es sei vorauszusetzen, sagte ich, daß es, bei der Instandsetzung der Festung zu einer kräftigen Gegenwehr, besonders auf den Wällen viel zu tun geben dürfte. Das Geschütz müßte aufgestellt, geschanzt und Palisaden errichtet werden. Die Bürgerschaft würde dazu gerne Hand anlegen, soviel in ihren Kräften stehe, und sei nur seines Winks gewärtig. – „Die Bürgerschaft! Und immer wieder die Bürgerschaft!" antwortete er mit einem häßlichen Hohnlachen. „Ich will und brauche die Bürgerschaft nicht!"

Solche Äußerungen kehrten nicht nur unser Herz von dem Manne gänzlich ab, wir hegten sogar allerlei bösen Argwohn, der durch die ganz frischen Beispiele, wie unsre Festungskommandanten zu Werke gegangen waren, nur noch immer genährt wurde. Wer bürgte uns vor Verräterei? Vor heimlichen Unterhandlungen? Vor feindlichen Briefen und Boten? Die Not erforderte es, vor solchen Praktiken möglichst auf der Hut zu sein. Zu dem Zwecke wählten wir heimlich unter uns einen Ausschuß, dessen Mitglieder sich zu zweien bei Tag und Nacht an allen drei Stadttoren je nach ein paar Stunden ablösten, um dort auf alles, was aus- und einging, ein wachsames Auge zu haben.

Inzwischen wurden nun doch von seiten der Kommandantur einige schläfrige Anstalten getroffen. Wenigstens sah man, daß auf den Wällen die Kanonen auf Klötze gelegt wurden, da die Lafetten zu sehr verfault waren, um die Rohre tragen zu können. Auch an der Palisadierung ward hier und da gearbeitet. Aber es war nichts Tüchtiges und Ganzes. Und da ich zudem wahrnehmen mußte, daß es hiermit sein Bewenden hatte und zur äußeren Verteidigung gar keine Hand angelegt wurde, ging ich abermals zum Obristen. Ich machte ihn aufmerksam, welche guten Dienste uns bei den früheren Belagerungen besonders eine Schanze auf dem Hohenberge, etwa eine Viertelmeile von der Stadt, geleistet hätte. Der Feind hätte dadurch nicht in Schußweite herankommen können. Noch wären die Überbleibsel der Schanze überall erkennbar. Wenn er nichts dawider habe, seien wir bereit, sie eiligst wiederherzustellen.

Sonderbar und merkwürdig kam mir die Antwort vor, die ich endlich erhielt. „Was außerhalb der Stadt geschieht", ließ er sich vernehmen, „kümmert mich nicht. Die Festung selbst werde ich zu verteidigen wissen. Meinetwegen mögt ihr draußen schanzen, wie und wo ihr wollt. Das geht mich nichts an." – Demnach taten wir nun, was uns unverboten geblieben war, und taten es mit Lust und Freude. Da ich das alte Werk noch gesehen hatte, so gab ich an, wie bei der Arbeit verfahren werden sollte. Ich verteilte und ordnete die Schanzgräber und zog selbst mit einem Karren und der Schaufel vorauf, um ein ermunterndes Beispiel zu geben. So gelang es uns denn, ein Werk aufzuführen, das sich schon sehen lassen durfte und dem für diesen Augenblick nur die Besatzung fehlte. Später wurde denn auch die Garnison um ein Bataillon verstärkt. Das Werk ward zugleich noch bedeutend verbessert und verwandelte sich so in einen Posten, der dem Feinde lange und viel zu schaffen gemacht hätte, wenn er nachmals gehörig verteidigt worden wäre.

Eine andre Sorge, die den Verständigeren unter der Bürgerschaft gar sehr am Herzen lag, war die rechtzeitige und ausreichende Beschaffung von Lebensmitteln für den Fall einer Belagerung. Denn bis jetzt waren Dreiviertel der Einwohner gewohnt, von einem Markttage zum andern zu zehren. Und wovon sollte die Besatzung leben? Ich hielt es für wohlgetan und hatte auch als Bürger-Repräsentant das Amt dazu, Haus bei Haus in der Stadt aufzusuchen und die Bestände an Korn und Viktualien aufzunehmen, zumal bei den Bäckern, Brauern und Branntweinbrennern. Ebenso begab ich mich in die nächsten Dörfer. Ich gab vor, Korn und Schlachtvieh aufkaufen zu wollen, und erfuhr so, was jeden Orts von dieser Gattung vorhanden war. Alles dies schrieb ich auf und überzeugte mich auf diese Art, daß wir nur zugreifen durften, um für Mund und Magen auf eine lange Zeit hinaus genug zu haben.

Aber dies Zugreifen mußte von der Kommandantur aus-gehen. Ich ging also mit meinen Verzeichnissen zu Loucadou, legte sie ihm vor und bat, schleunigst Anstalten zu treffen, daß diese Vorräte gegen Erteilung von Empfangsscheinen in die Festung geschafft würden. Denn wenn der Feind diese Ort-schaften über kurz oder lang besetzte, würde ohnehin alles von ihm geraubt und sein Unterhalt dadurch erleichtert werden. Auf diese gutgemeinte Vorstellung ward ich jedoch von dem Herrn Obristen hart angefahren. Er erklärte mir kurzweg: Zu derglei-chen Gewaltmaßnahmen sei er nicht autorisiert. Jeder möge für sich selber sorgen. Was seine Soldaten anbeträfe, so wäre Mehl und Brot in den Magazinen vorhanden. – „Aber", wandte ich ein, „Ihr Mehl liegt in Fachwerkspeichern, und die Magazine stehen alle an einer Stelle zusammengehäuft und sind den feindlichen Geschützen ausgesetzt. Die erste Granate, die hineinfällt, kann ihr Untergang werden. Wäre es nicht sicherer, diese Vorräte in andre und mehrere Gebäude zu ver-teilen?" – „Die Bürgerschaft macht sich große Sorge um mich!" war seine Antwort. – Eiligst raffte er meine Papiere zusam-men, drückte sie mir wieder in die Hände und versicherte: Er brauche all den Plunder nicht; und damit Gott befohlen!

Ich entfernte mich. Sah ich doch, daß ich mit einem solchen Querkopfe nimmer etwas ausrichten würde.

*　　*　　*

Alles, was ich rings um mich sehen und hören mußte, machte mich stündlich nur noch unruhiger. Nirgends ward getan, was Zeit, Not und Umstände erforderten. Um den Magistrat und seine Anstalten stand es ebenso kläglich. Es geschah entweder gar nichts, oder es geschah auf eine verkehrte Weise. Und wer etwa noch guten und kräftigen Willen hatte, ward nicht gehört. Man ließ es darauf ankommen; und es war an den Fingern abzuzählen, daß unser Untergang die Folge der heillosen Wirtschaft sein würde. Mir blutete das Herz, wenn ich mit unsern Zustand betrachtete.

In Kolberg – das sah ich wohl – war auf keine Hilfe und keinen Beistand mehr zu rechnen. Geholfen aber mußte werden! Ich entschloß mich also, in Gottes Namen und der winterlichen Jahreszeit zum Trotz unsern guten unglücklichen König in Königsberg, Memel oder wo ich ihn finden würde, aufzusuchen und ihm Kolbergs Lage und Not zu schildern.

In dieser Zeit gerade traf der Kriegsrat Wiffeling von Treptow in Kolberg ein. Ein Mann, der Kopf und Herz auf dem rechten Fleck hatte. Nebst andern, die gleich ihm zur pommerschen Kriegs- und Domänenkammer gehörten, hatte er sich von Stettin entfernt, um sich dem Feinde nicht zu Werkzeugen seiner landverderblichen Operationen hergeben zu müssen. Sie wollten dagegen in den noch unbesetzten Gegenden der Provinz die Verwaltung für königliche Rechnung so lange als möglich im Gange halten. Wiffeling war mein Freund. Es tat mir wohl, alle meine Klagen, Sorgen und Bedenken in sein redliches Herz zu schütten. Er sah zugleich mit eignen Augen, wie

268

es hier zuging, und fühlte sich darüber nicht weniger bekümmert. Meine Reise aber mißbilligte er. „Vertrauen Sie mir Ihre Papiere an. Alles, was sonst noch zu einer vollständigen Übersicht der hiesigen Verhältnisse fehlt, lassen Sie uns gemeinsam niederschreiben. Ich begebe mich zum König und werde mein möglichstes tun, damit hier bessere Maßnahmen getroffen werden. Wirken Sie derweilen hier, wie es in Ihren Kräften steht. So Gott will, wird es uns gelingen, dem Könige den Platz zu retten."

Ich blieb, und er reiste ab.

Täglich fanden sich bei uns noch Versprengte von unsern Truppen und aus der Kriegsgefangenschaft Entwichene ein. Sie wollten teils weiter nach Preußen ziehen, teils suchten sie bei uns Zuflucht, um sich von ihren Strapazen zu erholen oder ihre Wunden bei uns auszuheilen. Unter ihnen befand sich auch der Leutnant von Schill vom Regiment Königin-Dragoner, der, am Kopfe schwer verwundet, nicht weiterkommen konnte. Der Zufall machte uns bald miteinander bekannt. Er war ein Mann nach meinem Herzen, einfach und bescheiden, aber von echtem Schrot und Korn. So brauchte es auch keiner langen Zeit, daß er mir ein volles Vertrauen abgewann. Ich schilderte ihm unsre ganze verzweiflungsvolle Lage.

Alles, was ich ihm sagte, erregte seine Aufmerksamkeit. Es mag sein, daß es auch den Entschluß in ihm erzeugt oder befestigt hat, in Kolberg zu bleiben und sich hier nützlich zu machen. Sobald er wieder ein wenig zu Kräften gekommen war, besahen wir uns gemeinschaftlich den Platz und seine Umgebung. Wir waren uns darüber einig, daß es bei einer erfolgreichen Verteidigung der Festung hauptsächlich auf den Besitz des Hafens ankam. Die sogenannte Maikuhle war die Schlüsselstellung des Hafens. Dieses Lustwäldchen, das sich hart vom

Ausfluß der Perſante längs den Uferdünen der Oſtſee erſtreckt, mußte um jeden Preis gehalten werden. Bis zu dieſem Augen= blick aber war zur Verſchanzung dieſes entſcheidenden Punktes noch keine Schaufel in Bewegung geſetzt worden. Man verließ ſich auf das Münder=Fort und die Moraſtſchanze, die aber beide unzureichend waren, den Feind, ſobald er ſich hier einmal feſt= geſetzt hatte, aus dieſer für ihn unſchätzbaren Poſition zu ver= treiben.

Es iſt wahr, es hätten eintauſendfünfhundert Mann dazu gehört, ein hier angelegtes Außenwerk zu beſetzen und zu hal= ten. Das hinderte uns aber nicht, den Gedanken zu faſſen, daß hier bei Zeiten wenigſtens etwas – und ſei es auch nur gegen den erſten Anſturm – geſchehen könne und müſſe. Woher aber Hände nehmen, um dort auch nur einige leichte Erdwerke zu= ſtande zu bringen? – Noch hatte Schill nur erſt einige wenige Leute um ſich geſammelt, die er zu ſeinen jetzt beginnenden Streifereien in der weiteren Umgebung nicht entbehren konnte. Geldmittel waren noch weniger in ſeinen Händen, und von Loucadou war vollends für dieſen Zweck nichts zu erwarten. Auf Schills Zureden und die Verſicherung, ſich für meine künf= tige Entſchädigung eifrigſt zu verwenden, entſchloß ich mich, meine paar Pfennige vorzuſtrecken, die ich im Kaſten hatte.

Demzufolge holte ich in der Gelder=Vorſtadt und in den umliegenden Dörfern ſoviel Tagelöhner und Häusler zuſam= men, wie ich bekommen konnte. Ich verſprach und zahlte guten Lohn, und verwandte auf dieſe Weiſe gegen vierhundert Taler aus meiner Taſche. Tag und Nacht ſchanzten und arbeiteten wenigſtens ſechzig Menſchen eine geraume Zeit hindurch an dieſen Befeſtigungen nach dem von Schill entworfenen Plane. Weder der Kommandant noch ſonſt jemand fragte und kümmerte ſich, was wir da ſchafften. So blieb es auch meinem Freunde überlassen, diese Schanzen mit seinen Leuten zu besetzen. Allein, um sie dort zu halten, mußte auch für Löhnung und Mundvorrat in genügender Weise gesorgt werden. Vorerst fiel diese Sorge mir anheim, solange mein Beutel vorhielt und meine Küche und mein Branntweinlager es vermochten.

* * *

Inzwischen war auch der Kriegsrat Wisseling aus Preußen glücklich wieder zurückgekehrt. Er kam mit sehr ausgedehnten Vollmachten vom Könige für die Verpflegung der Festung. Sein Eifer, verbunden mit der rastlosesten Tätigkeit, brachte sofort ein neues, wunderbares Leben in das Administrationsgeschäft. Ganze Herden Schlachtvieh, lange Reihen von Getreidewagen zogen zu unsern Toren ein. Heu und Stroh füllte in reichem Überflusse die Futtermagazine oder ward in den Scheunen der Vorstädter untergebracht. Für diese erzwungenen Lieferungen erhielt der Landmann nach dem Taxwert Lieferungsscheine, die künftig eingelöst werden sollten und mit denen er zufrieden war. In der Stadt wurde geschlachtet und eingesalzen, und die Böden der Bürgerhäuser wurden mit Kornvorräten gefüllt. So konnte Kolberg allgemach für notdürftig verproviantiert gelten.

Einen neuen Trost gab das Eintreffen des Hauptmanns von Waldenfels. Ein junger, tätiger Mann, der vom Könige geschickt worden war, um als Vizekommandant dem Obristen von Loucadou zur Seite zu stehen und ihn zu unterstützen. Wenn er auch für unsre Verteidigungsanlagen viel Gutes getan und mit dem alten grämlichen Manne deswegen manchen Kampf zu bestehen hatte, so mußte er doch auch eben so oft dem Eigensinn des Obristen nachgeben und sich seinen Launen fügen.

271

Wir hatten also an ihm noch immer nicht den Mann, den wir brauchten.

Auch Schill, der seit dem Januar vom König zur Organisierung eines Freikorps förmlich autorisiert worden war und von allen Seiten gewaltigen Zulauf fand, war ein von Loucadou in Kolberg sehr ungern gesehener Gast. Er legte ihm, wo er nur konnte, Hindernisse in den Weg. Sei es, daß Schills Name sein Ansehen bedrohte oder weil die Rührigkeit des jungen Offiziers seinem eignen gemächlichen Schlendrian zum stillen Vorwurf gereichte. Nun ließ sich der wackre Schill bei all seiner natürlichen Bescheidenheit nicht so leicht unterjochen. Wenn es ihm aber bei uns gar zu warm und beklommen ward, tummelte er sich außerhalb der Festung. Zudem stand sein Ruhm einmal fest; und selbst als ihm sein Überfall auf Stargard, am 16. Februar, mißlang, und er bald darauf in Naugard einen empfindlichen Verlust erlitt, konnte er sich mit unverletzter Ehre gegen Kolberg zurückziehen.

Mit jenem Zuge hatte er beabsichtigt, das vom Marschall Mortier aus Schwedisch-Pommern entsandte Korps des Divisionsgenerals Teullié, welches zur Berennung unsrer Stadt bestimmt war, zu sprengen und uns noch einige Zeit länger Luft zu verschaffen. Da der Streich nicht geglückt war, so drang nun jener französische Heerhaufen ungesäumt nach. Er ward nur noch durch Schills gut genommene und kräftig behauptete Stellung bei Neubrück acht volle Tage aufgehalten. Jetzt war also das längst erwartete Unwetter in nächster Nähe.

Schon am 1. März bemächtigte sich der Feind des Passes bei Neubrück und zeigte sich zwei Tage später vor dem Kauzenberg. Zu gleicher Zeit schlug eine andre feindliche Abteilung den Weg am Strande der Ostsee über Deep ein und beabsichtigte augenscheinlich, die Maikuhle zu besetzen. Eben hierher aber hatte sich ein Teil des Schillschen Korps zurückgezogen, welches nicht nur den Feind entschlossen zurückwies, sondern von jetzt an auch fortwährend diesen Posten besetzt hielt. Ein Vorstoß gegen die Schanze am Kauzenberg, der glücklich abgewiesen wurde, sollte nur den Marsch der Hauptmacht decken. Sie wandte sich gleichzeitig von Neubrück südöstlich gegen Groß-Jestin, passierte bei Köslin die Persante und hatte sich am 10. März bis Zernin und Tramm herumgezogen, um den Platz auch von der Ostseite einzuschließen.

Da der Feind bei Tramm nicht stehen bleiben würde, erschien es dringend notwendig, die Lauenburger Vorstadt zu schützen. Ich wußte, daß dies durch eine auf dem Damme nächst der Ziegelscheune zu errichtende Schanze am zweckmäßigsten geschehen könnte. So bewog ich die Bürgerschaft, auch zu dieser Arbeit freiwillig Hand anzulegen. Am 5. März griffen wir das Werk gemeinschaftlich an, schanzten Tag und Nacht unverdrossen und hatten auch die Freude, unsre Arbeit schon am 9., noch vor Erscheinen eines Franzosen, vollendet zu sehen.

Während wir damit noch beschäftigt waren, ließ sich der Kommandant vom Hauptmann von Waldenfels bewegen, uns in Begleitung des (Gott erbarme sich's!) Ingenieur-Kapitäns Düring und einiger andrer dort zu besuchen. Es war seit der ganzen Zeit das erste Mal, daß er sich außerhalb der Tore der Stadt blicken ließ. Anstatt uns in unserm Fleiße durch irgendein freundliches Wort aufzumuntern, machte er unser Werk mit spöttischem Lachen als Kinderspiel verächtlich. Die Herren unterhielten sich darüber, ob die Festung überhaupt zu halten sei, und ihre Meinungen fielen sehr verschieden aus. Ich konnte mich nicht länger bezähmen und rief: „Meine Herren, Kolberg kann und muß dem Könige erhalten werden; es koste, was es wolle! Wir haben Brot und Waffen; und was uns noch fehlt, wird uns zur See zugeführt werden. Wir Bürger sind, alle für einen Mann, entschlossen, die Festung nicht übergeben zu lassen, wenn auch all unsre Häuser zu Schutthaufen würden. Und hörten es je meine Ohren, daß irgend jemand – er sei Bürger oder Militär – von Übergabe spräche: bei Mannes Wort! Dem renne ich gleich auf der Stelle diesen meinen Degen durch den Leib; und sollte ich ihn in der nächsten Minute mir selbst durch die Brust bohren müssen!" –

Bis zum 13. März hatte der Feind seine Umzingelung vollendet. Dennoch war die Einschließung nicht so dicht, daß nicht immer noch einige Nachrichten von außen her durch flüchtende Landleute zu uns gedrungen wären, die stärkere Zusammenziehungen der französischen Truppen ankündigten. Reiterpatrouillen, welche Schill später ausschickte, bestätigten diese Gerüchte. Überhaupt blieb uns auf dem Wege längs dem Strande, zumal nach Westen hin, noch manche Verbindung mit der Nachbarschaft fast die ganze Zeit der Belagerung hindurch; und auch zu Wasser ließ sich jeder beliebige Punkt der Küste heimlich erreichen.

Gleichzeitig mit der Schanze auf dem Hohenberge hatten unsre Belagerer auch die Anhöhen der Altstadt besetzt, ohne dort einigen Widerstand zu finden, und waren uns dadurch in eine bedenkliche Nähe gerückt. Es wurde daher hohe Zeit, die Wiesen unter Wasser zu setzen. Schon von Anfang an hatte ich mir mit den Vorbereitungen zu dieser Überschwemmung viele Mühe gegeben und teils auf eigne Kosten, teils unter Mitwirkung der Bürgerschaft auch so viel geleistet, daß ich hoffen konnte, nötigenfalls eine weite Fläche dergestalt unter Wasser zu setzen, daß an kein Durchkommen zu denken wäre. Um einen haltbaren Damm zur Stauung zu bekommen, hatte ich mehrere hundert leere Glaskisten mit Erde füllen und neben

und aufeinander versenken lassen. Andere Dämme waren aus-
gebessert und die Schleusen und Wasserläufe in Ordnung gebracht worden.

Die Eigentümer der Wiesen und Ländereien, welche überschwemmt werden sollten, widerstrebten dieser Maßnahme natürlich. Sie hatte vermeint, dort noch trotz der Belagerung
säen und ernten zu können. Um dieser Katzbalgereien über-
hoben zu sein, wandte ich mich an Waldenfels. Ich zeigte ihm
die ganze Einrichtung der Schleusen und Aufstauungen und
forderte ihn auf, die Überschwemmung ohne längeres Zögern
im Namen der Kommandantur zu veranlassen. So sehr er von
der Nützlichkeit der Sache überzeugt war, wagte er es doch
nicht, die Verantwortung für den Befehl auf sich zu nehmen.
Ich aber wollte ebensowenig etwas mit dem Obristen zu tun
haben. Endlich überredete er mich dennoch, mit ihm zu dem
Kommandanten zu gehen und ihm die Sache gemeinschaftlich
vorzustellen.

Der Herr Obrist lehnte ab. —

An dem nämlichen Tage hatten die Franzosen schon früh das
Dörfchen Bullenwinkel in Rauch aufgehen lassen. Ich weiß
nicht, ob aus Frevelmut oder um irgendeinen militärischen
Zweck dadurch zu erreichen. War es nun, daß unser Kommandant in dieser Kunst nicht nachstehen wollte, oder daß er wirklich um ein Eindringen und Festsetzen des Feindes in der
Lauenburger Vorstadt besorgt war — genug, er beschloß, diese
ganze Vorstadt gänzlich niederzubrennen. Niemand von den
zahlreichen Bewohnern hatte an eine solche gewaltsame Maßnahme auch nur gedacht. Niemand war in diesem Augenblick
darauf vorbereitet — am wenigsten, daß dem dazu erteilten
Befehl die Ausführung unmittelbar folgen werde. Keine halbe
Stunde Zeit ward den Unglücklichen zur Rettung ihrer Habe

gelaffen. Viele mußten, wie sie gingen und standen, ihr Eigentum verlaffen. Hundert Familien wurden in wenigen Minuten zu Bettlern und suchten nun in der ohnehin ziemlich beengten Stadt ein kümmerliches Unterkommen.

*　　*　　*

Der feindliche Anführer schien indes seine am 13. März errungenen Vorteile für bedeutend genug zu halten, um zu glauben, uns sei der Mut zu fernerem Widerstande dadurch gebrochen worden. Am 15. vormittags um zehn Uhr erschien nämlich am Mühlentor ein französischer Parlamentär in einem mit vier Pferden bespannten Wagen. Der Kutscher fuhr vom Sattel; den Bock nahm ein Trompeter ein, und zwei Nobelgardisten, wie die Puppen gekleidet und in kriegsmäßiger Ausrüstung, gingen zu beiden Seiten des Wagens einher. In diesem ungewöhnlichen Aufzuge rasselte die Abordnung zur Stadt herein und hielt dann vor dem Hause des Kommandanten, der den Parlamentär in der Haustür empfing. Er bot ihm freundlich die Hand und führte ihn in sein Zimmer, welches sofort hinter ihnen verschlossen wurde.

Nach und nach fanden sich viele Offiziere der Garnison auf dem Flur des Hauses ein, unter welche auch ich mich mischte. Alle waren von dem Erscheinen des Parlamentärs überrascht und auf den Ausgang der Unterredung gespannt. Man fragte, ob denn sonst keiner von den Offizieren in dem verriegelten Zimmer sei. Ich wandte mich an den Obristen von Britzke: „Herr, Sie sind der Nächste an Rang und Alter. Ihnen gebührt es am ersten, mit anzuhören, was da unterhandelt wird. Sprengen Sie die Türe!" – Er zuckte die Schultern, und niemand von den Anwesenden sprach ein Wort. Mich aber überfiel eine unbeschreibliche Angst und Sorge. Die Erinnerungen an Stettin, Küstrin und Magdeburg standen mir wie finstere Gespenster vor der Seele. Ich konnte hier nicht warten; ich lief, den Vizekommandanten zu suchen, der jetzt allein noch Unheil zu verhüten vermochte.

Vergebens irrte ich in der ganzen Stadt und auf den Wällen umher. Bald sagte man mir, er sei auf der Münde beim Hafen; bald wieder hieß es, er befände sich bei den Verschanzungen auf dem Wolfsberge. Überallhin schickte ich Boten. Es war aber fast zwei Uhr geworden; ich konnte nicht mehr auf ihn warten. Es trieb mich wieder nach dem Kommandantenhause.

In der Zwischenzeit spazierten Trompeter, Kutscher und Nobelgardisten nach Belieben und ohne Aufsicht in der Stadt umher. Sie sahen mir sämtlich nicht so aus, als ob sie in ihre Kleider gehörten. Ein Unteroffizier der Garnison, ein gewisser Reischard, hatte sich, wie von ungefähr, zu ihnen gesellt und sie, wie man wissen wollte, auch auf den Wällen herumgeführt. Dieser Mensch war in den letzten Zeiten vielfältig als Aufseher bei den Arbeiten an den Verschanzungen und beim Palisadensetzen verwandt worden. Er konnte also über die Lage und Beschaffenheit der Werke wohl einige Auskunft geben.

Endlich, nach langem peinlichen Harren, ward von dem Kommandanten aus dem Fenster gerufen, daß der Wagen des Parlamentärs vorfahren solle. Beide Herren traten Hand in Hand aus dem Zimmer. Unter den auf dem Flur stehenden Männern war auch ein Ansbachischer Offizier außer Diensten, der sich seit einiger Zeit in der Stadt umhertrieb und sich jetzt auch, man mußte nicht wie und warum, hier eingedrängt hatte. Dieser nun trat mit einer gewissen Zuversichtlichkeit auf den französischen Unterhändler zu und begrüßte ihn. Sie gaben sich die Hand und drängten sich zwischen uns zum Hof durch, wo sie lange und angelegentlich miteinander sprachen.

Hierbei ward mir warm. Ich zog den Kommandanten am Armel dorthin und rief: „Herr Obrist, was die beiden dort abzumachen haben, das müssen auch Sie wissen!" – Er folgte mir wie ein Schaf. Sowie wir aber näherkamen, verbeugten sie sich beiderseits und gingen auseinander. Darauf stieg der Parlamentär in den Wagen und kutschierte davon. Erst eine halbe Stunde nachher kam der Hauptmann von Waldenfels fast atemlos herbeigeeilt. Wir erzählten ihm, was hier vorgegangen sei. Der Mann geriet ganz außer sich, daß so etwas in seiner Abwesenheit hatte geschehen können. Man erfuhr auch nachher, daß Loucadou und der Vizekommandant einen harten Wortwechsel gehabt und sich überworfen hatten. In all diesen Vorgängen war sehr viel Unbegreifliches; und mein Argwohn wurde noch bestärkt, als ich hörte, daß nach zwei Tagen jener Unteroffizier Reischard zum Feinde übergegangen war.

Gleich am 16. März machte der Feind den ersten Versuch, die Stadt von der eroberten Schanze auf dem Hohenberge mit Wurfgeschütz zu erreichen. Er schickte uns einige Granaten zu, die aber schon in der Luft zerplatzten, oder unschädlich in den Stadtgraben fielen. Nichtsdestoweniger ward abends um acht Uhr ganz unvermutet Feuerlärm geschlagen. Das Haus des Kommandanten stand in hellen Flammen! Alles lief zum Löschen herbei. Mancher verständige Bürger brachte dies Ereignis unwillkürlich mit dem gestrigen Besuche des Parlamentärs in eine sehr bedenkliche Verbindung. Lag in diesem Brandlärm aber etwas Vorbereitetes, so konnte man auch befürchten, daß der Feind diesen Zeitpunkt zu einer nächtlichen Überrumpelung benutzte.

Voller Sorge entschlossen sich dreizehn von uns, sofort eine

278

Runde ringsum um die Stadtwälle zu machen und die Verteidigungseinrichtungen mit eignen Augen zu besehen. Überall auf den Batterien, wo Kanonen und Pulverwagen standen, riefen wir wiederholt und überlaut die Schildwachen an. Aber nur selten ward uns geantwortet. Auf unserm ganzen langen Rundgang trafen wir nicht mehr als – sieben Mann unter Gewehr an!

So etwas überstieg alle unsre Gedanken und Begriffe. Wir erachteten es für dringend notwendig, dem Kommandanten davon schleunigst Anzeige zu machen, damit das Erforderliche veranlaßt und Unglück verhütet würde. Der Kommandant aber war längst aus seinem brennenden Hause geflüchtet und hatte sich in das Posthaus einquartiert. Auch dort suchten wir ihn auf und ließen ihm durch seine Ordonnanz sagen: Die Bürgerpatrouille wolle ihn sprechen, um etwas Hochwichtiges zu melden. – Wir empfingen hierauf den Bescheid: „Der Herr Obrist habe sich bereits zur Ruhe begeben und lasse sich heute nicht mehr sprechen." – Was für eine unerhörte Seelenruhe bei einem Festungskommandanten, der den Feind vor den Toren hat und dessen Haus in vollen Flammen steht! Dieser Brand wurde übrigens gegen drei Uhr morgens gelöscht. Wir Bürger setzten unsre Rundgänge die ganze Nacht durch fort. Der Feind hielt sich zwar ruhig, aber dennoch wird man verstehen, daß uns bei solchen Zuständen bitter zumute war und daß wir eine traurige Zukunft vor uns sahen.

Allein was war hier mit unserm stillen Grollen und Jammern oder auch mit lautem Murren und Räsonnieren geholfen? Hier mußte schnell und nachdrücklich Abhilfe geschaffen werden. So ging ich auch noch am nämlichen Morgen ans Werk, um aus der ganzen Fülle meines beklommenen Herzens unmittelbar an den König zu schreiben, was mir in diesen letzten Tagen wie auch früher unrecht und bedenklich vorgekommen war. Ich weiß noch, daß dieses Schreiben mit den Worten schloß: „Wenn Ew. Majestät uns nicht bald einen andern und braven Kommandanten zuschicken, sind wir unglücklich und verloren!" – Diesen Notruf ließ ich durch gute Freunde nach Memel bringen. Ich erfuhr auch, daß der Monarch ihn selbst empfangen und gnädig aufgenommen habe.

*   *   *

Bis zum 19. März waren die Belagerer vornehmlich damit beschäftigt, ihre Lager einzurichten, sich in der Altstadt festzusetzen und eine Verbindungsbrücke über die Persante in der Nähe von Rosentin zu schlagen. Danach rückten sie vor. Das Dorf Sellnow ging verloren, und damit war der Feind Herr des Gradierwerks und der Saline. Die Schanze auf dem Strickerberge, die heftig angegriffen wurde, verteidigten die Grenadiere mit Entschlossenheit bis gegen Abend. Dann mußten sie durch eine Abteilung Freiwillige des Schillschen Korps abgelöst werden. Diese behaupteten sich noch achtundvierzig Stunden.

Nun aber bestand für die Geldervorstadt die Gefahr, eingenommen zu werden, was sich für die Festung sehr nachteilig auswirken mußte. Loucadou war darum auch sogleich bereit, den Befehl zum Niederbrennen zu geben. Diesmal aber fand seine rücksichtslose Härte einen edelmütigen Widerstand an dem Rittmeister von Schill. Er tat dar, daß jede Übereilung bei der Ausführung dieser Maßnahme unnütz sei, solange die vorliegenden Schanzen noch von seinen Leuten verteidigt würden, für deren Mut und Ausdauer er sich verbürge. Der Kommandant sah sich für den Augenblick genötigt nachzugeben; und Hunderte von Menschen fanden dadurch Zeit, alle beweglichen

Reste ihrer Habe rückwärts in Sicherheit zu bringen. Erst als dies geschehen war, wurden die Brände angelegt und die Schanzen verlassen.

Loucadou aber sah in Schills Benehmen einen sträflichen Mangel an Subordination. Er machte ihm danach harte Vorwürfe, welche einen lebhaften Wortwechsel nach sich zogen. Schill wurde mit Zimmerarrest bestraft, dem sich der Gekränkte geduldig unterzog, da ja erreicht war, was er menschenfreundlich bezweckt hatte. Aber nicht so geduldig nahmen es Soldaten und Bürger auf, als es bekannt wurde, was für eine Ungebühr ihrem Augapfel und Liebling widerfahren sei. Es entstand ein Gemurmel, ein Reden, Fragen und Durcheinanderlaufen, das mit jeder Minute lauter und stürmischer wurde. Immer mehr Menschen drängten sich auf dem Markte, und man hörte hier und da, Schill müsse mit Gewalt befreit und der Kommandant für das, was er getan, persönlich verantwortlich gemacht werden.

Ich war nicht weniger entrüstet als jeder andre. Zugleich aber war mir klar, von welchen unseligen und schwer zu berechnenden Folgen hier jede Gewalttätigkeit sein würde. Ich bat die Menge, Vernunft anzunehmen und vor allen Dingen Schills eigne Meinung zu hören. Ich sei auf dem Wege zu ihm. Sie mögen also ruhig meine Rückkehr abwarten. Das ward denn auch angenommen.

Als ich zu dem Gefangenen kam und ihm sagte, wie die Sachen ständen, erschrak er heftig und rief mir zu: „Freund, ich bitte Sie um alles, stellen Sie die guten Menschen zufrieden! Aufruhr wäre das letzte und größte Unglück, das uns begegnen könnte. Sagen Sie ihnen, ich sei nicht arretiert, ich sei krank. – Sagen Sie, was Sie wollen, wenn die Leute nur Ruhe geben." – Ich eilte nach dem Markte zurück. Kaum

konnte ich durch das tosende Gedränge kommen. Vor dem Kuh=
fahlschen Hause trat ich auf eine Erhöhung und verschaffte mir
mit Mühe Gehör. „Kinder!" rief ich. „Ich komme von unserm
Freunde. Aus seinem eignen Munde weiß ichs: Er hat nicht
Arrest, wie Ihr glaubt, sondern hält sich wegen Unpäßlichkeit in
seinem Zimmer auf. Euch insgesamt aber bittet er durch mich,
wenn ihr ihm je Liebe bewiesen habt, daß ihr jetzt ruhig aus=
einandergeht. Binnen wenigen Tagen hofft er so vollkommen
hergestellt zu sein, daß er selbst unter euch erscheinen und euch
für eure Anhänglichkeit danken kann. Wer also ein guter Bür=
ger und sein Freund ist, der geht nach Hause."

Die guten Leute kamen glücklich zur Besinnung. Und als
die Angeseheneren sich ruhig wegbegeben hatten, verlief sich
auch der Pöbel allgemach. Loucadou verhielt sich, als hätte er
kein Wasser getrübt, was ihm auch gar sehr zu raten war.
Schills Arrest aber ward, wie man wohl denken kann, still=
schweigend aufgehoben. Da er seine Gegenwart in der Mai=
kuhle und an einigen andern Orten bei den Vorposten für not=
wendig hielt, tat er, was die Umstände erforderten; und Lou=
cadou erklärte wieder einmal: „Außerhalb der Festung möge er
schalten, wie ers für gut befinde."

Scharmützel und Plänkeleien zwischen den Vorposten, kleine
Ausfälle und Überrumpelungen waren mit wechselndem Glücke
an der Tagesordnung und kosteten uns immer einige brave
Leute. Ihr Verlust wäre uns noch fühlbarer geworden, wenn
wir unsre Reihen nicht hätten ergänzen können. Aber, nun die
See wieder fahrbar geworden war, strömten uns von Zeit zu
Zeit auf einem dänischen Schiffe und auch auf mehreren Rü=
genwalder Booten kampflustige ehemalige Kriegsgefangene
zu Hunderten zu. Doch auch der Feind verstärkte seine Reihen
von Tag zu Tag. Sein Wurfgeschütz richtete hier und da Ver=

282

heerungen an; besonders machten uns seine so nahe gelegenen Batterien auf der Altstadt viel zu schaffen. Um vor diesen mehr Ruhe zu haben, legten wir es am 3. April darauf an, die die Sicht behindernden Gebäude in Brand zu schießen. Unsre Bomben und Granaten zündeten auch wirklich, allein das Feuer griff nicht um sich, und unser Pulver war vergeblich verschossen.

Auch am 5. April machten uns die französischen Granaten von dort her unangenehme Besuche. Ich befand mich mit hundert und mehr Menschen auf dem Markte, wo der Kommandant den Bürgern seine Befehle gab, die mir sehr absurd erschienen. So hatte er geboten, daß alle Hausdächer hoch mit Dünger belegt werden sollten, um das Durchschlagen der Bomben zu verhüten. Ebenso sollte überall das Straßenpflaster aufgerissen werden, um gleichfalls die Geschosse unschädlicher zu machen. Ich war auch hier so vorwitzig, meine Bedenken zu äußern. Einmal, ob der anbefohlene Dünger auf unsern Dächern, die durchgängig eine Neigung von mehr als 45 Grad hätten, wohl lange haften dürfte; und dann, ob die Granaten auch wohl solcherlei gedeckten Dächern bei ihrer leichten Konstruktion sonderlichen Respekt beweisen möchten. Gleicherweise erinnerte ich ihn, daß die Stadt bereits dreimal und heftig mit Bomben belegt worden wäre, ohne daß man es für nötig gefunden hätte, das Pflaster aufzureißen. Dies schiene mir bei unsern engen Gassen sogar schädlich und hinderlich, weil dann bei Feuersgefahr weder Sprizen noch Wasserkufen einen Weg durch die Steinhaufen und über den umgewühlten Boden finden würden. Dergleichen Experimente, die vielleicht anderwärts am Platze waren, ließe man hier besser beiseite, und der beste Rat sei, uns tapfer unsrer Haut zu wehren. – Ich glaube, ich hätte besser getan, das nicht zu sagen: es machte den alten

Herrn verdrießlich, zumal ich einige Lacher auf meiner Seite hatte.

Während noch hiervon die Rede war, schlugen einige Granaten nicht weit von uns in die Dächer einiger Häuser und richteten Schaden an. Fast zu gleicher Zeit fuhr eine Bombe kaum zwanzig oder dreißig Schritt weit von uns nieder. Sie zersprang, verletzte aber niemand. Bei dem Knall sah sich der Obrist mit etwas verwirrten Blicken unter uns um und stotterte: „Meine Herren, wenn das so fortgeht, so werden wir doch noch zu Kreuze kriechen müssen!" –

Als ich dies hörte, war ich meiner Sinne nicht mehr mächtig. Ich tat einen Schritt, den ich jetzt selber nicht gutheiße, obwohl ich mir dabei der reinsten Absicht bewußt bin. Ich fuhr gegen ihn auf und schrie: „Halt! Der erste, wer er auch sei, der das verdammte Wort ausspricht von ‚Zu Kreuze kriechen' und ‚Übergabe der Festung', der stirbt des Todes von meiner Hand!" – Dabei fuhr mir der Degen – ich weiß nicht wie – aus der Scheide, und, die Degenspitze gegen den Feigling gerichtet, rief ich allen, die es hören wollten, zu: „Laßt uns brav und ehrlich sein, oder wir verdienen wie die Memmen zu sterben!"

Der Landrat Dahlke, der neben mir stand, zog mich von Loucadou zurück, während der Kommandant vom Kaufmann Schröder gehindert wurde, seine Hände zu gebrauchen, die gleichfalls nach der Klinge griffen. Seine Zornwut kannte keine Grenzen mehr. „Arretieren!" schrie er mit schäumendem Munde. „Gleich arretieren! In Ketten und Banden!" – Da sich indes alles um ihn drängte, der Landrat mich aber mit allen Kräften mit sich zog, glaubte er wohl, daß man mich ins Gefängnis führte. Ich aber, der ein wenig zur Besinnung gekommen und mit mir alten Knaben nicht gerade zufrieden, ging

284

nach Hause, um zu warten, was in der tollen Geschichte weiter erfolgen würde.

Gleich nachmittags berief der Kommandant den Landrat zu sich. Er erklärte, er werde ein aus Militär und Zivil bestehendes Kriegsgericht einsetzen und mich am nächsten Tage auf dem Glacis der Festung erschießen lassen. Der Landrat, der es gut mit mir meinte, erschrak und gab zu bedenken, welch einen gefährlichen Eindruck eine solche Prozedur auf die Bürgerschaft machen könnte. Loucadou beharrte indes auf seinem Willen. Der Landrat versicherte, daß er damit nichts zu schaffen haben wolle, und entfernte sich.

Auf dem Heimwege eröffnete er in seiner Bestürzung einigen Bürgern, was der Kommandant mit mir vorhabe. Alles geriet in die größte Bewegung, alles nahm meine Partei. Und wer mir auch sonst vielleicht nicht günstig war, wollte doch einen Mitbürger und Landsmann nicht so schmählich unterdrücken lassen. Sie versammelten sich und zogen zu Loucadou. Man umringte ihn, und die Wortführer bestürmten ihn so lange im Guten und im Bösen, bis sie seine Entrüstung einigermaßen milderten und ihn vielleicht auch ahnen ließen, daß er hier kein so leichtes Spiel haben werde. „Gut! Gut!" rief er endlich. „So mag der alte Bursche diesmal laufen. Hüt' er sich nur, daß ich ihn nicht wieder fasse!" – Alles ging friedlich auseinander. Ich erfuhr aber erst des andern Tages vom Landrat, wie schlimm es um mich gestanden hatte.

Ich glaubte jedoch, ich hätte unter dem Militär Freunde genug gefunden, von denen alles, was sich verantworten ließ, getan worden wäre, die Angelegenheit zu meinem Vorteil zu ordnen. Ich hätte es wohl auch einigermaßen verdient, da ich keine Mühe und Anstrengung scheute, ihre Lage nach Möglichkeit zu erleichtern. Zumal das Schillsche Korps in der Mai-

kuhle war in wahrhaft beklagenswerten Umständen. Die armen
Leute wurden dort von dem Feind unaufhörlich in Atem gehalten. Tag und Nacht lagen sie unter freiem Himmel, ohne
je von ihrem Posten abgelöst zu werden und unter Dach und
Fach zu kommen. An regelmäßige Löhnung war gar nicht zu
denken und an anderweitigen Unterhalt nur höchst selten. Gleichwohl zeigten sich die Schillschen Leute, in denen der Geist ihres
Anführers lebte, äußerst willig und brav. Bei jedem Alarm
waren sie die ersten auf dem Sammelplatz. Solchen Eifer kann
man einigen andern Truppen nicht nachrühmen.

Ich habe, weiß Gott, getan, was nur möglich war, um diese
braven Leute in ihrer Not zu unterstützen. Ein Tonnenkessel
Kartoffeln und andres Gemüse kam bei mir nie vom Feuer.
Oftmals habe ich alle Fleischer- und Bäckerläden auskaufen
lassen; oftmals bin ich von Haus zu Haus gegangen und habe
gebeten, daß für meine Schillschen Kinder in der Maikuhle
zugekocht werden möchte. Sie betrachteten mich in der Tat als
ihren Vater und nannten mich ihren Brot- und Trankspender.
Wenn ich mich in der Nähe der Lagerposten zeigte, ward ich
gewöhnlich mit kriegerischer Musik empfangen. Nicht selten
zuckelte ich, wenn sie zu irgendeinem Angriff ins Freie rückten,
auf meinem Pferdchen neben ihnen her und versuchte ihnen
Mut zuzusprechen.

Jede Art Ermunterung war aber auch für diese braven
Truppen notwendig, da sie in der ersten Zeit der Belagerung
am schwersten zu schaffen hatten. Schon vom 5. April an hatten
die Franzosen täglich immer ernstlichere Angriffe gegen die
Maikuhle unternommen, waren aber jedesmal mit blutigen
Köpfen zurückgewiesen worden. Dabei half die Festungs-
artillerie in der rechten Flanke wacker mit, so oft sie sich in ihren
Bereich verirrten.

Trotzdem schien der feindliche Anführer die Maikuhle um jeden Preis erringen zu wollen. Schon am 11. zogen starke Truppenabteilungen über die Verbindungsbrücke bei der Altstadt nach Sellnow hinüber. Am nächstfolgenden Tage zeigte sich vor Neu-Werder eine Truppenansammlung von wenigstens ein paar tausend Mann. Schill wartete jedoch diesen Angriff nicht ab. Er ging gegen den Feind mit ein paar Kanonen und seinem gesamten Korps vor, drängte sie in den Morast und benutzte die entstandene Unordnung so rasch und glücklich, daß auf dem verwirrten Rückzuge Alt- und Neuwerder für den Feind verloren gingen und dieser bis an seine feste Stellung bei Sellnow zurückgetrieben wurde. Es ging dabei scharf her, und unsre Leute bewiesen einen Mut, der nicht genug zu loben ist.

Vier Kompanien der Besatzung rückten während des Gefechts vor das Gelder-Tor. Es ist nicht zu leugnen, daß das Erscheinen dieser Truppen nicht wenig dazu beitrug, den Rückzug des Feindes zu beschleunigen. Hätten jedoch eben diese Truppen, vielleicht noch durch etwas mehr Mannschaften unterstützt, einen entschlossenen Angriff auf Sellnow selbst und die dahinter liegende Schanze gewagt, so wären die feindlichen Kolonnen gänzlich auseinandergesprengt und der Kauzenberg wiedergewonnen worden. Das wurde auch von den Franzosen in Sellnow so lebhaft befürchtet, daß dort bereits alles zum Abzuge vorbereitet worden war. Schill hatte diese Maßnahme zu wiederholten Malen und aufs dringendste von dem Kommandanten gefordert, als er noch am Abend den Entschluß faßte, den Angriff von Werder aus fortzusetzen. Allein Loucadou hatte keine Ohren für diesen Vorschlag. Sei es, daß er, seiner alten Ansicht getreu, außerhalb der Wälle nichts aufs Spiel setzen wollte, oder daß ihm sein tief eingewurzelter Widerwille gegen Schill und seinen überlegenen Geist nicht gestattete, zu

irgendeinem Plan die Hände zu bieten, der von diesem aus≠
ging. Genug, der günstigste Augenblick ward versäumt und
kehrte nie wieder!

Drei Tage nachher ging Rittmeister von Schill zu Schiff
nach Schwedisch≠Pommern. Der neuerliche Zwist mit dem eng≠
herzigen Kommandanten trug wohl vornehmlich die Schuld,
daß jener wackere Mann bei uns nicht länger zu bleiben ver≠
mochte. Dennoch diente seine Reise nur dazu, uns aus der
Ferne desto wirksamere Hilfe zu leisten. Er plante, sich in
Pommern festzusetzen, um von dort aus Stralsund und Kol≠
berg wechselseitig zu unterstützen. Wir hatten in den letzten
Tagen Nachrichten erhalten, daß der König von Schweden
nicht nur das gegen ihn operierende französische Korps über die
Peene zurückgedrängt habe, sondern auch mit einem Teil sei≠
ner Macht auf Swinemünde vordringe und im Begriffe sei,
Wollin von den Feinden zu säubern, wodurch unserm Platze
vielleicht wieder Luft geschafft werde. Nun erwiesen sich diese
Nachrichten zwar in der Folge zu einem Teil als falsch, waren
aber ermunternd genug gewesen, um einen Mann wie Schill
zu neuen großen Hoffnungen und auch zu dem Entschlusse zu
begeistern, den guten Willen der Schweden an Ort und Stelle
gegen den gemeinsamen Widersacher in Bewegung zu setzen.
Um diese Absichten konnten und durften indes nur wenige
wissen. Je mehr dadurch seine Abreise als die Folge von
Zwistigkeiten mit Loucadou erschien, um so schmerzlicher und
unmutiger war das allgemeine Bedauern, womit die Nachricht
davon unsern Ort erfüllte.

* * *

Seit dem letzten mißlungenen Angriff auf die Maikuhle ge≠
schahen nur hier und da einige Vorstöße auf unsre Vorposten≠

kette, um unsre Aufmerksamkeit zu beschäftigen. Dagegen wagte sich der Feind in diesen Tagen an ein Unternehmen, das kühn und groß genug angelegt war, um uns, bei geglückter Ausführung, mit all unsern bisherigen Verteidigungswerken im eigentlichsten Wortverstande aufs Trockne zu setzen. Die Franzosen wollten nämlich der Persante ein andres Bette graben und sie in den Campschen See ableiten. Dies sollte in der Niederung zwischen Sellnow und dem Kauzenberge dadurch geschehen, daß der Graben, der sich auf Alt- und Neu-Bork nach Naugard und Papenhagen hinzieht, gehörig vertieft wurde. Das Werk wurde groß und kräftig angefangen; aber bald stieß man auf Schwierigkeiten, die man nicht erwartet hatte. Darum ward auch die Sache wieder aufgegeben. Wir sahen uns von einer Sorge befreit, ehe sie uns noch hatte beunruhigen können. Denn hier stand freilich die Wirksamkeit unsers ganzen Überschwemmungssystems auf dem Spiele; und selbst unser Hafen wäre durch den nächsten Seesturm bis zur völligen Unbrauchbarkeit versandet.

Empfindlichen Schaden verursachten uns die feindlichen Wurfbatterien auf der Altstadt. Sie zerstörten nicht nur einen Teil unsrer Häuser, sondern nahmen auch manches Menschen Leben und Gesundheit. Zwar strengte sich unsre Artillerie am 23. April erneut und lebhaft an, die Einäscherung der dortigen Gebäude zu vollenden, aber es war nicht zu bewerkstelligen. Und dies schlug den Mut der Menge merklich nieder. Die Geringschätzung unsers unfähigen Kommandanten ging allmählich in wirklichen Haß und Feindseligkeit gegen ihn über. Das um so mehr, da es so manchen würdigen Offizier unter der Besatzung gab, der das Herz auf dem rechten Fleck und viel Einsicht und Überlegung hatte, aber sein Licht unter den Scheffel stellen mußte. Sie alle taten, was in ihren Kräften stand und was Loucadous Eigensinn und Dünkel ihnen nur irgend gestattete.

Desto sehnsüchtiger waren meine Blicke und Hoffnungen auf Memel gerichtet. In meiner Seele lebte ein unüberwindliches Vertrauen, daß mein Klageschrei das Ohr unsers gütigen Monarchen erreicht und gerührt haben werde. Unsre Verbindungen nach jenem Platze waren nach und nach immer lebendiger geworden. Der Kaufmann Schröder hatte vier oder fünf Schiffe von sechzig bis zweihundertsechzig Lasten in unserm Hafen liegen. Diese waren nunmehr und späterhin unaufhörlich zwischen Kolberg und Memel unterwegs, bald mit Kriegsgefangenen, deren wir uns dorthin entledigten, bald auch nur mit einem einzigen Briefe, wenn es eine besondere wichtige Angelegenheit erforderte.

Nun rückten auch unsre langgenährten Wünsche ihrer Erfüllung immer näher. Am 26. April führten zwei jener Schiffe das zweite Pommersche Reserve-Bataillon, siebenhundert Köpfe stark, aus Memel unsrer seither auf allerlei Weise verringerten Besatzung als Verstärkung zu. Wir waren also keineswegs vergessen worden. Man brachte uns Hilfe für unsre Bedrängnis, soweit es die Not im Augenblick zuließ. Am nächsten Tage kam auch von Schwedisch-Pommern ein Schiff mit einer guten Anzahl ehemaliger Kriegsgefangener, die der Hauptmann von Bülow in Stralsund gesammelt und organisiert hatte. Diese Ermunterungen brauchten wir auch in diesem Augenblicke mehr als jemals, da kurz zuvor das längst erwartete schwere Belagerungsgeschütz im feindlichen Lager eingetroffen war. Jetzt erst drohte der Kampf um Kolberg seinen vollen Ernst zu gewinnen!

Die Franzosen errichteten auch bald unter dem Schutze des Hohenberges eine Schanze und eine zweite am Matzenteiche. Sie in dieser Nähe zu dulden, wäre höchst gefährlich gewesen.

290

Allein es schien nicht, als ob unser auf beide Punkte gerichtetes Geschütz die Arbeiten sonderlich hinderte. Da nun zu jeder kräftigeren Maßnahme Loucadou nicht der Mann war, eilte ich, den Vizekommandanten aufzusuchen und ihm meine Besorgnisse ans Herz zu legen.

In der Stadt fand ich ihn nicht. Es wurde mir aber gesagt, er befinde sich wegen eines Schiffes am Hafen, das von Danzig gekommen sei. Als ich dorthin ging, begegnete ich ihm bereits auf der Brücke des Münder-Tores. Neben ihm ging ein Mann, den ich nicht kannte und der mit dem Schiffe gekommen zu sein schien. Dieser Fremde, ein junger, rüstiger Mann von edler Haltung, gefiel mir auf den ersten Blick, ohne daß ich wußte und sagen konnte: warum. Da indes mein Anliegen an den Vizekommandanten eilig war, zog ich ihn etwas abseits. Waldenfels aber lächelte über meine Vorsicht und sagte: „Kommen Sie nur; in meinem Quartier wird ein bequemerer Ort dazu sein."

Als wir dort angekommen waren, wandte sich der Hauptmann mit den Worten zu mir: „Freuen Sie sich, alter Freund! Dieser Herr hier – Major von Gneisenau – ist der neue Kommandant, den uns der König geschickt hat"; und zu seinem Gaste: „Dies ist der alte Nettelbeck!" – Ein freudiges Erschrecken fuhr mir durch die Glieder; mein Herz schlug heftig, und die Tränen stürzten mir unaufhaltsam aus den alten Augen. Zugleich zitterten mir die Knie unterm Leibe. Ich fiel vor unserm neuen Schutzgeist in Rührung nieder, umklammerte ihn und rief: „Ich bitte Sie um Gottes willen: Verlassen Sie uns nicht! Wir wollen Sie auch nicht verlassen, solange wir noch einen warmen Blutstropfen in uns haben; sollten auch all unsre Häuser zu Schutthaufen werden! So denke ich nicht allein; in uns allen lebt nur ein Sinn und Gedanke: Die Stadt darf und soll dem Feinde nicht übergeben werden!"

Der Kommandant hob mich freundlich auf und tröstete mich: „Nein, Kinder! Ich werde euch nicht verlassen. Gott wird uns helfen!" – Und nun wurden sofort einige wesentliche Angelegenheiten besprochen, wobei sich der helle, umfassende Blick unsers neuen Befehlshabers zeigte. Mein Herz schwamm in Freude und Jubel. Dann wandte er sich zu mir und sagte: „Noch kennt mich hier niemand. Sie gehen mit mir auf die Wälle, daß ich mich etwas orientiere." – Das geschah. Ich führte ihn auf dem Wall und den Bastionen herum und zeigte ihm von hier aus die feindlichen Stellungen und Schanzen. Zuletzt kamen wir auch an die Überschwemmungsschleuse. Ich zeigte ihm den ganzen Zusammenhang und Umfang dieser Einrichtung und wieviel dadurch noch für die Sicherstellung des Platzes geschehen könne. Was bisher getan war, reichte noch nicht aus. Ich hatte es meist heimlich durchgeführt, weil der Einspruch der Grundeigentümer bis jetzt nicht zu besiegen gewesen war. Jetzt aber sah ich mir freiere Hand gegeben und ward sogar in aller Form beauftragt, mich dieses Geschäfts mit besonderer Sorgfalt anzunehmen.

Gleich am nächsten Tage stellte sich der neue Kommandant auf der Bastion Preußen der Garnison als ihr jetziger Anführer vor. Diese Feierlichkeit begleitete er mit einer Ansprache, die so eindrucksvoll und rührend war, wie wenn ein guter Vater mit seinen lieben Kindern spräche. Alles ward auch dadurch dergestalt erschüttert, daß die alten bärtigen Krieger wie die Kinder weinten und mit schluchzender Stimme riefen: Sie wollten mit ihm für König und Vaterland leben und sterben. Danach machte er sie mit den Grundsätzen bekannt, nach welchen er sie befehligen werde, wessen sie sich zu versehen hätten und was er von ihnen erwarte. Tausend Stimmen jauchzten ihm im freudigen Tumult entgegen.

Am 1. Mai ließ er sich die Zivilbehörden und Bürgerrepräsentanten vorstellen und hielt auch an uns eine nachdrucksvolle Rede. Er schlug uns darin verschiedene zweckmäßige Anordnungen vor, wodurch ihm aller Herzen so gewonnen wurden, daß wir begeistert und mit Handschlag erklärten, wir wollten Leben und Vermögen willig in seine Hände legen.

In welcher Weise das erste Zusammentreffen des alten und neuen Kommandanten stattgefunden hat, weiß ich nicht zu sagen. Man kann aber annehmen, daß der edle Sinn des Neuangekommenen seinem Vorgänger jedes unangenehme Gefühl nach Möglichkeit erspart haben wird. Zwar wohnte er die ersten Tage noch mit Loucadou im gleichen Hause, pflegte aber weiter keine Gemeinschaft mit ihm. Loucadou blieb noch die ganze Zeit der Belagerung hindurch in Kolberg, doch ohne sich öffentlich zu zeigen. Spötter meinten, er habe diese Zeit benutzt, um geruhig auszuschlafen.

* * *

Da der Feind an der neuen Schanze am Sandwege mit angestrengtem Eifer zu arbeiten fortfuhr, hatte unser neuer Kommandant gleich in der nächsten Nacht einen Ausfall angeordnet. Er wurde von einem Trupp Grenadiere und Jäger, etwa hundert Mann, in möglicher Stille von der Lauenburger Vorstadt aus unternommen. Die Überrumpelung erfolgte mit gefälltem Bajonett im Sturmschritt. Da aber die Schanze noch nicht geschlossen war, gelang es der Besatzung bis auf wenige Gefangene zu entkommen.

Unter diesen Gefangenen befand sich der Unteroffizier Reischard, der vor etwa sechs Wochen zum Feinde übergelaufen war. Ich muß gestehen, daß mir wegen dieses ehrlosen Buben seither nicht wenig bange gewesen war. Er kannte jeden Zugang zu unsrer Festung und verstand einiges vom Fortifikationswesen. Er war daher nicht nur bei uns zu dergleichen Arbeiten gebraucht worden, sondern hatte auch, als besonders ortskundig, jetzt bei den Franzosen die Aufsicht bei Erbauung dieser Schanze am Sandwege geführt.

Der Anblick dieses Verräters setzte mich in Wut. Ich schrie den Grenadieren zu, sie sollten den Schändlichen wie einen tollen Hund niederstoßen. Als sie mir dies weigerten, weil sie ihm einmal Pardon gegeben hatten, erzürnte ich mich noch heftiger. Ich wurde beim Kommandanten vorstellig, dem Bösewicht seinen verdienten Lohn am Galgen auszuwirken und ihn zu einem abschreckenden Beispiel für alle seinesgleichen zu machen. Allein auch hier überwog das menschliche Gefühl die strenge Gerechtigkeit. Mitleidig begnügte sich sein edler Richter, ihn zu Kettenstrafe und Internierung im Stockhause zu verurteilen. Dort blieb er noch vier oder fünf Jahre gefangen. Dann ließ man ihn laufen, und noch jetzt treibt er sich in hiesiger Gegend bettelnd umher.

*   *   *

Je enger die Stadt eingeschlossen wurde, um so weniger Spielraum blieb der Kavallerie des Schillschen Korps. Loucadou, dem das ganze Korps überhaupt ein Dorn im Auge gewesen war, hatte schon gleich nach Schills Abzug auf die Entfernung der Reiterei gedrungen. Gneisenau fand es am richtigsten, den Rest dieses Korps, etwa noch hundertunddreißig Mann, zu Schiffe nach Schwedisch-Pommern zu bringen, wo es aufs neue wirken konnte. Die nämlichen Befehle höherer Stellen, welche ihn dazu bestimmten, hatten auch den Abzug

der übrigen Schillschen Truppen angeordnet. Allein der Kommandant selbst, wie auch die Bürgerschaft hatten sich zu sehr
von ihrem Nutzen für unsern Platz überzeugt, um nicht gegen
diese neue Bestimmung gemeinschaftlich einzukommen. Sie
blieben also noch und behaupteten nach wie vor ihren Posten
in der Maikuhle.

Die Operationen des Schwedischen Korps in Vorpommern
hatten seither eine minder günstige Wendung genommen. Anstatt über Swinemünde und Wollin unsern Belagerern in den
Rücken zu fallen und uns Luft zu machen, waren unsre Verbündeten wieder bis unter die Kanonen von Stralsund zurückgedrängt worden. Glücklicherweise erschien in diesen Tagen eine
schwedische Fregatte von sechsundvierzig Kanonen und legte
sich auf unsrer Reede vor Anker. Sie war angewiesen, uns in
unsrer Verteidigung von der Seeseite her zu unterstützen. Leider war sie zu groß und ging zu tief, um an dieser Küste von
gleichem Nutzen zu sein wie eine viel kleinere englische Brigg
von achtzehn Kanonen, die sich ihr nach einiger Zeit zugesellte
und mit ihr gemeinschaftlich manövrierte. Anderweitige dan-
kenswerte Hilfe brachte ein Schiff aus Königsberg; es führte
am 7. Mai das dritte Neumärkische Reserve-Bataillon zur Er-
gänzung der Besatzungstruppen herbei. Schon kurz zuvor waren vierhundertsechzig Austauschgefangene, die in Vorpommern
wieder bewaffnet worden waren, auf schwedischen Schiffen angelangt. Die Garnison wurde durch beide Maßnahmen auf
eine Zahl von sechstausend dienstfähigen Köpfen gebracht und
hat auch diesen Bestand nie überschritten. Dagegen ist mit
Sicherheit anzunehmen, daß gegen Ende der Belagerung zwan-
zig- bis vierzigtausend Franzosen vor unserm Platze unter den
Waffen gestanden haben. Die Desertion unter unsern Truppen war im ganzen geringe: es fanden sich wenigstens ebenso-

viele, wenn nicht noch mehr, Ausreißer bei unsern Vorposten ein, zumal von den deutschen Bundestruppen.

Um die Bewegungen des Feindes genauer zu beobachten, verlangte der Kommandant einen Bürger, der des Terrains um die Stadt vollkommen kundig wäre und auch einige militärische Kenntnisse besäße. Er hatte die Absicht, diesen Mann auf den großen Kirchturm zu postieren. Ich schlug hierfür den Brauer Roland vor, welcher sich auch bereit erklärte. Der Fischer Busch hingegen übernahm es, von dort aus ein wachsames Auge auf den Hafen und die See zu haben. Um die Fragen und Antworten zu befördern, brachte ich an dem Turme eine Winde mit einem Kästchen an, das eine Schildwache unten im Gange hielt. Bald aber blieb dieser Posten nicht ohne Gefahr, da der Feind jene Späher gewahr geworden war und nun häufig die Turmspitze zum Zielpunkt seiner Artillerie machte.

In der Nacht auf den 18. Mai stürmte der Feind die Schanze auf dem Wolfsberge. Die Gegenwehr der Unsrigen, so brav sie war, blieb dennoch der Überzahl und dem wohlgeleiteten Angriff nicht gewachsen. Ein Teil fiel, ein Teil ward gefangen, und das Außenwerk ging verloren! Der Verlust dieses wichtigen Punktes aber war zu empfindlich, als daß unser Kommandant nicht schnell darauf gesonnen hätte, die Schanze wieder zu nehmen. Der größere Teil der Besatzung ward aufgeboten, in Kolonnen formiert und zum Angriff geführt. Einem solchen Angriff widerstanden die Franzosen nicht. Die Schanze kam wieder in unsre Hände. Gewiß war der feindliche Verlust an Toten und Verwundeten nicht geringer als der unsrige, der sich auf hundertsechzig Mann belief. Besserer Sicherheit wegen ward dieser so blutig behauptete Posten aber fortan mit dreihundert Grenadieren und sechs Kanonen besetzt.

Am 19. Mai geleitete die bereits oben erwähnte englische Brigg drei Schiffe ihrer Nation in unsern Hafen. Wir hatten diese Schiffe schon längst mit heißer Sehnsucht erwartet und eine fast ungeduldige Hoffnung auf sie gesetzt. Es war stürmisches Wetter, als ihre Segel am Horizont sichtbar wurden. Sie kreuzten vor der Reede und gaben verschiedene Signalschüsse ab. Diese sollten die Lotsen alarmieren und gleichwohl erfragen, ob sie mit Sicherheit in den Hafen einlaufen könnten. Ich eilte nach der Münde, um zu erfahren, was vorginge. Dort fand ich bereits Hunderte von Menschen, welche zusammengelaufen waren, um sich an dem willkommenen Anblick zu ergötzen.

„Gut und schön, Kinder, daß sie endlich da sind", rief ich. „Allein woran liegts, daß die Lotsen noch nicht in See sind, sie hier vor Anker zu bringen?" – Einige Schiffer zuckten die Schultern und wiesen auf die hohe See und die schäumende Brandung hinaus. Sie versicherten, es sei nicht möglich, daß ein Boot sich in solchem Wetter hinauswagen könnte. – „Möglich oder nicht!" rief ich mit Feuer. „Es muß versucht werden! Ich sehe auch nicht einmal, daß das Ding so gar halsbrechend wäre. Ich will selbst hinfahren." Zugleich ergriff ich die ersten besten Seefahrer an den Händen und sagte: „Ich weiß, daß ihr brave Kerls seid – kommt, wir wollen zu den Engländern an Bord!"

Wirklich schöpften einige auch gleich Mut. Wir eilten nach dem Lotsenboote und schaukelten gleich darauf auf den Wellen, die es freilich etwas unfreundlich mit uns meinten. Dennoch kamen wir wohlbehalten von einem Schiff zum andern und brachten die Konvoi vollends in den Hafen. Danach ließ ich mir von allen Schiffen ein Verzeichnis ihrer Ladungen einhändigen und sprengte im Fluge nach der Stadt zurück, um dem Kommandanten meinen freudigen Bericht zu erstatten.

Diese Ladungen waren ein Geschenk der englischen Regierung und sollten die dringendsten Bedürfnisse der Festung befriedigen. Wir verdanken sie in erster Linie Schill. Er hatte schon in früherer Zeit einen seiner Offiziere nach London geschickt, um die englische Nation um so mancherlei anzugehen, was uns zur Verteidigung fehlte – und es fehlte uns anfänglich fast alles. Diese Anforderungen an die britische Großmut blieben um so weniger unbeachtet, als es die Bekämpfung des gemeinschaftlichen Feindes galt. Die Schiffe brachten alles, was man zum Kriege braucht, in der Hauptsache aber Munition und Montierungen. Es war Hilfe in der Not. So erklärt sich auch unser Jubel beim Eintreffen dieser kostbaren Gaben.

*   *   *

Der Feind hatte in bewundernswürdiger Tätigkeit am Ende des Maimonats an der Ost- wie an der Westseite der Festung – dort bis hart an den Strand, um sich gegen die Angriffe von der Seeseite besser zu schützen; hier bis über Sellnow hinaus – in einem großen Halbmonde nicht weniger als fünfundzwanzig große und kleine Schanzen und Batterien angelegt und miteinander verbunden. An mehr als einem Punkte hatte er Dämme aufzuschütten begonnen und Laufgräben an verschiedenen Orten gegraben.

Unsrerseits bot man die größte Wachsamkeit auf, unsern Gegnern jeden kleinen Vorteil, um den sie rangen, aufs hartnäckigste streitig zu machen. Die Überschwemmungen wurden nach und nach im weitesten Umfange durchgeführt. Sie dienten trefflich dazu, uns den Feind in einer ehrerbietigen Entfernung zu halten und das Fortführen seiner Laufgräben zu verhindern. Fragte mich der Kommandant: „Wie stehts, Nettelbeck, können wir nicht noch einen Fuß höher stauen?" – so fehlte es nicht an einem bereitwilligen: „Ei nun, wir wollen sehen!" — Und ich sorgte und künstelte so lange, bis ich den Wasserstand noch um so viel höher brachte. Mit der Zeit mußte es freilich auch damit genug sein. Es betrübte mich sehr, als ich eines Tages wahrnahm, daß die mittlere Aufschüttung an der Stauschleuse auf die Seite zu weichen begann. Die Gefahr war groß, und zugleich regnete es Vorwürfe von allen Enden. — Flugs mußte ein neues Bollwerk etwas weiter oberhalb gelegt werden, um so den Druck auf die beschädigten Wasserwerke zu brechen. Dies leistete wenigstens notdürftig, was es sollte. Ein unvollkommenes Werk blieb es freilich, da ihm der feste Grund fehlte und das Wasser unten durchsickerte.

Die fast tägliche und oft ziemlich lebhafte Beschießung der Stadt war zwar noch kein eigentliches Bombardement. Trotzdem wurden viele Häuser zerstört, und immer häufiger flammten Brände auf, verunglückten Menschen oder wurden entsetzlich verstümmelt. Man war weder in den Häusern noch auf den Gassen ganz sicher. Je mehr Gebäude durch Bomben und Granaten unwohnlich gemacht worden waren, um so höher stieg auch die Zahl der Unglücklichen, denen es an Obdach wie an Mitteln zum Unterhalt fehlte. Schon zu Anfang hatte Loucadou eine Anzahl unnütze Menschen und Arme, die für ihren Unterhalt auf keine Weise sorgen konnten, zu Schiff nach Rügenwalde schaffen lassen. Aber noch immer waren viel zu viel Leute dieser Art vorhanden, die dem Ganzen zur Last fielen. Die Menschenfreundlichkeit des Kommandanten mochte ihnen jedoch ihr unglückliches Los durch eine gezwungene Auswanderung nicht noch mehr erschweren.

Diese Bedauernswerten irrten nun in den Straßen umher, während die feindlichen Kugeln über ihren Köpfen schwirrten. Alte Männer und Frauen, Kinder, Verlassene und Kranke schrien und wimmerten. Mich jammerte dies Elend, und ich schlug Gneisenau vor, das Menschenhäuflein in einer Kasematte unter dem Walle unterzubringen. Er erlaubte es. Ich säuberte den Aufenthalt zunächst von dem mit nichts zu vergleichenden Schmutz, um die Kasematte zu einer erträglichen Behausung zu machen. Dies geschah, indem ich die feuerfeste Kasematte mit zwei Schock Stroh füllen und dieses anzünden ließ. Wände und Gewölbe wurden hierdurch rein ausgeglüht, und die dumpfe Feuchtigkeit verzehrte sich. In diese schwarze Höhle konnten nunmehr gegen zweihundert Heimlose einquartiert werden.

Eine andre Not war der Mangel an klingender Scheidemünze, wodurch der Handel sehr erschwert und die regelmäßige Zahlung der Löhnungen beinahe unmöglich gemacht wurde. Das Gouvernement hatte die Bürger vergeblich zu einer baren Anleihe aufgefordert, wozu zwar die Armen willig ihr Scherflein darbrachten, während die großen Kapitalisten dermalen nicht zu Hause waren. Nun dachte man daran, dem Mangel durch eine eigne Not- und Belagerungsmünze abzuhelfen. Dazu sollte das Metall einer zersprungenen großen Kanone verwandt werden. Allein es verstand sich niemand in der Stadt aufs Prägen, und es war auch nicht die geringste Vorrichtung dazu vorhanden. Da erinnerte ich mich, vormals im holländischen Amerika eine Art von Papiergeld gesehen zu haben, das zur Erleichterung des kleinen Zahlungsverkehrs unter den Pflanzern diente. Ich empfahl, ähnliche obrigkeitlich gestempelte Münzzettel zu einem bestimmten Werte einzuführen. Der Vorschlag wurde angenommen und durch eine aus Seglerhaus-Verwandten und Bürgerrepräsentanten zusammengesetzte Kommission wirklich ausgeführt. Die Billetts, von zwei, vier und acht Groschen im Werte, waren auf der Rückseite durch den

Stempel des königlichen Gouvernements autorisiert und fanden willigen Eingang. Sie sind in der Folge eingelöst worden, aber viele wurden als Denkzeichen der überstandenen Drangsale einbehalten oder, selbst über ihren Nennwert, als Seltenheiten an Fremde verkauft.

*   *   *

Am 10. Juni brach das bereits gefürchtete Ungewitter gegen die Wolfsschanze los. In der Zeit von einer Stunde zählte man dreihunderteinundsechzig Schüsse, die gegen diesen einzigen Punkt gerichtet waren. Dann aber begannen auch alle übrigen Batterien der Reihe nach bis zur Altstadt hinauf ein mörderisches Kanonen- und Bombenfeuer gegen die Stadt und ihre Wälle auszusprühen. Überall regnete es Kugeln und Granaten; Schaden und Unglück waren beträchtlich. Dreimal am Vormittag und einmal nachmittags brannte es bei uns lichterloh. Das Feuer wurde jedoch immer bald wieder unterdrückt. Bei diesem Vorgehen des Feindes wurden denn auch neue Vorsichtsmaßnahmen nötig. So erging durch Trommelschlag der Befehl an die Hausbesitzer, vor den Türen und auf den Böden gefüllte Wasserfässer zum Löschen bereit zu halten.

Die Belagerer gaben uns auf solche Weise in der Stadt selbst unaufhörlich zu tun und erreichten dadurch ihre Absicht, eine kräftigere Unterstützung der Wolfsschanze durch uns zu verhindern. Wiewohl wir unaufhörlich mit Kanonenkugeln in die feindlichen Kolonnen schossen, mußte die Besatzung ihrer eignen Tapferkeit und dem freilich nicht zureichenden Schutze der schwedischen Fregatte überlassen bleiben. Bis um fünf Uhr nachmittags hielt sie sich mit rühmlicher Entschlossenheit; dann aber waren ihre Verteidigungsmittel erschöpft. Mit harter Betrübnis sahen wir sie die weiße Fahne aufstecken, nachdem bereits eine starke Bresche geschossen und der Ausgang eines Sturmes nicht mehr zweifelhaft war. Ein fünfzehnstündiger Waffenstillstand ward abgeschlossen. Das Werk sollte dem Feinde eingeräumt werden, die preußische Besatzung aber samt ihrem Geschütz freien Abzug in die Festung erhalten.

Der Verlust dieses Postens konnte entscheidende Folgen für unser Schicksal haben. Der Kommandant hielt es deshalb für notwendig, von diesem Ereignis dem König schleunigst Bericht zu erstatten. Der Schiffer Stechow lag eben auf der Reede zum Absegeln nach Memel fertig. Ich erhielt den Auftrag, seine Abfahrt solange zu verzögern, bis die neuen Depeschen niedergeschrieben worden wären. Als ich das ausgerichtet hatte und mich eben auf dem Rückwege zur Stadt befand, erhob sich mir zur Seite auf unsern Wällen plötzlich ein furchtbares Kanonen= und Bombenfeuer, das sämtlich gegen die kaum verlassene Wolfsschanze gerichtet war. Wenige Minuten später ward es auch von den feindlichen Werken mit einem Ungestüm erwidert, daß mir Hören und Sehen verging. Ich hatte mich wacker zu sputen, um nicht in die Schußlinie zu geraten. Der Erdboden unter mir bebte, und die Schüsse fielen mit einer Schnelle, daß sie kaum mehr zu zählen waren.

Was konnte das zu bedeuten haben? Bis zum nächsten Morgen war doch ein Waffenstillstand abgeschlossen worden! – Doch eben diesen hatte der Feind gebrochen, wie ich nun erst vom Kommandanten erfuhr. Er hatte vertragswidrig sofort mit der Ausbesserung der eroberten Schanze begonnen und darum in dieser Art durch unser Geschütz gestört werden müssen.

Die Belagerer fuhren fort, die Wolfsschanze gänzlich umzuwandeln und Schießscharten nach unsrer Seite hin zu eröffnen. Sie unterstützten diese Operationen durch ein anhaltendes Feuern auf unsere Wälle. Wir waren nicht säumig,

302

diese Grüße nach Kräften zu erwidern. Leider offenbarte sich besonders bei den gegenwärtigen verdoppelten Anstrengungen die Mangelhaftigkeit unsrer ganzen Festungsartillerie. Es muß eigentlich als ein Wunder gelten, daß noch soviel damit ausgerichtet und ein gewisser Respekt beim Feinde erreicht werden konnte. Ein Transport neuen und guten Geschützes aus dem Berliner Zeughause war für Kolberg bestimmt gewesen und im vorigen Sommer auch wirklich nach Stettin gelangt. Bevor aber die Verfrachtung von dort nach unsrer Stadt ausgemacht und die Genehmigung des damaligen Kriegskollegiums erlangt werden konnte, verstrich Monat auf Monat, bis sich endlich die Franzosen unversehens Stettins und zugleich des uns zugedachten Geschützes bemächtigten. So geschah es, daß wir nunmehr zum Teil mit diesen unsern eignen Kanonen und mit unsrer eignen Munition beschossen wurden.

Was wir an Kanonen und Mörsern besaßen, war reiner Ausschuß. Zudem war das Eisen von einer so spröden Gußmasse, daß gewöhnlich nach neun oder zehn schnellen Schüssen das Springen des Stückes befürchtet werden mußte. Wirklich traf nur zu viele dies Schicksal. Zugleich kostete es einer größeren Menge Artilleristen das Leben, als durch feindliche Kugeln hingerafft wurden.

Der zunehmende Mangel an brauchbaren Stücken, die wir in diesem Augenblick mehr als je bedurften, erfüllte uns mit nicht unbilliger Sorge. Wir waren daher freudig überrascht, als am 14. Juni ein englisches Schiff in den Hafen lief, welches uns eine Anzahl neue Geschütze samt dazugehöriger Munition zuführte. Es waren fünfundvierzig Kanonen und Haubitzen; zwar eiserne, aber vom schönsten Gusse. Meist mit kurzen Rohren, sechs-, acht- und zwölfpfündig. Auch an Kugeln und Granaten war eine ansehnliche Menge mitgeschickt worden.

Nur eins hätte uns leicht unsre ganze Freude daran verderben können. Kanonen hatten unsre Verbündeten uns zwar geschickt, aber nicht die dazugehörigen Lafetten. Vielleicht hatte es an hinreichendem Raum in dem Fahrzeuge gefehlt, oder sie waren in der Eile vergessen worden. Man weiß, wie schlecht wir selbst damit versehen waren, und was wir etwa noch vorrätig hatten, paßte nicht zu dem Kaliber. Doch unsre Artilleristen wußten sich zu helfen. Wo die Schildzapfen für unsre Gestelle zu dünn waren, fütterten sie die Pfannen solange mit Lumpen und altem Hutfilz aus, bis die Rohre ein festes Lager fanden und mit einiger Sicherheit gerichtet werden konnten.

In der Nacht auf den 15. Juni toste der Sturm und es regnete aufs heftigste. Es war finsterer, als es in dieser Jahreszeit bei uns zu sein pflegt. All dies begünstigte ein gewagt erscheinendes Unternehmen, an welches sich dennoch große Hoffnungen knüpften. Es galt einen Ausfall, der uns die Wolfsschanze zurückgeben sollte. Das Grenadier-Bataillon von Waldenfels, welches sich sie hatte nehmen lassen müssen, wollte sie auch wiedergewinnen. Der über alles brave Befehlshaber des Bataillons war zu diesem nächtlichen Sturme vom Kommandanten ausersehen und setzte sich mit hohem Enthusiasmus an die Spitze seiner Leute. Ich folgte der Truppe mit ein paar Wagen, um für die zu erwartenden zahlreichen Verwundeten zu sorgen.

In tiefster Stille zogen wir aus und hatten das Glück, uns dem feindlichen Graben fast unbemerkt zu nähern. Jetzt aber ward plötzlich Lärm. Das Feuern begann von beiden Seiten. Überall kam es zum Handgemenge, und überall floß Blut. Unsre Leute stürmten begeistert, ihnen voran ihr edler Führer. Er war im raschen Lauf der erste auf der Höhe der feindlichen Brustwehr. Plötzlich trifft ihn eine Flintenkugel, die ihn ent=

seelt zu Boden streckt. Allein des Führers Fall steigert die
Tapferkeit der Seinen bis zur Erbitterung. Sie dringen un=
widerstehlich nach, und die Schanze ist erobert. Ein Obrist,
mehrere andre Offiziere und zwischen zwei= und dreihundert
Franzosen werden zu Gefangenen gemacht.

Ein noch empfindlicherer Verlust aber traf das Belagerungs=
heer, dem bei diesem Kampfe sein Anführer, der Divisions=
general Teullié, getötet wurde. Wir aber hatten den Tod
unsers ebenso wohldenkenden als heldenmütigen Vizekomman=
danten zu verschmerzen, der mit seinem edlen Vorgesetzten stets
ein Herz und eine Seele gewesen war.

Erobert war die Schanze allerdings. Sie konnte aber nur
wenige Augenblicke behauptet werden. Eine neue feindliche
Kolonne rückte unverzüglich heran. Sie war entschlossen, den
Tod ihres Heerführers zu rächen und des verlorenen Postens
um jeden Preis wieder Herr zu werden. Das Gefecht begann
wiederum und ward bei der überlegenen Zahl der Angreifenden
bald so ungleich, daß keine andere Wahl blieb, als uns fechtend
in die Stadt zurückzuziehen. Vorher und jetzt hatten wir mehr
als zwanzig Tote und Verwundete gehabt. Nur mit harter
Mühe war mirs gelungen, die Verwundeten wegzuschleppen.

Wie unendlich viel uns jedoch am Besitz der Wolfsschanze
gelegen sein mußte, das wußte nicht nur unser einsichtsvoller
Kommandant. Am 19. Juni erklärte sich das brave Bataillon
von Waldenfels unaufgefordert zu einem neuen Angriff darauf
bereit. Es habe sich den Posten nehmen lassen und seine Ehre
gebiete ihm, diese Scharte wieder auszuwetzen. Eine gleiche
Forderung ließ das Füsilierbataillon von Möller an den Be=
fehlshaber ergehen, weil es im Festungsdienst bisher zufällig
noch nie zu einer wichtigeren Operation ins Feuer geführt
worden war.

Dieser Ausfall ward beschlossen. Er sollte wiederum von der schwedischen Fregatte unterstützt werden. Da sich bei früheren Gelegenheiten gezeigt hatte, daß sie aus Unkenntnis der Reede die rechte Stellung zu einem kräftigen Feuer nicht finden konnte, so entschloß ich mich gern, ihr für diesmal als Pilot zu dienen. Ich führte die Fregatte, soweit es die Tiefe irgend erlaubte, der feindlichen Schanze nahe. Ihr Geschütz begann zu donnern, und nicht weniger als hundertsiebenundfünfzig Schüsse wurden in der Zeit von einer Stunde gegen diesen Punkt gerichtet; während auf der andern Seite die Artillerie der Festung ein gleich lebhaftes Feuer unterhielt. Unter dem Schutze beider rückten unsre Bataillone entschlossen zum Sturme an. Immer noch herrschte in der Schanze Totenstille. Erst als die Unsern fast unter die Palisaden vorgedrungen waren, wurden sie von einem Kartätschenfeuer empfangen, dessen Wirkungen gräßlich waren. Dennoch verloren die Angreifenden den Mut ebensowenig, wie die Angegriffenen die Besonnenheit zur nachdrücklichsten Gegenwehr. Es kam auf der Brustwehr selbst zum lebhaften Handgemenge, und Wunder der Tapferkeit wurden auf beiden Seiten vollbracht. Allein es wurde immer unmöglicher, den Feind in seinem sehr vorteilhaften Posten zu überwältigen. Mehr als vierhundert waren von den Unsrigen gefallen. Mit bitterm Schmerze mußte man sich entschließen, den Rückzug anzutreten. Edelstes Blut war fruchtlos vergossen worden!

So blieb denn leider der Wolfsberg fortan für uns verloren. Jeder neue Eroberungsversuch hätte die Zahl unsrer Streiter in einem Maße vermindert, daß wir selbst zur notdürftigsten Abwehr unfähig gewesen wären. Das Werk ward von den geschäftigen Händen der Angreifer trotz den zerstörenden Wirkungen der Artillerie täglich verstärkt. Sie nannten es jetzt

306

Fort Loison, zu Ehren des französischen Divisionsgenerals, der als Oberbefehlshaber an Teulliés Stelle getreten war. Ihre Kerntruppen rückten dort zur Besatzung ein. Wir waren jedoch nicht minder beflissen, dem Platz und dem Hafen gegen diese Seite eine neue Deckung zu geben, indem wir die Ziegelschanze verstärkten.

* * *

Unser Geschick nahm eine immer ernstlichere Wendung. Frische Truppenabteilungen zogen heran und errichteten neue Lager vor unsern Augen. In eben dem Maße wurden auch die Schanzen ringsumher stärker besetzt. Neue Werke wurden errichtet; die Laufgräben näherten sich und schnürten uns auf einen immer engeren Raum zusammen. Die mit Eifer fortgesetzte Beschießung des Platzes zeigte sich täglich zerstörender in ihren Wirkungen. Besonders diente die große Marienkirche allen feindlichen Geschützen gleichsam zum Zielpunkte und litt außerordentlich. Loucadou hatte diese, wie andre Kirchen, zu Stroh- und Heumagazinen bestimmt. Sein Nachfolger, von einem besseren Geiste beseelt, gab das Gebäude sofort der öffentlichen Gottesverehrung zurück und ließ jene gefährlichen Brennstoffe am Glacis vor dem Münder-Tor in abgesonderten Haufen aufschichten. Nunmehr aber war es dringend notwendig geworden, diesen weiten und luftigen Raum der täglich wachsenden Zahl der Kranken und Verwundeten einzuräumen. In einem Flügel waren nahe an hundert französische Kriegsgefangene untergebracht. Allein ihre Landsleute nahmen, entgegen unsrer Hoffnung, auch hierauf keine Rücksicht und beharrten auf ihrem Werke der Zerstörung.

Unser Kommandant schickte mich aus diesem Grunde in das feindliche Hauptquartier nach Tramm. Er gab mir ein Schreiben an den General Loison mit, worin mit wenig Worten nur bemerkt war, daß mir für mein Anliegen voller Glauben beizumessen sei. Als ich damit bei den französischen Vorposten anlangte, wurden mir die Augen verbunden. So kam ich endlich in Tramm an, wo mir das Tuch wieder abgenommen wurde.

Gleich darauf ward ich zum General Loison geführt und brachte meinen Auftrag zur Sprache. Ich bat ihn, das feindliche Geschütz fernerhin nicht mehr auf denjenigen Teil der großen Kirche zu richten, wo die Verwundeten und die gefangenen Franzosen untergebracht seien. Das Verlangen fand willige Aufnahme. Ein Offizier begleitete mich auf eine Anhöhe, damit ich ihm von dort den Flügel des Gebäudes zeigte, wo seine Landsleute lägen.

Nachdem noch einige Höflichkeiten gewechselt worden waren, begab ich mich auf gleiche Weise nach der Stadt zurück. Was ich im Hauptquartier gesehen hatte, deutete auf Vorbereitungen, welche an dem Ernst der Belagerung nicht zweifeln ließen. Leider erhaschte ich nicht ein Wort, welches uns über die Lage in Preußen einigen näheren Aufschluß hätte geben können. Uns fehlten schon seit längerer Zeit alle Nachrichten von den dortigen neuesten Ereignissen. Daß der Friede zu Tilsit in dem Augenblicke schon wirklich abgeschlossen worden war, ahnten wir damals nicht. Allein unsre Belagerer waren nur zuwohl davon unterrichtet und boten darum um so mehr alle ihre Kräfte auf, sich Kolbergs zu bemächtigen, bevor die Friedensnachricht uns erreichte und ihnen die Waffen aus den Händen schlüge.

In der dritten Morgenstunde des 1. Juli eröffnete der Feind aus all seinen zahlreichen Batterien ein Feuer gegen die Stadt, so ununterbrochen, so mörderisch und zerstörend, wie wir es noch nimmer erlebt hatten. Die Erde dröhnte davon; es war, als ob die Welt vergehen sollte. Sichtbarlich legten es unsre

Gegner darauf an, uns durch ihr Bombardement dergestalt zu ängstigen, daß wir die weiße Fahne zur Ergebung aufstecken müßten.

Ich befand mich in dieser entsetzlichen Nacht neben unserm Kommandanten auf der Bastion Preußen. Von diesem höchsten Punkte auf unsern Wällen konnten wir beinahe alle feindlichen Schanzen und auch die Stadt übersehen. Höllenmäßig wütete das Aufblitzen und Donnern des Geschützes. In der Luft schwärmte es lichterloh von Granaten und Bomben. Wir sahen es hier und da und überall in lichtem Bogen in die Stadt hineinfliegen; hörten ihr Krachen sowie das Einstürzen der Giebel und Häuser; vernahmen den wüsten Lärm, der drinnen wogte und toste; sahen bald hier, bald da Flammen emporlodern. Es war so hell, als ob tausend Fackeln brannten.

In der Stadt gab es bald nirgends ein Plätzchen mehr, wo sich die zagende Menge vor dem drohenden Verderben hätte bergen können. Überall zerschmetterte Gewölbe, einstürzende Böden, krachende Wände und aufwirbelnde Dampf- und Feuersäulen. Überall die Gassen wimmelnd von ratlos umherirrenden Flüchtlingen, die ihr Eigentum preisgegeben hatten und sich unter dem Gezisch der feindlichen Feuerbälle von Tod und Verstümmelung verfolgt sahen. Geschrei von Wehklagenden, Geschrei von Säuglingen und Kindern, Geschrei von Verirrten, die ihre Angehörigen in dem Gedränge und der allgemeinen Verwirrung verloren hatten; Geschrei der Menschen, die mit dem Löschen der Flammen beschäftigt waren, Lärm der Trommeln, Geklirr der Waffen, Rasseln der Fuhrwerke.

In mein eignes Haus war eine Bombe durch den Giebel eingeschlagen. Sie war durch zwei Böden bis in den Keller hinabgefahren, dort zerplatzt und hatte dabei sieben Oxhoft voll Branntwein zersprengt. Außerdem waren fast überall im

309

Hause die größten Verwüstungen angerichtet. Der ganze Eingangsflur war aufgerissen. Weder eine Fensterscheibe noch ein Dachziegel war unbeschädigt geblieben.

Was war aber jede eigne Not gegen die niederschlagende Nachricht, daß um vier Uhr morgens die Maikuhle an den Feind verloren gegangen war! Mitten im heftigsten Bombardement war dieser Posten von der äußersten westlichen Spitze sowie von der Seeseite her überfallen worden. Die Schillschen Truppen unter dem dortigen interimistischen Befehlshaber Leutnant von Gruben waren zum übereilten Rückzuge auf das rechte Stromufer gezwungen worden. Sie hatten kaum noch soviel Zeit gehabt, die Verbindungsbrücke hinter sich abzubrechen.

Mit dem Verlust der Maikuhle war unsrer Verteidigung die wichtigste Waffe aus der Hand geschlagen worden. Denn nun reichte auch das Münderfort zur Beschützung des Hafens nicht mehr aus. Dies offenbarte sich auf der Stelle. Das englische Schiff, das ich kaum zwei Tage zuvor mit Mühe in den Hafen geführt und das seine Ladung an Munition erst zur Hälfte gelöscht hatte, kappte beim Vordringen der Franzosen die Ankertaue, um wieder die offne See zu gewinnen. Es gelang ihm nur mit knapper Not und unter einem dichten feindlichen Kugelregen. Wir waren jetzt vom Meere und aller von dort zu erwartenden Hilfe abgeschnitten. Wir hatten nur noch unsre eigenen Kräfte und Hilfsquellen, die sich von Stunde zu Stunde immer mehr erschöpften.

Mit wenig verminderter Stärke hielt das Bombardement den ganzen 1. Juli an. Von Schrecken umgeben und auf noch Schrecklicheres gefaßt, sahen wir der nächsten Nacht entgegen. Das feindliche Geschütz vereinigte sich zu neuen, noch höheren Anstrengungen. Das Gepraffel einstürzender Häuser, fallender Ziegel und klirrender Fensterscheiben übertönte fast den Donner des Feuers. Alle jammervollen Szenen der vorigen Nacht erneuerten sich in noch weiterem Umfange. Bei vielen zeigte sich aber auch eine Gleichgültigkeit, die nichts mehr zu Herzen nahm. Anstrengung, Schlaflosigkeit, immerwährende Anspannung des Gemüts und Sorge für Weib und Kind und Eigentum hatten die meisten so sehr erschöpft, daß sie sich selbst in den Trümmern ihrer Wohnungen noch ein Plätzchen suchten, um den bis in den Tod ermatteten Gliedern einige Ruhe zu gönnen.

In dieser Nacht fuhr auch eine Bombe in denjenigen Teil des Rathauses, wo sich die Ratswaage befand. Unmittelbar darauf flackerte ein Feuer hellauf. Als naher Nachbar sprang ich auf, um schnelle Anstalten zur Löschung zu treffen. An der Erhaltung des ansehnlichen Gebäudes, in welchem unsre Stadtarchive und viele andre Sachen von Wert aufbewahrt wurden, mußte uns allen gelegen sein. Aber rundum in meiner Nachbarschaft regte sich keine menschliche Seele zum Löschen und Retten. Ich rannte hierhin und dorthin zu den nächsten Bekannten, um sie zu Hilfe zu rufen. Aber schlaftrunken und ohne Gefühl für die drohende Gefahr, war mein Bitten und Ermuntern ebenso umsonst wie mein Toben und Schelten. Sie schlummerten fort und ließen es brennen.

In steigender Angst lief ich nach dem nächsten Wachhaus auf dem Walle, um den dort kommandierenden Offizier um schleunigen Beistand zu bitten. Wild stürmte ich in das halbdunkle Wachzimmer. Ich sehe auf der hölzernen Pritsche eine Gestalt. „Bester Mann", rief ich, „zu Hilfe! Das Rathaus steht in Flammen!"

Der Offizier mir gegenüber erhebt sich, schlägt die Hände zusammen und spricht: „Ach, du armer Nettelbeck!" Jetzt erst erkenne ich ihn an der Stimme. Es ist Gneisenau! Er hört mich an und gibt mir sofort einen Adjutanten samt einem Tambour mit. Die Lärmtrommel wird gerührt; Soldaten erscheinen; Patrouillen durchziehen die Straßen. Man geht kräftig gegen das Feuer vor. Es kann zwar nicht mehr unterdrückt werden, aber es bleiben wenigstens zwei Seiten des ein großes Viereck bildenden Gebäudes erhalten.

So besonnen, wo es zu handeln galt; so allgegenwärtig gleichsam, wo eine Gefahr bestand, und so beharrlich, wo nur die angespannte Kraft zum Ziele führen konnte, zeigte sich der Kommandant immer und überall. Seit Wochen war er weder in ein Bett noch aus den Kleidern gekommen. Nur einzelne Stunden ruhte er auf einer ähnlichen Pritsche, wie oben erwähnt, und in einem armseligen Gemache über dem Lauenburger Tore. Jeden Augenblick bereit, mich oder andre anzuhören, Vater und Freund des Soldaten wie des Bürgers, hielt er beider Herzen durch den milden Ernst seines Wesens, wie durch teilnehmende Freundlichkeit gefesselt. Jeder seiner Anordnungen folgte das unbedingteste Zutrauen. Es schien unmöglich, daß sich sein Wille und Befehl nicht stracks auch in den allgemeinen Willen verwandelte.

* * *

Der Morgen des 2. Juli brach an. Das feindliche Bombardement schien wieder neue Kräfte zu gewinnen. Mut und besonnene Fassung waren mehr als jemals vonnöten. Aber nur wenigen war es gegeben, sie in diesem entscheidenden Zeitpunkt zu behaupten. Noch wenigere erhielten die Hoffnung auf einen glücklichen Ausgang in sich lebendig. Aber alle ohne Ausnahme ergaben sich willig in das unvermeidliche Schicksal. Sie hatten es in Gneisenaus Hand gelegt. Mit ihm standen, mit ihm fielen sie. Vertrauensvoll ließen sie ihn walten!

312

Höher aber und höher stiegen Gefahr und Not von Stunde zu Stunde. Niemand wußte mehr, ob es dringender sei, dem Feinde zu wehren oder die Flammen zu löschen, oder das eigne kümmerliche Leben vor den sausenden Feuerbällen zu wahren. Des Feindes Mut und Anstrengung aber wuchs in dem Maße, als sich die Werkzeuge seiner Zerstörung in ihrer furchtbaren Wirksamkeit offenbarten.

Gneisenau beobachtete mitten in diesem gräßlichen Tumulte jede Bewegung seines Gegners und sah, daß dieser bereits Vorbereitungen traf, sich von der Wolfsschanze aus über das Münderfort zu stürzen und so auch die östliche Seite des Hafens zu nehmen. Gegenmaßnahmen wurden auf der Stelle getroffen, um den bedrohten Punkt aufs kräftigste zu unterstützen. Befehle flogen. Alles war in der lebendigsten Anspannung, und ein neuer Kampf von blutigster Entscheidung sollte losbrechen.

Es war drei Uhr nachmittags. Da, plötzlich, schwieg das feindliche Geschütz auf allen Batterien. Auf das Krachen eines Donners wie am Tage des Weltgerichts folgte eine lange öde Stille. Jeder Atem bei uns stockte. Niemand begriff diesen schnellen Wechsel, dies schauerliche Erstarren so gewaltiger Kräfte.

Da nahte ein feindlicher Parlamentär. Neben ihm schritt ein Mann, den man zunächst als eine Militärperson – dann aber, unter Zweifel und Verwunderung, sogar als einen preußischen Offizier erkannte. Einige versicherten, es sei ihr Freund, der Leutnant von Holleben vom 3. Neumärkischen Reservebataillon, der erst vor einigen Wochen mit einer Abteilung Kriegsgefangener über See nach Memel gegangen war. Das schien unmöglich, und doch war es so! Als er sich fast atemlos in den Kreis seiner Bekannten stürzte, rief er aus: „Friede! Kolberg ist gerettet!"

Er war unmittelbar aus dem Hauptquartier des Königs zu Pilkupönen bei Tilsit als Kurier gekommen und überbrachte die offizielle Nachricht von einem mit Napoleon abgeschlossenen vierwöchigen Waffenstillstand, welchem unverzüglich der Friede folgen sollte. Eilend, wie es seine wichtige Meldung erheischte, aber schon in weiter Ferne noch mehr beflügelt durch den dumpfen Donner des Geschützes, war er vor wenig Augenblicken erst in Tramm angelangt. Schwerlich gern gesehen, aber auch schwerlich wohl mit noch neuer oder unerwarteter Botschaft. Indes – er war da, und die Feindseligkeiten mußten eingestellt werden! –

Alsogleich ward die fröhliche Kunde den Bürgern der Stadt unter Trommelschlag bekanntgemacht. Welche Feder vermag wohl den trunkenen Jubel zu schildern, der alle Gemüter ergriff! Man muß wahrlich selbst in der Lage gewesen sein, sich und die Seinigen samt Leben und Wohlfahrt gänzlich aufgegeben zu haben, um dies neue, kaum glaubhafte Gefühl von Ruhe und Sicherheit nachzuempfinden, wobei man auf Augenblicke wenigstens alles verschmerzt und vergißt, was man Drangvolles erlitten hat. Es ist wie ein böser Traum, den man endlich abgeschüttelt hat und aus dem man nun zu vollem freudigen Bewußtsein zurückkehrt.

Nächst Gott dankten wir es unserm edlen Gneisenau, daß wir uns dieser Stunde und eines so ehrenvollen Triumphes erfreuten.

Die Belagerung war beendet. Eine völlige Waffenruhe trat ein, und schier alle Bilder des Krieges verschwanden. Zunächst ward zwischen dem Kommandanten und dem französischen General eine Übereinkunft getroffen, daß sich die Einwohner, welche ohne Obdach und ohne Mittel waren, durch die französische Postenlinie in die umliegende Gegend begeben konnten.

Nach einem anderweitigen Vertrage blieb zwar die Maikuhle noch von den französischen Truppen besetzt, doch sollten Schiffe mit Lebensmittel (mit Ausnahme der noch feindlichen schwedischen Flagge) frei in den Hafen gelassen werden. Die schwedische Fregatte, deren Verbleiben auf unstrer Reede nunmehr zwecklos geworden war, verließ uns am 12. Juli. Bis Ende des Monats räumten auch die Belagerungstruppen nach und nach ihre Schanzen und Lager, um Quartiere in der Provinz zu beziehen.

Ein wenig zur Ruhe gekommen, richtete ich auch den Blick auf meine eigne Lage und mußte mir gestehen, daß diese Zeit der Belagerung mich zu einem armen Manne gemacht hatte. Mein kleines bares Vermögen war gänzlich draufgegangen; teils an Arbeiter, die ich aus meiner Tasche bezahlt, teils durch Spenden an unser braves Militär, das jede Art Erquickung so wohl verdient hatte. Mir war es das süßeste Geschäft, wenn ich den wackern Leuten bei ihrem harten Dienst dann und wann einen warmen Bissen oder, was es sonst gab, selbst auf die Wälle und in die Blockhäuser bringen und ihnen Trost und guten Mut zusprechen konnte.

Meine Freunde haben mir so oft vorgeworfen, daß mich mein guter Wille zu weit führe und zum Verschwender mache. Aber immer antwortete ich ihnen: „Ich bin ein alter Mann ohne Kind und Kegel. Wem sollte ich es sparen? Und wäre ich auch der Jüngste unter euch: wie leicht kann man in diesen Zeiten den Tod haben! Mir liegen König und Vaterstadt allein am Herzen; und überlebe ich diese Zeit – nun, so werden ja sie mich auch nicht darben lassen."

Fest hielt ich und halte noch an diesem schönen Glauben. Freilich war das auch um so notwendiger, wenn ich nun auf den geringen Rest meiner Habe blickte. Mein Haus hatte durch das Bombardement in allen seinen Teilen bedeutend gelitten; meine Scheune vor dem Tore war niedergebrannt, mein Gartenhäuschen abgebrochen worden und mein Garten verwüstet. Von den Vorräten meines Gewerbes war nichts mehr übrig. Das beschädigte Eigentum auszubessern, hätte es Hilfsmittel bedurft, die mir jetzt kaum mehr zu Gebote standen. Meine Lage war keineswegs erfreulich!

Doch meine Mitbürger hatte all dies Unglück ja auch getroffen – den einen mehr, den andern weniger. Ich habe auch nicht klagen, sondern mirs nur vom Herzen wegreden wollen. Er, der mirs gab, hats auch genommen: sein Name sei gelobet! Aber daß Gott meine liebe Vaterstadt so wunderbar erhalten hat, des bin ich froh. Und daß er unserm guten König Gesundheit, Mut und Stärke verliehen, sich in seinem großen Unglück so herrlich wieder aufzurichten. – Wer, der ihm angehört, hätte ein solches Heil nicht gern mit noch größeren Opfern erkaufen mögen?

Mir ward indes in diesen nämlichen Tagen von dieses gnädigen Monarchen Hand eine Auszeichnung zuteil, die ich nicht erwartet und vor andern, die mit mir ihre Pflicht getan, nicht verdient zu haben glaubte. Eine Auszeichnung, die mich sogar beschämen würde, wenn ich nicht der Meinung wäre, daß der König in mir eigentlich die gesamte Kolberger Bürgerschaft habe ehren und ihren bewiesenen Pflichteifer habe anerkennen wollen. Ich erhielt nämlich folgendes Königliche Kabinettsschreiben: „An den Vorsteher der Bürgerschaft zu Kolberg, Nettelbeck. Seine Königliche Majestät von Preußen haben aus dem Bericht des Oberstleutnants v. Gneisenau, worin er Höchstdenselben diejenigen Personen anzeigt, welche sich während der Belagerung der Festung Kolberg ausgezeichnet haben, mit besonderem Wohlgefallen ersehen, daß der Vor-

316

steher der Bürgerschaft, Nettelbeck, die ganze Belagerung hin=
durch mit rühmlichem Eifer und rastloser Tätigkeit zur Abwehr
des Feindes und zur Erhaltung der Stadt mitgewirkt hat.
Seine Majestät wollen daher dem Nettelbeck für den solcher=
gestalt zu Tage gelegten löblichen Patriotismus hierdurch Dero
Erkenntlichkeit bezeigen und ihm, als ein öffentliches Merkmal
der Anerkennung seiner sich um das Beste der Stadt erworbe=
nen Verdienste, die hierneben erfolgende goldene Verdienst=
medaille verleihen. Memel, den 31. Juli 1807. Friedrich
Wilhelm."

Gleichzeitig erhielt unser verehrter Kommandant, nach dem
gnädigen Willen des Königs, seine Abberufung von dem so
ehrenvoll bekleideten Posten, um unmittelbar unter den Augen
des Monarchen die Reorganisation des Heeres vorzunehmen.
Das war für uns ein schmerzlicher Verlust. Allein unser Lieb=
ling eilte einer höheren Bestimmung entgegen; und unser Eigen=
nutz, wie verzeihlich er hier auch war, mußte schweigen. Schon
am 8. August schied Gneisenau von uns. Doch wie er schied,
möge nachstehendes Schreiben dokumentieren, welches er im
Augenblick seiner Abreise an uns erließ:

„Meine Herren Repräsentanten der patriotischen Bürger=
schaft zu Kolberg! Da ich auf unsers Monarchen Befehl mich
eine Zeitlang von dem mir so liebgewordenen Kolberg trenne,
so trage ich Ihnen, meine Herren Repräsentanten, auf, den
hiesigen Bürgern mein Lebewohl zu sagen. Sagen Sie den=
selben, daß ich ihnen sehr dankbar bin für das Vertrauen,
das sie mir von meinem ersten Eintritt in die hiesige Festung
an geschenkt haben. Ich mußte manche harte Verfügung treffen,
manchen hart anfassen. Dies gehörte zu den traurigen Pflich=
ten meines Postens. Dennoch wurde dies Vertrauen nicht ge=
schwächt. Viele dieser wackern Bürger haben uns freiwillig

ihre Ersparnisse dargebracht; und ohne diese Hilfe wären wir in bedeutender Not gewesen. Viele haben sich durch Unterstützung unsrer Kranken und Verwundeten hochverdient gemacht. Diese schönen Erinnerungen von Kolberger Mut, Patriotismus, Wohltätigkeit und Aufopferung werden mich ewig begleiten. Ich scheide mit gerührtem Herzen von hier. Meine Wünsche und Bemühungen werden immer rege für eine Stadt sein, wo noch Tugenden wohnen, die anderwärts seltener geworden sind. Vererben Sie dieselben auf Ihre Nachkommenschaft. Dies ist das schönste Vermächtnis, das Sie ihnen geben können. Leben Sie wohl und erinnern sich mit Wohlwollen Ihres treu ergebenen Kommandanten N. v. Gneisenau."

Ein so herzlicher Abschied durfte nicht ohne Erwiderung bleiben. Wir versammelten uns und machten unserm vollen Herzen in folgender Bekanntmachung an unsre Bürgerschaft Luft:

„Kolberg, den 16. August 1807. Am 9. d. M. entrückten höhere Befehle unsern würdigen Herrn Kommandanten aus unsrer Mitte; und mit dem Verluste dieses mit seltenen Tugenden geschmückten Mannes schwanden unsre stolzen Träume dahin. Gerne wären wir im Besitz des unverzagten Beschützers unsrer Wälle für immer geblieben; und gerne hätten wir nach den vollbrachten verhängnisvollen Tagen die seligen Früchte des Friedens nur mit ihm geteilt. Aber nicht bestimmt, diese in unsern sichern Mauern zu genießen, hatte ihm unser Monarch, ganz überzeugt von dem Werte dieses großen Mannes, einen andern Kreis vorgezeichnet, in welchem sein rastloser und tätiger Geist sich ein neues Denkmal stiften sollte.

Ist jedoch dieser unsern Herzen so teuer gewordene Held nicht mehr unter uns, und hat er uns verlassen, um vielleicht nie den Ort wiederzusehen, dessen beneidenswertes Schicksal in den mißlichsten Augenblicken seinen einsichtsvollen Befehlen untergeordnet war: so wird gleichwohl das Andenken an ihn, der bei den Tugenden des Kriegers nie die Pflichten des Menschen vergaß, der, von der ersten Minute seines Erscheinens an, Vater eines jeden einzelnen wurde, nie in unserer von Dank gegen ihn erfüllten Seele erlöschen. Wir alle haben ihm ja alles, die Erhaltung unsrer Ehre und unsrer Habe, die Zufriedenheit unsers Landesherrn und die Achtung unsrer ehemaligen Gegner zu verdanken.

Möge es erst unsrer spätesten Nachkommenschaft vorbehalten sein, die Asche unsers Verteidigers zu segnen!

Von seiner Abreise wurden wir Tages zuvor durch das hier wörtlich eingerückte Schreiben benachrichtigt. (Folgt nun das oben bereits mitgeteilte Abschiedsschreiben des Herrn von Gneisenau.)

Wir haben seinen Auftrag mit frohem Herzen erfüllt; und zur Steuer der Wahrheit vereinige sich die Bürgerschaft in dem öffentlichen Geständnis:

Wir haben nie einen Zwang empfunden; uns haben keine harten Verfügungen gedrückt, und das, was wir taten, geschah aus reiner Vaterlandsliebe. Das höchste Wesen nehme ihn dafür in seine besondere Obhut, lasse ihn, nach seinem tatenvollen Leben, auch bald die Früchte des Friedens im Schoße der teuren Seinigen genießen, und wenn uns neue Stürme und Gefahren drohen: so kehre er zurück in unsre nicht überwundenen Mauern und finde auch in uns noch das Völkchen wieder, von dem er so liebevoll schied! Dresow. Hentsch. Zimmermann. Höpner. Nettelbeck. Darckow. Ziemke. Gibson."

Wenige Tage vor der Abreise des so allgemein verehrten Mannes bat ich ihn um ein Bildnis von ihm, das sein Ehrengedächtnis für alle künftigen Zeiten unter uns bewahre. Gneisenau versprach es mit freundlichem Lächeln.

Und diese Zusage hat er auch nicht vergessen! Er schickte mir
das Bildnis mit einem überaus gütigen Schreiben durch seine
Frau Gemahlin ein Jahr später aus Schlesien zu. Meine
Freude kannte keine Grenzen. Ich besorgte dem teuern Geschenk einen Rahmen, so schön, als er nur immer bei uns aufzubringen war, und auf der Rückseite ließ ich den Namen des
Gebers und die Umstände verzeichnen, welche dies Geschenk
begleitet hatten. Zugleich aber hatte ich Sorge, daß ein solches Denkmal in den Händen eines Privatmannes, zumal in
meinen hohen Jahren, leicht das Los einer unrühmlichen Vergessenheit treffen könne. So hielt ich es für wohlgetan, meinen
Schatz dem Kommandanturhause als Vermächtnis zuzuweisen,
bei dessen Anblick einst noch unsern Urenkeln das Herz vor
Stolz und Freude höher aufgehen möchte.

*　　*　　*

Bald nach der Belagerung kam der Herr Großkanzler von
Beyme, auf seinem Wege aus Preußen nach Berlin, hierher
zu uns und nahm während seines Verweilens bei dem Kaufmann Schröder ein Mittagsmahl ein. Ich hatte die Ehre, von
ihm in eine Unterhaltung gezogen zu werden, die sich natürlich
auf die nächstverlebte Zeit bezog. Dabei wurde auch unsers
wackern Vizekommandanten von Waldenfels und seines Heldentodes mit rühmlichster Erwähnung gedacht. „Einem so braven Manne", äußerte dabei unser hoher Gast, „einem so braven
Manne sollte der Denkstein auf seinem Grabe nicht fehlen!"

Der Gedanke elektrisierte mich. Ich stand von meinem Stuhle
auf, sah meine anwesenden Mitbürger an und sprach: „Ein
Wort zu guter Stunde! – Ja, meine Herren, wir erfüllen es
und setzen unserm Waldenfels ein Ehrenmal, wie ers verdient!"

Niemand antwortete mir. Ich aber erhob meine Stimme

320

noch höher und rief: „Wie? Kein Denkmal auf eines solchen
Mannes Grabe? – Meine Herren, das ist eine Ehrensache
für jeden unter uns!"

So erklang denn freilich hier und da ein zögerndes „Ja!" –
aber es fiel auf, daß es nicht freudigen Herzens kam. Meine
funkelnden Augen spiegelten sich nur in denen des Großkanz=
lers wider, der mir sagte: „Sie gestatten mir doch, daß ich
meinen Beitrag hier sofort in Ihre Hände lege?" – Das ver=
bat ich mir nun und hatte Mühe, meinen Willen durchzusetzen.
Desto leichter ward ich in den nächsten Tagen mit den Ja=Ja=
Stammlern fertig, die ich an ihr Wort erinnerte. Denn da fand
sichs, daß es nur in die Luft gesprochene Worte gewesen waren.

Mochte es sein! Ich aber habe mir selber Wort gehalten und
auf eigene Kosten einen schönen achteckigen geglätteten Grab=
stein, sieben Fuß hoch, besorgt, worauf der Name „Waldenfels"
samt Angabe seiner Militärwürden und des Tages, da er für
König und Vaterland gefallen, verzeichnet steht. Dies einfache
Monument bezeichnet seine Grabstätte. Zu gleicher Zeit ließ
ich auch die meinige hart neben dieser mit Steinen aussetzen,
wo ich denn endlich auch ruhen werde. –

Ehre den braven Männern, die, gleich Waldenfels, in und
für Kolberg geblutet und ihr Bestes getan haben! Wo einund=
zwanzig Offiziere auf dem Bette der Ehre das Leben verhauch=
ten und eine gleiche Anzahl schwere todesgefährliche Wunden
aufzuweisen hatte, da bedarf es keines weiteren Zeugnisses,
daß die Besatzung in allen ihren Graden ihre volle Schuldigkeit
getan. Wie der Monarch selbst diese heldenmütige Hingebung
gewürdigt hat, spricht sich vollgültig in der Auszeichnung aus,
die er dem Zweiten Pommerschen Infanterie=Regiment ge=
währte, welches seit jenen Tagen die Ehrennamen des Regi=
mentes „Kolberg" und „von Gneisenau" miteinander vereinigt.

Kolbergs militärische Wichtigkeit, zumal in jenem schwierigen Zeitverlauf, der auf den Frieden von Tilsit folgte, war lebhaft anerkannt worden. Eben dadurch fühlte sich auch die Besatzung des Platzes in ihrer Bedeutung gehoben und zu Ansprüchen von mancherlei Art berechtigt. Weil dies bald einigen Widerstand erzeugte, hatte sich in allen Berührungen mit den bürgerlichen Behörden ein gewisser unfreundlicher Ton eingeschlichen, der immer schmerzlicher empfunden wurde. Es sollte alles martialisch und gewaltig bei uns zugehen, als wenn es noch mitten im Kriege wäre. Der Bürger hingegen wollte nur durch die milden bürgerlichen Gesetze des Friedens beherrscht sein und von außerordentlichem Kriegszwange nichts mehr wissen. Die Lasten der Einquartierung bei einer noch immer sehr starken Garnison waren an sich schon lästig genug. Sie wurden es noch mehr dadurch, daß sich die Verteilung der Quartiere ungesetzlich in den Händen einer außerordentlichen Kommission befand, die von ränkesüchtigen Köpfen nach Gunst und Ungunst geleitet ward. Böse Ratgeber der nämlichen Art belagerten das Ohr der Machthaber und freuten sich des gestifteten Unheils. Überall war Neckerei, Reibung und Unwille und – zum Überfluß noch – eine vielleicht nicht hinlänglich beschäftigte Anzahl alter und junger Militärs. Ihr Lebensüberschwang tat sich in mancherlei Störungen des friedlichen bürgerlichen Verkehrs, in Prügelszenen, in gewaltsamen Angriffen und Verwundungen rechtlicher Männer kund.

Ebensowenig ist in Abrede zu stellen, daß unsern Einwohnern durch die Belagerung das Herz ein bißchen groß geworden war. Sie hatten in ungewöhnlichen Anstrengungen auch ungewöhnliche Kräfte in sich erwecken müssen. So wie sie sich dadurch selbst im Werte gehoben fühlten, wollten sie sich auch von andern besser geachtet wissen. Vielfach hatten sie auch in der Zeit der Not und Gefahr bedeutende Opfer an Eigentum und Vermögen dargebracht. Sie hatten gehofft, nach des Feindes Abzuge durch mancherlei Erleichterungen für soviel Einbußen und Entbehrungen entschädigt zu werden. Sie fühlten sich doppelt getäuscht, da statt der gehofften goldenen Zeit nur neue herbe Früchte für sie reiften.

Um so tiefer war jedes wackre Bürgerherz von Dank und Freude ergriffen, als ein Königliches Kabinettsschreiben vom 21. Oktober 1807 den Beweis führte, daß Kolberg in seines gütigen Herrschers Beachtung und Fürsorge unvergessen geblieben war. Es wurde uns darin nämlich der Erlaß unsers Anteils an der allgemeinen französischen Kriegskontribution im Belauf von hundertachtzigtausend Talern angekündigt.

*   *   *

Im Jahre 1809 ward durch die in der Preußischen Monarchie eingeführte neue Städteordnung überall die bisherige Magistratsverfassung abgeschafft und den Bürgerschaften ein erweiterter Einfluß auf die Verwaltung der städtischen Angelegenheiten zugestanden. Wie an vielen andern Orten, so wußte sich auch bei uns in Kolberg die Menge in die verbesserten Einrichtungen nicht sogleich zu finden. Die Ränkeschmiede und Selbstlinge aber waren nur desto eifriger darauf bedacht, ihr Schäfchen dabei zu scheren und den blinden Unverstand nach ihren geheimen Absichten zu bearbeiten. Als es daher zur ersten Wahl der Stadtverordneten und eines neuen Magistrats kam, ging es dabei so stürmisch, unmoralisch und ordnungswidrig zu, daß ein jeder rechtschaffner Mann sein äußerstes Mißfallen daran haben mußte.

Obwohl als erster Stadtverordneter gewählt, bedankte ich mich dieser Ehre. Ich wollte mit einer Versammlung nichts zu

schaffen haben, von deren gleich im ersten Beginnen kundge-
gebenen Gesinnungen ich nichts als Unheil für die Stadt erwarten konnte. Noch ärger ward es, als nun zur Ratswahl
geschritten werden sollte. Kabalen kreuzten sich mit Kabalen.
Einige rechtliche Männer, welche die gesetzliche Stimmenmehr-
heit für sich gehabt hatten, wurden tumultarisch wieder ausgestoßen. Ich hörte sogar von tätlichem Handgemenge.

In stiller Klage mit andern Biedermännern nahm ich mir
dies schändliche Unwesen tief zu Herzen und mußte täglich
Zeuge sein, wie es immer weiter um sich griff, und wie eine
widerrechtliche Anordnung auf die andere folgte. Endlich
konnte ich es nicht länger ertragen. Ich schilderte Sr. Majestät
dem Könige unmittelbar und umständlich mit Gewissenhaftig-
keit und Wahrheit, wie alle diese Sachen bei uns ihren Verlauf genommen hatten. Ich nahm mir dabei den Mut, vorzu-
schlagen, die jetzt bestehende Stadtverordnetenversammlung
gänzlich zu kassieren und zur Wahl einer neuen durch eine unparteiische Kommission schreiten zu lassen.

Es geschah auch, was ich vertrauensvoll gehofft hatte. Der
Monarch beschied mich in einer gnädigen Antwort, daß, meinem
Antrage gemäß, die dermalige Stadtverordnetenversammlung
suspendiert sei. Dem Minister von Domhardt wäre die Er-
nennung einer Kommission aufgetragen, um die Vorfälle genau
untersuchen zu lassen und erforderlichenfalls neue, rechtmäßige
Wahlen zu verfügen. Einen gleichen Bescheid erhielt ich fast
unmittelbar darauf von dem benannten Minister mit der Be-
nachrichtigung, daß er den Polizeidirektor Struensee zu Stargard zum Kommissar in dieser Sache ernannt habe. Dieser
meldete mir binnen kurzem den Zeitpunkt seines Eintreffens in
Kolberg.

Von allen diesen Schritten wußte niemand ein Wort. Weniger zurückhaltend war ich in meinem freimütigen, oft wohl etwas derben Urteil über all den Unfug gewesen, der täglich unter meinen Augen vorging. Natürlich waren dergleichen Äußerungen den Leuten, denen es galt, auch zu Ohren gekommen. Die ganze Korporation kam darüber in Harnisch und ernannte eine Deputation aus ihrer Mitte mit dem Kaufmann S. an der Spitze, um eine Klage wider mich wegen ehrenrühriger Beschuldigungen beim Stadtgericht anzubringen. Für die Sache war bereits ein Termin angesetzt worden, wo ich erscheinen und mich verantworten sollte.

Es ist ein wunderlich Ding, daß all meine Händel vor der Obrigkeit anfangs immer hochgefährlich aussahen und zuletzt doch ein lächerliches Ende nahmen. Das begab sich auch hier. Ich trat zur bestimmten Stunde vor die Schranken. Der Stadtgerichtsdirektor Harder sagte mir: Ich sei in diesem und jenem durch vorlautes Absprechen von Urteilen über eine löbliche Stadtverordneten-Versammlung gar sehr straffällig geworden. Die deshalb erhobene Klage solle mir jetzt vorgelesen und meine rechtliche Verantwortung gewärtigt werden.

„Das möchte sein", erwiderte ich, indem ich mich zu den anwesenden drei gegnerischen Deputierten wandte, „wenn ich nur diese Herren noch für wahre und wirkliche Stadtverordnete anerkennen könnte, nachdem des Königs Majestät sie sämtlich von ihren Ämtern suspendiert hat." Ohne mich weiter an ihre großen Augen zu kehren, zog ich das Königliche Handschreiben aus der Tasche und gab es stillschweigend in des Direktors Hände. Der nahm und las es, erst für sich allein, dann laut und vernehmlich vor allen Anwesenden. Nachdem ich mich einige Augenblicke an den langen Gesichtern geweidet, erklärte ich dem Gerichte weiter: Solchergestalt fände ich auch keinen Beruf in mir, jetzt auf die erhobene Klage zu antworten, wozu sich vielmehr wohl eine andre und bessere Gelegenheit finden werde.

Wenige Tage später traf auch der Königliche Kommissar Struensee bei uns ein. Meine Anklage gegen die Stadtverordneten und den von ihnen erwählten Magistrat ward in seine Hände übergeben. Ich hatte sie seit meiner ersten Anzeige im Kabinett noch um manches himmelschreiende Faktum vermehren können. So gab es denn kein kleines Sündenregister, welches ich bei der Kommission zu Protokoll diktierte und worüber ich die erforderlichen Beweise beibrachte. Auch die Angeschuldigten wurden vorgeladen. Nach genauester Untersuchung fiel die Entscheidung dahin aus, daß einige der Schuldigsten in aller Form von ihrem Posten entsetzt und zur Bekleidung städtischer Amts= und Ehrenstellen auf immer für unzulässig erklärt wurden.

Nach dieser Reinigung leitete der Kommissar eine neue, ordnungsgemäße Wahl beider Kollegien ein, wodurch das städtische Interesse besser beraten war. Ihre Stimmen erkoren mich zum ersten unbesoldeten Ratsherrn; und zu diesem Stadtamte bin ich seitdem bei jeder Wahl aufs neue bestätigt worden. Ein Beweis von dem Zutrauen meiner Mitbürger, der meinem Herzen immer sehr wohlgetan hat.

Um die nämliche Zeit etwa ward mir durch des Königs Gnade eine Auszeichnung zuteil, die ich auf keine Weise hatte erwarten können. Es war Sr. Majestät — ich weiß selbst nicht wie — zur Kenntnis gekommen, daß ich vor langen Jahren in wirklichem königlichen Seedienst gestanden hatte. Demzufolge ward mir jetzt die förmliche Erlaubnis erteilt, die königliche Seeuniform zu tragen. Warum sollte ich leugnen, daß gerade diese Vergünstigung einen tiefen und rührenden Eindruck auf den alten Seemann in mir machte, dessen Patriotismus sich

326

immer und unter allen Himmelsgegenden mit einigem Stolz zur preußischen Farbe bekannt hatte?

Die Rückkehr unsers gefeierten Königspaares von Preußen nach Berlin im Dezember 1809 war ein Ereignis, das meine Seele mit hoher, freudiger Teilnahme beschäftigte. Am 21. sollte der königliche Reisezug in Stargard eintreffen, um dort einen Rasttag zu halten. Es war also zu erwarten, daß die Pommerschen Stände und andre Behörden der Provinz sich dort dem Könige vorstellen würden.

Diese Nachricht traf mich am 19. abends in einer Gesellschaft, wo viele würdige Männer unsrer Stadt beisammen waren. Schnell und plötzlich flog mir ein Gedanke freudig durchs Herz. „Wie?" rief ich aus, „Soviele unsrer Landsleute sollten dort vor dem Könige stehen, ihm ihre frohen Glückwünsche darzubringen, und nur aus unsrer Vaterstadt sollte sich niemand zu einer solchen Huldigung eingefunden haben? Das hat weder der König um Kolberg, noch wir um ihn verdient! Seine Gnade hat uns erst unlängst eine Kriegssteuer von nahe an zweimalhunderttausend Talern erlassen. Bei welcher schicklicheren Gelegenheit könnten wir ihm dafür unsern Dank bringen, als wenn sich eine Deputation der Bürgerschaft jetzt dazu auf den Weg machte?"

Alles war meiner Meinung, aber alles gab auch zu bedenken, man müsse sich noch heute abend auf den Weg machen, um zur rechten Zeit zur Stelle zu sein. „Nun, und wenn es sein muß", unterbrach ich, „warum nicht auch schon in der nächsten Stunde? Ich bin dazu bereit, aber ich bedarf noch eines Gefährten. Wer begleitet mich?"

Ringsum nichts als Schweigen und Kopfschütteln. Schon wollte ich im feurigen Unmut auflodern, als sich mir der Kaufmann Göldel zum Gefährten erbot und versprach, in einer

Stunde reisefertig zu sein. Er trieb nun selber zur Eile, damit
wir noch vor völligem Torschluß die Festung im Rücken hätten.
Ich selbst übernahm es, die Postpferde für uns zu bestellen.

In der nächstfolgenden Nacht langten wir in Stargard an.
Noch vormittags ward die Ankunft des königlichen Paares
erwartet, dessen Zug vor dem Hause vorüber mußte, wo wir
Quartier gefunden hatten. Wir warfen uns also in unsre
Staatskleider – ich in meine Admiralitätsuniform, mein Gefährte in das Kostüm der Bürgergarde – und erwarteten auf
einer erhöhten Treppe den für unser Herz so teuren Anblick.
Wagen auf Wagen mit dem Königlichen Gefolge rollte vorüber. Endlich, um zehn Uhr, nahte der König selbst langsam
in einem offenen Wagen. Neben ihm saß die Königin. Es
klopfte uns hoch in der Brust, und wir verbeugten uns ehr-
erbietig samt allen übrigen.

Jetzt aber forderte ich meinen Begleiter auf, dem Zuge mit
möglichster Eile zu folgen, um die Gelegenheit zu unsrer per-
sönlichen Vorstellung nicht zu versäumen. Denn was für ein
Eulenspiegelstreich wäre es gewesen, uns im Namen einer
ganzen Stadt auf den fernen Weg gemacht und dennoch unser
Wort nicht angebracht zu haben! Allerdings war das Gedränge
um des Königs Quartier unbeschreiblich groß und lebendig,
aber mein treuherziges: „Kinder, maakt en betken Platz!" und
auch wohl die paar Streifen Gold auf unsern Röcken halfen
uns zuletzt glücklich durch das Gewühl. Wir waren durch das
Spalier des Militärs gedrungen und mischten uns nun unter
die bunten Gruppen der Offiziere und diensttuenden Adjutanten, bis wir zuletzt den Flur des Hauses erreichten.

Nach einem Weilchen kam ein Stabsoffizier die Treppe von
des Königs Gemächern herunter, ging auf uns zu und fragte
mich freundlich: „Gelt, Nettelbeck, Sie wollen den König

sprechen? Dann ists gerade an der rechten Zeit. Kommen Sie!"
– Zugleich faßte er mich und meinen Freund an der Hand und
stieg mit uns die Treppe hinauf. Nicht ohne seltsame Ver=
wunderung fragte ich ihn: „Wie kömmt mir das Glück, daß
Sie mich bei Namen kennen?" – „Und darüber wundern Sie
sich?" war die Antwort. „Bin ich nicht in Kolberg bei Ihnen
in Ihrem Hause gewesen?" – Es war der General von Borstell.

Oben angekommen, fanden wir zwei schwarzgekleidete Män=
ner, Deputierte von der Kaufmannschaft einer benachbarten
Stadt, vor der offenen Flügeltüre, die zu des Königs Audienz=
zimmer führte. Der General wies sie vor uns hinein, und wir
folgten dann nach. Das ganze große Zimmer war erfüllt von
Generalen, Damen und andern Standespersonen. Ich be=
merkte unter ihnen die Prinzessin Elisabeth, die von Stettin
gekommen war, den General von Blücher und andre. Alles
blitzte von Ordenszeichen jeder Art und Gattung. Es gab eine
feierliche Stille, bis der König samt seiner königlichen Ge=
mahlin eintrat, und die Anwesenden dem Paare nach der Reihe
vorgestellt wurden.

Vor uns traten die genannten beiden Deputierten vor, die
etwas beklommen schienen und überaus leise sprachen. Als sie
sich darauf zurückgezogen hatten, wandte sich das hohe Paar
uns zu. Mich anblickend, fragte der König: „Nicht wahr? Der
alte Nettelbeck aus Kolberg?" Und dann, während wir unsre
Verbeugung machten, zu meinem Gefährten gekehrt: „Die
Kolberger sind mir willkommen."

Wir hatten im voraus verabredet, uns, wenn es dazu käme,
in unsern Vortrag zu teilen, damit wir nicht beide durcheinander
sprächen. Ich hub demnach an: „Ew. Majestät geruhen gnädigst,
uns zu erlauben, daß wir im Namen unsrer Mitbürger Ihnen
fußfällig unsern Dank bringen für die große Gnade und Wohl=

taten, die Sie unsrer guten Vaterstadt haben angedeihen lassen. Wir haben dafür kein andres Opfer, als die abermalige Versicherung unsrer unerschütterlichen Treue, nicht allein für uns, sondern auch für unsre spätesten Nachkommen, denen wir mit gutem Beispiel vorangegangen sind. Stets soll es ihnen in Herz und Seele geschrieben bleiben: Liebt Gott und euern König und seid treu dem Vaterlande!"

Hierauf wandte sich der König halb gegen uns und halb gegen die hinter ihm stehende glänzende Versammlung und sprach in lebendiger Bewegung die Worte: „Kolberg hat sich bereits im Siebenjährigen Kriege treu gehalten und dadurch die Liebe meines Großoheims erworben. Auch jetzt hat es das Seinige getan; und wenn ein jeder so seine Pflicht erfüllt hätte, so wäre es nicht so unglücklich ergangen."

Jetzt nahm mein Freund das Wort und äußerte, wie nahe es uns gehen würde, wenn unsre Gegenwart bei Sr. Majestät eine unangenehme Erinnerung erwecke. Allein die Gefühle unsrer dankbarsten Verehrung hätten uns nicht zurückbleiben lassen. Ganz Kolberg teile unsre Gesinnungen. Der König erwiderte darauf: „Ich weiß es. Wenn früh oder spät es einmal die Umstände gebieten, werden die Kolberger auch gerne wieder für mich eintreten."

Hier fing ich Feuer und brach begeistert aus: „Ew. Majestät, dazu lebt der freudige Mut in uns und unsern Kindern; und verflucht sei, wer seinem Könige und Vaterlande nicht treu ist!"
— „Das ist recht! Das ist brav!" versetzte der König; und als er darauf fragte: Wie wir sonst in Kolberg lebten? — gab ich zur Antwort: „Gut, Ew. Majestät! Kleinigkeiten machen wir unter uns ab. Und ist es was Bedeutendes, und wir können nicht durchkommen, da wenden wir uns geradezu an Ew. Majestät. Wir hoffen, Sie werden uns nicht sinken lassen."

„Nein, nicht sinken lassen – nicht sinken laß ich euch!" rief der König, wobei er mit die Hand bot. „Wendet euch nur an mich, und was zu erfüllen möglich ist, soll geschehen." – Dann fragte er, ob wir eigentlich dieserhalb gekommen wären, oder ob uns andre Geschäfte nach Stargard führten. – „Kein andres als der Auftrag der Unsrigen", entgegnete ich, „und eben dadurch wird dieser Tag der glücklichste unsers Lebens."

Jetzt beurlaubte uns der König mit den Worten: „Ich danke euch! Grüßt eure guten und braven Mitbürger und sagt ihnen: auch ihnen dankte ich für die Treue und Anhänglichkeit, die sie mir erwiesen haben. Haltet immer auf Religion und Moralität." – Als wir uns darauf verbeugten und Miene zum Abtreten machten, sagte der König: „Sie bleiben noch hier!" – Worauf sich auch bald die Königin uns näherte und sich mit gütigem Lächeln und der Bemerkung zu uns wandte: „Wir haben uns heute schon gesehen!" Und der Monarch fiel ein: „Nicht wahr? Ich hatte doch recht geraten?" – So ergab sichs denn, daß ich oder meine Uniform dem königlichen Paare bereits im Vorbeifahren aufgefallen sein mußte. Sie aber fuhr fort: „Ich bin gewiß recht froh, Sie hier zu sehen und persönlich kennen zu lernen." – „Und ich", war meine Antwort, „ich danke Gott dafür, daß er mich den Tag hat erleben lassen, wo meine Augen den guten König und seine allgeliebte Gemahlin in solchem Wohlsein erblicken. Der Name des Herrn sei dafür gelobet!" – So erhielten wir nunmehr unsre gnädige Entlassung und eilten nach unserm Gasthofe zurück. Wir waren von Herzen froh, unser Geschäft so wohl und mit solchen Ehren abgetan zu haben.

Indes hatte sich mein Freund entfernt, um einige Besuche bei seinen Bekannten zu machen, als ein königlicher Page bei mir eintrat, um uns zur königlichen Tafel zu laden. Es war spät, mein Gefährte war abwesend – so mußte ich mich entschließen, ohne ihn zu gehen. Im Tafelzimmer hatte auch schon alles seine Plätze eingenommen. Ein Kammerherr führte mich zu meinem Sitze hin, wo rechts der General von Pirch und links der General-Chirurgus Görke meine Tischnachbarn waren. Beide unterhielten sich mit mir während der Tafel aufs freundlichste. Der General bot mir an, mich zu dem großen Balle, der von der Stadt veranstaltet worden war, mit seinem Wagen abholen zu lassen, was mit herzlichem Dank angenommen wurde.

Nach aufgehobener Tafel machte ich, wie ich es die andern auch tun sah, dem königlichen Paare das stumme Zeichen meiner Verehrung. Ich war schon im Begriff, mich gleich jenen zu entfernen, als mich der König noch zu bleiben hieß. Hierauf führte mich die Königin in ein Nebengemach, wo ich mich nun zu meiner freudigen Überraschung dem hohen Paare ohne Zeugen gegenübergestellt fand. Beide stellten eine Reihe Fragen an mich, die ich nach bestem Vermögen beantwortete, deren Inhalt aber nicht in diese Blätter gehört. Mein Herz geriet dabei mehr und mehr in eine hohe Bewegung.

Als etwa nach einer halben Stunde eine kleine Stockung in dem Gespräch entstand, und ich dem König so recht zuversichtlich in die Augen sah, befiel mich plötzlich eine über alles schmerzliche Empfindung. „Gott!" dachte ich – „wie unglücklich ist doch mein König!" – und unwillkürlich erhoben sich meine Blicke sowie meine gefalteten Hände gen Himmel. Mein Atem stockte.

Da legte mir der König seine Hand auf die Schulter und fragte mit unendlicher Güte: „Haben Sie noch etwas auf dem Herzen?" – denn aus meinem seltsamen Benehmen mochte er schließen, daß ich vielleicht noch etwas zu erbitten wünschte. – Nun aber brachen meine Gedanken in Worte aus: „Ach, wenn ich Ew. Majestät und meine gute Königin jetzt so vor mir sehe, und bedenke das Unglück, was Sie noch immer so schwer zu tragen haben, dann ist mir's, als müßte mir das Herz aus dem Leibe entfallen. Gott erhalte Ew. Majestäten und gebe Ihnen Kraft und Stärke, daß Sie diese harte Schicksalsprüfung bald und glücklich überstehen mögen."

Bei diesen meinen Worten senkte der König sein Haupt auf die Brust, und die hellen Tränen entfielen seinen Augen; die Königin aber streichelte ihm still die Wangen und weinte auch. Dieser erschütternde Anblick lockte auch mir die Zähren in die alten Augen, und mein Herz ward immer weiter, und ich sprach zu der hohen herrlichen Frau: „Ja, Gott erhalte auch Sie, meine gute Königin! Zum Troste meines Königs; denn ohne Sie wäre er schon vergangen in seinem Unglück." – So standen wir beiderseits noch einige Minuten in herzinniger Bewegung, ohne daß unsere Augen trocken wurden. Nachdem ich mich je= doch ein wenig gefaßt hatte, drückte ich Ihren Majestäten mei= nen gerührten Dank aus für so viel erwiesene Gnade, und noch im Abgehen rief der König mir nach: „Halten Sie bei Ihrer guten Bürgerschaft auf Sitte und gute Ordnung!" – und mit der Antwort: Daran soll es wahrlich nicht mangeln" – schied ich von dannen.

Auf dem Balle, zu dem wir nach des Königs ausdrücklicher Bestimmung eingeladen worden waren, verweilten wir des starken Gedränges wegen nur kurze Zeit. Am nächsten Morgen reisten wir ab.

* * *

Das war also mein kurzer, aber erfreulicher Aufenthalt am Hofe! In einen längeren hätte ich mich freilich schlecht zu schicken gewußt. Überdem wäre mir dadurch meine gute ehrliche Pfahl=

bürgerei vielleicht verleidet worden, zu welcher ich nun mit zwiefachem Behagen zurückkehrte und wobei ich mich ohne Zweifel besser befand. Ich hatte meine frühere Hantierung, soviel es meine verminderten Vermögensumstände zuließen, klein und bescheiden wieder angefangen, und fand dabei als ein einzelner Mann von wenig Wünschen und Anforderungen auch mein notdürftiges Auskommen. Ich würde sogar sagen können, daß ich glücklich und zufrieden lebte, wenn ich bei meinen Hausgenossen, durch die ich meine Geschäfte betreiben mußte, nur irgend etwas von der Treue und Anhänglichkeit gefunden hätte, auf die ich rechnete und der ich bedurfte.

Da fiel mirs denn schwer und immer schwerer aufs Herz, daß ich so ganz abgesondert und verlassen in der Welt dastand. Ich zählte bereits fünfundsiebzig Jahre; und in meinen Gedanken hatte ich meine Lebensrechnung sehr viel früher abgeschlossen. Was sollte mit mir werden, wenn Gott mich noch nicht wollte? Wenn nun die unvermeidlichen Schwachheiten des Alters näher herantraten? Wenn Kränklichkeit und körperliche Leiden bei mir überhand nahmen? Wenn meine edleren Sinne mich verließen? Wenn ich unvernehmlich und kindisch würde? Mir grauste, wenn ich auf diese Weise in die Zukunft blickte. Meine Freunde, denen ich diese Betrachtungen nicht verheimlichte, rieten mir lachend, aber bald auch im guten und wohlgemeinten Ernste, zuversichtlich noch einmal in den Glückstopf des Ehestandes zu greifen. Ich hingegen schüttelte mächtig den Kopf: Ein Bräutigam mit drei Vierteln eines Säkulums auf dem Nacken! Überdem: wer, wie ich, bereits zwei so böse Nieten aus jenem Topfe gezogen, hätte sich wohl zugetraut, das drittemal mit dem großen Lose davonzukommen?

Dennoch war der Gedanke ein Feuerfunke in meiner Seele, der unablässig darin fortglomm und all mein Sinnen und

334

Streben beſchäftigte. Es ließ ſich nicht leugnen, daß der Ruhe und dem Wohlſein meines Lebensabends nicht füglicher geraten werden konnte als durch eine Gefährtin, die mir aus Güte und Wohlwollen die Pflege, welche ich aus bezahlter Hand nur widerwillig erhalten haben würde, mit unendlich treuerer Sorgfalt erwieſe. Allein wie konnte und durfte ich Greis erwarten, daß ein Frauenherz den eignen Anſpruch ans Leben dergeſtalt verleugnen ſollte, um es mit mir zu wagen?

Da nahmen ſich nun meine Freunde der Sache ernſtlicher an. Ihrem Rate wie ihren Vorſchlägen danke ichs, daß nicht nur meine tauſend Bedenklichkeiten beſiegt, ſondern auch die Einleitungen zur Verwirklichung meines Entſchluſſes aufs glücklichſte getroffen wurden. Ihre Bemühungen führten mir eine würdige und erwünſchte Gattin zu. Sie verſteht nicht nur den Pflichten einer Hausfrau in vollem Umfange zu genügen, ſondern iſt mir auch durch eine gute Erziehung, Milde der Geſinnung und reine Güte des Herzens in Wahrheit ein großes Los geworden, wie ich es nimmer gehofft hätte. Tochter eines würdigen Landpredigers in der Uckermark, war ſie frühe zur Waiſe geworden, aber unter der Fürſorge liebreicher Verwandten hatten ſich Herz und Geiſt bei ihr trefflich gebildet. Was ich damals ſchon mit völligſter Überzeugung ausſprach, das hat ſich mir jetzt, nach beinahe zehn Jahren, noch wahrhafter erwieſen: Gerade ſo und nicht anders mußte mir der gnädige Gott eine Gefährtin zuweiſen, wenn ſie der Troſt und die Stütze meines Alters ſein ſollte!

So ward ich im Jahre 1814 der glücklichſte Ehegatte und bin es noch. Allein was die Leſer dieſer Blätter vielleicht noch weit mehr überraſchen wird: Ich ward gleich im nächſten Jahre auch Vater. Ein liebes Töchterchen ward mir geboren und lebt, wächſt und gedeiht zu unſrer herzinnigen Freude. Gleicht es einst der Mutter an Sinn und Gemüt, so bleibt mir kaum noch etwas zu wünschen übrig. Was sich vom Vater auf sie vererben kann und auch vererben soll, ist freilich nicht viel. Doch habe und hege sie nur meine Scheu vor Unrecht und meine es gut und redlich mit allen Menschen, so wird auch dieses geringe Erbteil ihr reichlich wuchern! – Ich nahm mir das Herz, Se. Majestät um die Übernahme der Patenstelle bei meinem Kinde zu ersuchen. Des Königs Gnade bewilligte mir nicht nur diese Bitte, sondern erlaubte dem Täufling auch, in einer teuren Erinnerung, den Namen Luise zu führen.

Noch führte ich mein Gewerbe einige Jahre mit günstigem Erfolge fort. Als aber in den Jahren 1817 und 1818 die Gewerbescheine zum freien Betrieb aller Hantierungen im Staate immer allgemeiner wurden, sah ich meinen Handel fast gänzlich eingehen. Belastet mit allen städtischen Abgaben, war es mir nicht länger möglich, mit dem vom platten Lande eingeführten Branntwein Preis zu halten. Mir blieb nichts übrig, als diese Fabrikation ganz aufzugeben, wie wenig ich auch in meinem hohen Alter Aussicht hatte, eine andre Beschäftigung aufzunehmen und dadurch meinen täglichen Unterhalt zu sichern. So begann denn meine häusliche Lage in Wahrheit bedenklich zu werden.

Gleich nach der Belagerung hatte sich der edle Gneisenau erboten, mir eine königliche Pension zu erwirken. Er wußte um die mancherlei Einbußen, denen ich während der Belagerung ausgesetzt gewesen war. Mein Ehrgefühl lehnte sich dagegen auf. Ich bat ihn, von diesem Gedanken abzustehen, denn damals waren meine Umstände noch immer leidlich, und ich hatte niemand zu versorgen. Gegenwärtig aber, wo meiner Lebenslast noch zehn Jahre zugewachsen waren, standen meine Sachen um vieles anders. Ich war daher dankbar gerührt, als die Huld

meines guten und gnädigen Königs mir ein jährliches Gnaden-
gehalt von zweihundert Talern aussetzte, wovon nach meinem
Tode die Hälfte auf meine Witwe übergehen wird. Nicht minder ward auch meiner kleinen Tochter zu ihrer Erziehung eine
Stelle in dem Luisen-Stifte zugesichert oder nach meinem und
der Mutter bestem Befinden eine Novizenstelle in dem hiesigen
Jungfernstift vorbehalten. Gottlob! Nun werden meine Lieben
nicht ganz verlassen sein, und ich kann mein Haupt ruhig niederlegen!

Solchergestalt hätte ich nach menschlichem Ermessen nunmehr
mit Welt und Leben so ziemlich abgeschlossen. Ich dürfte hier
wohl die Feder niederlegen, wenn ich nicht noch ein paar
Schwachheiten zu beichten hätte, die noch in so späten Jahren
versucht haben, mich dennoch mit Welt und Leben wieder zu
befassen.

*   *   *

Was es für ein sonderbares Ding um das Projektemachen
sei, das habe ich an mir selbst erfahren. Der freundliche Leser
erinnert sich ohne Zweifel noch, was ich für ein feines Plänchen
zu einer preußischen Kolonie am Kormantin schon seit den sieb-
ziger Jahren auf dem Herzen trug; und wie ich, nach unsers
großen Friedrichs Tode, einen neuen herzhaften, aber vergeblichen Anlauf nahm, dies Plänchen zur Wirklichkeit zu bringen.
Man müßte nun eigentlich meinen, daß jeder Gedanke solcher
Art aus meinem Gehirn endlich gewichen sei. Ich glaubte es
selbst und schalt mich oft einen Toren, daß ich so etwas hatte
träumen können.

Allein das bunte Traumbild war nicht entwichen, sondern
hatte sich nur in den dunkelsten Hintergrund meiner Gehirn-
kammern bis auf gelegenere Zeit zurückgeschoben. Wunderbare

Dinge waren vom Jahre 1812 an unsern Augen vorüberge-
gangen. Die Welt war plötzlich eine andre geworden. Frankreichs Übermacht lag am Boden, und unser geliebtes Vaterland hatte sich von seinem tiefen Falle glorreich wieder aufgerichtet. Mein altes Herz schlug mir jugendlich freudig bei jeder
neuen Großtat, welche die preußischen Waffen verrichtet hatten.
Ich sah den Staat auf dem Wege, eine immer glänzendere und
ehrenvolle Stelle unter den europäischen Mächten einzunehmen.
Da erwachte plötzlich auch mein alter, langgenährter Lieblings-
wunsch in der Seele. Ich wollte Preußen auch jenseits der Weltmeere groß, blühend und geachtet sehen. Es sollte seine Kolonien gleich andern besitzen!

Bald ließ es mir bei Tag und Nacht keinen Frieden mehr.
Ich hatte damals noch keine Ehestandsgedanken, die mir sonst
wohl den Kopf zurechtgesetzt hätten. So setzte ich mich hin und
schrieb an meinen hochverehrten Gönner etwa folgende Worte:

„Bereits seit vielen Jahren hat mir in meinem Herzen ein
Wunsch für König und Vaterland gebrannt; und ich glaube,
die Vorsehung hat gerade jetzt Zeit und Umstände zu dessen
möglicher Erfüllung herbeigeführt. Dieser Gedanke drückt und
drängt mich auch dermaßen, daß ich mich nicht enthalten kann,
ihn hier vor Ew. Majestät auszuschütten. Mögen Sie dann
auch von mir denken, wie Sie wollen, oder mich gar damit aus-
lachen! Gott weiß, ich meine es dennoch von Grund des Herzens gut. Aber zur Sache!

Frankreich ist an unsern preußischen Staat mehr schuldig,
als es uns jemals wird ersetzen können. Sollte aber ein solcher
Ersatz nicht auf andre Weise zu leisten sein, indem es uns in
dem bevorstehenden Frieden (der hoffentlich von Preußen und
den verbundenen Mächten diktiert werden wird) und unter Englands Genehmigung eine bereits in Kultur stehende französische

338

Kolonie in Amerika abträte? – Zum Beispiel Cayenne mit ihrem Zubehör auf dem festen Lande oder eine andre in guter Kultur stehende Insel unter den Antillen, wie Grenada mit den dazugehörigen Grenadillen oder Dominika. So würden wir die Kolonialwaren, die uns nun einmal ein Bedürfnis geworden sind und wofür so große Summen aus unserm Lande gehen, für unsre selbsterzeugten einheimischen Produkte aus jenen Kolonien unter eigner Flagge eintauschen können. Schweden und Dänemark sind ungleich ärmer an inländischen Erzeugnissen und finden dennoch ihren Vorteil dabei, ihre westindischen Besitzungen in St. Thomas und St. Barthelmy zu unterhalten.

Daß dieser Handel durch Aktien leicht zustande kommen sollte, leidet wohl keinen Zweifel, da unsre Kapitalisten gerne ihre Fonds darin anlegen würden. Nicht nur könnten die Kapitalien assekuriert werden, sondern auch die Assekuranzprämien im Lande selbst verbleiben. – Auch fehlt es uns jetzt nicht an gründlich unterrichteten Seeleuten. Ich selbst habe dazu, wie bekannt, seit dreißig Jahren mitgewirkt, indem es mein Lieblingsgeschäft gewesen ist, eine Steuermannsschule zu unterhalten, worin mehrere tüchtige Seemänner ausgebildet wurden, welche auch jene entfernteren Meere und Gewässer zu befahren wohl imstande sein würden.

Ich habe mich hiermit unterwunden, nur eine kleines schwaches Bild aus meiner Gedankenwerkstatt zu entwerfen. Zeit und Umstände mögen lehren, ob es von den Weiseren und Machthabern nicht lebendiger auszumalen sein möchte. Meinesteils schreibe und urteile ich nur als alter Seemann, der ich in meinen jüngeren Jahren und wiederum von 1770 ab längere Zeit in holländischen und englischen Diensten jene amerikanischen Küsten und Gewässer in allen Richtungen befahren habe.

Jetzt bin ich 76 Jahre alt; sollte es aber noch gelingen, daß meine Vorschläge irgend zu ihrem Zwecke führten, so würde ich mir die Gnade erbitten, das erste preußische Schiff selbst dorthin führen zu dürfen."

Zweifle niemand, daß ich nicht treulich Wort gehalten hätte! Ich fühlte damals meine Kräfte im ganzen noch ungeschmälert; und was hätte nicht vollends der Feuereifer vermocht, womit die Erfüllung meines Lieblingsgedankens mich beseelt haben würde! Allein die Erfüllung stand nun einmal nicht im Buche des Schicksals geschrieben. Ich gab mich endlich gerne mit den Gründen zufrieden, welche mir in der wohlwollendsten Gesinnung gegen meinen Vorschlag aufgestellt worden waren. Z. B.: Daß es das System unsers Staates sei, keine Kolonie zu haben; daß uns hingegen ein solcher Besitz nur abhängig von Seemächten machen würde, wie vorteilhaft es sonst auch sein möge, durch Absatz der Produkte des Mutterlandes die Kolonialwaren einzutauschen usw. Das ließ sich hören, und dem war denn auch weiter nichts zu entgegnen, wenngleich mein schönes Projekt damit in den Brunnen fiel.

Und doch ist es das einzige nicht, was mir in meinen alten Greisentagen den Herzensfrieden stört und mitunter die schlaflosen Nächte wohl noch unruhiger macht. Obwohl man mich ebensogut um des einen wie um des andern willen tadeln möchte, daß ich mir die Dinge zu Herzen nehme, die mich nicht kümmern sollten, dürfte ich doch fragen: Warum nicht kümmern? In jenem war mirs lediglich um die Ehre und den Vorteil meines lieben Vaterlandes zu tun, die mir bis zum letzten Hauche meines Lebens teuer sein werden. In dem andern, das ich noch nennen will, sorge und bekümmere ich mich als Mensch für die Ehre und den Vorteil der Menschheit. Wann will und wird bei uns der ernstliche Wille erwachen, den afrikanischen Raub=

staaten ihr schändliches Gewerbe zu legen, damit dem friedsamen Schiffer, der die südeuropäischen Meere unter Angst und
Schrecken befährt, keine Sklavenfesseln mehr drohen?

Wenn ich das noch heute oder morgen verkündigen höre:
dann will ich mit Freuden mein lebenssattes Haupt zur Ruhe
niederlegen!

Schlußwort

Joachim Nettelbeck starb am 19. Juni 1824 im Alter von fast 86 Jahren. Nachdem er in der schweren Prüfungszeit, die über Preußen hereingebrochen war, in den Tagen der Mutlosigkeit und Verzweiflung ein leuchtendes Vorbild von Vaterlandsliebe, Opferwilligkeit und Entschlossenheit gewesen war und zu den wenigen gehört hatte, die aus der allgemeinen Zerstörung wenigstens die Ehre Preußens zu retten suchten, war es ihm auch noch vergönnt, die große Erhebung seines Volkes, die Kämpfe und die Siege des Jahres 1813 und die Wiederherstellung der preußischen Monarchie in größerm Umfange zu erleben. Über die letzten Jahre seines vielbewegten und tatenreichen Lebens ist nichts bekannt geworden: er verbrachte sie in stiller Zurückgezogenheit in Kolberg. Bemerkenswert und charakteristisch für diesen großen Mann ist noch, daß er sich darum bemühte, die Auslieferung von Schills Kopf zu erlangen, in richtigem Gefühl dies als eine Ehrensache für Preußen betrachtend.

Nach der Einnahme von Stralsund und dem Tode Schills war dessen Haupt nämlich vom Rumpfe losgetrennt und dem Professor Brugmans in Leyden für seine anatomische Sammlung geschenkt worden. Nettelbeck wandte sich zunächst an den Bürgermeister von Kolberg, Kirstein, und versuchte ihn zu bewegen, im Namen der Stadt, die Schill zu größter Dankbarkeit verpflichtet wäre, Schritte zur Auslieferung des Hauptes zu tun. Da Kirstein sich jedoch aus kleinlichen Gründen weigerte, schrieb Nettelbeck in derselben Angelegenheit an Hardenberg und Gneisenau. Zwar blieben seine Bemühungen vorerst noch fruchtlos, und er erlebte die Erfüllung dieses Wunsches nicht mehr; als aber auch von verschiedenen andern Seiten Schritte getan wurden, erfolgte die Auslieferung im Jahre 1837, und das Haupt des ruhmvollen Helden ruht jetzt in deutscher Erde.

342

Anhang

Briefwechsel zwischen Nettelbeck und Gneisenau.*)

Hochwohlgeborener Herr!

Besonders hochverehrter Herr Oberstlieutenant von Gneisenau!

Solange Kolberg das Glück hatte, Ew. Hochwohlgeboren zum Verteidiger zu haben, solange lebte das Militär mit dem Zivil in der größten Harmonie, und ein jeder Stand bestrebte sich, dem andern mit Achtung und Liebe zu begegnen und zuvorzukommen.

Dieses Verhalten würde auch noch bis jetzo, wenn wir die Gnade hätten, Ew. Wohlgeboren noch als unsern Beschützer in unsern Mauern zu haben, stattfinden, und auch noch bis zur Stunde gewiß ein jeder Bürger unverdrossen nach wie vor die Kriegslasten, so drückend sie auch an und für sich sein möchten, ohne Murren ertragen.

Gegenwärtig verlangt man aber alles von der Stadt in einem unfreundlichen Tone, und es herrscht in der Bürgerschaft ein allgemeines Mißvergnügen, indem die Neckereien zwischen dem Militär und Zivil immer mehr und mehr zunehmen und daraus für die Stadt (deren Erhaltung wir lediglich Ew. Hochwohlgeboren tapfern und klugen Verteidigung zu verdanken haben) ein großes Unglück entstehen kann.

Bloß Liebe für meine Vaterstadt und Patriotismus für meinen guten König fordern mich zu diesem gegenwärtigen Schritt auf, und da die Bürgerschaft gewiß überzeugt ist, daß Ew. Hochwohlgeboren das Wohl der Stadt immer befördern werden, so bitte ich untertänigst, uns zu retten und (ganz unvermerkt) gnädigst dafür zu sorgen, daß wir einen andern Verteidiger, auf dem Gneisenaus Geist ruht, erhalten mögen, als wodurch bloß Liebe und Eintracht zwischen dem Militär und der Bürgerschaft wieder einkehren dürften.

---

*) Die Briefe Nettelbecks sind teilweise etwas abgekürzt worden.

343

Ich getröste mich einer würdigen Erhörung und verharre mit dem größten Respekt

Ew. Hohlwohlgeboren
untertänigster Diener

Nettelbeck.

Kolberg, 5. September 1807.

Mein alter Freund!

In der an mich gelangten Angelegenheit kann ich nichts tun und ich
verweise zur Geduld, Einigkeit und Friedfertigkeit. Es stehen nächstens
ohnedies große Veränderungen bevor und da wird es auf eine oder die
andere Art eine neue Gestalt gewinnen. – Für Ihre gute Stadt habe ich
noch nichts tun können: es ist der rechte Zeitpunkt noch nicht da. Sie verstehen mich. Der König und die Königin sind sehr für das gute Kolberg
eingenommen. Die Königin war neulich bis zu Tränen gerührt, als sie die
Antwort der Bürgerrepräsentanten an mich in der Hamburger Zeitung las.
Wenn man nur m i ch weniger darin gelobt hätte.

Das Elend, mein lieber Nettelbeck, hier in Preußen ist groß. Ganze
Dörfer sind ausgestorben und weite Fluren sind nicht abgeerntet, aus
Mangel an Menschen. Man hat von den Kanzeln bekannt machen lassen,
es könne ernten wer da wolle. Seien Sie also froh, daß sie in Kolberg
wohnen. Wie wird all diesen Übeln des Kriegs abgeholfen werden können!

Grüßen Sie mir meine liebe Bürgerschaft von Kolberg. Vermahnen Sie
zur Verträglichkeit mit dem Militär. Ich weiß, man folgt Ihren Ratschlägen.
Empfehlen Sie mich Ihren Herren Kollegen und seien Sie überzeugt von
der herzlichen Teilnahme an allem, was Ihnen begegnen mag. Gott er-
heitere den Abend Ihres Lebens, mein lieber Nettelbeck, und lasse mich
bald die Freude genießen, Sie herzlich zu umarmen.

Ihr treuergebener
N. von Gneisenau.

Memel, 28. September 1807.

Hochwohlgeborener Herr!

Besonders hochzuverehrender Herr Oberstlieutenant von Gneisenau!

Vom Gefühl der innigsten Dankbarkeit durchdrungen, wage ich es, Ew.
Hochwohlgeboren mit dem Wunsche meines Herzens bekannt zu machen
und an Hochdieselben nachstehende Bitte zu tun.

344

Im Siebenjährigen Kriege hatte Kolberg ebenfalls das Glück, einen tapfern und rechtschaffenen Kommandanten in der Person des Obersten von der Heyden zu haben. Mein verstorbener Vater besaß gleichfalls dessen Zutrauen, und als eine besondere Gnade verehrte selbiger meinem Vater zum Andenken sein Bildnis. Von Grund meines Herzens wünsche ich Ew. Hochwohlgeboren Bildnis, wonach Hochdieselben am besten getroffen, auch zu haben, und bitte Ew. Hochwohlgeboren, mir dasselbe gnädigst auch zu verehren. Dieses will ich nach Berlin schicken, solches von einem geschickten Maler kopieren lassen und selbiges alsdann mit der Unterschrift: Verteidiger Kolbergs im Jahre 1807, in der großen Sessionsstube der Repräsentanten aufstellen. Das Original aber des mir übersendeten Bildnisses werde ich Ew. Hochwohlgeboren mit dem untertänigsten Dank per Post remittieren. O machen Sie, mein verehrungswürdigster Herr Oberstlieutenant, mir altem siebzigjährigen Greis doch noch diese Freude, ich bitte und flehe Ew. Hochwohlgeboren darum an, und will alsdann gern mein Haupt niederlegen und sterben, weil ich vorausehe, daß in Kolberg keine Freude mehr zu erwarten ist. Ich muß Ew. Hochwohlgeboren aufrichtig gestehen, daß ich endlich meines Lebens satt und müde bin und mir bei den vielen Widerwärtigkeiten, denen ich als Repräsentant täglich ausgesetzt bin, öfters den Tod wünsche, indem die Spannung zwischen dem Zivil und Militär von Tag zu Tag zunimmt, und kein Bürger so wenig Erhörung als Unterstützung bei dem königlichen Gouvernement findet; und wir können uns bishero noch nicht eines einzigen Willfahrens unserer Anträge und respektiven Bitten berühmen. Man weiset uns mit allen unsern Anträgen schnöde ab, sucht ohne Not die Bürgerschaft mit starker Einquartierung zu drücken und nimmt alle die Kranken von der in der Nähe stehenden Garnison allhier auf; kurz, man belohnt uns alle unsere Aufopferung schlecht und nun sollen wir noch dazu Kriegssteueren und Kriegskosten bezahlen.

O! eilen Ew. Hochwohlgeboren doch wieder zu uns zurück oder befreien uns auf irgendeine Art von den gegenwärtigen Bedrückungen. Nicht ohne Grund befürchte ich allhier eine förmliche Rebellion, denn die Gärung ist zu groß und der Magistrat findet gleichfalls kein Gehör; und es ist mir meinesteils nicht gut genug, Repräsentant einer solchen Bürgerschaft zu sein, die widerrechtlich und unglimpflich behandelt wird.

Verzeihen Ew. Hochwohlgeboren, daß ich Sie mit diesen odiösen Sachen behellige, mein Herz ist aber zu voll und ich habe niemanden, gegen den ich solches ausschütten kann.

Zum letzten mal flehe ich alfo Ew. Hochwohlgeboren nochmals dringend an, uns zu retten und gnädigst dafür zu sorgen, daß wir bald einen andern Kommandanten, zu dem die Bürgerschaft Liebe und Zutrauen haben kann, erhalten mögen. Insbesondere aber wiederhole meine alleruntertänigste Bitte, mir altem Greis Dero Bildnis zukommen zu lassen und verharre mit dem untertänigsten Respekt usw.

Nettelbeck.

Kolberg, 13. Oktober 1807.

Mein lieber Nettelbeck!

Es tut mir sehr leid, daß die Stimmung zwischen Militär und Bürgerschaft in Kolberg noch immer von der Art ist, daß Mißhelligkeiten entstehen. Es wird dies keinen guten Eindruck in der Provinz machen und man wird sich in der Welt wundern, wie zwei Stände, die sich einander so viel zu danken haben, so erbittert gegeneinander sein können. Neulich schon habe ich dem Herrn Major von Steinmetz aufgegeben, alle Exzesse, welche sich das Militär zu Schulden kommen läßt, auf das strengste zu bestrafen. Wenn dann der Herr Landrat ebenfalls bemüht ist, alle Veranlassung zu Streitigkeiten sogleich aus dem Wege zu räumen, so sollte ich meinen, daß der Friede wiederhergestellt werden könne. Auf eine oder die andere Art muß ohnedies bald eine Änderung erfolgen. Haben Sie also nur etwas Geduld, und verwenden Sie Ihren Einfluß bei der Bürgerschaft dahin, daß bessere Gesinnungen zurückkehren. Von seiten des Militärs klagt man ebenfalls über Grobheit und üblen Willen bei der Bürgerschaft und nachlässige Amtsführung bei dem Magistrat, besonders über den Landrat, dem man die schlechte Stimmung zwischen den beiden Ständen vorzüglich schuld gibt. Ich eröffne Ihnen dies im Vertrauen und erwarte von Ihnen, daß Sie mir schreiben, was an der Sache ist. Da Sie aus Freundschaft für mich mein Bildnis zu besitzen wünschen, so werde ich sehen ein Gemälde von mir, welches sich in Schlesien befindet, wieder habhaft zu werden, oder falls wir nach Berlin kommen, mich dort malen zu lassen und es Ihnen als ein Andenken zu verehren.

Über den Beschluß des Königs, die Stadt Kolberg nicht mit zur Kriegskontribution zuziehen zu lassen, werden Sie sich mit mir freuen. Gern hätte ich für unsere gute Stadt wirksam zu sein mich bestrebt, allein wie Sie, mein guter Alter, mit mir fühlen werden, es ist der Zeitpunkt dazu noch nicht gekommen.

346

Laffen Sie, mein lieber Nettelbeck, den Unmut nicht über sich Herr werden. Das menschliche Leben, niemand weiß dies besser als Sie, ist niemals von Unannehmlichkeiten frei. Wir sind hier übler daran als Sie dort, und dennoch verlieren wir die Hoffnung auf bessere Zeiten nicht.

Leben Sie wohl und gesund, lassen Sie oft etwas von sich hören, grüßen Sie mir Ihre Mitbürger und gedenken Sie mit Wohlwollen

Ihres treuergebenen Kommandanten

N. von Gneisenau.

Memel, 1. November 1807.

Hochwohlgeborener Herr!

Hochzuverehrender Herr Oberstlieutenant und Kommandant!

Ew. Hochwohlgeboren haben mir durch Dero gütige gnädige Zuschrift vom 1. d. M. eine große Freude gemacht; auch mich schmerzt es über alle Maßen, daß das gegenseitige Mißvergnügen zwischen Militär und der Bürgerschaft einen so hohen Grad erreicht hat, daß auf eine Annäherung gar nicht mehr zu hoffen ist; an diesem unglücklichen Verhältnis ist unsere Bürgerschaft nicht schuld, dieses versichere ich Ew. Hochwohlgeboren bei Gott, sondern es ist dasselbe lediglich durch das harte Verfahren des Herrn Majors von Steinmetz, der alles auf einen militärischen Fuß setzen will, und durch die Müßigkeit der Herren Offiziere, die ihre Erhabenheit über den armen Bürger diesen bei aller Gelegenheit auf eine unerträgliche Weise zu empfinden geben, sowie auch durch den schweren Druck der Ein= quartierung, welche, von dem Beispiel ihrer Befehlshaber hingerissen, manchen Hauseigentümer auf eine jämmerliche Weise in tausend Kleinig= keiten, welche nicht immer ein Gegenstand zur Klage sind, bis aufs Blut quälen, herbeigeführt wird. Freilich krümmt sich dann der eine und der andere getretene, aufs äußerste gebrachte Wurm, und dann heißt man uns Bürger grobe Menschen, verschreit unsere Obrigkeit, weil sie nicht gleich auch mit dem Schwert dreinschlagen will, sondern den Gekränkten mit aller Glimpflichkeit verteidigt.

Ach, ich bitte, ich beschwöre Sie, mein würdigster Herr und gnädigster Gönner, erbarmen Sie sich unsers armen, durch Sie vom Verderben ge= retteten Kolbergs, helfen Sie, daß unserer Leiden ein Ende werde und bürgerliche Ruhe bald in unsern Hütten einkehre. Wahrlich Sie werden dadurch allen unsern Verdiensten um uns die Krone aufsetzen. Unbeschreib=

lich und zu Tränen gerührt freue ich mich auf den Besitz des mir verheißenen Bildnisses meines mir und ganz Kolberg ewig teuern Herrn Oberstlieutenants. Ein Heiligtum wird es mir und uns allen sein und sein Anblick wird in unser aller Herzen stets die Gefühle der innigsten Verehrung und der heißesten Dankbarkeit rege erhalten. Daß unser gnädigster König unser Flehen erhört hat, und Kolberg nicht mit zur Kriegskontribution ziehen lassen, erkennt die Bürgerschaft mit unaussprechlichem Dank und Flehen zu Gott, daß er für diese große Wohltat ihn und sein ganzes königliches Haus segne bis ins tausendste Glied, an.

Voll Vertrauen hoffen wir, daß Ew. Hochwohlgeboren nicht ermüden werden, für unsere Stadt, insoweit es die Umstände erlauben, Gutes zu wirken. Diese Überzeugung vornehmlich hat immer noch meinen und aller meiner Mitbürger oft sinkenden Mut aufrecht erhalten. Mit lauter Freude nahmen diese den von mir ihnen verkündigten gnädigen Gruß ihres unvergeßlichen Herrn Kommandanten auf, und sie erwidern denselben durch die Beteuerung einer unbegrenzten Ehrerbietigkeit, die sich auf unsere spätesten Nachkommen vererben wird. Wäre ich doch bald wieder so glücklich, einige tröstende Zeilen von der lieben Hand, die ich jetzt mit Freudentränen küsse, meines gnädigen und gütigsten Gönners zu erhalten. Mit Sehnsucht harret darauf

Ew. Hochwohlgeboren ganz untertänigster

treuester Diener

Nettelbeck.

Kolberg, 17. November 1807.

————————

Hochwohlgeborener Herr! usw.

Bei Gelegenheit, daß ein angehender Bürger sich erdreistet, Ew. Hochwohlgeboren einen von ihm gezeichneten Plan unserer Stadt vorzulegen, wage auch ich es, Hochderoselben mit einigen Zeilen zu beschweren, indem ich Hochdero gnädige Äußerung, „daß ich öfters etwas von mir hören lassen sollte", mit inniger Rührung eingedenk bin. Die Erinnerung an Ew. Hochwohlgeboren und an alles, was Kolberg Hochderoselben verdankt, beschäftigt mich und alle meine Mitbürger unaufhörlich, und es ist uns, als wenn die immer wachsende Verehrung, die stets zunehmende Dankbarkeit und Liebe in unserm Inneren gar nicht mehr Raum hätte, möchten wir doch forthin so glücklich sein, uns Ew. Hochwohlgeboren Gnade erfreuen zu

dürfen und in Hochderoselben am Throne des Monarchen stets einen wohl=
wollenden Fürsprecher zu behalten. Kürzlich peinigte uns eine Zeitlang
das Gerücht, als ob Ew. Hochwohlgeboren, gereizt zu gerechtem Unmute,
im Begriff ständen, Ihre jetzige Laufbahn, in welcher der Freund des
Vaterlandes mit unbeschränktem Vertrauen und mit freudiger Hoffnung
auf heißersehnte Umschaffung der Dinge Sie wandeln hieß, zu verlassen.
Jetzt aber belebt uns von neuem wieder die Sage, daß Hochderoselben
fortfahren werden, zum Heil des Staats wirksam zu sein. Wollte doch
Gott, daß man nicht aufhörte, Wahrheit und Tugend hoch zu achten, und
daß man unablässig bemüht wäre, sorgfältig und unerbittlich streng zu
entfernen, was dem Streben und der Tatkraft des Einsichtsvollsten und
Rechtschaffensten sich in den Weg zu stellen erfrechen möchte.

Ew. Wohlgeboren der bewußten Behörde gegebener Fingerzeig ist mir
nicht unbemerkt geblieben. Das Ungestüm hat sich gottlob etwas gelegt,
wiewohl mir scheint, als ob man mehr aus hoher Rücksicht und mit ver=
bissenem Unwillen, als getrieben von Friedfertigkeit, der sonst unaufhör=
lichen Fehden weniger sein läßt. An unserm Teil wird wahrlich nichts
unterlassen, was zur Erhaltung der Ruhe und Eintracht nur irgend bei=
tragen kann. Sehnlich hoffen wir auf glücklichere Zeiten, wo gemeinsame
Harmonie in einem friedlichen guten Herzen ihre Entstehung haben und
nicht weiter die Frucht des Zwanges sein wird. Ew. Hochwohlgeboren wer=
den mich wohl verstehen, mir aber auch diese Äußerung zugute halten;
weß das Herz voll ist, davon geht der Mund über. Mit unbegrenzter Ehr=
erbietung beharre ich bis zum letzten Hauche usw. usw.

Nettelbeck.

Kolberg, 13. Februar 1808.

Hochedelgeborener,

Hochzuverehrender Herr Bürgerrepräsentant!

Durch meinen Mann habe ich die Anzeige erhalten, daß Dieselben den
für ihn schmeichelhaften Wunsch geäußert, sein Porträt zu besitzen; es ge=
reicht mir zur besonderen Freude, dieses Gesuch erfüllen zu können und
Ihnen dadurch einen Beweis der Achtung zu geben, die ich gegen einen
Mann hege, der nicht allein sich öffentlich so vielen Ruhm erworben, son=
dern auch in den bedenklichsten Perioden meinem Manne den tätigsten Bei=
stand leistete, und von ihm daher vorzüglich geschätzt wird.

Mit ausgezeichneter Hochachtung habe ich die Ehre mich zu nennen
Dero ergebene Dienerin
von Gneisenau
geborene von Kottwitz.

Mittel-Kauffung bei Schönau in Schlesien,
13. Juni 1808.

Hochwohlgeborene!
Besonders hochzuverehrende Frau Oberstlieutenant!
Gnädigste Frau!

Mit klopfendem Herzen erhielt ich unterm 4. dieses Monats ein Schreiben von unbekannter Hand, an mich gerichtet, mit dem Bemerken: hierbei eine Kiste mit einem Ölgemälde!

Zitternd öffnete meine Hand das Couvert, und – welche Freude – von der Hand der allerwürdigsten Gemahlin eines Gneisenau, eines Er-retters des preußischen Ruhms und unserer Freiheit, Habe und Güter! nein! das ist zuviel für mich, – du gerechter Gott, laß mich über so viele unverdiente Ehre und Gnade, die ich nur lediglich durch deine Allgütigkeit erlange, nicht in Versuchung führen.

O gnädigste Frau! wie stolz machen Sie mich, wie überschwenglich glücklich durch das höchste Geschenk, was mir je auf dieser Welt werden konnte. Welche treuen Züge des Helden Preußens, des Menschenfreundes. Ach Gneisenau! Möchte doch Gott mit seiner unaussprechlichen Liebe Ew. Hochwohlgeboren und Ihren verehrungswürdigen unvergeßlichen Gemahl, sowie das ganze hohe Haus Derer von Gneisenau bis am spätesten Ziel mit Segen überströmen, und möchte ich das Glück haben, Hochderoselben hierdurch einigermaßen geschildert zu haben, welchen Dank ich Ihnen für das Gemälde aus dem Innern meines Herzens zu schildern wünsche, und wie sehr ich mit der größten Verehrung bin

Ew. Hochwohlgeboren ganz gehorsamer Diener
Nettelbeck.

Kolberg, 6. Juli 1808.

Mein lieber Nettelbeck!

Es scheint, als ob eine Zeit her – die Streitigkeiten über Öffnung der dortigen Schleuse ausgenommen, welche ich dem Ingenieurdepartement allhier übergeben habe – die über Stimmung zwischen der dortigen Gar-

nison und Bürgerschaft sich vermindert habe, worüber ich mich herzlich
freuen würde. Der Druck der Zeiten liegt jetzt ohnedem zentnerschwer auf
uns, und es ist zu fürchten, daß wir noch nicht am Ende unserer Leiden
sind; wir müssen daher uns untereinander nicht noch mehr das Leben erschweren und durch Selbstsucht und andere kleinliche Leidenschaften solches
verbittern. Tragen Sie daher, mein lieber Nettelbeck, das Ihrige dazu bei,
um die Stimmung noch mehr zu verbessern. Sie sind ein Mann von Einfluß, und wenn Sie die Hand dazu bieten, so gelingt das Werk gewiß.
Es gibt mehrere unter den Bürgern, welche den Soldaten verächtlich be-
handeln, und wahrscheinlich sind diejenigen, welche bei sich vergrößernder
Gefahr in die Keller krochen und den Mut verloren, jetzt diejenigen, welche
am großsprechendsten und in ihrem Betragen gegen den gemeinen Soldaten am herabwürdigendsten sind. Sie, mein lieber Nettelbeck, und Ihre
Freunde, die den Mut in jenen Tagen beibehielten, gehören gewiß nicht
unter diese Anzahl, und Sie bedenken ganz gewiß, daß der Stand der
Soldaten ein gedrückter Stand ist, und wahrlich schlecht genug dafür bezahlt wird, daß er die Aussicht hat, im Alter von den Wohltaten anderer
zu leben. Auch bedarf der Soldat, wenn er sich brav schlagen soll, die Achtung der andern Stände, denn ein verachteter Mensch wird nie tapfer sein.
Allein ich höre, daß man hier und da dem Soldaten sogar nicht erlauben
will, seinen Erholungstrunk in Gesellschaft anderer Bürger zu sich zu nehmen. Dies ist nicht recht. Ich habe auf Märschen und in Kantonierungen
immer meine Soldaten bei mir gehabt, habe mit ihnen bei einem Feuer
gelegen und sehr oft es mir zur Ehre gerechnet, mit ihnen aus einem
Topfe zu essen. Bedenken Sie, daß in der Verteidigung von Kolberg nur
allein über 1500 Soldaten verwundet worden sind, ohne die Getöteten.
Man kann es also wohl dem vorwurfsfreien Krieger gestatten, an dem-
selben Tische zu sitzen, woran, hätte er nicht sein Leben gewagt, jetzt ein
Soldat einer fremden Macht die friedsamen Bürger in Unterwürfigkeit
hielte. Es muß ohnedies in diesem Stück anders werden. Künftighin wird
das Kantonwesen nicht mehr so viele Wohlhabende oder Begünstigte vom
Soldatenstande befreien, sondern unsere Söhne werden alle samt und
sonders ohne Ausnahme es sich zur Ehre rechnen müssen, die Waffen zu
tragen. Es ist daher nötig, daß man dem Soldatenstande seine ihm genommene Achtung wieder verschaffe. Machen Sie die Notwendigkeit davon denjenigen Ihrer Mitbürger, die aus Mangel an Einsicht von dieser
Wahrheit nicht durchdrungen sein möchten, begreiflich und belehren Sie

selbige über ihre Pflichten. Von seiten des Militärs werde ich ebenfalls für die nötige Disziplin sorgen, und der Herr Major von Steinmetz wird die gemeinsamen Maßregeln nach Kräften unterstützen. Tun wir dann alle mit vereinten Kräften, was uns zukommt, so wird, so muß es uns gelingen, Eintracht und wechselseitige Schätzung wiederherzustellen, und wir geben dann unsern Feinden und Neidern nicht mehr das empörende Schauspiel, daß wir, nachdem wir Gefahr und Ungemach miteinander getragen haben, in der Ruhe des Halbfriedens einander nicht mehr ertragen können.

Wenn Sie etwa hören, daß einer oder der andere die Geschichte der Belagerung von Kolberg schreiben wollte, so machen Sie ihm bekannt, daß er mir das Manuskript vor dem Druck zusende, damit ich allenfallsige Unrichtigkeiten berichtigen und Auslassungen ergänzen könne.

Leben Sie wohl, mein lieber Alter, und glauben Sie, daß ich auf Ihre Ergebenheit und Zuneigung einen großen Wert setze, daß mir das Wohl Ihrer Mitbürger sehr am Herzen liegt, und ich stets nach meinen beschränkten Kräften dahin wirksam sein werde. Grüßen Sie selbige von mir und behalten Sie in wohlwollendem Andenken

Ihren treuen Kommandanten

N. von Gneisenau.

Königsberg, 9. Februar 1808.

————————

Hochwohlgeborener Herr!
Besonders hochzuverehrender Herr Oberstlieutenant und Kommandant!
Herr von Gneisenau!

Der Prozeß vom Gouvernement wegen der Schleusen ist meines Erachtens nur Eigensinn. Denn von dem Dirigieren der Schleusen hängen viele Unglücksfälle ab, da es oftmalen bei Tag und bei Nächten nicht nur auf Stunden, sondern auf Minuten ankommt, dieselben zu ziehen oder zu schützen. Soll nun bei Tagen und Nächten allemal, so oft es nötig ist, erst dieser oder jener vom Gouvernement aus dem Schlafe geweckt werden, wie viel Zeit ginge hiermit verloren, und drüber hat die Gefahr den Unglücksfall vollführt.

Daß die üble Stimmung zwischen Militär und Bürger sich in etwas zum Guten gestimmt hat, werden Ew. Hochwohlgeboren aus meinem letztern unter dem 13. d. beliebigst ersehen haben, und meine Mitkollegen und die sämtliche Bürgerschaft versichern Ew. Hochwohlgeboren auf das heiligste, und so viel an uns ist, daß Friede und Eintracht zu befördern unser ganzes

Beftreben fein wird und bei jeder Gelegenheit unfere Mitbürger fich die Soldaten als unfere Brüder und die Erhalter deffen, was wir befigen, vorftellen. Gott fchenke uns aber doch einen friedfertigen Kommandanten, fo wie Ew. Hochwohlgeboren gefonnen waren. Ach Gott, wie willig würden wir nochmalen, wenn es gelten follte, Leben, Gut und Blut aufopfern.

„Daß aber die Bürger dem Militär und befonders dem gemeinen vor= wurfsfreien Soldaten fogar nicht erlauben wollten, feinen Erholungstrunk in Gefellfchaft anderer Bürger zu fich zu nehmen", diefes ift Ew. Hochwohl= geboren wahrhaftig fälfchlich von unfern feindlichen Gegnern berichtet, denn ich und kein Bürger kann fich diefer Greuel entfinnen, daß dergleichen follte vorgefallen fein.

„Daß künftig das Kantonierungswefen nicht fo viele Wohlhabende und Begünftigte vom Soldatenftande befreien werde", ift lobenswert; da= für wird auch ein jeder nach feiner Qualität und Kapazität belohnt und befördert werden, und nicht unter einem Privilegierten und einzelnen feigen Memmen und gebirnlofen Köpfen niedergedrückt werden, und einem jeden Sohn des Vaterlandes wird dann diefe Regel recht fein. Gott der Allmächtige fchenke Ew. Hochwohlgeboren Gefundheit, Kraft und Stärke, um unferm guten König und Vaterland bei diefen unglücklichen Zeitum= ftänden eine kräftige Stüge zu erhalten, bis in Ihre fpäteften Zeiten; die= fes wünfchen wir und alle unfere Mitbürger aus Grund der Seelen, und verharre bis zu meinem legten Atemzuge ufw. ufw.

Nettelbeck.

Kolberg, 20. Februar 1808.

Mein alter Nettelbeck!

Wenn ich Ihren neulichen Brief nicht fogleich beantwortet habe, fo haben Sie wohl Nachficht mit mir, da meine fehr häufigen Gefchäfte mir fo wenig Zeit zur Korrefpondenz übrig laffen.

Es hat diefen Sommer über fehr kriegerifch in unferm Kolberg ausge= fehen. Der Sturm hat fich nunmehr verzogen. Als ein alter Seemann werden Sie fich wohl darauf verftehen, ob es fchön Wetter bleibt.

Aber ich habe mit Unwillen vernehmen müffen, daß bereits mehrere angefehene Bürger Anftalt gemacht hatten, die Stadt zu verlaffen, und daß das Beifpiel ihres Mitbürgers Nettelbeck keinen Eindruck bei ihnen hinterlaffen hat. Ich hoffe, daß Sie, mein lieber Alter, diefen Männern das Gewiffen rühren werden.

Daß nun die Stimmung zwischen Militär und Bürgerschaft besser ist, freut mich ungemein. Es ist billig, daß man, wenn man viel zusammen ertragen hat, sich auch vertrage. Durch dergleichen Zänkereien gibt man den vernünftigen Leuten ein Ärgernis, und den Übelgesinnten ein willkommenes Schauspiel.

Ich wünsche, daß Ihre Gesundheit dem Ruhme gleich sein möge, den Sie in der Welt genießen. Die ganze Welt fragt mich, ob das alles wahr sei, was von Ihnen gedruckt stehe, und Sie können wohl denken, wie sehr ich dies bestätige. Geben Sie bald Nachricht von sich

Ihrem ergebenen
N. von Gneisenau.

Königsberg, 7. Oktober 1808.

———

Hochwohlgeborener Herr! usw. usw.

Ew. Hochwohlgeboren gnädige Zuschrift unterm 7. d. hat mich vor Freuden so gerührt, daß mein Blut in den Adern aufs neue in Bewegung gekommen ist, bei Gott nicht um die Lobeserhebungen, womit Hochdieselben mich beehren, wohl aber daß ich ersehe, daß unser guter König eine weise und heilsame Stütze an Ew. Hochwohlgeboren haben, und auch Ew. Wohlgeboren meiner, Dero allergetreuestem Diener annoch gnädiglich eingedenk sind. Ew. Hochwohlgeboren können in meinem Herzen lesen, meinen höchsten Wunsch: Gott segne und erhalte König, Vaterland und Gneisenau.

Möchte man doch bald aufhören, über mich zu glossieren, denn was habe ich getan? Bloß das, was ich Gott, meinem guten König und meinem Vaterlande und hiezu Hochderoselben heilsamen Befehlen bin schuldig gewesen zu verrichten. Ich schäme mich bereits vor Auswärtigen und noch mehr vor Einheimischen und denke oftmals, mein Gott, wenn ich tot wäre, und möchte mich oftmals vor mir selbst verkriechen.

Daß unser gnädigster König (wohl auf Hochderoselben Beraten) uns einen biedern, deutschen und braven Kommandanten in der Person des Herrn Oberstwachtmeisters Herrn von Horn, der das biedere Ebenbild eines von Gneisenau ist, so gnädiglich geschenkt hat, dafür danken wir Sr. königlichen Majestät und Hochderoselben fußfälligst; wodurch wir wiederum neuen Mut geschöpft haben und zwischen den Parteien aller Hader und Widerwärtigkeiten beendet sind.

Ja wohl hat es diesen Sommer sehr kriegerisch bei uns ausgesehen, aber auch gleichwohl hat sich das Wetter verzogen und ich hoffe, daß sich der Sturm bei uns zu Lande legen wird, und daß die Orkane zur See von West und Süd nicht zu uns herüberkommen werden, wenn wir nur vor Winters mehreren Raum um uns möchten erlangen. So urteile ich als ein alter Seemann, dem Ew. Hochwohlgeboren diese Glossen verzeihen werden.

Ew. Hochwohlgeboren haben mit Unwillen erfahren, daß einige von unsern angesehenen Bürgern Anstalt gemacht hatten, die Stadt (vor dem zu erwartenden Sturme) zu verlassen. Es gibt zwar ein schlechtes Exem‑ pel, allein nur Feige werden dadurch geschreckt; man fordere hinfüro der‑ gleichen Flüchtlingen eine Kaution ab, nehme denselbigen ihre Häuser zu Lazaretten und zu dergleichen militärischen Notwendigkeiten, und lasse ihnen dann das Nachsehen.

Übrigens und vor allen Dingen bitten wir Gott den Allmächtigen, der‑ selbe schenke Ew. Hochwohlgeboren Gesundheit und stärkende Kraft, um unserm guten und besten Könige dessen der Könige erschütterten Thron durch Dero weise und heilsame Ratschläge zu unterstützen und aufrecht zu erhalten. Dieses ist mein und aller meiner Mitbürger einzigster Wunsch, den ich noch gern erleben möchte; mein letzter Seufzer an meinem Lebensende wird sein: Gott segne Gneisenau, der die letzten Trümmer meines Vater‑ landes für unsern guten König erhalten hat!

Dann bitte ich endlich, vergessen Ew. Hochwohlgeboren Dero gehorsam‑ sten und getreuesten Diener nicht, denn von einem jeden Briefe, den ich die Gnade haben werde von Hochderoselben hoffentlich zu empfangen, lebe ich noch allemal ein Jahr länger in der Welt und ersterbe mit aller Devotion
Ew. Hochwohlgeboren ganz ergebenster Diener
Nettelbeck.

Kolberg, 21. Oktober 1808.

Mein lieber Nettelbeck!

Ihre wohlmeinende Zuschrift hat mich sehr erfreut, und die darin ent‑ haltene Nachricht von der Fortdauer Ihrer so festen Gesundheit in einem so hohen Alter muß das Herz jedes Patrioten mit inniger Teilnahme füllen. Mögen Sie Ihren Zeitgenossen noch lange ein ruhmwürdiges Vorbild, Ihren so glücklichen Lebensabend noch lange genießen!

Für die mir über die Verwaltung Ihrer Stadt gegebenen Nachrichten danke ich Ihnen verbindlichst, und mit Recht konnten Sie voraussetzen, daß solche äußerst interessant für mich sein würden. Eine Stadt, worin

23*   355 ich mit so viel Wohlwollen aufgenommen worden bin, und wo man mir seitdem so viel Liebe erwies, wird mir ewig wert bleiben, und die Schicksale derselben, sowie ihr Blühen und Gedeihen beschäftigen mich unabläſſig. Hätte ich derselben nicht so viel Böses zufügen müſſen und möchte es mir vergönnt sein, alles wieder gut zu machen! Solange der Handel in Feſſeln liegt, ist wohl auf beſſere Zeit nicht zu rechnen, und nur auf Wiederherstellung desselben können unsere Hoffnungen gerichtet sein.

Die um Ihre Stadt errichteten Befestigungen sind wohl von der Art, daß sie eine Belagerung nicht leicht zuläſſig machen, und auf diese Hoffnung gestützt, werden die guten Bürger die Last, welche ihnen die seitherige Einquartierung zuzog, um so williger ertragen haben. Bei den unabläſſigen Bemühungen des Königs, unsers Herrn, den Frieden zu erhalten, scheint es indeſſen, daß auch von dieser Seite nichts zu befürchten ist. Es werden alle erdenklichen Opfer hierfür gebracht.

Gott erhalte Sie, mein lieber Nettelbeck, und schenken Sie mir ferner Ihr Wohlwollen als

Ihrem treu ergebenen Freund

N. von Gneisenau.

Berlin, 28. November 1810.

An alle Bekannte und Freunde meine herzlichen Grüße.